李云峰
李子贤　主编
杨甫旺

"梳篦"的文化学解读

云南大学出版社

图书在版编目（CIP）数据

"梅葛"的文化学解读/李云峰，李子贤，杨甫旺主编．—昆明：云南大学出版社，2007.5（2009 重印）

ISBN 978 - 7 - 81112 - 258 - 9

I. 梅… II. ①李…②李…③杨… III. 彝族 - 史诗 - 文化学 - 研究 IV. I207. 22

中国版本图书馆 CIP 数据核字（2007）第 070719 号

"梅葛"的文化学解读

李云峰　李子贤　杨甫旺　主　编

策划编辑：伍　奇
责任编辑：李兴和　史明舒
封面设计：刘　雨
出版发行：云南大学出版社
印　　装：云南国浩印刷有限公司
开　　本：787mm×1092mm　1/16
印　　张：19.5
字　　数：358 千
版　　次：2007 年 5 月第 1 版
印　　次：2009 年 8 月第 2 次印刷
书　　号：ISBN 978 - 7 - 81112 - 258 - 9
定　　价：37. 00 元

地　　址：云南省昆明市一二·一大街云南大学英华园内（邮编：650091）
发行电话：0871 - 5031071　5033244
网　　址：http：//www. ynup. com　E - mail：market@ ynup. com

再版说明

　　云南大学出版社将再版《梅葛的文化学解读》（以下简称《解读》）一书，作为作者，我们甚感欣慰：一本研究地方民族文化的学术著作，终于得到了学界和社会的承认。

　　十年磨一剑。《梅葛的文化学解读》从开始策划到再版，已经整整十个年头。事实证明，精品是靠打磨出来的。十年打磨出"梅葛"这一文化品牌，是值得的。

　　《梅葛的文化学解读》一书出版后，立即引起学术界的广泛关注。云南大学著名学者李子贤教授撰文指出，"《梅葛》已成为楚雄州彝族文化的一张名片，一个品牌"，"时至21世纪初，'梅葛'仍在楚雄州的一些彝族地区得以继续传承，可视为存活于现代文化语境中鲜活的古文化样品。""由于受到历史条件的限制，过去还未出现一部既脱出文本，又回归文本，将'梅葛'置于特定的社会文化及民俗背景中对其进行系统考察，深入探究的学术专著。"该书的出版"为我们继续探寻少数民族创世史诗的研究路径提出了一些新的观点和思路。"[①] 本土学者杨绍军、陈九彬、周文义等也在《云南日报》、《楚雄师范学院学报》发表评论文章，对《"梅葛"的文化解读》（以下简称为《解读》）给予了高度评价。北京、武汉、成都、厦门、昆明、贵阳、南宁等地与作者相识、相熟的学者，也纷纷来函、来电索取《解读》，并对《解读》的立论主旨、基本框架、研究思路及理论创新给予了充分肯定。《解读》已获得云南省2008年哲学社会科学优秀成果奖励。

　　在"梅葛"流传的中心地区，《解读》的出版引起了当地各级党委、政府的高度重视，特别是姚安县委、县人民政府把挖掘、保护、开发"梅葛"文化，打造"梅葛"文化品牌作为"文化姚安"的重大战略举措来抓，先后在县城修建了"梅葛广场"，举办了一年一度的"梅葛文化节"，在楚雄州委、州人民政府的鼎力支持下，经过多方论证，制定了《姚安马游"梅葛"文化生态保护区规划》（作者曾多次参与《规划》的讨论、修改）。2009年2月，楚雄州人民政府在姚安马游召开"州长现场办公会"，批准实

---

① 李子贤《探寻创世史诗的新路径》，《楚雄师范学院学报》2007年第5期

施《姚安马游"梅葛"文化生态保护区规划》及其《实施方案》，姚安马游"梅葛"文化开发、保护纳入了楚雄州党委、政府的决策视野。同时，姚安马游"梅葛"被列入了国家非物质文化遗产保护名录，"梅葛"成为在国内外有重要影响的文化品牌。这一切，都与《解读》催生、推动有着重要的关系。《解读》的出版问世，为"梅葛"文化在彝族民间的广泛传播，为"梅葛"文化的开发、保护起了重要的作用。

此次再版，我们在非常紧迫的时间内，对《解读》做了一些文字性的修改，对基本框架和章节结构没有改动，因为一则第一版面问世仅有两年半时间，没有必要动其"筋骨"；二则我们正受楚雄州人民政府的委托对"姚安马游梅葛文化"进行系统深入的调查研究，《解读》中的不足，我们将在今后的研究逐渐"填补"，也算是留有余地吧。

"梅葛"是彝族民间的一种曲调，也是一部至今存活于彝族民俗生活之中的创世史诗，与彝族原始信仰、宗教祭仪、民俗活动、文化心理、价值取向、吟诵场域等紧密相连并融为一体，是一种极为特殊的文化样态。因此，对丰富和深化"梅葛"的研究，我们期待着同行的共同参与。

杨甫旺
2009 年 6 月 30 日于楚雄雁塔山

目　录

引言　探寻创世史诗研究的新路径

——以《梅葛》为中心

李子贤

2002 年初，笔者向楚雄师范学院党委副书记李云峰先生建议，由该院地方民族文化研究所牵头，由院内外一些教师组成课题组，用 2~3 年的时间，从田野调查入手，深入进行彝族创世史诗《梅葛》的研究，课题名称定为"'梅葛'的文化学解读"。我当时的理由是：第一，自 1959 年《梅葛》公开出版以后，就受到国内外学术界的关注，吸引了一些国内外学者对其进行研究。可以说，《梅葛》已成为了楚雄州彝族文化的一张名片、一个品牌，极富研究价值。第二，时至 21 世纪初，"梅葛"仍在楚雄州的一些彝族地区得以继续传承，可视为存活于现代文化语境中鲜活的古文化样品。"梅葛"的存活与其特定的文化生态系统的关系，亦值得深入研究。第三，每个时代都有每个时代的学术。由于受到历史条件的限制，过去还未出现一部既脱出文本，又回归文本，将"梅葛"置于特定的社会文化及民俗背景中对其进行系统考察、深入探究的学术专著。经过研究，李云峰先生接受了笔者的建议，迅速组成了课题组，并赴马游、昙华等地对"梅葛"展开了田野调查，还在马游搜集到了 21 世纪初仍在传唱的"梅葛"。尔后，在笔者提出的写作大纲的基础上，经过课题组反复讨论，确定了本书的立论主旨、基本框架及章节目录。经过几年的努力，终于在读者面前呈现了这部《"梅葛"的文化学解读》。

在半个多世纪前，人们并不知道在中国云南乃至南方少数民族地区普遍存活着一种特定的口承文学样态——创世史诗（又称为原始性史诗或神话史诗）。中国首位创世史诗的发掘者是光未然先生。1943 年 3 月~1944 年 9 月，时在云南工作的光未然在聚居于路南（石林）、弥勒县一带山区的阿细人中，搜集到了彝族支系阿细人的创世史诗《阿细的先鸡》。1944 年，由李公朴先生主持的昆明北门出版社将其出版面世。从此，人们才知晓这一特定的口承文学样式。1958 年，全国采风运动的一个突出成果，便是对长期流传于云南、四川、贵州、广西等省（区）少数民族的创世史诗进行了初步发掘，并有一些民族的创世史诗得以整理出版。20 世纪 80 年代以后，各少数民族创世史诗的发掘、整理和出版工作获得了空前的成绩。其主要标志是：基本摸清了各民族创世史诗的蕴藏情况；相当数量的创世史诗已公开出版（发表），有的则作为内部资料予以保存；在此基础上，我国学术界开始了对少数民族创世史诗的研究。可以说，20 世纪 80 年代初，是我国少数民族创世史诗研究的起步阶段。

20 世纪 80 年代以前，在我国学界的学术话语中，并无创世史诗（或原始性史诗、神话史诗）这一学术概念。1952 年 12 月光未然先生在为《阿细人的歌》（即《阿细的先鸡》）写的"序"中，称"《阿细人的歌》是一部活的口头文学"。人民文学出版社在 1959 年该社出版的"文学小丛书"《阿细人的歌》的"前言"中称，这"是长期流传在云南阿细人（彝族的一个支系）民间的一部长篇诗歌"。写于 1959 年 8 月的《梅葛》整理本"后记"称"《梅葛》是彝族的一部长篇史诗"。1979 年上海辞书出版社出版的《辞海·文学分册》（征求意见稿）中的"史诗"条，其内容解释是专指英雄史诗。最先将创世史诗作为一个学术概念明确提出来，是钟敬文先生主编、上海人民出版社于 1980 年 7 月出版的《民间文学概论》，该书首次将史诗分为创世史诗及英雄史诗两大类，并对创世史诗作出了如下定义："创世史诗，也有人称作是'原始性'史诗或神话史诗。这是一个民族最早集体创作的长篇作品。"[①] 朱宜初、李子贤主编的中国首部《少数民族民间文学概论》第七章"少数民族的史诗"，进一步对史诗应分为创世史诗及英雄史诗两大类作了更为明确的理论界定和分析：史诗分为两类"即以古代神话、传说为主干，反映各族先民心目中整个'创世'过程的创世史诗；以及赞颂古代英雄的武功、叙述古代英雄的业绩、反映与民族或国家形成发展有关的重大历史事件的英雄史诗。"[②] "各民族的创世史诗，真实地反映了各民族先民对自然的认识、与自然作斗争的全部经验。它可以视为一种集体的、特殊的知识总汇，能给予本民族的每一个后代有关本民族历史、习俗以及与自然界斗争的一切知识，因而成了历史上各族人民的'百科全书'，具有民族学、民族史、宗教学等方面的科学价值。创世史诗是人类历史上出现的第一

---

① 钟敬文：《民间文学概论》，上海文艺出版社 1980 年版，第 286 页。
② 朱宜初、李子贤：《少数民族民间文学概论》，云南人民出版社 1983 年版，第 150 页。

种规模宏大的艺术样式，对后来各民族的口头创作的发展产生了巨大的影响。"① 此后，创世史诗这一特定的口承文学样态得到了学术界的公认，并对其展开了研究。笔者撰写于 20 世纪 80 年代初的《创世史诗产生时代刍议》、《创世史诗的特征》以及《南方少数民族原始性史诗形成和发展的历史根源》等几篇拙文，便是对创世史诗这一特定口承文学样态若干专题的尝试性探讨。②

据笔者所知，至今仍有创世史诗存活或早已用文字记录了创世史诗的民族，除了中国西南、华南的大部分少数民族，以及中南半岛的一些少数民族以外，似乎在世界其他地区少有发现。在日本本岛，除了通过研究提出《古事记》和《日本书纪》写定之前在民间可能存在创世史诗这一学术假设之外，并没有发现创世史诗，其中包括北海道的阿依努人。笔者曾先后三次到冲绳近十个岛上进行过田野调查，除了赞颂诸神神迹的神歌，也未发现真正意义上的创世史诗。集冲绳民俗、歌谣、神话研究之大成的几部学术专著，如涌上元雄著的《冲绳民俗文化论——祭祀·信仰·御狱》③、波照间永吉著的《南岛祭祀歌谣的研究》④、真下厚著的《声的神话》⑤ 等著作，均未提及在神话的基础上熔神话传说、记事、歌谣为一炉，以表现以原始先民心目中的创世过程为线索，将神话、传说、记事组织起来的创世史诗。笔者于 1995 年、1997 年两次应邀赴台湾参加学术研讨会期间，有幸与台湾少数民族学者就台湾少数民族的口承文学样式进行了交谈，并查阅了一些研究台湾少数民族口承文学的学术著作，均未发现台湾少数民族中有创世史诗存留。由尹建中先生选编、可视为台湾少数民族神话集大成者的《台湾山胞各族传说神话故事与传说文献编纂研究》⑥，也寻觅不到创世史诗的踪迹。在菲律宾、印度尼西亚诸岛各民族中是否存在创世史诗，笔者目前尚未找到相关资料查证，难以作出判断。在中南半岛各国各民族中，除了一些一直保留原始信仰，尤其是与云南相关的跨境民族中尚存留着创世史诗以外，其他民族由于外来宗教的传入，诸如南传上座部佛教、印度教、伊斯兰教的影响导致社会文化转型，可能曾经产生过的创世史诗已不复存在。由此可见，至

---

① 朱宜初、李子贤：《少数民族民间文学概论》，云南人民出版社 1983 年版，第 167 页。
② 李子贤：《探寻一个尚未崩溃的神话王国》，云南人民出版社 1991 年版。
③ ［日］涌上元雄：《冲绳民俗文化论——祭祀、信仰、御狱》，榕树书林 2000 年版。
④ ［日］波照间永吉：《南岛祭祀歌谣的研究》，砂子屋书房 1999 年版。
⑤ ［日］真下厚：《声的神话》，瑞木书房 2003 年版。
⑥ 尹建中：《台湾山胞各族传说神话故事与传说文献编纂研究》，台湾大学文学院人类学系，1994 年版。

今在东南亚和东亚地区，创世史诗产生并流传至今的民族大多在中国。这是一个值得深入研究的文化现象。当然，从世界各地区（或国家）的古文献资料看，似乎也只有个别地区（或国家）曾产生过创世史诗："目前已知世界上最早用文字记载的创世史诗，是巴比伦的《埃努玛·埃里什》。这部史诗叙述玛尔都克（巴比伦神话和宗教中的太阳神，被尊为世界的创造者）与恶龙（或称怪物，女性）吉阿玛特的斗争。结果，玛尔都克将吉阿玛特击败，用她的身体的各部分创造了天地万物，并用一个背叛众神而援助吉阿玛特的神的血造了人（一说用吉阿玛特的情人金古的翅膀创造了人）。这部用阿卡德语的苏美尔稿本组成的创世史诗，保留至今的稿本残篇所标的日期是公元前3000年末。"① 由于各民族的社会历史条件及文化生态系统的差异，并非每个民族历史上都必然产生创世史诗。例如在中国的北方民族中，有不少民族一直续存着自己的原始信仰，但并未发现有创世史诗存留，个中原因，也是应该深入探讨的重要课题。

中国少数民族创世史诗的载体和传承方式，大致可以分为以下四种情况：第一，早已用少数民族文字固定卜来、以书面文本为载体的创世史诗，如四川大凉山彝族的《勒俄特依》、楚雄州双柏县彝族的《查姆》、纳西族的《创世纪》、西双版纳傣族的《巴塔麻嘎捧尚罗》等。它以经书或手抄本的形式，通过不断传抄而得以传承。第二，许多在历史上没有产生过文字的少数民族，则是存乎于心（集体记忆），通过祭司、老艺人在特定的场合中口耳相授、世代传承，如傈僳族的《创世纪》、佤族的《司岗里》、拉祜族的《牡帕密帕》等。《梅葛》的流传地区由于社会、历史的原因，老彝文早已失传，故《梅葛》也是靠祭司和老艺人口耳相授世代传承。第三，历史上既有书面文本形态的创世史诗，又有口头传承的创世史诗，二者交叉并行传承。如四川大凉山彝族、丽江纳西族等。第四，新中国成立以后，通过发掘、整理、出版的书面文本形态的创世史诗。据笔者所知，大凡历史上产生过而又传承至今的各民族创世史诗，都已整理出版（发表）或收入了相关文献资料中。

六十多年来，从发掘出首部创世史诗，到创世史诗这一古文化样态得到了学术界的公认并对其进行了研究，已取得了一定的成果，这无疑应当给予充分的肯定。然而，在如何搜集、整理创世史诗，如何对其进行深入研究方

---

① 李子贤：《探寻一个尚未崩溃的神话王国》，云南人民出版社1991年版，第263～264页。

面，似乎都存在一些明显的不足。对此，已有学者提出过质疑。① 肇始于20世纪40年代的创世史诗的搜集整理模式，几乎一直延续到80年代。只注重文本内容的搜集，多半采用综合整理的方式，必然导致创世史诗丢失了很多与民俗生活相关的文化要素，也难以看到一部鲜活的创世史诗在民间传承的本来面目。而且，"过了此山无鸟叫"，因为当今不论在哪一个民族中，创世史诗特定的演唱场景早已悄然远逝。这确乎是一个缺憾，是包括笔者在内的那个时代搜集整理工作者的思想局限与失误所导致的结果，当然还与当时人们对创世史诗特质之认识不足以及搜集时候采用的技术手段都十分有限有关。因此，我们既不应当苛求于前人，但对客观存在的问题又不能回避。关于如何准确无误地将一部"一次过"的创世史诗完整地搜集起来，既要有与创世史诗存活的民俗活动（或宗教祭仪）描述，又要用现代技术手段，如多部摄像机同时记录吟诵场景，但更重要的还在于搜集者对创世史诗之整体把握及对其特质的认知程度，即既要忠实地记录文本内容，又要能反映与文本黏合为一体的各种文化要素。对此，笔者将在另文中加以讨论。这里只想凸显一个关键问题，我们应该如何既脱出文本，又回归文本，准确地把握创世史诗的特质？截至目前，我们给创世史诗的界定仍然只能是口承文学的一种特定样式。然而，创世史诗既是口承文学的样式之一，但又不完全是单纯的口承文学。事实上，任何一部存活于民俗生活之中的创世史诗，不论其文本叙事内容还是其"存活"形态及其载体都黏合着许多古文化要素，都与原始信仰、宗教祭仪、民俗活动、文化心理、价值取向、吟诵场域等紧密相连并融合为一个整体，实质上是一种极为特殊的古文化样态。因此，仅仅从民间文艺学的角度去探讨创世史诗，显然就只会关注创世史诗文本内容的解读，关注点势必局限在口承文学领域。与此相联系的是，只重文本内容，在解读文本内容时，往往无视创世史诗黏合着的各种文化要素。对创世史诗的整体把握不可忽略的一个事实是：不仅创世史诗的叙事内容具有多学科的性质，而且创世史诗的存活有其特定的文化语境，二者总是处于互渗交融的平衡状态。因为，创世史诗的存活必有一个"母体"，即特定的文化生态系统。如果脱离了这个"母体"，忽视了对文化生态系统诸要素的把握，就很难对创世史诗文本的叙事内容作出准确的解读。对创世史诗的研究既要脱出文本，又得回归文本，是对创世史诗特质的准确把握中得出的结论。笔者

---

① 如巴莫曲布嫫在《叙事语境与演述场域——伊诺苏彝族的口头论辩和史诗传说为例》（载《文学评论》2004年第1期）中指出传统的搜集整理的模式忽略了创世史诗的演述场域这个重要的民俗背景。

2002年在与课题组各位教师对写作大纲交换意见的时候曾提出：研究神话、创世史诗等多种古文化样态，应当注重分析研究对象的诸种存在形态、动态结构以及研究对象赖以存活的文化生态系统。只有准确、全面、立体地对创世史诗的特质有了总体的把握，才有可能从创世史诗的实际出发构建我国创世史诗学理论。①

楚雄地区早在明代就开始完成了一次重大的文化转型，即汉儒文化逐步在城镇中居主导地位，乡村的彝族文化也逐步实现了与汉文化的交融。在云南的彝族聚居区中，楚雄彝族的社会、文化发展水平都较高。然而直至现在，在大姚、姚安、永仁、牟定等县的彝族聚居区，却一直存留着活形态的创世史诗《梅葛》。因此，可以将其视为存活于现代文化语境中的古文化样品，弥足珍贵。虽然今日之“梅葛”的叙事内容已有了一些变化，某些与“梅葛”吟诵相关的宗教祭仪已经逐步消失（尤其是在大姚县马游村祭司早已不复存在），但是，很多老人仍然能够并喜欢吟诵“梅葛”。当然“梅葛”已经出现了泛化、世俗化的趋势，即人们已经将很多与创世史诗《梅葛》无关的内容都当为《梅葛》而加以吟唱，吟唱的方式已少有严格的民俗规定性，但《梅葛》的核心、主干部分（神话内容）仍为人们所知晓。据相关调查，近十余年在大姚县昙华乡的某些边远山村，还有少数祭司仍在丧葬仪式中吟唱“梅葛”。1993年，由姜荣文搜集整理的《蜻蛉梅葛》，除了创世史诗的主干部分“创世纪”（又分为“开天辟地篇”和“万事万物篇”）之外，第三部之“祭歌”共分为“灵魂神”、“指路”、“安魂”、“祭雷神”、“祭山神”、“祭岔树鬼”、“祭天地”、“祭岔鬼”、“祭咒神白虎”、“祭黑龙神”、“做斋”11部分。② 其中虽然不乏受汉文化影响的成分，但从总体上看，“梅葛”作为宗教祭仪中主诵的祭辞之地位，是十分明显的。因为除了上述祭歌外，《蜻蛉梅葛》的开篇第一章仍然是创世史诗的核心、主干部分。

在云南少数民族聚居区中，楚雄州大姚、姚安、永仁、牟定等县流传着“梅葛”的彝族聚居区，社会发育层次都相对较高，与汉族及汉文化交往的历史都比较久远。改革开放以来，这些彝族聚居区的交通状况也较便捷，他们离县城的距离都较近，现代传媒手段的进入较其他一些少数民族聚居区也更早一些。在现代文明强烈冲击的状况下，为何创世史诗这一极为古老的古

---

① 这个观点，本人在《存在形态、动态结构与文化生态系统——神话研究的多维视点》（载《云南师范大学学报》2006年5月200期纪念特刊）中作了较详细的论述。
② 姜荣文：《蜻蛉梅葛》，云南人民出版社1993年版。

文化样态仍在继续存留？笔者以为，这与创世史诗在传统社会族群的文化心理结构中之特殊地位不无联系，也与创世史诗存活的文化生态系统息息相关。在我们"局外人"看来，创世史诗仅仅是一个文本，是一些叙事内容的组合，我们能看到且会感兴趣的仅仅是对文本中那些神奇怪异的叙事内容之解读以及探讨构成史诗模式的内容之组合方式。这当然是创世史诗研究或文本解读的重要指向之一。然而，在传统社会中的各个少数民族"局内人"看来，创世史诗的所指，远比这丰富、复杂得多。在特定的文化语境中，创世史诗是一种具有神圣性、权威性的精神实体。一提到创世史诗，人们便会立即将它与神祇信仰、祭祀活动、祈福与禳灾、祈求与期待、规范与禁忌等联系在一起；一提到创世史诗，"局内人"便会警示自己：这是祖先传下来的"根谱"，必须敬重它、知晓它，否则自己就将面临成为非族人的危险；一提到创世史诗，"局内人"心中便明白，这是族群民俗生活中的"圣经"，祭祖、祭山神、祭天神以及丧葬仪式之种种程式为什么要这样而不那样，其"根据"和规范都来自于创世史诗；一提到创世史诗，"局内人"在脑海中立即会浮现出这样的场景：创世史诗只能由能够通神，甚至是半人半神的祭司在庄严肃穆的祭仪中吟诵，人们只能用心聆听、默诵，任何人都不会打破这个禁忌，即便有谙熟创世史诗之叙事内容的人，也不会不分场合地随意吟唱；一提到创世史诗，"局内人"都知晓这是他所从属的群体共有的"知识总汇"，人们认识并与"神圣界"的交往必须从创世史诗中习得，人们了解本民族的"历史"就从认识这部创世史诗开始。由此可见，创世史诗既以文本叙事内容为主体，但是人们对创世史诗的了解和把握又不仅仅是文本叙事内容的本身。创世史诗的上述特质，深深地嵌进了传统社会中人们的文化心理结构之中，对每一个"局内人"都产生着强烈的心理影响，并在子孙后代的文化心理中延续。这就是与创世史诗所具有的神圣性、权威性伴生出来的稳态性。创世史诗的这种稳态性，又与传统社会中文化传承机制的特点——文化传承的主体是该族群的全体成员——息息相关。这充分表现在以下几个方面：第一，在少数民族的传统社会中，创世史诗虽然仅为少数文化精英（祭司、歌手）所掌握，但它在祭仪中被一次次反复吟诵时的受众则是族群的所有成员，而且祭仪的"潜规则"亦要求族群的所有成员必须知晓创世史诗，尊崇创世史诗。这样，就将文化精英与大众融为一体，而不至出现现代社会中的文化精英与普通群众的分离。第二，少数民族创世史诗在其传承过程中业已确定的价值定位，与传统社会中几乎一元化的价值观念完全协调一致，也不会出现现代社会中文化经典既定价值的定位与受众多元化的价值观之差别而产生的矛盾。第三，少数民族创世史诗文化内涵的多样性、立体性与传统社会中族群成员文化心理需求的多样性、立体性完全对应相容，更不会出现现代社会中"文学经典意义的立体化和大众需求平面化的矛盾"。① 光未然先生在回忆 1943～1944 年搜集彝族支系阿细人的创世史诗《阿细的先鸡》时说过这样的一段话："'阿细人的歌'是一部口碑文学。它一代一代地流传着，它的内容也不断地丰富着、发展着。可惜的是，当我们记录整理的时候，当时阿细部族中的青年男女，能够从头至尾唱完这'先鸡'的全部的，已经不多了"。② 然而，在六十年之后，笔者于近年多次赴弥勒县可邑村时却了解到，在阿细人中仍有一些老人能够吟诵这部创世史诗，有的村寨甚至还举行"阿细的先鸡"的对唱比赛。这一实例足以说明创世史诗在族群成员心目中的地位及其深远的心理影响，说明创世史诗确乎具有相当的稳态性。

　　像《梅葛》这样的创世史诗，能具有如此旺盛的生命力，除了它具有上述特质因而在族群的文化心理结构中有其特殊而持久的位置以外，另一个重要的原因便是：作为在强烈的心理动机驱动下口头传承的创世史诗，犹如一个存活于"母体"中的"活体"，它在"母体"中发展、变异。因此，如果我们把口头传承至今的"梅葛"视为一个处于变化状态中的"活体"，那么，"梅葛"赖以存活的文化生态系统就是"母体"。"活体"与"母体"之间总是互相依存、互相制约，处于某种平衡、协调状态。在很多情况下，当"母体"发生某种变化时，"活体"总是会及时调整自己、改变自己，以适应"母体"。一旦"活体"赖以存活的"母体"消失，"活体"也就无安身立命之地了。然而，创世史诗作为族群价值体系的重要表征，它又有维系乃至强化"母体"存在的功能。时至今日，虽然"梅葛"流传地区的自然生态已发生了某些变化，但作为构成文化生态系统的几个重要的文化要素却并未产生质的变化。这几个处于核心地位的文化要素是：价值取向、民间信仰以及文化心理结构。笔者在马游村调查时发现，人们以自己有"梅葛"而引以为自豪，认为它仍然是祖先留下来的极其重要因而不可丢失的珍宝。这就为"梅葛"的存活预设了生存的空间和特定的位置。显然，马游人已将"梅葛"与本民族的传统联系在了一起。今天，马游村的民间信仰已发生了较大的变化，朵觋已不复存在，在丧葬仪式中吟诵"梅葛"已极为罕见。但是，祖先崇拜、山神信仰等仍然在续存。虽然在祭仪的实际操作过程

---

　　① 赵学勇：《消费文化语境中文学经典的处境和命运》，载《陕西师范大学学报》，2006 年第 5 期。

　　② 光未然：《阿细人的歌·序言》，人民文学出版社 1959 年版，第 3 页。

中吟诵"梅葛"已不再是一项必不可少的内容，然而在六七十岁以上的老人心目中，"梅葛"在祭仪中的地位早已确定。年轻人在反复聆听老人们叙述当年在祭仪中吟诵"梅葛"的场景之后，也会很自然地在心里为"梅葛"点染上神圣的灵光。这样，"梅葛"在今日马游人心目中的神圣性并没有丧失殆尽。由于上述两个因素，在今日"梅葛"流传地区彝族的文化心理结构中，"梅葛"仍有一个特殊的地位和空间。诚然，如果价值取向、民间信仰与文化心理结构有朝一日发生了根本的变化，就会出现这一特定的文化生态系统之结构性缺损，必然导致与"梅葛"的存活相适应的文化生态系统之不可逆转的改变。那么，作为"活体"的"梅葛"就将完全退出族群的民俗生活，而成为了一种文化记忆。

《"梅葛"的文化学解读》一书的立论主旨、框架设计本来试图体现上述思路，但由于种种原因，未能将原来设定的意图完全体现出来，这确乎是一个缺憾。但是，它可以为我们继续探寻少数民族创世史诗的研究路径提出一些新的视点和思路。值得一提的是，课题组的教师不辞辛苦，几年来一直坚持田野调查，几乎走遍了大姚、姚安、永仁、牟定等彝族聚居区，尽可能地对与"梅葛"相关的民间信仰、宗教祭仪、吟诵场景、传承方式等进行了较为深入的调查，并在姚安县马游村完整地搜集到了传承于 21 世纪的"梅葛"，为本课题的完成奠定了一个扎实的基础。想到这些，笔者也就颇感欣慰了。

第一章 "梅葛"流传地区的文化生态与民俗文化

第一节 自然与人文环境

一、自然环境

文化的产生与自然环境密切关联。不同自然环境中的族群孕育不同的文化生态系统。

云南楚雄彝族自治州位于滇池、洱海之间的滇中高原北部，自古为省垣屏障、滇中走廊、川滇通道。跨东经 100°43′ ~ 102°30′，北纬 24°13′ ~ 26°30′。东西最大横距 175 公里，南北最大纵距 247.5 公里。境内乌蒙山虎踞东部，哀牢山盘亘西南，百草岭雄峙西北，构成三山鼎立之势；金沙江、元江两大水系以州境中部为分水岭各奔南北，形成二水分流之形。全州山地面积占 90% 以上，有"九分山水一分坝"之称。

从地理坐标上看，"梅葛"主要流传于楚雄州北部、西部及中部地区，即永仁县、大姚县、姚安县、南华县北部、元谋县西部和禄丰西部，以及大理州祥云县、四川攀枝花市仁和区，大致相当于百草岭山系及哀牢山延伸地区，属金沙江水系流域，其中以龙川江以北、以西地区为"梅葛"主要流传区。从楚雄州境内看，这一区域地势北高南低，百草岭主峰帽台山，海拔 3 657 米，由北向南呈波状起伏下降；西部切割深度较大，为峡谷相间的峡谷区；中部低缓略有起伏，多为海拔 1 700 ~ 2 100 米的山间盆地。山脉主要有脑头山、马鞍山、三尖山、寨子山、笔架山、大云山、大村梁子、茶尖山、方山、龙潭山、小百草岭、踏地松梁子、昙华山、老官山、营盘山、张家山等；河流主要有龙川江、万马河、一泡江、多底河、蜻蛉河等。由于地形和海拔差异较大，气象要素时空分布复杂，小气候特征明显，"梅葛"流传地区多属寒温带气候的温凉、高寒地区。这些地区年平均气温较低，霜期长达半年以上，但日照长，年降水量在 900 毫米左右，较坝区、河谷要多；庄稼多为一年一熟或两年三熟；粮食作物主产玉米、马铃薯、小麦、大麦，水稻，由于夏季气温不高，只能种植少量耐寒而生长期长的粳稻品种；经济作物主要有油菜、大麻等；蔬菜只能种植各种豆类和青菜、白菜、萝卜。林业和畜牧业资源丰富，有大片的云南松、果松等用材林和核桃、板栗等经济林木，还有香菌、木耳、松茸、药材等山林特产；饲养有猪、羊、牛、马、鸡等，是重要的林业畜牧业基地。"梅葛"流传中心区有以下四个：

1. 直苴：位于永仁城西北部，距县城 80 公里，南与大姚桂花乡接壤，西北与湾碧接界。总面积 80 平方公里，有 40 个自然村 2 700 余人，彝族占 95% 以上。直苴坝子由河流冲积而成，四面环山，海拔 1 800 米，彝族人民绕平坝周围而居，气候冷凉，平均温度 13℃～18℃，年降水量 1 036 毫米。主产玉米、水稻，经济作物有核桃、大麻，饲养黑山羊、牛、猪、鸡等。由于境内山高谷深，山峦连绵起伏，自然条件较差，加之人多地少，交通闭塞，经济不发达。而"梅葛"的流传保留着较为原始的状态。

2. 昙华：位于大姚县境中部，距县城 44 公里。总面积 192 平方公里，辖 7 个村民委员会 7 472 人（2002 年末），其中彝族占 83%。昙华因山得名，境内昙华山海拔 3 117 米，高耸入云，巍峨雄伟。昙华属亚高山冷凉山区，年均气温 12℃～14℃，常年雨量充足，年均降水量 900～1 000 毫米。冬季多积雪，霜期 150 天，秋季天气变化无常。森林覆盖率为 20%，利于发展畜牧业。主产玉米、荞、马铃薯、杂豆及少量稻谷。由于雨水多，地温低，霜期长，农事节令较其他地区迟一个月，农作物成熟较晚，且粮产不丰，生计殊为困难。昙华与直苴自然地理相邻，但由于受佛教影响较深，"梅葛"中掺杂了较多的佛教文化因素。

3. 马游：位于大姚县境西部，距县城 30 公里，辖 9 个村民小组 2 180 人，其中彝族占 95% 以上。马游为典型的丘陵地带，四周崇山深谷，自东向西分别环绕有小尖山、鸡伍山、大黑山、老官山，海拔 2 250 米，属高寒山区，土壤瘠薄，雨量偏多，气候寒冷，无霜期短，受滇西苍山、玉龙雪山的冷空气侵袭，终年狂风不断，影响农作物生长。主产小麦、玉米、豆类及少量稻谷，但多为粳稻和中晚季稻。经济作物主要是烟叶和林产品；饲养黄牛、驴、山羊、猪、鸡等。由于过度砍伐村寨周围的森林，水土流失严重，"天晴遍地灰，下雨满地流"，生态环境恶化。马游地处南方古丝绸之路的交通要道上，较早地接受了汉文化，"梅葛"也被融入了诸多儒、释、道等文化要素，是多元文化相融的典型。

4. 腊湾：位于牟定县西部、三峰山脚边，距县城 32 公里，是龙川江的源头之一。辖 22 个村民小组 1 750 人，其中彝族占 98% 以上。海拔 2 340 米，最高的三尖山为2 799米，为冷凉高寒山区，年均气温12.5℃，年降水量达900毫米以上。由于土壤贫瘠，气候寒冷，雨量偏多，无霜期短，不利于农作物生长。耕地多为旱地、轮歇地、三荒地。主产小米、麦类、玉米、马铃薯，不产稻谷；经济作物多为白芸豆、腰子豆、野生菌及药材；饲养猪、鸡、山羊等，无其他经济来源。腊湾自然环境较为封闭，直到20世纪70年代前仍保留了较多的"梅葛"核心部分，但经三十多年的外来文化的冲击，"梅葛"的这一状态迅速式微。

总之，"梅葛"流传的彝族地区，自然环境相对于坝区及交通沿线要迥异、恶劣得多，基本上属山高坡陡、林密箐深、气候寒冷的山区或半山区，经济社会发展也较为缓慢，至今多属贫困地区，因而"梅葛"的保存也呈多层次的复杂状态。

二、历史沿革

生存于不同的地理环境、自然环境的族群会形成不同的文化生态系统。但是，能够作为神话存活"母体"的文化生态系统，就其历史发展阶段而言，只能是原始氏族社会、传统农业（或游牧）社会中的文化生态系统。

楚雄州是人类的发祥地之一。早在170万年前，生活在龙川江畔的元谋人就已进入了旧石器时代，掌握了用火技术。距今4 000年前，又产生了元谋大墩子、永仁菜园子等新石器文化。距今3 000年前，楚雄地区的先民们创造了以铜鼓为代表的青铜文化，表明州境内的部分先民已告别原始社会而进入文明社会。

"梅葛"流传地域的历史演变基本上是以姚安为中心展开的。先秦无行政区设置。公元前285年，蜀郡守张若取笮及江南地。"笮"指今盐源、盐边、华坪、永胜等地；"江南地"即指金沙江南的丽江、永仁、大姚、姚安一带。西汉元鼎六年（公元前111年），汉武帝于邛都地区设置越嶲郡，所属三绛、蜻蛉2县在今楚雄州北部和西北部，即今姚安、大姚、永仁、元谋姜驿等地。这是楚雄地区有明确记载的最早设治情况。汉元封二年（公元前109年），滇王降汉，汉王朝于其地设置益州郡，所属秦臧、弄栋2县包括今楚雄中、西部和北部大片地区。此种建制自西汉至东汉从未改变。东汉永平十二年（69年）设置永昌郡，楚雄大部地区成为益州、越嶲、永昌郡的结合部。蜀汉时期，以今姚安为中心设置云南郡，楚雄西部、西北部和中部的广大地区属蜻蛉（今永仁、大姚一带）、弄栋（今姚安及其邻近地区）2县。西晋时，云南郡郡治由弄栋移至云南县（今祥云县云南驿），楚雄西部、北部设置蜻蛉、弄栋2县。东晋时设置兴宁郡，辖弄栋、蜻蛉2县。南北朝之际，郡县增削变动频繁，姚安、大姚等地"爨蛮"割据，政区荒废不清。

唐武德元年（618年），唐王朝设置南宁州，武德七年设置都督府，所领望州（在今广通一带）、览州（在今禄丰琅井）、邱州（在今南华县境），与"梅葛"流传地相关。高宗麟德元年（664年），唐王朝分原南宁州都督府而设置姚州都督府于弄栋川。姚州都督府虽屡废屡置，但所辖范围极广，东至楚雄、元谋、广通，西至大理州和丽江、保山等地，其中姚州、褒州、微州、髳州、靡州5州基本上是今"梅葛"流传的区域。天宝战争（750—754年）之后至1253年蒙古大军攻下大理城为止的近五百年间，楚雄地区先后属南诏、大理国管辖。南诏初设云南节度管辖原姚州都督府辖区，后改设弄栋节度于弄栋川，今楚雄州境内除武定和禄丰东部地区以外均为弄栋节度所辖。大理国前期，今楚雄地区北、西、中部大部分都属姚州节度，后期曾被封为高氏领地，姚州节度设立姚府，辖今楚雄州西部三姚一带，即今"梅葛"流传中心区域大姚、永仁（今四川攀枝花仁和区）、姚安、牟定等地。

元初，设立统矢千户于姚安，设大姚堡千户于今大姚和牟州千户，辖"三姚"及今牟定。至元十一年（1274年），设千户、百户为府、州、县，牟定、南华分属威楚路的定远州、镇南州，姚安、大姚、永仁等地属姚安路。明代建制变化不大，"梅葛"流传地区分属楚雄府和姚安军民府。清初沿袭明制，乾隆三十五年（1770年）罢姚安府并入楚雄府。民国初年，裁府州，设县、道，楚雄州境西部各县属迤西道，民国二年（1913年）设滇西道，民国三年（1914年）改腾越道。民国十八年（1929年）废道，各县由省直辖。民国三十六年（1947年）设行政督察区，楚雄西部各县分属驻于姚安的第八行政督察专员公署。县的设置：民国元年（1912年）裁镇南州设镇南县（今南华县）；民国三年（1914年）裁姚州设姚安县；定远县改名牟定县；民国十三年（1924年）在清大姚县分防苴却巡检司的基础上设永仁县。大姚、禄丰、元谋等县沿袭清制。

1949年10月，中华人民共和国成立。12月，楚雄州全境解放，分置楚雄、武定两专区，其中楚雄专区包括楚雄、镇南、牟定、双柏、广通、盐兴、禄丰、姚安、大姚、永仁、盐丰11县。1953年，楚雄、武定两专区合并为楚雄专区。1958年4月15日，成立楚雄彝族自治州，辖楚雄、南华、牟定、双柏、广通、禄丰、姚安、大姚、盐丰、永仁、武定、禄劝、元谋、罗茨、富民共15县。同年又将楚雄、南华、牟定、双柏4县合并为楚雄县；大姚、姚安、盐丰、永仁合并为大姚县；禄丰、罗茨、广通合并为禄丰县。

1959 年,牟定、双柏恢复建制;1961 年永仁、姚安、元谋、南华恢复建制。1983 年楚雄县改为楚雄市,全州辖楚雄 1 市及南华、牟定、双柏、姚安、大姚、永仁、元谋、武定、禄丰 9 县至今。

三、民族(支系)历史及周边文化

楚雄是彝族繁衍生息的重要区域。彝族与古羌人有渊源关系,他们在不断迁徙中融合发展。元谋大墩子、永仁菜园子、大姚桂花、大河村等新石器文化遗址,带有明显的氐羌文化特征,表明在殷商时代楚雄州境内就有彝族先民居住,并开始了定居农耕。西周到春秋、战国时期,西北高原的古羌戎不断南徙,与西南的羌戎融合,在楚雄等地形成了许多"编发左衽,随畜迁徙,莫相雄长"的游牧部落,汉文献把彝族先民概称为"氐类",又有"嶲"、"昆明"、"滇"、"靡莫"、"越嶲"等称呼。直到东汉中后期,这些称呼才逐渐被统称为"叟"。方国瑜先生认为,"叟"的出现,是彝族初步形成的标志。[①]

汉末及魏晋时期,"大姓"争雄南中,其后爨氏依靠叟人的力量,称霸南中 400 余年。由于爨区的主体民族是彝族,因此汉文献把彝族称为"爨人"。唐代中叶,南诏崛起,楚雄州境尽属南诏统治范围。南诏为加强对爨区的控制,把西爨地区自曲靖至禄丰一带的"白蛮"大量西迁,同时又把其他地区的居民迁入西爨故地,在楚雄中西部形成了白鹿部、华竹部、抬尊部(牟定县)、易裒部(今禄丰广通)等以彝族为主体的地方政权。据彝文典籍记载,彝族共祖阿卜笃慕的后代武、乍两支进入今武定、禄丰一带,曾发生械斗,"乍"支获胜留居原地,今武定一带尚有许多彝族自称"乍颇"。"武"失败后向西南迁徙,其后代为"蒙舍细奴罗"("蒙舍"即南诏,在今巍山县境)。今"梅葛"流传地区彝族与"蒙舍细奴罗"有渊源关系。至大理国后期,今楚雄及禄丰、牟定、姚安、大姚、永仁等地由大理国的高氏贵族直接统辖,州境彝族开始进入了封建领主制阶段。

元朝在西南推行土官制度,楚雄州境西北部由土官高氏统治。明初在楚雄彝族地区驻兵屯田,汉、回、蒙古等族进入楚雄,促进了彝族社会经济的发展,到明中叶形成了封建地主制经济。清中叶对统治楚雄西部、北部数百年的高氏进行了改土归流,"梅葛"流传地区彝族确立了封建地主制经济。但由于楚雄彝区经济社会始终呈现出一种不平衡发展状态,直至 20 世纪 50 年代前,州境大部分彝族已处于封建地主制经济阶段,而少部分仍有奴隶制

---

① 方国瑜:《彝族史稿》,四川民族出版社 1983 年版,第 21 页。

残余或处于封建领主制崩溃期。由于明清时期楚雄彝区战争频繁,许多彝族逃入深山,或向外迁徙,留居坝区的彝族则多融合于汉族之中。

中华人民共和国成立后,经过对楚雄州境内不同自称、他称的彝族支系进行归并,统称彝族,并于1958年成立了楚雄彝族自治州。

"梅葛"主要在楚雄彝族支系罗罗颇、俚颇中流传。这两个彝族支系主要分布在州境西、北、中部,与秦汉时期的"越嶲"及"弄栋蛮"有渊源关系,后与西迁的"蒙舍细奴罗"等融合,形成一个有共同语言(均操彝语中部方言)的彝族群体。如今俚颇在为死者之灵指路时,其《指路经》最终是指到"蒙舍"地方。元、明、清时期,这个彝族群体又不断地与汉族、傈僳族等其他民族相融合,逐渐形成了有共同语言,但经济社会发展又稍有差异的彝族支系。如关于永仁县彝族"俚颇"来源就存在两种说法:一是土著说。认为永仁境内的"俚颇"和楚雄州境的彝族一样渊源于当地,其先民早在西汉时一部分已过着"耕田,有邑聚"的农耕生活,也有一部分过着"随畜迁徙,毋长处,毋君长"的以游牧为主的生活。清乾隆《姚州志》卷一"风俗"条引高奣映《问愚录》说:"在州四界山中者为白罗罗,常入城为市。"道光《大姚县志》卷七也说:"白罗罗,居远山穷谷中,东北界山中有之。"据此说明"俚颇"在永仁境内居住已有悠久的历史。二是南京、江西迁入说。据一些彝族家谱和老人说,其祖先来自南京应天府或江西。俚颇在送鬼时都喊:"呜——!嘿!东方的神!西方的神!大坝柳树湾南京应天府的神,快来领受香烟纸烛……"俚颇来自南京是假,但明初大批汉族军队和平民进入云南,并与当地彝族通婚和融入彝族之中,却是不可争辩的事实。因此,俚颇成为历史上不断与外来文化包括汉文化相融,经济社会发展程度较高的彝族支系。据1958年建立楚雄彝族自治州前的民族归并,大姚三台、昙华、桂花、赵家店,永仁中和、维的、莲池、猛虎、宜就等地的彝族都统称俚颇,但昙华、三台等地彝族则自称罗罗,称赵家店等地彝族为俚颇;中和直苴彝族也自称罗罗,称周围猛虎、维的、莲池等地彝族为俚颇。即便是自称罗罗的彝族也称对方为俚颇,如姚安马游、左门等地彝族自称罗罗,但马游彝族称左门等地彝族为俚颇,后者也称前者为俚颇;大姚昙华彝族称直苴彝族为俚颇,反过来,据说先从昙华迁移而来的直苴彝族称昙华彝族也是俚颇。而莲池、赵家店等地彝族自称俚颇,但不允许别人称自己为罗罗。从今"梅葛"流传中心地区的彝族来看,俚颇、罗罗颇有共同的历史渊源,只是后来受汉文化影响程度不同,经济社会发展情况不同而逐步分化、发展而来的两个彝族支系。

除"梅葛"流传区彝族俚颇、罗罗颇之外,其周边还有傈僳、傣、白等民族及其他彝族支系与其相生相融，并对"梅葛"文化带彝族及其文化产生重要的影响。傈僳族与"梅葛"文化带彝族历史源流相同，如元谋姜驿、新海等地的傈僳族被认为是从永仁县莲池、猛虎一带迁去的，与猛蓬彝族同宗共祖，只是在后来的历史演变中逐渐分化为傈僳族。俚颇与傈僳族接触较多，语言中吸收了一些傈僳族词汇，傈僳族的衣饰、原始信仰也大致与俚颇相似。傣族先民"百越"历史上曾在金沙江南岸与彝族长期共处、相融，相互吸取了许多文化因素，至今当地傣族的服饰、语言、民居多与俚颇相同。在1958年建州前，还有米撒儒、格苏颇、水彝等支系与俚颇、罗罗颇杂居，但他们在语言上是相通的，其历史乃至风俗习惯与当地俚颇、罗罗颇相同，皆是融为一体的彝族文化体系。

四、农事活动与祭祀

"梅葛"流传地区的彝族稻作农业有着悠久的历史，但至今只有少部分进入比较发达的稻作农耕。由于"梅葛"流传地区彝族多以旱作农业为主，农业生产与岁时节令密切相关，人们对自然环境的依赖性很大，普遍崇拜自然神，农事活动的各个环节与祭祀密切关联。

"梅葛"流传地区彝族的春节与汉族大体相同。这既是家庭、家族庆丰祝吉的节日，也是一个祭祖祭神的人神共娱的日子。为预祝来年的五谷丰登和准备下一年的农事活动，春节期间除祭祖之外，要遍祭与农业丰歉有关的神灵。除夕之夜拜土主，祭畜厩、水井、碓磨房、灶台、家堂，饭前先喂狗，感谢狗带来五谷之恩；[①] 正月初一清晨祭水神之"抢水"，每顿饭前祭土主、大门、灶君和家堂。初一清晨如听到喜鹊先叫，兆本年喜事多；如麻雀先叫，兆粮食丰收。清晨起床不宜见皮条、背索、砍刀、锄头、犁等农具，否则预示来年干活时会遇到意外。煮饭时不能吹火，否则一年中风大；不许扫地，否则田里生产不旺。初二，各户鸡祭土主，探亲访友。初三，祭家堂。初四，点燃香火祭土主，下地劳作。马游彝族在春节时各户根据吉凶情况择日"出羊"和"出牛"，正月第一个属虎日"驾牛"，将犁让牛驾上，用酒、肉、饭喂牛，犁牛人给牛叩头，感谢牛一年的辛勤劳作。初五后选一个日子"砍把子"，砍三把树枝放在田地里，带酒肉和12炷香在田地中央，撒上松香，插一根三杈松枝，祭祀后吃掉祭品。昙华彝族在正月属马或属鸡日烧地，用酒、肉、饭及香祭献山神、地神之后方能烧地，据说这天烧的地会让鸟、兽、虫类不敢来糟蹋庄稼。"驾牛"和"砍把子"或"烧

---

① "梅葛"流传地区普遍传说五谷的谷种是狗尾巴上带来的，故尝新节、过大年要先喂狗。

地"是彝族开始新一年农事活动的信号。正月十五，"梅葛"流传地彝族称之为过小年，午饭时要用酒、肉、茶、饭及香烛祭献家堂、火塘、大门，将大年三十贴在农具上的黄纸撕掉，表示农具已启封可以拿去劳作了。午饭后，几户相邀一起到土主庙献祭，打平伙聚餐。永仁直苴彝族正月十五日的"赛装节"，也是彝族开始农事耕作的信号。

农历二月至四月，"梅葛"流传地区彝族开始撒荞、撒秧、栽秧、点种玉米，农事繁忙，但与农事有关的祭祀活动也更频繁。二月初二，牟定腊湾、永仁莲池等地彝族集体祭龙。据传，是日为"龙抬头"、"蛇出洞"之日，各村彝民，俱往龙王庙或龙潭祭祀龙神，祈保风调雨顺、五谷丰登。昙华山彝族每年春末夏初的一个属龙日，各村彝民到有长流水的地方杀鸡宰羊祭龙神，求水求雨。马游彝族农历三月第一个属龙日集体到龙山箐的龙王庙祭龙王，由自、骆、罗三姓轮流主办，用黑山羊作祭品，祈求风调雨顺、庄稼丰产。永仁箐头彝族农历四月初属龙日以村为单位到村旁"龙树林"祭龙，每户轮流主办，供猪头，毕摩主持并念诵"祭龙经"，祈求下雨降福。二月初八是"梅葛"流传地区彝族一个较为普遍的传统节日，又称二月八节。除了祭祖之外，还要祭献山神、密枝神和畜神等。如昙华山彝族要采来马缨花插在门头、农具、粮食、畜厩、田地等地方，祈求人畜兴旺、五谷丰收，人们之间也互相插花祝福。这个节日也是农事活动的界限，标志着节日之后人们不能走亲访友，不能跳脚、对歌，要专心从事农业生产了。

"梅葛"流传地区的彝族在撒荞日、撒秧日、栽秧日等都要祭献谷神、土地神或山神。昙华彝族择属狗日撒荞，撒种前要在地中央祭土地神；荞长出后要择属狗日杀鸡祭荞神。种玉米、点黄豆要选属马日，在地中央选留一小块地盘，先点几塘，象征"入土开播"，再用肉、酒献祭，然后才能开始点种。玉米薅头次草时，要祭玉米魂。永仁县迤什厂彝族称祭山神为"祭山伯"，每逢撒秧日、栽秧日各户都要到田上方的山神处杀鸡献祭。大姚三台、桂花一带的彝族，每村都建有土主庙，庙内左边供山神，右边是土地神，中间是土主神，每年农历三月二十八日，当地彝族都要集体在土主庙内祭土主。祭了土主，人们就可以下田栽秧了。马游彝族四月开秧门之时，要用三炷香、几个鸡蛋到水口处祭谷神，献祭后将祭品吃掉。第一个下田栽秧的妇女先要用左手栽三棵，然后才能用右手栽。

农历五六月，庄稼开始返青、开花、抽穗，为祈求此时庄稼不干旱、不遭病虫灾，"梅葛"流传区彝族也要举行一系列的农业祭祀活动。永仁箐头彝族遇久旱不雨，以村为单位，筹资买羊、鸡到"龙树林"祭龙，祈天降雨；永仁猛莲等地彝族也在干旱之时集体到龙潭边杀羊祭龙，祈黑龙降雨。

六月二十四日火把节，各户都要杀鸡祭山神，祈山神保佑稻谷长得好，免遭虫害、冰雹，夜晚打着火把到稻田边驱虫。马游彝族在火把节时，家家户户准备好酒肉，带纸火到田间祭祀"田公地母"，祈祷丰收。夜晚，人们点燃火把，奔跑于田间村落，以灭虫害。此外，还要用猪头骨祭莽神。四川攀枝花平地乡彝族在火把节时，各户要用鸡、酒等供奉山神，祈山神免除自然灾害。永仁等地彝族过火把节时，以前的风俗是村寨要杀牛敬风神雨神，以避恶风暴雨。每户要杀鸡敬小土主、苍龙。当晚，家家户户用火把在屋内烧瘟疫、害虫。之后，小伙子们打着火把下田地照庄稼，用松香末撒火把，以示把病疫、害虫烧死。

收割季节是彝家最繁忙的时候，但此时他们也忘不了祭祀，因为他们把庄稼的收成与神灵的作用联系起来，认为粮食是神带来的，若不祭神，要么庄稼的神灵就会跑掉，要么神灵就不保佑来年的收成。大姚县华彝族在荞、玉米收获季节，要择属马日先祭山神后，掰下玉米和割几把荞磨成浆，做成粑粑，再端到地边祭山神和庄稼神；收割后，还要在堆放荞或玉米的晒场上，用酒肉、饭祭山神，感谢山神赐给好收成。永仁直苴彝族收割稻谷时，要用羊、鸡等祭品到山神处祭山神和谷神；猛连等地彝族收割稻谷之日，各户备一碗饭、三片腊肉，到田边后，插三炷香在田埂上，祭拜山神和土地神，感谢山神、土地神赐给好收成，然后才能开镰收割；收割后第一顿吃新米，要用新米饭、腊肉和三炷香祭祖先，感谢祖先的庇佑，并请祖先保佑来年人畜平安、庄稼丰收。祭毕先用新米饭喂狗，然后全家享用。牟定腊湾彝族农历八月第一个属蛇日为尝新节，各户割一把小米蒸在饭上，饭前先喂猪、牛、狗。姚安马游彝族在农历八月属龙或猴日尝新，接回出嫁的女儿，采三穗谷子与饭同蒸，熟后搓拌于饭中，杀羊或鸡祭祖，饭前先喂狗，然后添一碗饭，从长辈到中年再到小孩轮流传递吃两口后，再各自添饭吃。饭中"谷子多"意含"粮食多"。尝新节之后，彝民们开始储藏粮食，也有的立一谷神或荞神像供于谷堆或荞堆上，一年的农事活动基本结束。

"梅葛"流传地区彝族的农业基本上靠天吃饭，一年中雨水的多寡直接关系到粮食的丰歉，因而主司农业的山神、土地神、龙神、谷神等在农业祭祀中占有重要地位，并与祖先神结合在一起，其祭祀活动贯穿于农业耕作活动的整个过程，对彝族的农事活动产生着重要影响。

五、民间信仰与毕摩

"梅葛"流传地区彝族大多信仰本土宗教与儒、释、道相融，并带有原始色彩的宗教，普遍存在自然崇拜、图腾崇拜、鬼魂崇拜和祖先崇拜。彝族的自然崇拜亦即多神崇拜。他们认为：天地日月、山川树木、风水雷电、人畜器物都有神灵，人若求之，则有效；人若惹之，必遭报应。人的凶吉祸福，都受神灵驱使；收成丰歉，也与神鬼有关。一旦天灾人祸降临，则必请毕摩、"相通"（男）"巫婆"送神驱鬼，故长期保留有祭龙、祭天、祭山神、祭田公地母等活动。

"梅葛"流传地区的彝族崇奉"咪司"。彝语"咪"意为土地，"司"意为主或神，汉语将半山区、坝区周围彝族的"咪司"译为土主，将山区彝族的"咪司"译为山神。他们认为，"咪司"是地上最大的神灵——守护神，其职责是管理本乡本土内的庄稼丰歉、人畜灾病、禽兽生息、草木枯荣等等。彝区普遍设有土主庙，庙内有三神：右土地、左山神、土主居中。居于深山的彝族多不设庙，但每村亦必设土主山，山中选三株大树象征土地、山神和土主，树下设祭坛。此外，各户在坟山也设有自家山神。过去在春播前或秋收后，或灾害严重、人畜瘟疫之时，都要请毕摩主持全村性的祭祀；现多为个体家庭祭祀。牛、马、猪、羊下崽后，也常在厩门或土主庙杀鸡祭"咪司"。

此外，"梅葛"流传地区的彝族的祭龙神（水神）、祭土地神、祭天神、祭密枝（森林）、祭牧神、祭火神等也较为盛行。如姚安适中彝族每年春秋两季要祭祀土地神，过大年时要祭火塘神；南华五街、大姚三台彝族春末夏初要祭祀天神；大姚县华彝族每年农历一月或二月要集体祭山林等等。规模大的祭祀由毕摩主持，较小的或家庭祭祀则自己杀鸡祭祀即可。

图腾崇拜在"梅葛"流传地区的彝族中较为普遍，其中以"罗罗颇"的虎崇拜最为明显。"罗罗"有的认为意为虎，"颇"意为族或人，即自命"虎族"。他们在举行祭祀仪式时，用画有虎头的葫芦瓢象征自己的祖先。"梅葛"中有虎尸化世间万物的记述，牟定等地彝族还存有戴虎帽、穿虎头鞋的习俗，当属虎图腾遗迹。此外，大姚、永仁、姚安等地"梅葛"流传地区彝族尚有雪、马缨花、蛇（龙）、熊等图腾。

彝族认为人死魂不灭，人之所以会死，是因为人的魂被鬼抓走了。大姚县华彝族认为：人有 12 个灵魂，最大的灵魂离去，人就会死，其余 11 个小灵魂仍游离于肉体之外活着，并会影响子孙的生活。他们还进一步认为，动植物都有灵魂，故毕摩在为死者招魂时也常念诵："粮食、羊肉的味你闻去，魂你不要拿去。"永仁等地彝族认为：一切动植物都有灵魂，人的灵魂不会死，人体死后灵魂会重新投胎做人，而且它能知生者的言行善恶，并会保护其子孙。日常生活中，如果有人突然生病或是被急着、吓着，他们都认为是碰着死者的东西或遇着孤魂野鬼，魂魄被勾去了所致，必须要"泼姜水饭"和"叫魂"。昙华山彝族梦见太阳落山或牙齿掉落，认为亲友的魂被勾走了，要请毕摩叫魂；患白口疮、牙疼，定是水鬼作祟，要在水井旁杀鸡祭祀。团塘彝族认为：凡是长久生病死亡或凶死的灵魂，都会变成害人鬼，家人生病必是这些鬼作祟，要"泼姜水饭"将鬼魂逐出家门。永仁勐莲彝族认为：魂不附体，人便会无精打采，四肢无力，要举行"叫魂仪式"，即煮一个鸡蛋，剥壳后和米饭装在碗里，取失魂者的旧衣服一件，带几炷香及若干纸钱，到失魂地点后，先用饭献祭，然后喊着失魂者的名字往家走，回家后将香炷插在堂屋墙脚，失魂者磕头后穿上衣服，表示魂已归身。直苴彝族的"簸笆鬼"是一对殉情男女的灵魂变的凶鬼，若外出回家的人生病或年轻的妇女患病，都要杀鸡送簸笆鬼。在"梅葛"流传地区的彝族观念中，鬼魂有善恶之分，善的称"神"，要敬要祭；恶的称"鬼"，要驱要送。平时祭鬼的名目繁多，据不完全统计，迄今在彝族原始宗教里还残留着一百多种鬼魂。

祖先崇拜在"梅葛"流传地区的彝族中最为发达，几乎每户都有一个专为供奉祖先而设的家堂，有的则在正房楼上墙壁挖一个洞，称为祖先洞。昙华山彝族在老人死后，经毕摩占卜在坟地选定一棵马缨花树，献祭后挖回并取一截刻成死者人像，供奉于家堂上，送葬回来后移送到正房楼上的墙洞中供奉。马游彝族在老人死后，族人带祭品到坟山卜定一棵松树，献祭磕头，先在树东面削一刀，然后将松树砍倒扛回家，插在一袋粮食上，出殡日清晨在松树前宰羊祭献，毕摩念经给孝子认祖，把松树掰断，用白布裹好，安葬后刻成人形，供奉于楼上的祖先洞。直苴彝族在老人死后（男9天，女7天）接祖灵，请一长者将一截松树杆刻成人形，供奉于祖灵牌位。大姚团塘彝族在老人去世后请毕摩占卜后将一棵小松树挖回家，截一段刻成人形，捆在一扇形竹簸笆上，供奉于正堂中央的墙洞里。"梅葛"流传地区彝族的家堂和"灵牌"供奉时间因地域而异，但多数供三代后就焚掉"祖灵"而移至"家神"画像上。也有的地方如永仁勐莲彝族只有祖先"灵位"而没有"灵牌"，且与儒、释、道诸神一起供奉。

"梅葛"流传地区的彝族过年、过节最不会忘记的就是祭祖，并有家祭和野祭之分。家祭主要是节庆、家庭重大活动或家庭不吉时在祖先"灵牌"或家堂前的祭祀活动，这样的祭祀较多，每个家庭每年都有几十次，一般杀鸡或用猪肉、酒祭祀即可；"野祭"则是到祖先坟上祭祀，一般是家族的集体祭祀，每年的次数不多，但较为隆重，一般都要杀羊祭献。特别是七月半节、跳家堂就是为去世的长辈送魂，更是他们较为重大的祭祀活动。

毕摩，"梅葛"流传地区彝族一般称为"毕么"、"朵西"、"阿毕"等，一般是由不脱离生产劳动的男性担任，分为世袭和师传两种，都不识彝文，也没有彝文经书，全靠口传和记忆。毕摩是彝族传统文化和习俗的保存者、传承者，彝族原始宗教活动大多与毕摩有关联，自然崇拜、图腾崇拜中的祭天、祭山神、祭龙神、祭山林、祭马缨花神等重大祭祀一般只能由毕摩主祭，祖先崇拜中的制作祖灵、安祖灵牌、置家堂、跳家堂、招送魂及丧葬活动，一般也只能由毕摩主持。此外家族的祭祖活动、嫁娶、建房等也离不开毕摩，因而毕摩在彝族社会中的地位及威望较高。但现今"梅葛"流传地区的毕摩较少，一般重要的祭祀活动只能从邻近地区请毕摩或由"相通"主祭，如马游、黄泥塘、葡萄等地数十里范围内仅存一名57岁的师传毕摩；牟定腊湾地区已没有毕摩，遇有丧事活动只能请一名能说会唱而又稍通祭祀的人来主持；大姚县华山地区还有四五名毕摩，但都是师传的，没有资格主持大规模的祭祀活动；至今，永仁直苴地区已数十年来没有毕摩。彝族的原始宗教活动特别是丧葬活动在过去少不了毕摩，但现今毕摩人数却在不断减少甚至消亡，这也应该是彝族原始宗教不断式微及彝族传统文化衰退的主要原因之一。

六、民间艺术和口承文学

"梅葛"流传地区的彝族民间艺术源远流长，主要类别有音乐、舞蹈、雕刻、工艺、绘画等。其中，音乐和舞蹈在民间艺术中占有重要地位。

（1）歌。楚雄彝族爱唱歌，而且很善于唱歌，有时甚至到了以歌随地应答、以歌代言的地步。几十年来，楚雄州民间文艺工作者在"梅葛"流传地区搜集到彝族民歌几十种，民歌歌词三千余首，仅永仁县就搜集、整理彝族民间歌谣六百余首。按其流行地区的民歌体裁和内容大致可分为古歌、祭歌、劳动歌、苦歌、礼俗歌、情歌、山歌、时政歌、儿歌等几大类。这些民歌都有比较固定的曲词，每种曲调在歌头和歌尾大都有词义不明的衬词来定名，如"梅葛"流传地区大姚县华等地的"梅葛调"、"玛莫若调"，牟定的"罗哩罗调"，姚安的"古遮调"、"阿喋古"，南华及楚雄山区的"阿苏则"等。民歌的唱法和曲调往往因地而异，如姚安、大姚、永仁的"梅葛"，西山居住的彝族叫"梅葛"，同一县的东山彝族却不叫"梅葛"而叫"山歌"、"左脚调"，曲调也迥然不同。此外，还有大量即兴创作的新民歌。特别是在跳歌、婚娶、欢宴等场合，常常是兴之所至，山歌即脱口而出。

（2）乐。"梅葛"流传地区彝族的歌、舞、乐三者是密切相连的。清康熙《楚雄府志》载："四山夷人，跳月踏歌，吹芦笙、竹笛，弹月琴，以和其声。"流传至今的彝族乐器主要有唢呐、笛子、毕噜、月琴、芦笙、口弦、小闷笛等。芦笛、唢呐在礼仪性的场合使用较多，笛子、月琴、小三弦、毕噜等则多用于伴奏的舞曲。若按乐器在歌舞活动中使用的地域来划分，大姚、永仁及姚安西山彝族多盛行芦笙，而牟定、南华及姚安东山彝族则多盛行月琴。

（3）舞。"梅葛"流传地区彝族民间舞蹈历史悠久。清康熙《楚雄府志》说："四山夷人……以节歌跳月为乐，婚葬皆然"；"四时庆吊，大小男女皆聚，吹芦笙，作孔雀舞，踏歌顿足之声震地，尽欢而罢。"《定远县志》也说："三月二十八日，旧城外南郊东岳宫赶市……至晚，男女百余人，嘘葫芦笙，弹月琴，吹口弦，唱夷曲，……环围跺左脚至更余方散。"舞蹈分模拟性和自娱性两类。模拟性舞蹈有巫舞、羊皮舞、跳丝、打猎舞、撵老鸹舞等；自娱性舞蹈则有打跳、芦笙舞、左脚舞、三弦舞等。按地域划分，永仁、大姚、姚安西山等地彝族多盛行"芦笙舞"和"打跳"，动作奔放，节奏跳跃性强烈，旋律粗犷刚健、剽悍；牟定、南华及姚安东山等地彝族则多盛行"左脚舞"，以跺脚时先起左脚而得名，嘴里唱着以"罗哩罗"为伴奏音的乐曲，边舞边唱，舞步较为舒缓、轻柔。农闲时节的月白风清之夜，或是村寨里有婚丧喜事，或是庆祝丰年，只要有人吆喝，弹起月琴、三弦，吹起芦笙、竹笛，村寨的男女老少便会自发聚集到村边空地，燃起篝火，手牵着手，肩靠着肩，形成无数的舞圈，随着乐曲的节奏，踏歌起舞，歌声琴声舞步声响成一片，舞圈如浪如潮，直到更深月西斜，尽兴方休。

"梅葛"流传地区彝族民间文学具有鲜明的民族特色和浓郁的乡土气息，和彝族人民生活紧密相连，深深植根于彝族文化这块土壤之中。由于"梅葛"流传地区彝族无文字记录，基本上是以口耳相传的形式在民间流传的口头文学，其中的相当部分已经是一种不受制于特定的宗教、民俗活动及其特定文化氛围的文学形式，即只是"讲一讲故事"或"唱一唱调子"。从某种意义上说，口头文学是依存于彝族社会生活、文化生态系统的有机体，即它一旦被创作出来，便存活于具有某种共同价值取向及文化心态的人群中，口头文学的体态形式不断由神话、史诗、传说、歌谣、祭辞向谚语、笑话、抒情叙事长诗、民间叙事诗等延伸和发展。其中彝族神话具有比较完整的体系，如有开天辟地和补天补地的神话，有万物起源和人类进化神话，有洪水泛滥、兄妹成婚神话，有火神话，以及各种动植物来源的神话，并在此基础上形成了《梅葛》、《俚颇古歌》等创世史诗，起到了系统地将神话固定、保存下来的作用。

"梅葛"流传地区彝族民间传说相当丰富，包括人物传说、风物传说、习俗传说等方面的内容，如《白蜂战》、《狗找同伴》、《山羊和绵羊的传说》、《五谷的传说》、《兄妹传人》、《插花节的传说》、《昙华山的传说》、《彝医巴嫫的传说》、《马缨花的传说》等等。楚雄彝族的传说十分生动,主要是对山川古迹、花草树木、历史人物、风俗等的由来做出有趣的解释,并给予真诚的民族感情,故尤受彝族人民珍爱。民间故事是"梅葛"流传地区彝族民间文学的重要门类之一,主要有传奇故事、动植物故事、生活故事、寓言、笑话等,它以生动的艺术语言记录了彝族人民的生活和斗争,从不同侧面反映了彝族人民的思想、感情和愿望,如《包头王传奇》、《马缨花的来历》、《狗找朋友》、《山神不开口,老虎不得吃》、《山公鸡》、《聪明的竹鸡》、《斑鸠和鸡》、《憨姑爷的故事》等。仪式歌则是彝族在民间各种仪式上演唱的歌谣,有些带有宗教和迷信色彩,分为祭祀歌和礼俗歌两部分,祭祀歌包括祀典歌、占卜歌、祖灵歌、丧葬歌等,如《指路歌》、《退车马歌》、《祭酒先敬天》、《祭奠经》等;礼俗歌包括岁时歌、婚俗歌、建房调、待客歌等,如《火把歌》、《哭嫁歌》、《传烟调》、《建房调》、《嫁女歌》、《进亲歌》等。此外,彝族民间还流传有大量的比喻出奇、结构精巧、语言简练的谜语、谚语,如"人要实心,火要空心"、"不笑破,只笑惰"、"山有山神,寨有头人"、"孬田地要耕,穷亲戚要认"等。民间长诗是彝族民间口头文学发表的较高阶段,可分为史诗、抒情长诗、叙事长诗等。"梅葛"流传地区彝族的史诗主要有《梅葛》、《老人梅葛》、《俚颇古歌》、《冷斋调》、《青棚调》等;抒情长诗以《苦楚歌》、《妹妹出嫁诉苦情》等为代表;叙事长诗则有《阿买》、《老三和龙王三姑娘》、《阿谷鸟》等。这些作品世代口耳相传,经过千锤百炼,富有鲜明独特的民族色彩和浓郁的民族风格,成为彝族文化遗产中珍贵的部分。

七、母语(彝语)与汉语的使用

"梅葛"流传地区的彝族有自己的母语(彝语),并且至今在大多数地区仍以彝语为主要民间用语。

彝语属汉藏语系藏缅语族彝语支。彝语方言土语较多,根据彝语内部语言、词汇和语法的差异,可划分为六大方言25种土语。"梅葛"流传地区彝族操彝语中部方言,分南华、大姚两种土语,即"罗罗颇土语"和"俚颇土语"。

罗罗颇土语主要分布在南华、楚雄、牟定、姚安等县(市),语音特点是:①有腭化声母,如南华岔河有38个声母,其中有4个腭化音 pj、p'j、bj、mj;②有辅元音和卷舌元音,且多数松紧对应。在词汇方向,与俚颇土语基本一致。语法特点是:①词序和虚词是表达语法意义的主要手段,基本词序为"主＋宾＋谓"型；②量词较多；③人称代词修饰名词中心词表示领属关系时，名词中心词须转换声调，如姚安 noi²¹（牛）——ni³³，（你）ni¹³（牛）"你的牛"；④量词不能直接修饰名词，表示名词的不定单数时，须在量词前加 t'i²¹"——"；⑤动词、形容词不能用肯定、否定直接相叠的方式来表示选择式的疑问，必须在肯定、否定之间加助词 mi³³ 等。

俚颇土语主要分布在大姚、永仁两县及四川攀枝花市仁和区，语音特点是：①辅音较少，如永仁猛虎有 34 个辅音，无舌尖后音和鼻浊辅音；②元音多数分松紧，如大姚新街大村有 17 个元音，其中有 6 对分松紧，无紧舌元音 α；③声调较多，有 55、44、33、21、13 五个声调，其中 13 调作为语法手段出现在汉语借词里。语法特点是：①基本语序为"主＋宾＋谓"型；②单音动词、形容词重叠表示疑问；双音动词重叠第一个音节表示疑问，双音形容词则重叠后一个音节；③少量动词用声母清浊音交替表示自动、使动的区别；在动词后加 mɯ⁵⁵ 构成使动态的分析形式；④部分名词带词尾 mo³³，多数亲属称谓带词头 a³³；⑤否定副词位于动词或形容词前；程度副词也位于中心词前；⑥助词丰富，不仅有状语助词，还有受动主语和宾语助词；⑦以单音词为主，但名词中双音词和多音节词较多。

中部方言的语法结构基本相同，词汇中有 85% 左右相通，两个土语之间能够进行对话，交往时不需翻译，特别是相邻或同一区域的两个彝族土语，其语音、语法、词汇约有 90% 以上相似。

中部方言的彝语受汉语影响较早，特别是明清以来大批汉族人群进入彝族地区定居，形成汉民族占主导的分布格局，汉语作为主导语言对彝语产生巨大的影响，坝区边缘、交通沿线的彝族逐渐改操汉语或汉、彝语并用。据不完全统计，中部方言约 45 万人口中，只会说汉语不会说彝语的约 7 万人，只会说彝语不会说汉语的约 15 万人；彝、汉两种语言都会说的约 33 万人。从罗罗颇、俚颇两个彝族支系的语言来看，罗罗颇中只会说汉语不会说彝语的不到 10%，只会说彝语不会说汉语的约占 30%，彝、汉两种语言都会说的占 60%；而俚颇中只会说汉语不会说彝语的约占 50%，只会说彝语不会说汉语的不到 5%，彝、汉两种语言都会说占 45%。以"梅葛"流传地区几个彝族村寨的语言使用来看：

（1）姚安县官屯乡马游村彝族自称"罗罗"，是"梅葛"流传的中心区之一。这里的彝族 60 岁以上的老人有 20% 左右懂彝语而略通汉语，80% 左右汉语、彝语都会讲，不会讲汉语者极少；40～60 岁的人汉语、彝语都精通，本地人之间的语言交流多用彝语而不用汉语；14～40 岁的人精通汉语，彝语却显得有些陌生，他们之间平常的语言交流也多用汉语；7～14岁以下的则约有70%精通彝语而略懂汉语，汉语讲得不流畅；7岁以下儿童有80%以上能讲彝语而不会讲汉语，故20世纪80年代中期以来，在马游完全小学1～2年级开设双语（彝、汉语）教学，让上小学的儿童学习汉语以适应现代科学文化教育。

（2）永仁县直苴村彝族自称"罗罗颇"，他称"俚颇"，60岁以上的人有30%左右只会说彝语不会说汉语，30%的略通汉语，40%的彝、汉语都会讲；40～60岁的人约有10%略通汉语但精通彝语，90%的彝、汉语都会讲；10～40岁的人基本上彝、汉语兼通；1～10岁的儿童约有40%只会讲彝语不会讲汉语，60%的彝、汉语都能讲。在家里及本地人交流时一般用母语。

（3）大姚县华村彝族自称"罗罗颇"，他称"俚颇"，60岁以上的人约有40%不会讲汉语，30～60岁的彝、汉语都会讲，10～30岁的人约有10%只会讲汉语不会讲彝语，1～10岁的儿童约有40%不会讲汉语。本地人交流多用母语，外出用汉语。

（4）牟定蟠猫村彝族自称"罗罗颇"，60岁以上的人约有50%不会讲汉语，30～60岁的人约有20%略会汉语，10～30岁的人彝、汉语都会，1～10岁的儿童60%以上不会讲汉语。平常本地人交流多用母语。

（5）南华县咪黑们村彝族自称、他称都是"罗罗颇"，10岁以上男女都能讲汉语，部分老年妇女及10岁以下小孩对汉语不熟练，儿童基本能听懂汉语，但不会讲。本地人在一起交流用母语。

（6）永仁县勐莲村彝族自称、他称都是"俚颇"，50岁以上的人能讲彝语，30～50岁约60%的会讲常用彝语，30岁左右的有10%左右能讲几句常用彝语，20岁以下的基本不懂彝语只会说汉语。人们在一起交流多用汉语。

（7）四川攀枝花市仁和区迤沙位村彝族自称、他称都是"俚颇"，只有40%以上的人能听懂并会讲些彝语，30岁以下的人已不会讲彝语，也听不懂彝语。汉语是人们的常用语。

（8）大姚县团塘村彝族自称、他称都是"俚颇"，据说10年前有50%的人能听、能讲彝语，现今只有50岁以上的人能讲彝语，30岁左右的有少部分能听一些常用彝语，20岁以下的很少能说彝语。彝语在当地人的交流中很难听到。

与10年前相比，中部方言地区的彝族能听、能说彝语的已由50%左右下降到现今的30%左右，而且人数还在急剧减少，若现今40～60岁的人逐渐故去，那么二十年后能听、能讲彝语的人可能不到5%，彝族传统文化的式微与母语（彝语）的淡出基本上是同步的。

第二节　文化生态系统的描述

所谓文化生态系统，是某一族群为了适应生存于其中的自然环境而对其进行长期的改造、加工所形成的具有特定人文特点的人文生态系统。它是由自然环境系统、经济文化系统、社会组织系统、精神文化系统组成的复合体。其中，作为文化载体的族群在这一系统中处于中枢位置。在原始氏族社会或传统农业（或游牧）社会中，特殊的自然环境以及低下的生产力，与相对封闭的社会环境相适应的经济活动、生产方式、生活习俗、原始（民间）信仰、宗教祭仪、文化心理、价值取向等便组成了"链"中的各个环节和一个互动共生的生态系统。

一、经济、文化类型及其变迁

"梅葛"流传地区是人类起源、演化、发展的重要地区之一。1965年在龙川江畔发现170万年前的"元谋人"已掌握了用火技术。随之在元谋大墩子、永仁菜园子、大姚桂花大村等新石器文化遗址中，出土了大量石制、陶制生产工具、房屋建筑遗迹、公共墓葬及谷物炭化物，表明此时彝族先民的一部分已开始由游牧转向定居，形成了村落，并开始种植稻谷。约距今三千年前，楚雄地区的先民创造了以铜鼓为代表的青铜文化。在楚雄万家坝、张家屯，姚安营盘山、前场等地的青铜文化遗址出土了大批青铜生产工具、生活用具及乐器等，其中生产工具占出土器物的80%以上，表明州境内有部分彝族先民的农业耕作技术已发展到相当水平，并已告别原始社会进入了文明社会的门槛，但大部分彝族先民仍处于"随畜迁徙，毋君长"的游牧部落阶段。

自西汉中期始，楚雄地区被纳入郡县统治，开始移民垦殖，"梅葛"流传地区的彝族大部分进入了定居农耕，但狩猎和采集在经济生活中仍占有重要地位，坝区、交通沿线的彝族先民则进入了以稻作为主的农耕社会。蜀汉时期，以弄栋（今姚安）为中心置云南郡，将洱海地区和楚雄西部纳为一体，形成了以弄栋为中心，以西南古丝道为轴线的南中经济区。公元664年，唐朝在弄栋设置弄栋府，进行了大规模的移民开发，促进了"梅葛"流传地区坝区的开发，到大理后期，三姚（今姚安、大姚、永仁、牟定等地)一带"土田生苗稼,其山川风物,略为东蜀之资荣"。① 这一时期,由于爨氏家族的统治,自先秦以来即为彝族先民"嶲"、"昆明"聚居的"梅葛"流传地区,已有爨文化渗入,并开始形成了土官制度。

南诏时期,随着大规模的政治性移民,"梅葛"文化流传地区原有的民族分布格局被打破,促进了内地移民与彝族先民的大融合。武则天时期,张柬之上奏说:"剑南捕逃,中原亡命,有两千余户,见散在彼州(姚州),专以掠夺为业。"② 说明当时除官方移民外,民间私自迁徙的也不少。民族迁徙的结果,促进了奴隶制解体,至南诏后期,大姚、姚安、牟定等坝区彝族进入了封建领主经济,山区的畜牧经济也得到很大发展。大理国时期,从四川流入的汉族在大姚、姚安等地租种、垦殖,带来了内地先进的生产技术,促进了这一带的经济发展。大理国后期,"梅葛"流传地区均为高氏领主统治,使山区、半山区的彝族地区得到垦殖(如姚安马游就是在这一时期移民垦殖的),大部分地区也形成了封建领主经济。

元明清时期,由于屯垦制度的普遍推行,"梅葛"流传地区许多莽野荒田得到开发,耕地面积成倍的增长。明初洪武年间,"云南唯姚安多荒田,调岷府护卫军士屯种,立为中屯千户所。"③ 明隆庆二年(1568年),定远县(今牟定)已有"官民田地二百九顷六十五亩一分八厘"。④ 至清康熙四十年(1701年)增至"民地四百五十二顷六十一亩","民田六百八十七顷九十九亩"。除坝区得到普遍开发之外,广大山区也增加了大量居民点和面积不等的旱作种植区。同时,由于兴修水利和农田水利条件的改善,"梅葛"流传地区彝族在从内地传入生产工具和生产技术之后,自明末起也引进了一些农作物品种,如玉米、马铃薯等,进一步推动了山区农业经济的发展。农业发展的同时,工矿业也进入了一个繁荣时期,石羊等地井盐得到大规模开发。总之,经过元、明、清六百余年的垦殖,"梅葛"流传地区由农奴制进入了封建社会,并达到了当地封建经济文化的鼎盛时期。经济上,坝区交通沿线及部分半山区的彝族已经进入封建地主经济,僻远山区的彝族则大多处于封建领主经济;文化上,内地的学宫、文庙、书院等一系列文化教育制度在"梅葛"流传地区建立,在楚雄繁衍了千百年的地方民族文化体系,在汉文化冲击涤荡之下,开始形成了文化移植。"梅葛"流传地区的俚

① (宋)杨佐:《买马记》。
② 《旧唐书·张柬之传》。
③ 《明实录·太祖实录》。
④ 隆庆《楚雄府志》。

颇大量地接受并移植汉文化，从而形成彝、汉文化并存，以汉文化为主的局面；罗罗颇虽受汉文化的影响，但仍然保留着自己的文化体系。这一时期，"梅葛"流传地区的民族分布格局也基本形成。明军入滇后，大量汉族人口迁入，姚安等地形成了"汉僰杂处，罗罗山区"的民族分布格局，促使了姚安府"僰与汉同风"；居住在坝区及交通沿线的彝族与汉族形成"彝汉杂处"的局面，大量的彝族接受了汉文化的熏陶。

近代"梅葛"流传地区的彝族的经济，基本上以农业为主要产业，辅以不多的手工业和商业。其农业的特点是狭小的耕地面积上依附着众多的人口，以简单的农业生产技术依靠土地进行再生产，维持基本生活水平。农业生产技术和生产工具的改进极度缓慢，绝大部分地区仍以粗放经营和牛耕、人力为特征，有相当一部分彝族还处于"刀耕火种"状态。水利条件差，作物品种单调，产量低下，无力抵御自然灾害的冲击。从经济形态来看，明清以来形成的分布格局没有大的改变，即坝区、交通沿线彝族以稻作经济为主，辅之以旱作及畜牧经济；半山区及部分山区旱稻兼作，辅以畜牧经济；山区及高寒地区彝族仍以旱作经济为主，辅以游牧和采集。文化发展上，随着新式学堂的建立，如"梅葛"流传中心地区的马游、腊湾等在清末先后建立了学堂，学校教育已经渗入彝族地区，大部分彝族受到了汉文化影响，当地汉、彝文化已融为一体，但在罗罗颇的大部分地区仍保留着以彝族文化为主的民族文化。

中华人民共和国成立后，"梅葛"流传地区的彝族从不同的社会经济形态跨入了社会主义社会，建立起了社会主义经济制度，缩短了与内地及汉族的经济差距。随着"梅葛"流传地区彝族经济条件的改善和农业技术的推广，其经济类型也随之发生了变化，主要存在两种经济类型：坝区及交通沿线彝族的经济以稻作农业为主，其发展水平与邻近汉族相当；半山区、山区结束了纯旱作经济的历史，转入了旱稻兼作经济类型。文化上，民族文化在社会主义新文化的建设中得到了保护、发展。从民族文化的发展的差异来看，俚颇地区汉、彝文化兼容，文化教育发展程度较高；罗罗颇地区保留了深厚的彝族文化，以本民族文化为主，现代文化教育的发展相对滞后。

二、年中行事

"梅葛"流传地区的彝族以农业经济为主，故一年的节庆及祭祀活动基本上围绕着农时节令进行，从年初到年终都是在农事上做文章。

春节是"梅葛"流传地区的彝族庆丰祝年的节日，也是人畜休整的时期。彝族的春节一般从腊月三十日至正月十五日，节日期间，人们尽情欢乐，欢宴、祭祖、跳脚、访友，同时开始驾牛、出牛、砍荞把、烧地等活动，预示着新的一年农事活动即将到来，为农耕、畜牧活动做好准备。到了正月十五日，过年的最后一天，祭祖先、家神、灶君等，祈求它们保佑新的一年家庭平安、五谷丰登；还要把年前封贴在农具上的黄纸撕掉，表示已过完年了，应该劳动了。

"梅葛"流传地区的彝族都有一个约定俗成的农事信号，且一般为节日。永仁直苴彝族正月十五日的赛装节之后，便停止一切娱乐、恋爱、婚娶等活动，专心从事农业生产，人们开始育小秧、挑肥及各种播种准备。直到农历四月第一个属狗日开秧门，家家户户放好秧田水，驾好牛，祭秧神，过去是伙头先赶牛下田犁耙，其妻下伙头田栽第一行秧后，其他人便开始犁田栽秧，在这之前谁也不得在伙头田耕种之前栽种。大姚昙华、姚安马游等地彝族把"二月八节"（又称马缨花节或插花节）作为农耕开始的时节。节日之前，人们可以跳脚、恋爱、走亲、婚娶等，节日后停止一切娱乐活动，专心从事一年的劳作。大姚三台、牟定等的彝族以三月二十八日作为农耕开始的信号，三月二十八日三台彝族叫赛装节，牟定彝族称"三月会"，节日之前人们可以有一些零星的娱乐活动，但节日之后则禁止一切与娱乐有关的活动，直到农忙季节结束为止。三台彝族甚至不能在节前栽秧，只有过了赛装节、祭了土主之后才能下田栽秧。

"梅葛"流传地区彝族的农事历法不像汉族那样明显分为四季，而主要分为冷、暖、热三季。由于海拔高差大和立体气候，各地进入暖季的时间不一致，进行的农耕活动也不尽相同。现举几个彝族社区为例：

1. 牟定腊湾

正月初一、初二祭土主；正月十五过小年；正月二十祭祖及畜神；二月八马缨花节；二月十五寨子山赶会；三月清明节；五月端午节；五月属马日撒荞、栽稗子；五月属狗、马日点种玉米；六月二十四日火把节；七月十四日祭祖节；八月第一个属蛇日尝新节；八月十五日团圆节；八九月属牛、马、狗日收玉米、稗子；九月土黄节祭土黄，十一月冬至节祭祖等。由于尚处旱作农业类型，其农事节日自然与旱作农耕相关。

2. 大姚昙华彝村

正月或二月属马日烧地；二月初二祭龙；二月初八过"小年"；三月属马日撒荞；三月二十八日祭土地神；四月逢六日祭山神；四月属狗日种玉米；荞、包谷长出后祭荞神、包谷魂；六月二十四日火把节祭祖、祭山神；八月第一个属马日尝新节；八月属马、牛、狗日收荞或玉米祭荞神、玉米魂；九月属马、牛日玉米、荞入仓。昙华属于典型的旱作农业，其节日和祭祀基本上围绕旱作农耕进行，并保留了部分游猎文化的特征。

3. 姚安马游彝村

春节期间的正月初五后择吉日"砍把子"、"驾牛"；正月十五日过"小年"；二月初八日祭祖、赶龙华会；三月清明节祭祖；三月第一个属龙日集体祭龙；四月立夏、小满撒荞、栽秧；五月端午节，又称药王节；六月初六祭土主，六月二十二日祭羊神，二十四火把节祭田公地母、祭荞王；六月第一个属虎日祭财神；七月第一个属虎日送鬼（"勒波基"）；八月十五日尝新节；九月送土神；十月"十月招"祭祖、祭山神。马游地区旱作稻作农业并存，因而其节日和祭祀呈现出旱作向稻作过渡的文化特征，在"梅葛"流传地区具有代表性。

4. 永仁县麦地河彝村

春节期间的正月初一"抢水"，正月初二祭山神；正月十五过小年；正月属马日撒小秧；二月初二祭龙；三月属马或狗日种玉米；三月或四月择吉日栽秧；五月若遇干旱择属龙日祭龙；六月二十四火把节祭祖、祭山神；七月初祭祖，七月十四日送祖；八月十五日尝新、祭祖；八月收稻谷、玉米；九月土黄节祭土黄；冬月初十日牛王会；腊月腊八穿牛鼻绳、打新灶等。麦地河村是较早转入稻作农业的彝族地区，农业较为发达，其节日与祭祀都与稻作农耕的祭龙、祭祖有关，并呈现出多元文化并存的特征。

在"梅葛"流传地区的彝族的年中行事活动中，坝区、交通沿线及山区的俚颇与汉族年节及农事活动相近，祭祖、栽种、收割等有较大的随意性，只要不违农时节令就行；而山区俚颇和罗罗颇则较讲究时日，如只能在属马、牛、狗日栽种、收割，忌属鼠、蛇等日，甚至什么时候祭祀什么神，哪月哪日哪个时辰栽种、收割等都有严格的规定，在此之前或之后都不能违反，并且祭祀与农时节令紧密地结合在一起。此外，主食的种植、收获比较讲究节令和禁忌，在中耕管理等方面也舍得花工夫，而非主食如豆类、麦类等的种植则随意性较大。

一般来说，秋收之后，"梅葛"流传地区的彝族进入了农闲季节，人们除做一些春耕的准备如积肥、撒麦、种豆等简单的农活之外，探亲访友、婚娶、建房起屋等都在此时进行，青年人则恋爱、娱乐，通宵达旦。冬腊月杀过年猪，备足年货之后，人们又开始迎新年了。

三、人生礼仪

"梅葛"流传地区的彝族普遍重视人生礼仪，主要有吉祥神秘的诞生礼仪、成年礼仪，喜庆庄严的婚恋礼仪和隆重繁复的丧葬礼仪。

    彝族的诞生礼仪往往由于妇女生产的种种避讳及生理的特殊性而在极小的范围内举行，且有一定的风俗习惯。怀孕，彝族人称为"有喜"；生育，彝族人称为"喜事"；不生育的，要"求育"、"促育"。楚雄彝族多有祭石求子的习俗。直苴彝族认为妇女不育是双方八字不合，命中无子，一是千方百计寻求民间偏方服用；二是求神，即抱养一亲朋的子女，称之为"压屋基"，以求能带来一男半女；三是请毕摩占卜，查算其家无儿的原因。一般认为不生育是被仇人所害，仇人把他的东西埋在某处，毕摩将其找回，他家就会生育。南华五街等地彝族求子的方法：一是挂彩。不会生育的妇女拿着香火，扯一块红布到附近的庙宇烧香拜佛，将红布挂在庙内，并在农历初一、十五去烧香拜求。二是找灵媒求子。不会生育的夫妇去找一灵媒，给女人取一个名字，然后每月初一、十五到当地最高的山去烧香，由灵媒替他们求子，直到怀孕为止。孩子生下后，请灵媒取名，据说这样孩子才活得长久。牟定腊湾、姚安马游等地彝族不育夫妇一般是到土主庙里或土主庙前杀鸡祭土主求子，大姚昙华、永仁莲池等地彝族不育夫妇则是到山神树前杀鸡求子，直到怀孕为止。

    妇女怀孕期间，其夫家和娘家为使孕妇顺利生产，四处行善积德，修桥补路。怀孕期的女子受许多禁忌的约束。彝族也有预测胎儿男女的方法，认为胎动在左为女，在右为男；孕妇嗜甜食为男，嗜酸食为女。永仁勐莲彝族头胎生育的妇女要送"白虎"，认为若不送白虎，妇女生孩子时便会难产，即使生下婴儿也难成活。

    临产初痛不能告诉别人，因为越早说就会更疼更难产。如疼痛难忍时就叫家人搀到猪圈里走一转以促产。也有用扁担压挤的。生产时一般在厢房由婆婆接生，若无婆婆则由产婆或丈夫接生。等待胎盘完全脱落，用剪刀在离婴儿肛脐五寸的地方剪下脐带。分娩后的产妇有诸多禁忌，不能出自家大门，也不能在家里随便运动，需隔离居住。

    夫妇生育子女后，由女婿抱鸡到娘家报喜，生男孩抱送母鸡，生女孩抱送公鸡。根据女婿所抱送的鸡，娘家备办鸡、蛋、糖、衣被等物到女婿家送鸡酒，表示祝贺。

    南华五街等地彝族在孩子生下的第三天，先由外公外婆取一名，然后由爷爷、奶奶再取一个名。在成长过程中如遇孩子多病，要么拜干爹，要么搭一座小桥，再取一个名。姚安左门等地彝族在孩子生下地后，请一位老人与巫师携鸡酒到庙中敬神，由巫师卜卦取名，表示名字是神赐的。牟定腊湾彝族则在孩子出生三天后抱一只公鸡到土主庙祭土主，卜卦为孩子取名。直苴彝族的孩子取名仪式较为隆重，一般由孩子的外祖父主持，参加的亲友上百人。杀鸡宰羊举行烦琐的仪式后由舅家祖父以上长辈取名。昙华彝族在夫妇生的第一个孩子满月时,要杀鸡宰羊宴请远近亲友,采一枝两杈的马缨花树枝插在米盆里,点上香,由舅舅或外祖父抱着婴儿磕头为孩子取名。

在一些彝族地区,当小孩长大到一定年龄,就要举行成年礼。但"梅葛"流传地区的彝族却没有正式的成年礼仪。当姑娘长到十四五岁,其父母、兄长便会在大门外为姑娘建造一座小房,供姑娘住宿,也有相邻几户的姑娘合住一间小房的。昙华山彝族则把临近大门的草楼给姑娘住。建好了小房,其父母就会有意无意地放出风说我家姑娘去住小房了,暗示小伙子可以来"串姑娘"了。姑娘白天同父母一起生产劳动,夜晚在小房里刺绣,等待小伙子来访。在小房内,姑娘小伙弹琴跳脚,对歌玩耍,互相了解,加深感情。姑娘住进小房,标志着姑娘已经成年,有结交异性的权利了。

"梅葛"流传地区的彝族男女青年婚前享有社交和恋爱自由,但婚姻一般不能自主。婚姻有正式行婚礼和不行婚仪两种。大多数男女青年经过自由恋爱有了感情后,男方告之父母请媒人到女家说亲。女方家如果同意,就把姑娘的"生辰八字"报给媒人,由男方家请毕摩"排八字"。如果"八字"合得来,就带上烟、酒、茶到女方家送小礼,正式提亲,并择日吃订婚酒。订婚在女方家进行,所需费用由男方支付,女方家邀请舅家及其他近亲参加。经过一段时间的考察,由男方家提出办理婚事。女方则请舅舅、叔伯等至亲与男方家商定彩礼。在吃大酒前三天男方必须过完彩礼。男方迎娶时要有一班唢呐队开道,女方送亲,必备一组芦笙队随行;娘家常以一母牛或母羊为女儿陪嫁;新娘到达男方家大门时要用火把照新娘,然后踏碎一只碗后方得进门。尔后,由总管主持结婚仪式。向公婆磕头、夫妻对拜,新娘向男方亲朋"认老小"。晚上,不分男女、辈分同场跳脚,通宵达旦。次日上午,由新郎长辈及送亲客中的长辈压席,从第一轮摆席吃到最后一轮收碗。席后,由一位老人送喜神、树神、棚神、布神等,送完在青棚下跳3圈,再由送亲客中的主事抽掉青棚上的一根树枝,婚礼完毕。3天后,新婚夫妇"回门"。大姚昙华、永仁直苴等地彝族则直到20世纪70年代仍实行着一种自由婚姻。男女青年通过交往相互了解、情投意合后,由男方提2斤酒、2个饭盒(内盛饭及4块腊肉)、2元钱送给女方父母,就可以将姑娘领走,不举行结婚仪式。直至第一个孩子满月,方才请客送礼,婚姻也才算稳定。在此之前,夫妻若感情不和,离婚也较简单,只需请来证人,把一节木棒剖成两半,双方各执一半作为离婚凭证即可。

"梅葛"流传地区的彝族所处自然环境大致相同,其丧葬习俗及礼仪也基本一致，明中叶以前，境内彝族多行火葬。人死后火化，用罐盛骨灰埋于地下，所埋深度距地表 2～3 尺，一般不垒坟，不刻碑志，仅以一长方形石块竖于坟上做标志，直苴等地还有火葬遗迹。

　　大约两百年前，"梅葛" 流传地区的彝族普遍改火葬为棺葬。人死后要塞 "含口钱"，然后洗尸、穿葬服，向亲友报丧。所穿葬服的左角要用香火烙两个洞，让死者到阴间有记号；用麻线捆住死者双脚，不准阴魂乱窜带走生魂，装棺前请毕摩 "喊魂"。入殓后，棺木置于堂屋高凳上，死者头朝堂屋外，棺木下方置香炉，插香数炷，并供奉双翅插有两支竹筷的鸡一只为 "祷头饭"。送葬前请毕摩念诵 "指路经"、"招魂经"、"供牲经" 等。亲生长子戴重孝（麻布），其余轻孝（白布）。发丧时，死者亲属披麻戴孝，手持三炷香跪于棺前，待毕摩念完经，跟着毕摩绕棺三圈后再跪在发丧路上，棺木在跪着的孝子头上抬过，棺前一人丢 "钱" "买路"，棺后跟有拾 "旺纸"，挑 "金银山"，捧 "金童"、"玉女" 的数人及送葬者。送至坟山，先由毕摩叫魂，然后 "扫圹"、"清棺"，取土盖棺木。

　　直苴等地彝族，人死后先杀只鸡，再由丧偶的人到河边投钱 "买水"，用买来的水洗尸、做饭，给死者塞口含钱，用麻布制尸衣、尸鞋。尔后，派人给亲友报丧，死者的舅舅家人不到不能入棺。第一天把死者放在家里的床上，第二天放到院子里，杀猪宰羊、献酒饭，吊唁的亲友送粮食或粑粑，并由抬弩、吹笙、抬大刀、抬木棒各一人围着棺木 "踢脚"，倒顺轮流各三圈。尔后，死者的舅舅家人及亲友围着棺木 "踢脚"。孝男孝女则围着棺木边哭边舀水，一勺一勺地往下倒，整夜都有哭的、"踢脚" 的和说唱 "梅葛" 的。送葬前要 "开山神"，请毕摩诵 "开路经"，死者男满 9 天、女满 7 天后安灵牌，即由死者的长子和舅舅家人到坟山上，找一棵小松树连根拔起，由长子背到坟前，砍下三寸长的树根，加上刀刻的痕印用麻线、红线和蓝线绑在备好的青冈栎上后，插在一个篾筐上，拿回家中钉在黑屋子墙上方，再由死者的女儿抓一把牛屎糊上，即为灵牌。

　　作为丧葬仪礼的继续，"梅葛" 流传地区的彝族普遍在葬礼结束以后，还要进行供灵牌、送灵牌、做冷斋等宗教活动，反映出彝族丧葬作为一种社会礼俗往往与其信仰习俗交叉、混融为一体，使其礼仪更为复杂、繁缛。

　　四、文化心态

　　价值观念是一个民族的精神取向，它在整个文化结构中处于一种内核的心理层面，它不仅从根本上规定着一个民族的基本的精神追求、传统习俗文化行为，而且也在许多方面影响和制约着一个民族的生活与行为方式，乃至共同的性格特征。"梅葛"流传地区的彝族所处地理环境基本相同，聚居相对集中，与彝族其他支系及外族长期杂居相处，形成了不同民族之间的相互影响和渗透，其文化类型较趋于一致，而文化认同又导致有较强的民族凝聚性。又由于山地民族独特的生存环境，形成了他们特有的生活方式和民族性格：淳朴、憨厚、坚韧、粗犷，审美特征上更具阳刚性。特定的生活方式又进一步塑造了他们的文化性格和价值观念：群体意识、团结互助、吃苦耐劳、重义轻利、以孝为重等等。

"梅葛"流传地区的彝族十分强调团结互助的群体意识。同村同邻，甚至远村的人，一家有事，大家帮忙。特别是在起房盖屋、婚丧嫁娶、天灾人祸之际，众人总是乐于帮忙，甚至从经济上给予资助。每年在播种收割、牛耕薅锄以及背柴时节，亦常以换工等形式互助。上山狩猎，凡集体出猎所得的猎物，不分老幼，一律按人均分配，甚至路遇行人，见者有份。彝族还注重维护宗族以及家庭内部的团结和睦。一个宗族和家庭的成员经常在一起劳动生活，世代相守，朝夕共处，难免会发生一些矛盾，为了避免矛盾激化导致内部冲突，往往以一些约定俗成的习惯法或共同遵守的乡规民约防止冲突、增进和睦。这些习惯法在保护宗族团结、建立公共道德、选择通婚等方面发挥了独特的作用。彝族的质朴好义，诚实守信，反映了他们重视道义轻视功利的价值取向。他们交朋友时重义气，讲信用，不后悔，知恩必报，一语相投，倾身相交。历史上，"以酒当茶"、"杀羊待客"的礼节在"梅葛"流传地区的彝族中较为普遍。以孝为重，是彝族地区最具普遍性的伦理特质。一是对在世父母的奉养、敬重、服从之孝。按彝族礼制，父母在世时，子女必须孝敬父母，否则会受全社会的共同谴责。二是对已故父母及祖先祭祀怀念之孝。彝族认为，父母死后必须做祭，用宗教仪式来表达其孝心。在"梅葛"流传地区的彝族中，老年人去世，丧礼的隆重程度远远要高于婚礼，一年中祭祀祖先的费用高于其他家庭支出，这也是彝族以孝为重的具体体现。千百年来，"梅葛"流传地区的彝族多数居住在山高林密、峰峦叠嶂、自然条件较差的山区，养成了他们吃苦耐劳的习性。据史载："大罗罗，性勤力健，种山地，畜牛羊。"[①] "担柴荷篑，治生勤苦"，他们"或自耕或樵禾，或因水而渔，任力供给，黄昏不息"[②]。如姚安马游在宋代是"荒山陆地，林密箐深，人烟杳无"，自彝族自、罗、骆三姓在此定居后，"辛勤苦耕，开挖成业"，在恶劣的环境下建立起自己的家园，因而对待劳

---

① 雍正《景东府志》卷三。
② 道光《寻甸州志》卷二十四。

动的态度是以勤劳为荣，以懒惰为耻。这些传统价值观，是彝族人民在长期的生产生活实践中铸就的，世代相传，形成了他们所特有的心理特质和民族精神，对促进彝族社会的发展起了巨大的作用。

"梅葛"流传地区彝族的宗教信仰，从总的方面来看，还具有浓厚的原始宗教的气息，万物有灵和祖先崇拜普遍存在于社会生活之中，信神崇巫等相当流行。由于大山的阻隔和包围，彝族社会生产力十分低下，对大自然的驾驭能力很低，因而把自然物和自然现象视做有生命、意志以及巨大伟力的对象而加以崇拜。人们认为天有天神、地有地神、日有日神、月有月神，诸如山、川、风、雨、雷、电及所有动植物都有神，人们的头脑几乎被鬼神所占据，因而敬神祭祖、送鬼等原始宗教活动几乎是他们的唯一精神生活。宗教对他们来说，就像必须生产劳动、吃饭穿衣一样重要，表现出强烈的依赖心理。如彝族的祭山、祭水等活动，是在对大自然依赖而又无可奈何的条件下，通过祭祀祈求自然力的恩赐；而祭祖先、崇图腾则是祈求祖先和凶猛的图腾物（如虎）能庇护子孙及宗族。但另一方面，彝族的原始宗教活动也表现出积极的文化心态，想象通过借助祖先鬼神的力量，去征服自然以求生存。"梅葛"流传地区的罗罗颇，"罗罗"义为虎，即"虎族"或"虎人"；《梅葛》中也有虎尸化万物的创世神话。这种自称虎人，以虎为祖，认为万物由虎化成等观念，既表现为屈慑于虎凶猛、好斗的威力，又表现为仰慕于虎的机灵、敏捷的精神，是彝族宗教信仰中消极与进取的统一。又如彝族祭祖、祭天、崇火等活动，都是既感恩又畏惧，既祈求又驱送，既无可奈何又崇敬仰慕的矛盾统一，致使彝族原始宗教心态中的消极无为、遵从神意与积极进取、奋勇向上相伴相生。同时，由于原始宗教观念的影响，"梅葛"流传地区彝族形成了一种力求融于大自然的处世态度和山地民族的生活态度，一代一代地延续着一种靠山吃山、与世无争的生活。也正因为如此，"梅葛"流传地区的彝族在日常生活中表现出一种劳作与休闲结合，有张有弛的文化心态。从春播到秋收，是一年的农忙季节，人们把一年的希望寄托于此时，于是便专心从事劳作。但即使如此，在传统节日、重大祭祀及喜庆活动时，人们也要忙里"偷"闲，放松身心，一张一弛、劳逸结合。冬春之时，粮食入仓，人们无忧无虑地娱乐休闲，使紧张了一年的身心完全放松下来，达到忘我境地。这时的人们探亲访友、恋爱婚嫁、跳脚对歌，以娱乐方式来达到精神休闲，既传承了民族传统文化，又为来年的劳作积蓄充足的精力，因而他们的休闲娱乐自然也就构成了劳逸之道中不可缺少的文化精神。

五、《梅葛》与彝族及文化认同

民族认同，是一个民族中的人们对于自己所属民族的一种归属意识。认同于同一个民族的人们由此会形成共同的心理意识、价值观，甚至形成民族情绪与民族偏见，并由此形成民族凝聚的力量。也由于民族认同的存在，人们分清了自己的民族归属，有了我族与他族的区别，在自己民族受到侵害时会挺身而出，在自己的民族文化受到歧视时感情会受到伤害，而在和平时期则对自己的民族的前途自觉地负起责任。相反，一个人如果失去或改变自己的民族认同，那么这个民族的兴衰就变得与自己毫无关系了。

民族认同是民族构成中的精神性要素，并在长期的历史发展中形成。在民族形成的初期，人类的共同体都是由血缘联系在一起的，共同的血缘奠定了群体内人们之间的联系，同时也因此而有了与其他血缘体的人们之间的区别，形成一个以血缘关系为中心的社会网络，婚姻关系、家庭关系、社会关系都与血缘有关。虽然随着人口的增多，人们并不一定能分清一个族体内彼此之间的血缘关系，但都认同自己是同一祖先的后代。可见，人们的血缘关系虽然渐渐疏远，而族称、共同的始祖、本民族长期形成的文化，尤其是民族象征、价值取向等文化要素则比血缘更牢固地成为维系一个民族存在的纽带，即文化成为了民族认同的标识与根基。彝族是一个分布广、支系多的古老民族，但它有着共同的文化和彼此的认同。第一，彝族虽然方言、土语较多，但在语法结构和基本词汇方面仍基本是相同的。第二，彝族古老的彝文，至迟在明清时期已在广大彝区通用，对增进彝族各支系之间的文化交流，并促进其认同起了很大作用。第三，彝族有共同的居住区域，以"大杂居、小聚居"的方式居住在北至大渡河，南至云南边境，东起乌江，西达澜沧江的区域之内，这片区域不仅是彝族生存的空间，而且是他们活动交往的中心地带。第四，彝族奉仲牟尼（或作阿卜笃慕）为始祖，即先祖的认同。彝经《西南彝志》等均说：仲牟尼有六个儿子，亦即彝族尊称的"六祖"，六祖分别为武、乍、布、默、糯、恒六部之长，并从此繁衍下了彝族。相传六祖时已分布在现今西南各地，彼此有着联系，其地域大体与现今彝族分布地相当。追溯彝族的起源，仲牟尼作为这个民族的先祖，最初的族体是以血缘为纽带的，也就是彝族都认为自己是仲牟尼的后裔，这对彝族这一族体的凝聚和认同起了相当大的作用。第五，彝族认同还表现在他们共同的经济生活与共同的文化形态上。彝族各支系在历史上都曾经历过几个不同的发展阶段，只不过由于各地地理环境的不同与受到周边各族的影响不同，有的发展较快，有的较慢，从而存在差异而已。迄至近代，各支系彝族的物质文化有了较大差别，但精神文化却大体一致。过去的彝族文化即俗称的"毕摩文化"，渗透到了彝族的生产、生活、信仰、观念、风俗、习惯等各个方面，使此族有别于彼族。[①] 可见，这些因素使得彝族各支系间的交往与认同从未中断过，增强了彝族内部的凝聚力。

　　"梅葛"主要集中流传于俚颇、罗罗颇两大支系之中，有明确的地域、方言和支系限制。在地域上，两支系主要分布在大姚、姚安、永仁、牟定、南华、禄丰、元谋 7 县和楚雄市，以及四川攀枝花市仁和区（20 世纪 60 年代从永仁县划出）和大理州祥云县等地；方言上两支系均操彝语中部方言，虽然有南华土语、大姚土语等，但在语法结构和基本词汇方面基本相同。两支系有着共同认同的经济文化因素：居山区或半山区，以传统的农业经济为主；中华人民共和国成立前已进入封建地主经济阶段；严格的一夫一妻和姑舅表优先婚；过六月二十四火把节；信仰自然崇拜，尤以马缨花崇拜较突出；祖先崇拜只祭三代；有语言文字；有"毕摩"，无经典；重火塘；有"梅葛"流传。这些经济文化的共同特点，既是楚雄彝族罗罗颇、俚颇民族认同的基础，也是作为两支系"根谱"的"梅葛"产生的文化生态环境。

　　历史上，楚雄彝族的氏族、部落是以群体为单位生存的，由于地域的阻隔而使他们分别生存于不同的自然环境之中。随着群体的文化符号之形成，如图腾的产生，人们不仅会知道自己所属的血缘群体或集团，也认同自己的血缘群体的文化符号。对于"罗罗颇"、"俚颇"来说，他们有各自的图腾，罗罗颇为虎，俚颇为马缨花，但随着血缘归属认同的发展和支系的形成，"梅葛"便成为他们文化认同的符号。

　　楚雄彝族"罗罗颇"、"俚颇"同族同源，历史上是同一个大部落集团，后来由于经济社会发展的差异而形成了同一民族的两个支系。"梅葛"之所以能成为这两个彝族支系认同的文化，就因为"梅葛"远在两个支系分化、形成之前就已产生，承载着两个支系彝族先民共同的历史，为此，他们都把"梅葛"所叙述的一切看做是他们的"根谱"。田野调查表明，罗罗颇、俚颇是由同一部原始部落分化、发展来的，他们都认为只有罗罗颇、俚颇才有"梅葛"。在永仁、大姚、牟定等"梅葛"流传地区，罗罗颇、俚颇自称和他称都非常混乱。永仁直苴是"梅葛"流传的中心区之一，当地彝族传说祖先由大姚县华迁来，自称罗罗，称邻近猛虎

---

　　① 李绍明：《从中国彝族的认同谈族体理论——与赫瑞教授商榷》，载《民族研究》2002 年第 2 期。

乡及大姚昙华乡、桂花乡等地的彝族为俚颇，后者又反过来称直苴彝族为俚颇。大姚昙华彝族自称罗罗，称邻近新街、赵家店及永仁等地彝族是俚颇，后者又称昙华彝族是俚颇，就连 20 世纪 80 年代民族学者在昙华山搜集、整理的彝族史诗也定名为《俚颇古歌》。牟定县凤屯、军屯、蟠猫、安乐、新桥等乡镇的彝族均自称"罗罗"，但蟠猫、新桥、凤屯、戌街等地彝族却将凤屯、军屯的彝族称为"俚颇"。之所以两个支系称谓混乱，究其深层原因，就是古代两个支系为同一彝族部落，后来才分化为两个彝族支系。如永仁县的彝族按 1958 年建立楚雄彝族自治州前的民族归并，75% 以上为"俚颇"支，但直苴、中和、猛虎、维的等乡镇的山区彝族自称为"罗罗"，称坝区莲池等地彝族为"俚颇"，后者则认为前者是"罗罗"，但绝不自称"罗罗"，也不允许他人称自己是"罗罗"。严格地说，自称俚颇的彝族自明清改土归流后，已完全进入了封建地主经济阶段，受汉文化影响较深，其生产、生活、服饰、习俗多与汉族相同。据调查，今四川攀枝花市的"俚颇"也有"梅葛"流传，20 世纪 60 年代才从永仁县划出，他们是明代军屯、民屯者的后裔与当地土著通婚、融合而逐渐形成的，其经济社会发展及风俗习惯与当地汉族相当。由此可见，罗罗、俚颇虽然自称、他称虽有差异，但他们同源同族，只是经济社会及文化发展程度不同。但无论如何，他们都认为"梅葛"是区别于其他民族的标志。永仁直苴族彝族老人说，只有罗罗才会唱"梅葛"，汉族人不会唱"梅葛"。大姚昙华彝族毕摩说，罗罗会唱"梅葛"，俚颇也会唱"梅葛"，会唱"梅葛"的才是彝族，"梅葛"是彝族的"根"。姚安马游彝族民间歌手认为，"梅葛"是罗罗祖祖代代传下来的，只有罗罗会唱"梅葛"，会唱"梅葛"的就是罗罗。牟定腊湾彝族老人认为：凡是彝族过去都会唱几句"梅葛"，否则就不是彝族。四川攀枝花市平地乡彝族也说，过去红白喜事都要唱"梅葛"，"梅葛"是彝族老祖宗传下来的，别的民族都不会唱。可以看出，"梅葛"是在罗罗、俚颇还处于同一部落时代就已经产生，而且已成为他们认同的文化标志，对楚雄彝族的形成、发展起到了黏合、维系、凝聚作用。还有一点值得注意，考察"梅葛"文化的流传区域，从南诏大理国到清中叶，基本上是姚安高氏统治或影响的区域。高氏祖先自西汉进入云南，逐渐成为西南土著大姓，从大理国初期高明清被封为姚安府演习开始，三姚（今姚安、大姚、永仁等）成为高家世袭领地，直至清康熙五十三年（1714 年）"改土归流"为止，统治姚安、大姚、牟定、永仁（包括今四川攀枝花市仁和区）达五百多年，明末所辖彝民东至元谋县县界，南至定远县（今牟定县），西至云南县（今祥云），北至宾川以北。这个地望大致与今"梅葛"流传区域相同。因此，在高氏土司统治和影响区域内，"梅葛"对内是彝族认同的象征，对外是与其他民族区别的标志。高氏土司的统治，在某种程度上对"梅葛"的流传、认同起了积极的作用。

相同的地理环境是"梅葛"产生并得以认同的重要因素之一。自然物质环境是人类赖以生存的物质基础，人类不仅要依赖自然环境而获得衣食住等基本的生存资料，同样人类与大自然相互依存的过程中所创造出的文化也受地理环境的影响，打上人类生存的自然环境的烙印。楚雄"梅葛"文化带的彝族多居山区、半山区，群山巍峨，山峦起伏，沟壑纵横，森林密布，气候寒冷，多属高寒冷冻地区。生存于这种自然环境中的彝族，其文化也是与之相适应的。《梅葛》以"创世"过程为线索，叙述了大地形成、人类起源、洪水泛滥与兄妹开亲、各种发明以及丧葬活动、生活习俗等彝族历史，从中我们可以窥视到楚雄彝族远古的婚姻形态，反映了彝族从游牧至定居旱作农耕再到稻作农耕以及不断改进农业耕作技术的过程；折射出楚雄彝族敬畏大自然、崇拜大自然，从自然崇拜到图腾崇拜、祖先崇拜的历史轨迹。由于彝族生存于同样的自然环境中，彝族历史上经历的一切，反映的思想观念无不包容其中，并打上了自然环境特征的烙印。因此，楚雄彝族在这种共同环境中所创造的代代相承的"梅葛"，自然地为人们所认同。

共同的认知和信仰是"梅葛"产生和认同的心理与文化基础。人类在与大自然及周围的社会环境中获得各种信息，通过大脑的加工而形成相对稳定的认识。共识是人类文化认同的依据。以对山的认识来说，楚雄彝族认为山神是自然诸神中最有法力的神，风雨雷电、年景好坏都与山神有关。正是由于对山神的存在深信不疑，彝族才由认同山神，继而认同相关的文化。又如楚雄彝族崇拜天及天神，认为天神创造一切，正因为如此，"梅葛"中的天神被广泛认同。应该说，楚雄彝族在长期的发展过程中，形成了自己独特的认知体系，不仅获得了对天、地、日、月、水、火等自然物质的认识，同时获得了生产生活的知识、生存的经验及人生领悟等，因而在共同认知基础上"梅葛"一经产生，就成为共同的文化标志。

原始宗教的产生与文化的产生和发展基本上是相伴随的。楚雄彝族都有自己的氏族及部落图腾，如大姚昙华彝族以马缨花为图腾，牟定等地彝族以虎为图腾；楚雄彝族的一些主要节日如赛装节、插花节等都源于宗教；农业祭祀从年首至年终，形成了一整套祭祀链；此外，人生礼仪、丧葬、居住、服饰等无不与宗教关联。至今"梅葛"文化带的彝族信仰仍受原始宗教支配，一些文化事象还没有从宗教中分离出来。由于原始宗教与文化的合璧，人们对"梅葛"的认同亦即对宗教的认同。原始宗教中的伦理、道德、审美观、世界观及相关的行为规范不仅构成了"梅葛"的主要内容，而且成为规范人们行为和生活的准则。楚雄彝族认同于这种原始宗教与"梅葛"一体的文化，同样把这一切作为自己文化的价值与象征。虽然原始宗教历经千百年的发展、演变已发生很大变异，但作为与原生宗教一起产生的"梅葛"，仍然被楚雄彝族视为自己文化存在的象征，这就是"梅葛"的核心内容始终与原始宗教崇拜对象大体一致的原因之所在。

第二章　"梅葛"古今

"梅葛"作为彝族的一种以民间曲调为传承方式的口承文化，它的内容宽泛而庞杂，几乎人们社会生活和信仰世界里的所有内容，都可以由不同的曲调进行表达，它们是构成流传带彝族口承文化整体的重要部分，也是传承彝族文化的重要方式和载体。狭义的"梅葛"就是讲述过去的故事，主要部分是史诗。作为史诗的《梅葛》与彝族的文化发展、民间信仰有密切的关系。《梅葛》是活形态的史诗，直到今天，仍可见到其影响，流传地区的彝族仍会用史诗中的内容来追溯发展的轨迹，解释他们信仰的缘由，在婚丧嫁娶中都要唱不同内容的梅葛调。

第一节　题　解

一、何为"梅葛"

对于什么是"梅葛"，迄今的解释可分为两类：

1. 民间曲调

对于"梅葛"的解释，《彝族辞典》中"梅葛"条的解释如下："彝族曲艺曲种。系彝语音译，是楚雄彝族自治州彝族民间曲调的总称。主要流传于姚安、大姚、永仁等县彝族地区。始于汉，兴于唐。多由巫师、毕摩或民间歌手演唱，多是一人说唱或二人对唱，伴以葫芦笙、口弦、竹笛等。唱腔颇多，约有数十种。总的又分为'辅梅葛'和'赤梅葛'两大类。'辅梅葛'俗称'喜调'，节奏比较活泼自由，适宜婉转抒情，多用于婚嫁和农业生产上的播种、丰收等喜庆节日。'赤梅葛'俗称'哀调'或古腔调，音乐性较强，节奏缓慢沉重，旋律沉郁忧伤，多用于丧葬和祭祀。还有一种'过山调'，专门用来唱恋歌。此外，还有一种轻松活泼的梅葛调，专用于儿童唱儿歌。现代曲目有《彝家山寨喜事多》、《回娘家》等。"

2. 创世史诗

《彝族辞典》中"梅葛"条的解释是："创世史诗，5 775 行。云南省民族民间文学楚雄调查队搜集翻译整理，云南人民出版社 1959 年 9 月出版，系流传于楚雄彝族民间的史诗，由创世、造物、婚事和恋歌、丧葬四部分组成。"

　　唐楚臣先生说："《梅葛》是一部流传于云南省楚雄彝族民间的史诗。其流传方式为民间说唱，以唱为主，其间夹有朗诵的成分，'梅葛'是唱史诗的曲调总称。对此二字，不同地区支系的彝族解释有所不同，一种解释'梅'意嘴、'葛'意嚼，引申为说唱。另一种解释说'梅葛'的确切发音应为'蜜葛苦'，'蜜'意口头，'葛'意回来，'苦'直译为大声喊叫亦即唱，'蜜葛苦'即唱说过去的事。总的说来，大家认为'梅葛'即唱史。"①"梅葛"是彝语的音译，"梅"为"嘴"、"口"，有"口头"之意；"葛"意为"过去"、"回"，有"回来"之意，"梅葛"即用口头传唱过去的事情；所以，严格界定的话，只有那些讲述过去的事情的带有叙事性质的古老的歌谣堪称为"梅葛"，也就是讲述历史的史诗部分，但事实上，"梅葛"作为一种曲调，它的外延是很广泛的，在姚安县马游村的彝族那里，它还有"斗嘴"之意，也就是二人对唱中，看谁的口才更好，谁用的比喻更多，是一种比试口才的才艺。因此，在歌手演唱的"梅葛"调中，它有即兴的成分，运用比喻的多少，是由演唱者的综合素质决定的。当然，由毕摩吟唱的"梅葛"调是史诗的核心部分，那是不能随意改变的。所谓即兴的部分，也就是史诗的外延部分和一些婚恋习俗等方面的由歌手演唱的内容。

　　综上所述，我们可以说，"梅葛"作为一种彝族的民间曲调，它的内容较为宽泛庞杂，它可以唱人们生活世界里的所有内容。悲欢离合，婚丧嫁娶，日常生活，教育孩子等等，都可以由不同的曲调进行表达，是构成流传带彝族口承文化整体的重要部分，也是传承彝族文化的重要方式和载体，这是从广义来看。从狭义来看，"梅葛"就是讲述过去的故事，也就是史诗部分。在"梅葛"的演唱中，"老年梅葛"和"青年梅葛"大多是对唱，一问一答。而"毕摩梅葛"则是独自吟唱，特别是毕摩在葬礼上的唱诵，只能由毕摩来完成，伴以锣声和铃声，是较为庄重肃穆的。"娃娃梅葛"作为儿歌，则没有什么限制，可一人唱，也可以合唱。

　　《梅葛》公开出版以来，在国内国际都有一定的影响，亦有一些学者作过一些专题研究，写过一些在学术界有一定影响的论文，如李子贤教授写的《创世史诗〈梅葛〉简论》，唐楚臣先生写的《〈梅葛〉散论》等，美国学者马克·本德尔（MARK BENDER）也对"梅葛"作过实地调查和研究，

---

① 苑利主编：《二十世纪中国民俗学经典史诗歌谣卷》，社会科学文献出版社 2002 年 3 月版，第 294 页。

并撰写了论文。但《梅葛》作为一部史诗，多年以来，学术界对它的研究特别是把它放到特定的文化生态系统中进行多视角的阐释是远远不够的。

二、广义与狭义的"梅葛"

广义的"梅葛"作为彝族曲艺的总称，它的调式很多，包括"老年梅葛"、"青年梅葛"、"娃娃梅葛"等，它们曲调的节奏旋律不同，演唱的叙事内容和其功能也不同，演唱者和演唱场合也是有规定的。因此，广义的"梅葛"，只要用"梅葛"调来演唱的都可以称之为"梅葛"。内容可以说是包罗万象的，根据不同的场合和需要，可以由不同的人根据不同的调式进行演唱，比如说，在丧事场合上，由毕摩演唱的"赤梅葛"，调式低沉苍凉，具有哀伤之情；在喜事场合上，由老年人唱的"老年梅葛"，调式节奏缓慢，有幽古之情；由中青年人演唱的"青年梅葛"，曲调欢快，具有诙谐幽默的娱乐功能。青年人谈情说爱时唱的相好调，节奏悠扬，充满深情；还有"传烟调"，"诉苦调"、"离别调"，"过山调"、"戴花调"等，即兴成分多，都具有浓郁的抒情性。小孩唱的"娃娃梅葛"，则欢快活泼，易于儿童记诵。

狭义的"梅葛"，主要是指内容相对固定，不能即兴随便发挥的史诗核心部分。它是作为专属毕摩（马游村称为朵觋）演唱的经典形式而传承下来的。它的唱诵，伴随着相应的仪式。从田野调查看，内容固定不能变的是在祭祀、葬礼等仪式上由毕摩吟唱的内容。在葬礼上毕摩吟唱时，仪式参与者或死者的亲属要根据唱的内容而做相应的动作，内容从开天辟地一直唱到死者生病而死，为死者指路、魂归祖先居住地。这部分内容是史诗的核心部分，内容较为固定。再有就是老年人唱的"老年梅葛"，主要内容也是创世，万物起源、人生历程；婚嫁等。"毕摩梅葛"与"老年梅葛"在演唱的内容上有许多是相同的，只是演唱的调式和场合及演唱者不同，它的功能也不同。"毕摩梅葛"主要是在葬礼上演唱，是丧葬仪式的核心部分，没有这部分，葬礼就不能举行，它具有神圣性。而"老年梅葛"则主要是在喜事场合上演唱，目的是为了传承文化和娱乐，演唱者不限（年轻人也可以学唱），它不像毕摩吟诵的"梅葛"那样仪式化，没有多少禁忌，有世俗化的意味。因此，从演唱的内容来看，狭义的"梅葛"即史诗，主要是毕摩演唱的"梅葛"和"老年梅葛"。"老年梅葛"则是由作为原始宗教祭辞的毕摩经（狭义的"梅葛"）向世俗歌手演唱的广义"梅葛"的过渡，它具有神圣的内容，但演唱的场合和调式已世俗化。广义的"梅葛"是指所有用"梅葛"调式演唱的内容和所有的"梅葛"调式。广义的"梅葛"涵盖了狭义的"梅葛",狭义的"梅葛"是广义的"梅葛"的核心的部分。广义的"梅葛"是鲜活形态的,它的内容随着社会生活的变迁而不断地被充实、增益,新的社会生活因素加入进来的同时,一些旧的社会生活因素会被淘汰。相对而言,狭义的"梅葛"内容是相对较为稳定的。

三、"梅葛"的核心与外延

"梅葛"作为创世史诗,主要包括创世(开天辟地、人类的起源)、造物(盖房子、狩猎和畜牧、农事、造工具、盐、蚕丝)、婚事和恋歌(相配、说亲、请客、抢棚、撒种、芦笙、安全)、丧葬(死亡、怀亲)四个部分。在四个部分中,包括彝族先民对宇宙起源的追溯思考;对人类自身的来源和发展的艺术性概括;对自身的物质生活(造物)、精神生活、社会规范(人生仪礼)等产生运作的叙述解释。史诗中创世造物、婚事、丧葬部分的内容是相对稳定的,不会随着社会历史的发展而出现较大改变。丧葬中的指路经暗示的是民族迁徙的历史,也是不能随意更改的,它们是史诗的核心部分。而恋歌部分则是随着社会文化的发展而不断充实和扬弃,动态发展,它的内容会随着人们世俗生活内容的变化而有所增删,有的东西离人们的生活渐渐远去而被删减;有的东西在人们的日常生活中渐渐变得重要,被演唱者增益到史诗中。因此,可以说,史诗的核心部分是彝族先民们对宇宙起源、万物(包括人类)由来等的史诗化哲学思考;而外延部分则是讲述与人们社会生活密切相关的常识性的、世俗性的内容,如表达爱情、教育后代等等。

四、"梅葛"的神圣性与世俗性

史诗《梅葛》的核心部分的神圣性在于它是敬祖、敬神、娱神的。"梅葛"的核心部分都是保存在毕摩的口诵经中,作为毕摩在祭祀、丧葬仪式上的祭辞,它只能在神圣的场合由神祀人员毕摩在特定的祭祀仪式上吟诵,它的传承方式和吟唱场合皆有特殊的规矩和禁忌。它的功能主要是崇奉先祖、祈神禳灾,娱神祈福。

史诗"梅葛"的外延部分是世俗性的。当"梅葛"由歌手演唱,而走入百姓生活,成为民众生活的一部分后,主要功能由娱神而扩大到娱人,它的神圣性淡化,世俗性就增加了,它的内容也拓展了,调式变得丰富,演唱场合和传承方式的禁忌减少,传承场所也由单一的祭祀场合转为丰富的社会生活场合。主要功能成为娱人乐己和教化后代(传规矩)的工具。这是"梅葛"从神坛走向世俗生活的结果。

第二节 《梅葛》的创世神话与原始信仰

《梅葛》的第一部分就是创世神话，是关于开天辟地、人类和万物起源的神话。创世神话在世界许多民族中都曾广泛存在，是人类最早对宇宙、人类自身、世间万物起源的思考和解释。它与原始宗教信仰关系密切，尤其是在彝族传统文化中，二者杂糅为一体。史诗《梅葛》作为彝族毕摩口传的祭辞，它本身就是彝族原始宗教（毕摩教）的一个载体，集中彰显了原始信仰观念。

一、创世神话

创世神话在世界各民族中是普遍存在的，在人类社会的早期，人们处于蒙昧状态，对自然界知之甚少，而面对强大的自然力，既又难以征服，又渴望了解，于是人们将自然力加以幻化，借助具体的可感事物通过形象的美化，对天地万物和人类自身的起源作了独特的解释。创世史诗是在原始神话的基础上发展起来的，它把曲折反映人类与自然的斗争、各种自然现象和追溯人类的历史及祖先的业绩融为一体，把神话视为历史，神在史诗中占据主要的地位，人在史诗中还不是主角，人类发展的历史在其中是通过象征的方式得以展示。《梅葛》的第一部分就是创世神话，是关于开天辟地、人类和万物起源的神话。《梅葛》对天地的起源是这样说的：

> 格滋天神要造天，／他放下九个银果，／
> 变成九个儿子，／九个儿子中，／
> 五个来造天，／一个叫阿赌，／
> 一个叫庶顽，／一个叫贪闹，／
> 一个叫顽连，／一个叫朵闹，／
> 这就是造天的儿子。
> 格滋天神要造地，／他放下七个金果，／
> 变成七个姑娘，／七个姑娘中，／
> 四个来造地，／一个叫扎则，／
> 一个叫晋则，／一个叫慈则，／
> 一个叫勤则，／
> 这就是造地的姑娘。

造天的儿子拿云彩做衣裳，拿露水当口粮。造地的姑娘拿青苔做衣裳，拿泥巴当口粮。他们开始造天地，天地用什么做模子呢？人们从日常生活出发，用直观思维方式，想象天地的模子是：

　　　　拿篾帽做造天的模子，／拿簸箕做造地的模子，／
　　　　蜘蛛网做天的底子，／蕨菜根做地的底子。

　　在造天地过程中，造天的五个儿子喜欢赌钱玩闹，他们吃喝玩乐，懒惰混日子。四个姑娘则忘我地劳动，不分日夜，不管风雨，辛勤造地。过了很久，天地造好了，但是，天小地大，合不拢，兄弟几个放心玩耍不当回事，却急坏了造地的四个姑娘，她们恐怕天神责骂。天神知道了，告诉四个姑娘，地做大了，有人会缩，天做小了，有人会拉。缩地拉天，使天地大小相等：

　　　　阿夫会缩地，／阿夫会拉天。／
　　　　请阿夫的三个儿子，／拉住天边往下拉，／
　　　　把天拉得大又凹。

　　　　放三对麻蛇来缩地，／麻蛇围着地边箍拢来，／
　　　　地面分出了高低，／地边还箍得不齐，／
　　　　放三对蚂蚁咬地边，／把地边咬得整整齐齐。／
　　　　放三对野猪来拱地，／放三对大象来拱地，／
　　　　拱了七十七昼夜，／有了山来有了箐，／
　　　　有了平坝有了河，／天拉大了，／
　　　　地缩小了，／这样合适啦。／天地相合啦。

　　天地造好了，也合上了，但牢不牢呢？用打雷来试天，天裂；用地震来试地，地通洞。五个儿子用松毛做针，蜘蛛网做线，云彩做补丁，把天补起来；四个姑娘用老虎草做针，酸角藤做线，地公叶子做补丁，把地补起来。天地补好了，但还在摇晃，于是格滋天神说：水里有三千斤的公鱼，捉来撑地角；有七百斤的母鱼捉来撑地边，公鱼不眨眼，大地不会动，母鱼不翻身，大地不会摇，大地稳实了。但天还在摇摆，天神叫五兄弟去引老虎，用虎的脊梁骨撑天心，用虎的脚杆骨撑四边，天撑稳实了，虎尸化为世间万物，虎肉分十二份，给各种动物。只有饿老鹰没有分到，它飞到天上，用翅膀遮住了太阳，天地一片黑暗。由绿头苍蝇飞上天，在鹰翅膀上下了崽，使之生蛆而落下，有了白天，蚂蚁把掉到地上的老鹰抬走，于是分出了昼夜。

　　《梅葛》的创世部分中讲述天地和世间万物的由来。有了天地万物，但还没有人，人是如何来的呢？关于人类的起源部分是这样讲述的：

　　天地万物造好了，格滋天神来造人，天上撒下三把雪，落地变成三代人：

> 头把撒下独脚人，/只有一尺二寸长；/
> 独自一人不会走，/两人手搂脖子快如飞；/
> 吃的饭是泥土，/下饭菜是沙子，/
> 月亮照着活得下去，/太阳晒着活不下去，/
> 这代人无法生存，/这代人晒死了。
>
> 撒下第二把，/人有一丈三尺长……

　　这代人穿树叶，吃林果，住山洞。四季不分，天上有九个太阳和月亮，做着活计瞌睡来，一睡几百年，身上长青苔，这代人被晒死了。格滋天神左手拿錾，右手拿锤，来錾太阳月亮，只各留一个在天上，然后分出四季，让草根树皮长出来。

> 撒下第三把，/人的两只眼睛朝上生。/
> 格滋天神，/撒三把苦荞，/
> 撒在米粒上，/撒三把谷子，/
> 撒在石山岭，/撒三把麦子，/
> 撒在寿延山，/麦子出穗了，/
> 谷子出穗了，/荞子长出来了。
>
> 没有火，/天上老龙想办法，/
> 三串小火镰，/一打两头着，/
> 从此人类有了火，/什么都有了，/
> 日子好过了。

　　这代人心不好，懒惰，一天到晚就吃饭睡觉，他们糟蹋粮食，格滋天神看不过，决定换人，他派武姆勒娃下凡来，把第三代人换一换。武姆勒娃变只大老熊，堵水漫山川。

　　直眼人学博若，有五个儿子，一个姑娘。兄弟五人犁田地，犁三天都被老熊翻过来，兄弟几人商议下扣子拴住了老熊。四兄弟都不愿救老熊，都喊打杀，只有小儿子救了老熊。武姆勒娃告诉四兄弟，要水漫山川换人种了，叫四兄弟分别打金、银、铜、铁柜，给小儿子三颗葫芦子，叫他种出葫芦，与妹妹一起躲进葫芦。四兄弟打好了柜，杀了老熊，熊头淌入东洋大海，塞住出水洞，水就涨起来了。水淹了七十七昼夜，天神下凡治好水，人烟没有了，格滋天神四面八方找人种，先后遇到葫芦蜂、松树、罗汉松、小蜜蜂、柳树、乌龟，天神根据它们的心肠好坏，给予了不同的封赠。天神找到大海边，找到了葫芦，吩咐兄妹俩成亲传人种。兄妹俩拒绝。于是天神叫他们在山顶上滚石磨，滚筛子簸箕，皆合一起，兄妹还是拒绝成亲。天神又类比鸟、树、鸭、鹅，最后，兄妹俩说：

> 我们两兄妹，/同胞父母生，/
> 成亲太害羞，/要传人烟有办法，/
> 属狗那一天，/哥哥河头洗身子，/
> 妹妹河尾捧水吃，/吃水来怀孕，/
> 一月吃一次，/吃了九个月，/
> 妹妹怀孕了，/生下一个怪葫芦。/
> 哥哥不在家，/妹妹好害怕，/
> 把葫芦丢在河里。

天神知道了，顺河水找到大海边，找到葫芦，戳开葫芦，先后走出了汉族、傣族、彝族、傈僳族、苗族、藏族、白族、回族。人烟兴旺了。

以上是史诗《梅葛》中创世神话的基本内容。它阐释了天地万物的起源，人类的起源和洪水神话，讲述几种民族的来源。从这些神话中，透露出许多远古的信息，它虽是神话思维的产物，但从中我们可以解读出远古人类的某些文化特征、思维特征、伦理道德特征、生产生活方式及社会特征。

古代历史记载往往是从神话开始的，卡西尔在谈到历史学的起源时说："我们所说的历史意识是人类文明中一个很晚的产物。……当人最初认识到时间问题时，当他不再被封闭在直接欲望和需要的狭窄圈子内而开始追问事物的起源时，他所能发现的还仅仅是一种神话式的起源而非历史的起源时，为了理解世界——物理的世界和社会的世界——他不得不把它反映在神话时代的往事上。在神话中，我们看到了想要弄清事物和事件的年代顺序，并提出关于诸神和凡人们的宇宙学和系谱学的最初尝试。"[1]

---

① [德]恩斯特·卡西尔：《人论》，上海译文出版社1985年版，第219页。

在上古时期真实的历史与虚幻的神话交织在一起,杰出的历史学家往往以远古神话传说和出土文物相互印证的方式来勾勒出上古历史的基本面貌。神话传说都是特定历史阶段的产物,都要反映一定的社会生活,史诗《梅葛》大致产生于母系氏族时期,从史诗中也可看出它出现在农耕定居生活时代,里面已讲到谷子、麦子、荞子等农作物。它"以创世史诗去解释历史,追溯历史,并把祖先的劳动经验、与自然作斗争的感受固定下来,是人类社会已出现原始农业、定居以及原始民族业已形成之后的自我觉悟的反映,是人类取得了征服自然力的初步胜利的副产品"①。史诗对人类文明史的叙述是象征性的,史诗中的第一代人是独脚人,矮小,不能见太阳,吃的是沙土,被晒死了。第二代人太高,做活计也会睡着,也被晒死了。直到第三代人,他们的眼睛朝上生,他们会耕种,有了火,日子好过了。这是对人类进化史的象征性解释,从非正常到正常,也就是人类从蒙昧、野蛮到文明的发展历史,是人类进入文明时代后,对自己祖先发展进化过程的追忆,是远古历史灵光的折射。在彝族的史诗《查姆》、《阿细的先鸡》中,都有用眼睛的不同形态来表示人类不同的文化历史发展时期,用眼睛的形态象征从非人类社会到人类社会的进化及发展阶段,这与《梅葛》中的三代人的描写在实质上是一致的。

神话中看似神奇的内容,实际上是人对现象之间因果关系意识的最初的表现,是神话思维的产物。它利用日常生活的材料,去创造自己的传说,表述自己的思想,拟构自己的历史。在《梅葛》的创世神话中,先民却是用自己所见的日常生活中的东西去构拟天地万物的创造的,用自己的劳动实践去类比天神的创造万物,不自觉地歌颂了劳动,表现了"是劳动创造了世界"这一伟大的思想。神话中说"人是由天神用雪创造的",这看似神奇,但细究也就不足为奇了,据专家研究,彝族先民为古氐羌人,最初生活在严寒的西北高原,雪花从天空飘飘洒洒而下,当是他们常见的(彝族的聚居地到现在也大多是高寒山区,雪是常见的自然现象)。弥漫在这飞舞的雪花中,他们幻想"人是由天神撒下的雪变的",这就是十分自然的事了。

《梅葛》中讲述的洪水神话,与中国南方许多民族的洪水神话是近似的母题,都以天神赐葫芦子给心地善良的人,种出葫芦,洪水来了,人因葫芦得以活下来传人种。传人种以兄妹婚的形式或以一幸存男子与仙女婚的形式来完成。兄妹婚多以兄妹不愿成婚,天神以滚石磨、簸箕等形式促其成婚传人种,天婚也要经过种种考验才能成。

---

① 李子贤著:《探寻一个尚未崩溃的神话王国》,云南人民出版社1991年版,第296页。

关于葫芦的神话传说，在中国许多民族中都有流传，在《梅葛》中，葫芦保存了传人种的兄妹俩，而且传人种时妹妹生下的也是一个葫芦，从中走出了九个民族。葫芦在这里象征母体，亦即母系氏族时期对母体原型崇拜的反映。因此，在今天，有些彝族还以葫芦作为自己的祖灵。

在《梅葛》的创世神话中，有虎尸解变万物的叙述，虎是彝族的图腾，这在《梅葛》中得到了最充分的反映，虎使天地安稳，是世间万物之源。对于虎的信仰，在《梅葛》流传区域的彝族民间信仰中是广泛存在的，渗透于他们的日常生活中，山水地名有以虎为名的，服饰图案有以虎为图案的，他们自称亦为虎（罗），以虎为祖，认为自己死后将化为虎。

二、原始信仰

《梅葛》是流传区域的彝族先民原始信仰的表达系统，原始信仰往往是古代神话的派生物，是一种原生的乡土文化。它具有悠久的历史、相当稳定的内容。信仰的对象十分宽泛，举凡自然界的各种存在物和观念中的神灵、祖先、鬼魂及幻化出来的各种精灵都可能成为崇拜或敬畏对象。是远古时代多神崇拜和万物有灵观念的反映。《梅葛》里面记载了彝族先民原始宗教信仰中的图腾崇拜、土主崇拜、祖先崇拜、自然崇拜、鬼魂信仰等等内容。

1. 图腾崇拜

作为创世史诗，《梅葛》记载了彝族先民的图腾信仰，这种信仰的痕迹，在《梅葛》流传地区还有迹可寻，或多或少地对当地人的信仰产生影响。

在《梅葛》中，虎生万物，之后有了雪造人，再后有葫芦保存人种，传下人类。虎、雪、葫芦都具有图腾的性质。

虎崇拜的痕迹，在史诗流传地区的服饰中有许多是以虎为图案的。属虎日被认为是吉日，如在马游村许多祭祀活动都在属虎日进行，在正月的第一个属虎日，各家要举行他们称为"驾虎"的仪式（即驾牛）。早晨把牛（主要是耕牛）从牛厩中拉出来，驾上牛担子（驾双黄牛），在院子中，牛的前面烧香、磕头，用饭、肉、酒、茶敬献后喂牛。举行"驾虎"仪式后，才可以到地里犁地，此仪式现在仍存在。六月的第一个属虎日，马游自、骆、罗三大姓氏各自选定一棵财神树祭祀财神，各家都要祭祀自己家的财神，用松枝做成财神祭祀后钉在自己家房子的后墙上，一年换一次。

对于葫芦的图腾崇拜，在"梅葛"流传带南华县的摩哈苴村和永仁县箐头村，都是以葫芦作祖灵，"凡供奉祖灵葫芦的家庭，其正壁（土壁或竹篱笆壁）的壁龛或供板（或供桌）上，通常供着一两个葫芦，一个葫芦代

表一代祖先（父母/祖父母），到第三代（曾祖父母）祖灵葫芦，就请巫师来举行送祖灵大典，把它烧掉……在'罗罗'彝语中，葫芦和祖先这两个词汇完全等同，都叫'阿卜'即葫芦就是祖先"。①

2. 土主崇拜

土主崇拜在"梅葛"流传区域的彝族中是普遍存在的，土主相当于村寨的保护神，村民家里无论有什么事都要去土主庙祭祀，以求得土主的保佑。马游村的土主庙在"文化大革命"期间被毁，在大村、田户、麻姑地都还有其遗址：几堵残墙，旁边或上方一两棵老树（主要是罗汉松树，在史诗中，罗汉松树是有良心的）、杂草丛生。残墙中仍有村民祭祀时插的香、鸡毛，挂的红布。逢年过节，都有人去祭祀。据村民说，以前的土主庙里画得是比较好的，土主坐在老虎上，有六只手、三只眼，身子像人，左手拿太阳，右手拿月亮。村民认为他是天上最大的鬼（马游人信仰中的对象都为鬼，只不过有好坏之分，土主属于护佑村落的好鬼），彝语叫"色颇玛"（音译），当地人认为他又是最大的朵觋（毕摩），他的生日在六月六日，传说他妈妈生下他来不像人（畸形），不要他，他是由鹰养大的。

3. 祖先崇拜

在"梅葛"流传的地区，祖先崇拜是彝族民众普遍的信仰，在每个家庭的堂屋后墙壁上，皆有一个一尺见方的供奉祖灵的神位（在墙上挖进去五六寸深），代表祖灵的松根（葫芦）供奉其中。松根一般三到四寸长，削成方的，上刻人的五官，一根代表一个已死去的长辈亲人，一般是夫妻的就捆在一起。在"文化大革命"期间，各家的祖灵皆被强迫毁去，只有极少数人把自家的祖灵藏起来，所以现在见到的祖灵，大多数家庭只有上代人（自己的父母），多的有两代人（加祖父母）。

在葬仪中，寻找祖灵的松树，一般是由毕摩卜卦来决定，祖灵的制作也是由毕摩来完成的。祖灵牌现在一般都是由松树制作的，松树在史诗中是属于良心不好而被诅咒为砍了不会活的树，用松树做死者的替身而供奉家中，暗寓了死者已死，就像松树不会复活一样，死者也不会再活回来。人们对死者的供奉，一方面是对死者的缅怀，一方面是对死者的惧怕。人一死，就变成了鬼，对鬼供奉不好，就会被降灾，哪怕是自己曾经的亲人。选口碑不好的松树做灵牌，实际上是人们内心深处对死亡的恐惧的外化，它是一个情感的复合体，爱和惧交织在一起，松树做祖灵的象征就是人们对死亡恐惧原型

---

① 吕大吉、何耀华：《中国各民族原始宗教资料集成》，中国社会科学出版社 1996 年 8 月版，第 43 页。

无意识的体现。祖先崇拜是彝族原始宗教信仰的核心，"梅葛"的核心部分也是在丧葬仪式上由毕摩吟诵的祭辞，表达了彝族民众对祖先的敬仰之情。

4. 自然崇拜

在彝族的信仰世界里，自然崇拜是其重要的组成部分，山川树木多被赋予某种神性而成为信仰的对象。在《梅葛》流传地区，自然崇拜仍是盛行的，如人们对火、山神、土地神的信仰。对火的崇拜直接表现为对火塘的重视，山神的载体往往是山中的大树，而土地神则是大地本身（或者田中的石头）。赋予自然物以神性，举行祭祀活动以求得生产生活的顺利进行。

5. 鬼魂信仰

史诗流传地区的彝族与其他地区的彝族一样，普遍是敬畏鬼的，认为生活中的各种灾难皆是鬼作祟，要举行各种各样的仪式驱鬼。马游村在七月的第一个属虎日，举行送鬼仪式，彝话叫"内波基"，驱瘟疫鬼，是当地最大的送鬼活动。由于马游地处偏僻，医疗条件十分落后，新中国建立以前，曾多次流行瘟疫。据说1937年发生的大瘟疫，死了许多人，有的一家就死三四人的。因此，整个马游地区每年都要举行驱鬼活动。活动的过程是这样：驱鬼的队伍由两个朵觋（巫师，头戴"五佛帽"，一人跳，一人祭）、两个装哑巴的人（一般由村中无儿女的"老独人"担当），他们涂黑脸，戴破烂篾帽，反穿蓑衣，背后拖一把扫帚。一人手拿带铁链的刀，端着鬼盆。盆中放一些热灰和油、骨头、三炷香，使之冒出油烟味，鬼闻到油烟，就会被哄走。另一人，拿口袋，到每户人家，帮助朵觋收取放在灶上的给朵觋的一碗荞，他们被称为"搓摸底"，即天聋地哑，意为什么事都不知道，他们在整个过程中不能开口说话，如果家中有病人，病人就蹲在内室的墙角，驱鬼队伍到了后，由朵觋赶鬼，然后哑巴用链子套在病人的脖子上，把他牵到房后，意为鬼被牵走了。由抬轿的2人、吹箫的2人、吹葫芦笙的2人、抬其他东西的2人、吹牛角的2人、放炮的1人、敲锣的2人、抬旗的6人组成，队伍在村中驱鬼，进村民家中驱鬼的只有两个朵觋和扮为哑巴的两人，其余的人在村中大路上等。据老年人讲，每户人家都要去驱鬼，驱鬼时，人们感到很恐惧，家人都出门躲避。驱鬼主要在大村和小村进行，但附近的村子吊索箐、麻姑地、田房三个村的人家去一人，参加打拼伙，在大小村举行完驱鬼仪式后，送鬼的队伍要把鬼送到村外翻过山梁看不到村子的小尖山鬼场去。

送鬼后打拼伙、杀牛。马游之外的彝族人自称俚颇，不吃牛肉，马游人说是由于他们住得远，在打拼伙时来晚了，只喝到汤，所以俚颇人就赌气不吃牛肉了。马游人自称罗罗颇，罗即虎，这与史诗中虎化万物、以虎为图腾有关。

　　"梅葛"是一个信仰系统，在流传的核心地带姚安县的马游村，直到今天，仍具有浓郁的原始宗教信仰氛围。马游村的人们生病，就会认为是鬼祟在作怪，都要举行送鬼仪式，不同的病，是不同的鬼在起作用。送鬼采取的是哄骗和恐吓的手法，一般就是用一瓦片，上面放上火炭，火炭上放一点腊肉或腊油或骨头，就是要烧出气味来，然后再把"油瓦片"端着送到村外，在与村相隔的或者土坎或者岔路口边丢弃，这样就把致病的鬼从病人身边引开了，主要是鬼被油的香味引开去的，而一条沟或一道坎，就阻隔了鬼返回的路，分开了人界与鬼界，沟或坎是人鬼间的分界线，象征性地隔开了人与鬼（邪鬼），使致病的鬼不能再回来危害人，放在十字路口，也就是使鬼找不到返回的路，它的象征意义是一样的。在马游村外的沟、坎外和十字路口，这样的"油瓦片"随处可见。当然，当地经济发展缓慢、交通不便、医疗设施不足是直接的原因，但一个相当重要的因素，还是与人们的信仰有关。在史诗中，当父亲和母亲病重时，先替爹妈送鬼，病没好，又祭神，跳神的跳过了、送鬼的送过了，爹妈还是死了。求医治病的过程，就是驱鬼祭神的过程，原始宗教的信仰和人们的生老病死纠结在一块，它的基础是万物有灵的观念，但在实际操作的过程中，它又舒缓了人们对疾病的恐惧，起到一种精神治疗的作用，它是有一定的实际功效的。"梅葛"中讲到：当送了鬼、祭了各种神灵后，爹妈还是死了。认识到了死亡的必然性，证明了神力的局限性，这或许是破除鬼神信仰的第一步。在丧事的过程中，"请人去砍罗汉松，砍来做棺材"，[①] 因为罗汉松是砍了不会死，被认为是有良心的树，它代表了正面的伦理理想，用罗汉松做棺材，具有一定的象征意义，既象征了死者灵魂的不灭，也象征了死者的后代子孙的兴旺，寄寓了人们的一种伦理理想的价值取向。

　　史诗《梅葛》的核心部分是神话，神话本身就是原始宗教信仰的重要组成部分，也是原始人的世界观。"原始人的思想意识是一种尚未完全分化的意识形态，其中包含着原始唯物主义，也包含着唯心主义；既包含科学思想的萌芽，也包含宗教思想的萌芽；既有积极因素，也有消极因素。原始人在大自然面前，总是软弱无力的。一方面幻想能征服自然的各种奇迹；另一方面也有时向大自然屈服，或乞求大自然的帮忙。这是原始的一种客观实际思想，是原始神话产生的原因，也是原始宗教产生的根源，这就表明：宗教与神话是不容易分开的。应该强调的是，神话确是极为宝贵的文化遗产。它

---

① 《梅葛》，云南人民出版社 1978 年版，第 215 页。

不仅具有艺术价值,还有历史科学价值。神话对于研究原始社会可提供科学依据。虽然,神话只能折射地反映历史事实,但若能掌握正确方法和理论,也不难从中看到当时的情况。而且对于尚未创造文字的民族,这些神话是考察他们历史的重要依据。"[1] 史诗《梅葛》的流传,本身就与彝族的原始宗教(毕摩教)结合在一起,原始神话和原始宗教互为载体,正如杨堃先生说的:"原始神话产生的原因,也是原始宗教产生的根源。"[2] 二者很难截然分开。正因为如此,史诗中作为祭辞的原始神话部分,随着宗教信仰的淡化,它也就逐渐失去了其生存的土壤,其神圣性逐渐变为世俗化。

在"梅葛"主要流传地马游,原始宗教信仰的氛围浓郁,在当地彝族的年中行事、人生仪礼、民间信仰中,都可寻找史诗中创世神话内容的痕迹,许多人对神话解释的内容都知道,他们认为祖辈人就是那么说的,那么做的,所以也就那么说,那么做了。这在民间信仰和人生仪礼中是明显的。彝族中盛行祖先崇拜,在史诗的丧葬部分对此作了详尽的叙述。马游人的丧礼中,过去要请毕摩吟唱"梅葛",主要唱创世神话部分和丧葬部分。演唱史诗是民间信仰生活的一部分。

《梅葛》是活形态的史诗,直到今天,在其主要流传地姚安马游村办事处的几个村中,仍有不少人会唱,在他们的民间信仰中,仍可见到史诗的影响,用史诗中的内容来解释他们信仰的缘由,他们在婚丧嫁娶中都要唱"梅葛"调。

马游人在娶亲等喜事时,都要铺青松毛,为什么要铺呢? 马游麻姑地村的罗学华[3]说:松毛铺在地上让人踩,是由于松树在天神找人种时良心不好,砍了不会发芽。史诗中说道,天神在找人种时,遇到松树,问松树见到人种没有,松树回答说:

> 人种我没见,/要是遇着了,/
> 我的叶子硬,/戳也戳死他。/
> 天神发怒了,/一鞭打下去,/
> 松树成三杈,/格滋天神骂道,/
> 等到人种找着了,/人烟旺起来,/
> 砍你一棵绝一棵。

---

① 杨堃:《民族与民族学》,四川民族出版社 1983 年 12 月版,第 62 页。
② 杨堃:《民族与民族学》,四川民族出版社 1983 年 12 月版,第 62 页。
③ 罗学华,男,1966 年生,是当地较会演唱"梅葛"的歌手。

人们以自己的道德准则去解释史诗中动植物的特征，同时往往又把它归于神的取舍、判断，这就使自己的道德准则具有了神圣性。在史诗中，动植物心地坏的，就遭到惩罚；心地好的，就有好报。如罗汉松心地好，砍了就会发，而松树心地不好，砍了就不会发，到现在还被人们踩到脚下。这种道德准则，在实际生活中起到一种规范的作用。

《梅葛》是流传地区彝族人民的知识系统，也是他们的叙事体系和地方性话语，它阐释着他们的信仰。如彝族不吃马肉，在姚安县马游、大姚、牟定等地都认为不吃马肉是因为在洪水神话中，洪水过后，兄妹俩生的孩子多（牟定腊湾的传说是生了一百个子女，后来成为百家姓），奶水不够，就拿给其他动物去喂奶，彝家人是吃马奶，所以现在彝家人不吃马肉，史诗中唱道："彝族没奶吃，只好吃马奶。彝族尊重马，不肯吃马肉。"①

在婚丧活动中，唱"梅葛"是其不可少的部分，在婚礼上演唱"梅葛"，主要是创世造物及婚恋部分，禁唱丧葬部分。而在葬礼上，则必须唱创世及丧葬部分。直到现在，有些村子在丧葬仪式上还必须有毕摩为死者指路，否则丧礼不能进行。即使没有毕摩的村庄，也要到外边去请。如牟定县腊湾村，他们本村已没有能从事丧葬仪礼的毕摩，与他们相邻的姚安县的和平村还有，但年事已高，走不到腊湾，因此"用马把他驮来"，否则就不能举行葬礼。

第三节 《梅葛》被尊奉为"根谱"

《梅葛》是原始性史诗，它的产生与彝族的祖先崇拜有密切的关系，在彝族的原始宗教信仰中，祖先的原始观念占支配地位，史诗把民族的根（祖先）追溯到了创造万物和人类的神祇那里，形象地解释了民族及民族文化的由来，解释了宇宙万物的由来，成为一切解释的"根谱"，具有了法典的权威性。《梅葛》被视为彝家的"根谱"，他们的生老病死，皆与史诗有密切的关系。史诗给他们解释世间万物是如何来的，婚丧嫁娶应该如何做，提供了一整套的行为规范，一整套的知识系统，构成了彝家的文化之网，生活在这个网络中的彝家当然要把它当做自己的"根谱"了。"原始性史诗的产生，从根本上说来是在原始民族形成后适应了民族群体追溯历史、歌颂祖先、总结经验、表现自己这一社会要求。原始性史诗的主题虽然表现出某些复杂性，但总的倾向是赞美最基本的实践生活——物质生产劳动，歌颂祖先

---

① 姜荣文搜集：《蜻蛉梅葛》，云南人民出版社1993年10月版，第8页。

艰苦创业的顽强精神。所以，原始性史诗总是间接或直接地反映了古代人类精神创造的一切成果，成了各民族形象化的历史。"① 《梅葛》是长篇叙事史诗，反映了相当长历史阶段上彝族先民的生产、生活和习俗，从纵的方面看，史诗艺术而精辟地概括了从人类还不能把自己同自然界区别开来的混沌状态直到业已出现了原始畜牧业、农业、手工业这一历史发展过程。创世神话部分可以说是诗化了的历史，是对早期人类生活史的模糊记忆，反映出早期人类对自然、对人类自身的朴素认识。从横的方面看，史诗不仅写到了天地四方，宇宙万物，而且展示了不同历史时期社会生活的广阔画面，彝族人民的思想、情感、心理、生产、生活、习俗、信仰等等，无不囊括其中。把如此漫长的历史，如此丰富多彩的内容浓缩到史诗中，它是世世代代的彝族人民加工、提炼、增益的结果，是集体智慧的结晶。

史诗的创世部分解释天地万物及人类的起源。第二部分是造物部分，内容非常广泛，几乎涉及原始社会末期彝族先民生产活动的各个方面，从盖房子、狩猎和畜牧到农事活动、造工具等，内容可以说是包罗万象，把早期彝族的生产、生活史艺术地再现出来，从中可清晰地看到彝族先民从蒙昧迈向文明的艰难足迹，人类发展史上的两次大分工在史诗中得到了概括：狩猎畜牧、农事部分叙述了人类的第一次大分工；造工具、找盐、蚕丝部分则叙述了第二次大分工。

婚事与恋歌和丧葬部分，叙述了古代彝族的婚姻丧葬习俗，是人类自身"生产"的历史。这些习俗，在今天马游人的婚丧习俗中还有痕迹可寻。

从史诗的内容，我们看到彝族先民把神话、传说、记事、现实、幻想交织在一起，把先民早期的历史发展进程中的重大事件和变革，都以神话或传说的形式保存在记忆里，把自己的业绩和祖先的功绩联系在一起，他们把神话作为历史而当做创世的主干，再把自己所经历的重大历史事件不断地充实到其中，按创世的过程，以时间为序，把先民的整个生活系统化，使之成为本民族的根谱，用它来传承自己民族的历史和文化，规范本民族的行为，增强民族的凝聚力，强化民族感情，增强民族的认同感。因此，"梅葛"被视为彝族的"根谱"，世代传唱，是组成他们文化的重要部分。

"梅葛"主要流传在自称罗罗颇的彝族中间，在语言上，他们同属于中部方言（罗罗土语）。"梅葛"的传承，使他们在与周边民族的相处过程中，成为一种与众不同的文化识别标记，是对自己民族文化的一种记忆和传达。从"梅葛"流传的范围来看，西临大理的白族文化，东临汉族文化，在云

---

① 李子贤著：《探寻一个尚未崩溃的神话王国》，云南人民出版社1991年版，第296页。

南这样一个多民族的地域中，传唱"梅葛"的地区是彝族相对集中的一片区域。地处山区，自然条件相对恶劣，生产力水平也相对低下，经济生活条件与周边的坝区相比，要艰难得多。在与周边多民族的文化交融碰撞中，"梅葛"是他们自我民族认同的根。"梅葛"的演唱，从外部的因素看，那是其他民族识别他们的一种标识。在"梅葛"流传地之一的姚安县马游村和牟定县腊湾村，当问及同住一村的汉族唱不唱"梅葛"时，他们都回答说："我们不唱，那是他们彝族的。"问他们能不能听懂、喜欢不喜欢听时，他们说能听懂一部分（当地人大多会彝语和汉语），但不喜欢听，也不喜欢唱，因为那是彝族的。当地的彝族正是通过对"梅葛"的传唱，来确认自己独特的身份。他们周边的民族，也把"梅葛"作为识别他们文化的一种外显的符号。

从内部的因素看，"梅葛"是彝族文化中一颗灿烂的明珠，是传唱它的人们的百科全书，它丰富的文化内涵，古朴的演唱风格，它对宇宙初开、万物起源、文化产生等的神奇拙稚的想象与解释，既是先民们对远古的记忆，也是彝族文化整体中不可或缺的一部分，更是他们的文化深层结构中的心血结晶。

《梅葛》作为流传在彝族中的史诗，它所追溯的历史久远，从它讲述的创世故事中，我们可以看到母系社会时期以女性为尊的意识痕迹，也可以看到男性在社会结构中的至高地位（格滋天神是创世的发动者），它是多个世纪加工的结果。在特定的生态环境中，它的功能是多方面的，有的功能在传唱的过程中减弱了，有的功能却强化了，从现在的田野调查材料看，它的解释功能、结构社会的功能都随着时代的变迁和文化的变迁而减弱了，它更多体现的是一种教化规范和娱乐的功能。而现在，随着影视等媒体的逐渐普及和年轻人对外来文化的兴趣高于传统的文化，"梅葛"的娱乐功能也在逐渐地减弱，钟爱它的大多是年龄在六十岁以上的老人，年青一代，许多人既听不懂，也不会唱，作为"根谱"的"梅葛"，伴随着彝族人民走过了漫长的历史道路之后，今天，随着传统社会向现代社会的转型，面临着"断根"的威胁，现实的严峻，令人担忧。如何让这个"根"继续扎下去，这是今天面临的挑战。

《梅葛》作为原始性史诗，它产生于原始民族形成时期，也就是在氏族向氏族联盟到民族形成的这样一个过程之中。在那个时期，正是人神共存的时代，史诗的形成标志着公认的民族神话的形成，那是一个共同民族形成的需要，反过来，它又成为了维系氏族生存发展的"根谱"，特别是在与其他氏族的文化碰撞过程中，彝族人民就需要用《梅葛》作为民族认同和民族识别的文化符号，同时，也用它来传承文化知识，构建信仰系统，规范行为模式，以保障人们生活的顺利进行。当然，在强调中华文化多元一体化的今天，在文化的交流过程中，《梅葛》对于彝族文化的发展，仍具有"根谱"的作用。

彝族是一个古老的民族，他们有悠久的历史文化传统，"这反映在民族心理上，便形成了一种以有古老、神圣的'根谱'为荣的民族自尊心。原始性史诗便充当了这种古老、神圣的'根谱'，成了这种民族意识的外在表现。"①《梅葛》作为古史歌，一方面，它以神话的形式折射出远古彝族先民的社会生活及其历史发展过程，用一种特殊的形式解释民族的起源、万物的起源、文化的起源等。另一方面，史诗是口耳相传的，是一种自然的历史化，也就是"一种以集体的加工的方式自然形成的将一个民族的历史发展不断增益进史诗中去的运动形态"。②从史诗的内容看，创世造物部分中祖先的业绩被神化，同时，又把历史发展过程中不同时期的群体思想及实践活动增益进去。如"狩猎畜牧"、"农事"、"盐"、"蚕丝"等活动，是一个历史发展的漫长过程中的实践活动。而"婚事和恋歌"与"丧葬"部分，则是与人们的现实生活密切相关的活动，它为人们的日常生活制定了规则，成为一个操作系统，这种不断增益的结果，也就使《梅葛》随着彝族人民的历史发展而获得了与日俱增的历史因素。这种自然历史化的过程，就使得史诗具有一种民族文化"百科全书"的性质，成为知识的系统和宝库，被当做本民族的"根谱"。

第四节 历史上《梅葛》与马游人的生产生活习俗

马游村行政隶属于楚雄州姚安县官屯乡，以彝族为主，杂居以少数汉族。彝族有自、罗、骆、郭四姓，自称"罗罗"。

马游村的开发大约是在宋代大理国时期，姚安府土司高家招抚自、罗、骆的始祖为佃，在此开挖土地，辛勤创业，繁衍子孙。直到清雍正八年（1730年），高氏改土归流，三姓转向姚安府领田粮立户。随着时间的流逝，三姓中又分化出其他一些姓氏，并且有少量汉族从三姓中购得少量田地而迁移进来。虽形成杂居状态，但彝、汉在习俗方面基本上保持了自己的文化

---

① 李子贤著：《探寻一个尚未崩溃的神话王国》，云南人民出版社1991年版，第298页。
② 李子贤著：《探寻一个尚未崩溃的神话王国》，云南人民出版社1991年版，第299页。

传统。

马游村早在清康熙年间就已经兴办义学，在马游原小学的旧址，有一石碑对兴办义学的事情有详细记载，汉文化通过学校教育渗透到马游村的传统文化中。最明显的影响是马游彝族的丧葬形式由原来的传统火葬改为土葬，但丧葬仪式则较为复杂，基本保持了传统的形式，特别是由朵觋唱诵"梅葛"，是丧礼不可或缺的部分。

一、生产习俗

马游村以农业为主，种稗子（当地称小米）、玉米、荞、土豆等农作物，产量不太高，兼以畜牧业。这种生产方式，是受当地特定的地理位置和气候环境制约的。马游村地处海拔两千多米的山区，三面环以高山，西面有一豁口，成为风口，大理苍山雪风吹来，气候寒冷。虽然土地平整，但寒冷的气候使农作物生长缓慢，产量极低。

在马游村，人们的日常生活习俗与当地的生产力水平是相一致的，有许多与劳动生产有关的信仰习俗。比如与农耕生产有关的祭祀活动一年中有多次。简述如下：

1. 过年接土主

正月初三村中开始打跳，一家一天轮流进行。在打跳前，当庄的这家人要拿着一只鸡、肉等到土主庙献祭，放土炮，然后把土主接回家供在家中的神斗上。去接土主时要请一个朵觋，两个葫芦笙手，两个竹笛手，家中摆上神斗、香，用树枝串上两块用火烧过的肉插在神斗里。第二天轮到下一家打跳时又用树枝串上两块，到第三家打跳时，把第二家的肉收起，依此类推，神斗上插着的肉始终保持四串，到正月十五，把所有收到的肉集中在一起，把土主送回到土主庙，肉献祭后煮食。表示年已过完，各家可以从事农事活动了。上一年的最后一家，是下一年的庄家，接送仪式一样，接时会说："请您老土主回到村中，让我们的粮食长出来，样样好起来。"这种接送土主的活动，是一种娱神活动，目的是很明显的，要土主保佑五谷丰登，人事康泰。因为土主是村寨的保护神。

2. 驾虎

农耕生产离不开牛。因此在正月的第一个属虎日各家要驾虎（虎即牛），把牛从厩中拉出来，驾担子，驾双黄牛，在院子中烧香、磕头，要用饭、肉、茶、酒敬献后喂牛。之后才可以用牛犁地。此仪式现在还存在。

3. 砍荞把子

正月初五以后可以砍荞把子，日子自定，以不冲家人的属相为主。上山砍荞把子要带上酒、肉、米、香（12 支香代表 12 个月，闰年带 13 支），砍三把荞把子后，在地里摆好，插上代表天地的松枝，摆上刀，然后祭天、地、山、刀神。

4. 祭龙

过去，在三月的第一个属龙日，全村要举行祭龙活动。

5. 祭田公地母

四月开秧门时，各家要在自己的田边用肉、鸡蛋、酒、香、红绿剪纸等进行祭祀，要由妇女先用左手栽三丛秧，然后才用右手栽，认为这样栽秧手才不会痛。到六月二十四的火把节，也要到田地边祭田公地母。

6. 尝新节

八月的第一个属龙日或属猴日过尝新节。

这些习俗与当地的农耕活动是紧密联系的，人们为了获得好的收成，战胜那些难以预测的对生产不利的因素，用这些方式去娱那些想象中的神，以此来舒缓焦虑的情绪。

7. 出羊、出牛

马游兼以畜牧业，也有一些与之适应的习俗，在正月初四后择一属马、猴日出羊、出牛。出羊日要搭一个小笼子，里面有个小架子，出羊时，小笼子放在地上，点上香，放上牧神图进行祭祀，祭完后把牧神图卷起放在竹筒里，小笼里还有一个小箱子装碗筷，还要放两只鸡脚，小笼子放在火塘边，轻易不能挪动。除非是羊群迁到另外的地方，女人不能碰这个笼子，六月二十四祭羊神时要把笼子升到一个小架子上，一直到生下第一只小羊一星期后才能放下。出牛：初四后选一吉日，选一吉利方向，主人家拿肉、酒到山上祭神，全家人都去，再约上几家人到山上野炊。出牛仪式后，才可以上山放牛，之前牛是关在厩中的。

8. 祭祀猎神

马游村地处山区，有野生动物，打猎也曾经是人们的生产方式之一。每年大年三十祭家神的同时要祭猎神。每到打猎时也要祭猎神，上山时，用三杈的松枝，点上香、摆上酒、烧纸、磕头祭祀猎神。打到大的猎物，如獐子，要把膀子吊在家坛的猎神旁祭祀猎神。

以上这些习俗都是与劳动生产有关的。除了劳动生产之外，人们的日常生活习俗中，较为重要的就是人生仪礼了。在人生仪礼中，与 "梅葛" 关系密切的是婚礼和丧礼。

二、生活习俗

在人们的日常生活习俗中，人生仪礼是较为重要的习俗了。在马游村彝族的人生仪礼中，与"梅葛"关系密切的是婚礼和丧礼。

1. 婚礼

在马游村，婚姻形式是一种姑表与舅表优先婚配制，即姑表舅婚被认为是亲上加亲，舅父的儿子享有迎娶其姑母的女儿的优先权，舅父的儿子不要，姑母的女儿才能选择外嫁，若不征得舅父的同意，姑母的女儿另嫁，舅父可强迫其退婚而嫁给自己的儿子。舅父有合适的女儿也要优先由姑母的儿子选择。另嫁或另娶要征得对方的许可，擅自嫁娶会遭到家族或社会的谴责。由于这种婚姻形式，许多人的婚姻并不是以感情为基础，而是由父母包办的。适应这种婚制，当地的婚俗中就有一种相应的调节，即"超哩诺麦哩卓"关系，"超哩"意为"男青年"，"诺麦哩"意为"女青年"，"卓"意为"找"，也就是"找伙伴"或者"找情人"之意。以在婚外找情人的方式来补偿包办婚姻带来的不足。

马游村的婚仪主要由"讨话"、"订婚"、"婚前准备"、"迎亲和送亲"、"退邪神"、"丧婚"、"芦笙舞"、"教亲"、"犁喜场"、"回门"几个部分组成。这整个过程中，都伴随着"梅葛"的演唱。从青年人谈情说爱到最后结成夫妇的整个过程中，唱"梅葛"都是其重要的组成部分。在马游婚俗中，"退邪神"和"犁喜场"是独具特色的，是原始宗教信仰在婚俗中的体现。

在直苴村彝族的婚恋生活中，还保存着较为古朴的上古遗风，即婚前相对的性自由。在女孩长到14～15岁以后，一般就不在正房与父母兄弟同住，而是到面房的姑娘房住。姑娘房父兄弟忌入，甚至门坏了也不由自家的男性修。姑娘房一般与正房有一定距离，到了晚上，姑娘可以自由接待表兄弟以外的青年，男青年吹着毕噜来，如果二人情投意合，姑娘可以留宿男青年，家人不干涉。交往一段时间后，如果感情好，就请人提亲，结为夫妻。如果感情不好，就友好分手，男青年再去串其他姑娘，女孩也可以接待其他男孩。这并不受舆论的谴责，被视为正常，如果姑娘没有小伙子串，父母会觉得脸上无光。人们鼓励青年的自由交往，据村里人说，长辈对男孩从小就进行此方面的教育，说生殖器中有虫子，男孩到十多岁以后不串姑娘，虫子会咬破生殖器，男孩子非常相信，对此充满了恐惧感。因此，一般都会主动去姑娘房串姑娘，这是为婚姻做准备的，结婚后就不准再串了。

结婚仪式一般都较简单，两人在串姑娘房中加深感情后，男方可到女方家住，女方也可到男方家住，不一定举行仪式。据说有的父母甚至不知道自己的女儿到谁家住去了，隔了一段时间回门，夫妻俩带双份礼物回来，父母一般不责怪，简单的一斤酒（分两份装），两篾饭盒糯米饭，饭上盖一块肥肉祭祖灵，父母认可，婚姻就宣告成立。婚礼有的举行，有的不举行，有的孩子生了两个才举行，有的甚至年纪较大时举行，由个人自己定，外人一般不会干涉。

直苴村地区彝族婚姻是一夫一妻制，较为自由简朴，几乎没有男娶女嫁的观念，寡妇再嫁或招夫，不受歧视，结婚离婚皆以两人的感情为基础，男女平等，生女孩不受歧视，可以说是古朴的上古的风俗得到较完整保存。直苴村人的观念中，舅舅为大，女方的娘家人得到普遍的重视。例如：一个男子，见到比自己年龄小许多的舅子（妻弟）来，必须起来让座；而比自己年龄大得多的自己的哥哥来，可以不起来让座。

2. 丧礼

直苴村地区彝族葬礼烦琐，一般在人快断气时，拿一只半大小公鸡夹在人的腋下让其夹死（夹不死的帮忙弄死）后拿出来，用火燎烧一下，鸡毛烧掉1/3左右，放在一木瓢中，同时用黑布做一"烟袋"，内装五谷杂粮（玉米、谷子、荞、麦等）挂在烟锅（平时不抽烟的临时做一个，用土烧制，不能用金属的）上，把鸡、"烟袋"、烟锅放在木瓢里，摆在人的头前边。

等到人一死，马上就要去买水，买水时要用钱币（过去是铜钱，现在是硬币，男九枚、女七枚）丢在取水处的水里，然后说："××姓氏门中，某人要到阴间，给你买点水。"买回来的水装在木缸里。在死者的床边、床底下用木勺正舀反倒泼水，男泼九勺，女泼七勺。接着杀一只大公鸡，说："今天送给你一只大公鸡，骑着到阴间，不合适的事你要支挡着。"杀鸡前"喔"吼三声，用刀敲三下，边敲边吼，目的是让邻居知道人已死了，同时告知阴间死者来了。杀鸡之后，亲属可以放声哭了，眼泪不能洒在死者睡的床上和死者身上，否则，死者不能顺利到达阴间。

公鸡煮熟后在死者前献一献，来帮忙的人吃掉。吃鸡后用苦角水洒死者的头、脸，身子一般不洗，换掉旧衣，穿上长衫，衣服不能有金属扣，件数不限，一般用黑、蓝色，红、白颜色的不用。用松树做一大木梳，男九齿、女七齿，男梳九下，女梳七下。换衣服后，用一块麻布、一块黑布，把竹子剖开，黑布在里面，麻布在外面，夹在一起、盖在死者脸上，在眼睛处挖两个洞，嘴、鼻处各一，编有须边，须边是拿给死者到阴间赶苍蝇用的。鞋子是自制的布鞋，脚尖用麻布做的圆锥体把两只脚套在一起，脚不能偏，如偏了则用麻线拴直，之后取掉麻线。

死者的至亲来吊丧，拿银子放在死者嘴里，送来的衣服，穿不了的下葬时放棺内，被子等装不了的下葬时放在坟内。

在死者抬出家门前，做"桃银阿兹"，即所谓"纸花"，用两尺左右的正方形麻布，用竹子夹住四角，下面缝上占 1/4 左右的黑布，四角带纸条（锯齿形，一般十三色），黑布正中亦有两串十二色纸条，同时有两个小铃铛，"纸花"相当于旗子。

丧家边准备边通知舅家人。去舅家时一般带一斤酒，一人去通知（如果夫妻两人都已死亡，就带双份酒去两人通知），舅家不是指死者的舅舅，而是死者妻子的兄弟家，如果死者未婚，则要配冥婚，只有在舅舅家人的主持下，死者才能下葬。

舅舅家人来时带一个大米粑粑，酒 20 斤以上，羊一只，和舅爷（即妻兄或妻弟）一起来，死者家人跪接，吹芦笙、唢呐，敬酒烟。舅舅来到死者停放处，用嘴含一口酒喷尸体，在死者嘴里放一点银子。他们在院子中吃完饭后，把做好的纸花夹在长竹子尖上插在正房的厦子上，棺材放在院内，舅舅和亲戚抬死者入棺。先扫棺，男九次、女七次。边扫边说："某年某月某日，天煞出、地煞出、孝男孝女出，活人出、死人进"，由村中威望高者扫。然后死者入棺。纸花吊的位置正对棺材头部，先前的祭品拿出摆在棺后，同时泼水在地下，否则死者到阴间无水喝，鸡由姑娘保存，入葬后放坟头，三天鸡不见了为吉利。

在棺尾杀鸡、羊等，杀一只鸡、羊，孝子磕头，父母双亡的磕头两个，还有一个健在的磕头一个。羊在死者棺前祭献，粑粑先祭，之后是粮食，祭完后由儿媳妇等把带来的粑粑分给同来的人吃，其余的收在一起。

在棺尾，孝子和舅舅各站一旁，舅靠近棺，端一碗粗糠，孝子端一碗酒在下方，交换时吼："撒——哪——撒——"三声，糠在上酒在下，糠倒掉，酒由跟舅来的人分喝，孝子不喝。

之后，吹芦笙围棺而跳，吹者一人，后跟三人：主人家请的主事人、舅舅的主事人、姑娘的主事人，顺跳，边跳边吼："喔——喔——"三人一人抬一把刀，手腕搭一块麻布，然后舅舅家的男性跳一夜，边跳孝子边敬酒。每次敬酒都先敬舅舅的家人，敬前吼："撒——哪——撒——"。

抬送棺椁上山，舅爷抬棺椁头，纸花儿媳抬，不能扫到人，否则不吉，纸花抬到门外，就由女儿家请来的主事人抬，儿媳一路撒纸花。到山上后，用红公鸡敬山神，毕摩念咒语，由年纪较大的人开挖坟坑，公鸡拴在锄头上，挖一锄头叫一声"喔——"男挖九锄，女挖七锄，最后一锄挖完锄头就从头上往后丢掉，来的亲戚就可以帮助挖了。挖好后，扫除脚印，扫时的咒语与扫棺时一样。棺椁入穴后，儿媳在右下方，女儿在左下方，反蹲坑边，用手捧土入坑，男9捧、女7捧，之后其他人帮助砌好坟，纸花丢在坟上，回去的路上边走边叫死者家属的名字（叫魂）。

下葬三天后，晚上亲戚集中一次，不能烧纸火，也不能哭。男九天、女七天后，又集中一次，这次可以哭，由儿子去坟地找一棵松树，毕摩跟着去，把小树当死者，由儿子背到坟前摆好，毕摩把松树砍断剖开，几个儿子剖成几对，接着把挂纸花的竹子划编成篾片，有几个儿子就编几片（叫"尼兹"），与树枝一起拿回来。背回时说："你不要乱跑，我背你回去。"回家后，篾片钉墙上，树枝放其上，还拿一枝大一些的松枝靠在面房后墙上。在院子原来放棺处，摆一大竹篓，底用黄牛屎糊，在里面烧香烧纸，献饭菜。孝子敬酒，舅家人坐上方，不再打跳。最后，把竹篓里的东西倒到村外，整个葬礼结束。

三年内子女、亲戚、舅爷等拉着羊来上坟，日子是农历二月的死者的本命日或相克日。农历七月十四日早上，拿荞子炒爆，故意让其喷洒，意为死者阴间用的子弹。白天在院心画一白圈，杀鸡，用饭、酒、水果等敬死者。三年后，不去上坟（清明亦不去）。之后，每年正月初二敬坟，主要是由子女去做。凡过年节，有大事时祭"尼兹"（祖先牌位）。

直苴村彝族的葬礼烦琐，这与当地的祖先崇拜有关，在直苴的信仰世界里，祖先是随时与人们生活在一起的，主管着一家人的幸福。不敬祖先，是要遭到祖先的惩罚的。因此，当地彝民对祖先是十分崇敬的。

在马游村的丧葬活动中，整个丧葬仪式都伴随着"梅葛"的唱诵，是丧葬仪式的核心部分。马游村的老年人说，虽然"梅葛"没有书，但葬礼上由毕摩（朵觋）吟唱的内容是固定的，不能改变。毕摩（朵觋）吟唱的内容是对万事万物、人生历程的一一历数，是为死者指路，引导他的灵魂回到祖先的聚居地。如吟唱到死人和活人分家时，需用一堆松果，边唱边分成两堆。十二属相的动物要分清。家畜是活人的财产，野畜是死人的财产。如家猪和野猪、山羊和岩羊等要一一判明。再如，吟唱万物的起源时，说到格滋天神分树，也要将各种树的用途一一说明，而这些说法就成为一些仪式的依据，如香樟树是毕摩（朵觋）用的，青松树是祭祀用的（制作祖灵用松树）等。

第五节　"梅葛"的流传区域及文本
《梅葛》的搜集、出版

　　"梅葛"调主要流传在楚雄州的姚安县、大姚县、牟定县、永仁县的罗罗颇和俚颇中，即操中部方言的罗罗土语的彝族地区。从已搜集的资料看，姚安县的马游村是一个重要的流传地，也是现在还有一部分人会唱的地方。在大姚的昙华、永仁县的直苴、牟定县的腊湾等彝族的聚居地，现在能唱的人不多，只能唱零星的片段。马游村的几位七十多岁的歌手，还能唱史诗中的创世部分，[①] 他们唱的内容与 1958 年出版的《梅葛》一书有较大的差异。当年对《梅葛》一书的整理过程中，本身也是综合了几个地方的演唱本而成，差异的存在本身就是无法避免的了。当然，大姚的昙华村等地的彝族演唱的"梅葛"，内容与马游村演唱的也有差异。这或许是口耳相传的结果。

　　关于《梅葛》的搜集、整理、出版的情况，当年曾参与搜集整理的郭思九先生的文章《关于〈梅葛〉——写在〈梅葛〉再版时》一文，较为详细地记述了《梅葛》从 1959 年 9 月出版以来的再版情况，以及当年的搜集情况和整理出版情况。在此，对郭先生的文章，摘其要点如下。

一、关于《梅葛》原始资料的搜集

　　《梅葛》在进行整理时，共搜集到四份原始资料，有三份是由"云南省民族民间文学楚雄调查队"大姚调查组在该县的昙华、直苴村搜集的，有一份是在姚安县马游搜集和由徐嘉瑞先生根据 1957 年搜集的资料所整理的打印稿。现将四份资料简介如下：

　　（1）1958 年 9～11 月间，在大姚县昙华山子米地村夏利么寨，由老毕摩老歌手李申呼颇唱述，杨森、李映权翻译，由郭思九搜集记录的资料，约五千余行。在离开昙华山时，郭思九进行过初步清理，并将清理稿报送调查队队部，又报送省调查队办公室，后由中国作家协会昆明分会民族民间文学委员会编入《云南民族民间文学资料》第二辑，作为"内部资料"于 1959 年 2 月出版。

　　大姚县昙华《梅葛》清理稿分为四部。第一部分分为五章：第一章开天辟地；第二章造工具；第三章盖房子；第四章相配；第五章盐。第二部分

---

① 见附录一："梅葛"（2001 年新收集）。

分为二章：第一章成婚；第二章请客。第三部分芦笙。第四部分分为三章：第一章刻日木祭母；第二章死亡；第三章怀亲。

（2）大姚调查组又在距离昙华山五十里处的直苴大寨（现属永仁县），由老歌手李福玉颇唱述，杨文灿翻译，龚维顺、张宝生等搜集记录的资料，约三千行。后编入《云南民族民间文学资料》第三辑，于1959年2月出版。该份资料没有进行过清理，属记录稿。内容有：盘古分天地、龙王堵水、赤梅葛、辅梅葛（一）。

（3）1958年10月下旬，大姚调查组按计划结束该县的调查工作，准备转址姚安马游、新民、前场等彝族地区调查前，调查组曾集中到昙华，认为有进一步补充搜集的必要。于是，又返回直苴再作补充搜集，后又搜集到"补充材料"和"辅梅葛（二）"，其中也有由老虎肢体变为天地万物的记述。

（4）姚安县马游流传的《梅葛》资料，除调查组在马游搜集了部分有关农事、恋歌和"娃梅葛"外，主要是由徐嘉瑞先生于1957年3月在姚安官屯乡马游一带，由彝族老歌手郭天元、自发生唱述，王朝显翻译，郭开云记录，后经徐嘉瑞、陈继平整理，拟作为由中国作家协会昆明分会民族民间文学委员会编的"云南民族民间文学丛书之一"，正准备于云南人民出版社出版之际，省调查队领导小组看到了大姚县昙华、直苴的《梅葛》资料，认为资料既然如此丰富，而且都在彝族民间流传，完全有条件整理出一部很具有民族特点和地域特征的作品来，并决定由楚雄调查队将两县的原始资料集中在一起加以认真研究，先拿出个比较全面、完整的整理稿来。于是，徐嘉瑞就将一份由出版社已经打印成校样的马游整理稿交给了楚雄调查队。但不知何故，徐嘉瑞的这份整理稿，后来也未见收编在《云南民族民间文学资料》中。时至今日，我（郭思九）除了见过当时的打印稿外，马游的原始资料从未见到过……

二、关于《梅葛》一书的整理

《梅葛》的整理，一直是在当时省委宣传部部长袁勃同志亲自主持领导的调查队领导小组的指导下进行的。徐嘉瑞当时任省文联主席兼省民间文艺研究会主任，同时也是领导小组成员。领导小组阅读了《梅葛》的全部原始材料，尤其是新搜集到的大姚昙华村、直苴村的资料后，进行了研究，并征求徐嘉瑞的意见，对《梅葛》的整理大概有以下几方面的考虑：

（1）姚安马游和大姚直苴的资料中，都有盘古分天地的记述。盘古神话不仅在汉族中流传，在其他一些少数民族中也有流传。汉文献史籍中早有记载。而大姚昙华一带流传的《梅葛》则是由格滋天神用老虎的肢体变成天地万物的神话，更具有彝族的民族特点和地域文化特征，决定就以大姚昙华村和直苴村的资料为基础，吸收姚安马游的资料进行整理。

1958年12月下旬，调查队结束全州的普查工作，集中到了楚雄州政府所在地鹿城镇北街口电影院对面的一所原属咖啡馆的房里，进行《楚雄州文学概略》的编写和作品的整理、选编工作。《梅葛》最初的整理稿就是在这间小店里完成的。

（2）当时还有一个特殊的历史背景，那就是1958年10月，省委决定姚安、永仁、大姚三县合并为大姚县（1961年3月才恢复姚安、永仁建制）。这一特殊的历史情况，决定了同属一个县一个民族（彝族）的《梅葛》只能够整理成一个版本。原来徐老等人搜集整理的姚安马游的《梅葛》是否因此而没出版，却不得而知。

（3）1959年4月初，调查队回到了昆明，因面临大学毕业，多数同学结束调查工作回校上课，只留下少数同学在省文联继续修改加工文学概略录《梅葛》，同时，领导小组确定请徐嘉瑞同志负责指导《梅葛》的加工修改。他除了对我们进行指导并提出许多宝贵意见外，最后定稿前还亲自动手进行修改。经过五六次反复加工修改后，又请李鉴尧同志在诗的语言文学上作了加工润色。经领导小组审定同意后，才交由出版社付印。

（4）《梅葛》整理定稿后，涉及署名问题。我记得领导小组曾经决定：所有调查队整理的作品和编写的文学史或概略，都统一署名为各调查队集体搜集整理和集体编写；除个别作品外，概不定序言，一律在"后记"里写明演唱者、翻译者、搜集记录整理者的名字。

《梅葛》"后记"中的署名，大姚部分的人员十分清楚明确，也用不着讨论；姚安马游的演唱者、翻译者和记录者也很清楚明确。但对搜集整理是否按照徐嘉瑞在整理稿上所署"徐嘉瑞、陈继平"处理，最后仍由徐嘉瑞裁定。徐嘉瑞作为我省德高望重的老一辈学者、教授，为人谦和、治学严谨，为了奖掖后学，他表示《梅葛》是同学们搜集整理的，就不要再署他的名了。因此，就在"后记"中写道："关于《梅葛》搜集、翻译、整理和研究工作，早在1957年徐嘉瑞同志就进行过，当时在中共姚安县委的领导下，由陈继平同志参加，曾组织了部分人力，全面搜集了流传在姚安马游乡的《梅葛》，为我们这次搜集整理提供了有利条件。""后记"也经过领导小组包括徐老审阅后才付印的。《梅葛》一书迄今为止，已出过四个版本。

三、《梅葛》一书的出版情况

1959 年 9 月，云南人民出版社第一版；

1960 年 4 月，人民文学出版社作为"中国民间叙事丛书"（中国民间文艺研究会主编）出版；

1978 年 10 月，云南人民出版社第二版；

2001 年 12 月，云南人民出版社第三版。

《梅葛》的前两次再版，除增加过简短的"再版说明"外，包括"后记"在内都保持初版原貌，均未做过增删。随着历史的演进，这次再版时，由芮增瑞老师和周文义同志对原版中某些不够准确的字句作了必要的修订，并新增加了"再版前言"，主要内容仍然按照初版付印。

郭思九的文章中，对《梅葛》一书的搜集、整理、出版过程，作了详细介绍，作为参与者，郭先生文章的史料价值是毋庸置疑的。

在《梅葛》成书的出版过程中，它是综合了几个地方的传唱本而成的，郭先生在文中也提到，姚安马游村的材料没有单独印出，今天我们也不知其原貌如何，实为憾事。但可欣慰的是，在 2001 年 12 月底，由楚雄师范学院地方文化研究所组织的考察小组一行六人（杨甫旺、刘祖鑫、花瑞卿、胡立耘、陈永香、刘婷）到马游村进行了十多天的搜集采访，所幸当地还有部分老人能唱，进行了录音、摄像，回来后由杨甫旺同志请人翻译、整理了一份 2001 年流传在马游村的《梅葛》。这多少可以弥补其缺憾，但由于没有原来的演唱本存留，使比较研究难以进行，仍是《梅葛》研究的一大损失。

在《梅葛》的整理出版过程中，值得一提的还有 1993 年 10 月，由姜荣文同志搜集整理、云南人民出版社出版的《蜻蛉梅葛》，这主要是流传于大姚县的梅葛，尽管后记中把它看成是 20 世纪 50 年代出版的《梅葛》的补充与丰富，但它的重要意义或许不仅于此；它同时也是经过了几十年后，特别是"文化大革命"这样的浩劫之后的一个版本，对于民间文化的研究来说，通过这个版本我们可以与 20 世纪 50 年代的版本进行比较研究，从中可了解民间文化的传承机制、保护机制等等，这个版本对《梅葛》的研究是具有重要意义的。遗憾的是，作者对搜集过程、演唱者的情况、流行情况等相关背景内容没有做更多的交代，如果这些背景材料能作为附录的形式，那么对于人们了解认识研究它，无疑是会有更大的帮助。

"梅葛"收集翻译出版的相关资料还有 1989 年由李世忠收集翻译的姚安县马游村的《创始歌——老人梅葛》；1984 年由李必荣、李容才收集，夏光辅、诺海阿苏翻译、整理的《冷斋调——彝族罗罗颇创始古歌》；1984 年由者厚培、夏光辅收集整理的《青棚调》；2002 年由李福云、罗有俊收集整理的《祭奠经——南华彝族罗罗颇丧葬口传祭辞》。

在《梅葛》的搜集过程中，据说最早的应该是楚雄一中的教师夏扬和黄迪，他们在 1952 年，听学生说姚安的马游有史诗流传，便进行搜集，并整理了一个稿子，徐嘉瑞正是见到此稿子后，才下来进行进一步的搜集整理的。楚雄一些年纪较大的学者皆有此说法，或许不是空穴来风。夏扬先生本就是楚雄地区学养深厚的学者，他整理的《苗族古歌》已出版，他曾经搜集整理过《梅葛》，当是可信的。至于少有文字的记载，那是历史的原因了，因为夏先生曾被打为"右派"多年，复出后没几年（1984 年）就逝去了。

第六节　今日"梅葛"之状况

随着文化的变迁，今日的史诗《梅葛》呈现出式微的趋势。

一、史诗《梅葛》的现状

史诗《梅葛》主要流传在姚安、大姚、永仁等地自称俚颇的彝族中，他们同操彝语中部方言，居住在同一片区域，生产力水平相近，地处山区半山区，以农耕为主，以畜牧业为辅，生存条件总的来说较为恶劣，部分地区难以自足，温饱问题要由政府协助解决。近年来，由于实行退耕还林，加之野生菌（如松茸）越来越值钱，靠山吃山，相当一部分人的生活条件得到改善，电视机已走进了许多家庭。正是由于经济的发展，社会的变迁，文化呈现多元化趋势，使曾经独领风骚的史诗《梅葛》的演唱和传承受到了巨大的冲击。娱乐形式的多样化，冲淡"梅葛"的娱乐功能，现代科学知识的普及，动摇了"梅葛"的解释功能，传统社会的民间组织消失弱化了它的结构功能，社会的法制化削减了它的规范功能。曾经作为"宝典"、"百科全书"的"梅葛"，在今天年轻人的眼里已失去了昔日的辉煌；许多年轻人既不会唱，也听不懂，他们喜欢看电视里的肥皂剧，却不能欣赏这古老的民族瑰宝。与许多民间文化瑰宝的命运一样，当它生存的文化机制变迁以后，它面临的命运可能就是成为研究者的案头文本，而失去现实生存的可能。作为一种活形态的文化正在逐渐"僵死"，它现实功能的逐渐消失，也就预示着它将逐渐地被排挤出现实生活的舞台，而成为一种历史。"梅葛"在今天也遇到了这样的挑战。

与四十多年前相比较，"梅葛"的现状主要表现为：

1. 文化土壤的改变

在过去社会变迁缓慢，外来文化冲击较弱，"梅葛"是人们生活世界的一个重要组成部分，具有多种文化功能。但随着文化的转型，它的文化功能便逐渐削减，歌手们曾经拥有的荣耀、光环已日渐淡去，年老的歌手们剩下的只是一种日薄西山的苍凉。随着他们的离世，古老"梅葛"那幽远的韵调也将会永远离开人们的耳膜，代之而起的是现代音响。在2001年12月我们去马游村考察的时候，正好遇到两桩喜事，一家过继儿子，一家建房子竖柱。我们见到的是院子里放着电视、音响，回荡着的是一些现代流行音乐。过去，在这样的场合，正是人们必唱"梅葛"调的场合，据说有的歌手可以唱三天三夜不睡觉。可是，现在的年轻人喜欢看电视、听流行歌曲，在喜事场上，没见到有人唱"梅葛"。我们看到，一边是电视、音响，一边是人们跳脚用的芦笙、三弦、笛子，两者在同一个院落空间，交织在一起，外来文化和古老的彝族民间传统文化就这样奇妙地混合在一起，人们在其中跳着、乐着，"梅葛"却消逝了。

马游村的村干部十分重视"梅葛"，县委和县政府也很重视，想在马游举办"梅葛文化节"，以此拓展旅游市场，拉动当地经济发展，在2001年马游村举行的春节相关文娱活动中，我们注意到就没有与"梅葛"演唱相关的内容。可喜的是，2004年2月27日，马游村"梅葛"文化站落成，我们应邀参加典礼，村委会组织了本村老人、青年演出了一场以"梅葛"演唱为主要内容的晚会，从伴奏到演员都是村民，州、县有关领导和学者在庆典上都呼吁要加强保护、传承、研究"梅葛"，使"梅葛"走向世界。作为楚雄彝族的文化品牌，在中华民族文化多元一体化的格局中，它应具有一席之地，是其他人了解楚雄彝族文化的一个窗口，无论是从经济发展、文化研究，还是从弘扬民族文化精神来说，"梅葛"都有它不可替代的重要意义。现在，对于他们来说，最大的困难是人才缺乏，尤其是资金缺乏。因此，政府对当地人才的培养，应给予适当的资金资助，在这方面，政府也做了一些工作，比如马游村"梅葛文化站"的建设资金主要就是由州、县政府提供的。文化站建成后，政府部门下一步应帮助他们培养人才，搭建文化和经济发展之桥。

在马游村，20世纪60年代最后一个毕摩死后，在丧事上吟诵的"赤梅葛"已没有人会唱，办丧事要到周边地区左门、三角、黄泥塘去请毕摩来唱，现在周边地区能唱"赤梅葛"的毕摩黄泥潭还有1人。现今马游村的丧事活动中，许多人家已不再请毕摩。

2. 老毕摩、老歌手的离世

老毕摩、老歌手的离世，使"梅葛"的传承出现危机。20世纪50年代末是搜集整理"梅葛"的黄金时期，有主客观两方面的有利因素。主观上，在党的民族政策和文化政策的指引下，全国范围内形成了发掘少数民族民间文学的氛围，民间文学工作者深入到各少数民族地区，开展了广泛的搜集整理和研究工作。特别是1958年在全国范围内开展的采风活动，对少数民族民间文学的搜集整理工作起到了积极的促进作用，"梅葛"正逢其时，久待闺中千百年后，终于得到世人的问津。客观上，在20世纪50年代末，"梅葛"仍然有深厚的群众基础，精通"梅葛"、善唱"梅葛"的歌手比比皆是。《梅葛》一书原始材料的提供者郭天元、自发生、李申呼颇、李福玉颇等就是"梅葛之乡"久负盛誉的毕摩和歌手，他们掌握的"梅葛"都很全面。

时过四十多年，一代歌手相继辞世，"梅葛"中许多精品亦随之消亡，如马游彝族的"退邪神梅葛"和"犁喜田梅葛"。即便尚存的少部分，也已支离破碎，面目全非。如在永仁县直苴村彝村，是一个典型的山区彝汉杂居村，人口2 828人，其中彝族2 571人，占总人口的91%。据普查，年龄在50岁以下的中青年仅能够演唱"青年梅葛"（情歌）；年龄在50岁以上的能够演唱部分"创世梅葛"。而且多为巫师，因创世神话中涉及生老病死的内容，仅限于在丧葬或某些宗教祭祀活动中演唱。

在姚安县马游村彝村，有的学者初到马游时曾发出"梅葛之乡处处闻梅葛"的赞叹，但这种盛况在今天已不复存在。从年龄结构看，40岁以下，约有50%的中青年能够演唱"青年梅葛"，极个别能够演唱部分"创世梅葛"；40岁以上，约有10%的中老年人能够演唱部分"创世梅葛"，其中有七八人能够演唱大部分，但无人能够完整演唱。能够演唱者以男性居多。

我们再次调查的对象，在20世纪50、60年代初次搜集"梅葛"时，他们正处于中青年时代，他们现掌握的"梅葛"都不全面。说明老歌手与中青年歌手间的传承发生脱节，这是"梅葛"式微的重要原因。从对"梅葛"流传地区的田野调查看，就整体状况而言，"梅葛"的传承现在面临的是后继乏人。老一代能唱神话部分"梅葛"的歌手的年龄都比较大了，多是七十岁以上的老人。年青一代会唱"梅葛"调的，三十岁左右的有几位，但多是唱情歌，对神话部分，他们唱不全，只会唱片段。因此，"梅葛"中的核心部分，也就是神话部分，当那些七十多岁的老歌手去世后，就面临着失传的危险。现在能唱创世、人类起源等内容的老歌手，也只有姚安的马游村还幸存五六位，对于他们演唱的内容，调查组已作采录（见附录）。他们已是七十以上的古稀老人，能再唱多久？年青一代，兴趣多已不在此，他们有的外出打工，有的外出上学，村中大部分人家已有电视，更多的人喜欢看电视。约60%～70%的年轻人大多还能听懂歌手演唱的史诗内容，自己不会唱。年轻人大多只会唱"青年梅葛"和"娃娃梅葛"。据调查，马游村周边地区如葡萄、三角、左门、黄泥潭等地的彝族中，还有部分人会唱史诗"梅葛"片段，其中葡萄的彝族中保存稍多一些。

在永仁县的"梅葛"主要流传地的直苴村，在六七十岁的老人中，能唱史诗内容"梅葛"片段有四五人，能将史诗内容"梅葛"唱全的已经没有了。

在大姚县的昙华乡，情况也跟直苴村差不多。在牟定的腊湾村，能唱史诗内容"梅葛"片段的只有一两人。

从总体上来看，姚安县的马游村会唱史诗内容"梅葛"的人多一些，但情况已不容乐观，这些歌手皆年事已高，后继乏人仍是严峻的现实。

3. "梅葛"的演唱环境和演唱对象的变化

从史诗《梅葛》的内容来看，反映开天辟地、万物起源的"创世梅葛"当是其最为核心的部分，反映洪水泛滥、人类再生、畜牧农事、婚丧娶嫁的部分，则是从"创世梅葛"中衍化而来。这两部分由老年人演唱，通常称之为"老年梅葛"。"青年梅葛"沿用了"老年梅葛"的语法句式，在内容上主要是青年男女谈情说爱，是年轻人传情求爱的工具。

"梅葛"的演唱方式多为男女对唱，一问一答，或主客盘歌：不同类别的"梅葛"的演唱，受一定的环境限制，"老年梅葛"在节日集会、婚丧娶嫁、喜庆家宴中演唱。"青年梅葛"在山岭野地男女青年相会时演唱，如马游彝村及邻近村寨盛行的"相伙机"（即坐下来谈朋友），就是青年男女对唱"梅葛"，以歌传情寻觅对象的活动。"梅葛"发展到今日，这种格局已经被打破了，年轻人演唱"老年梅葛"，在家演唱"青年梅葛"也没有太多的忌讳。婚嫁中演唱"梅葛"多由中青年人充当，他们往往运用"老年梅葛"低沉婉转的特色，融入"青年梅葛"的内容，使"梅葛"的调式和内容显得混杂。打破了"梅葛"演唱原有的界限和禁忌。

4. "梅葛"本身结构的变化

"梅葛"由本章和配对两部分组成，本章是其母题和核心，具有一定的稳固性。配对无实质意义，由演唱者灵活运用，具承上启下、润色本章、使音节对仗的作用。两人对唱，本章是取胜的要素，本章懂得越多，说明掌握的"梅葛"就越丰富。现在,由于本章的逐渐失传,自编自创的配对显得更加丰富,"梅葛"的对唱显得十分杂乱,出现了以配对取代本章、以乱求胜的现象,这在马游村尤为明显。

5. 语言的变化

史诗"梅葛"的语句多属古彝语,行腔以五字韵句为主,频繁使用头韵、腰韵、尾韵,句式工整和谐,音节对仗整齐。在表现形式上,成功地运用了赋、比、兴的手法,或直陈其事,或以物喻事,或以物引事,语言优美悦耳,令人如痴如醉,章段间的衔接十分紧凑。现在的歌手在演唱时往往抛弃了传统的表现手法而平铺直叙,语言现代化、口语化现象十分突出,失去了古彝语"梅葛"特有的韵味。"梅葛"在表达方式上失去了固有的魅力。从某种意义上看,这种表达方式的差异近似于汉语中的古典诗词与白话新诗表达方式的差异。

6. 外来文化的渗透

在此,外来文化专指汉文化,或以汉文化为媒介的佛教、道教文化,它对史诗"梅葛"的影响主要表现在两方面:其一是神灵的替换,佛教人物王母娘娘、观音菩萨、玉皇大帝等频繁地在"梅葛"中出现,替代了"梅葛"的原始神灵。而且道教名人鬼谷子也成为"梅葛"的主要神灵之一,这不仅仅是信仰中的神灵的替换,而且是神话初生时神的人格化向人的神格化演变,这在"中青年梅葛"中比较明显。其二是情节的替换,彝族的每一项传统习俗,都可在史诗"梅葛"中找到其来源的神话传说,由于习俗的汉化,固有的神话失传,有人就用外来文化中的一些情节来补缺。这种现象现在还不太明显,仅限于有一定汉文化知识的人。

二、"梅葛"演变的原因分析

"梅葛"现状的原因是多方面的,新中国成立后,特别是初次搜集整理史诗"梅葛"之后的四十多年来,社会的发展是复杂而迅猛的,"梅葛"的演变趋向于式微,主要原因大致如下:

1. 文化生态环境的变化

史诗"梅葛"的传承,一方面具有大众性,是靠人民群众的口耳相传得以保存下来;另一方面,它又具有一定的文化生态环境,而且是依赖一群特殊的人(毕摩、歌手),借助某些特定的场所得以保存下来,其中的部分(主要是原始神话)是依附在某些宗教祭祀活动之上的,随着宗教信仰的演变,"梅葛"亦发生了变异。

就原始神话而言,原始宗教与之有密切的联系,二者生息与共,如同一对孪生兄弟，源于同一个意识形态的统一体。先民的生产生活依赖自然，当他们在与自然的斗争中，遇到种种难以解释的现象时，产生敬畏心理，企图通过一定的仪式规劝自然，将理想付诸现实；同时，通过原始思维不自觉的艺术加工，即用准文学的形式，对深奥莫测的自然现象加以解释，这就是原始宗教和原始神话的产生，它们的起源最早可追溯至蒙昧时代。彝族信仰原始宗教，作为原始神话部分的"梅葛"，原始宗教便成了它生存的主要载体，如永仁直苴彝村的"齐伙尼毕"，就是演唱"创世梅葛"的主要场所。"齐伙尼毕"彝意为"十月祭鬼"，即"做冷斋"，是永仁县自称"俚颇"的彝族地区规模最大的祭祖活动：一对长辈夫妇相继死亡后，次年农历十月间，同宗族须共同给他们举行超度仪式。彝族畏惧亡魂作祟，生者须将其超度为仙灵，随先祖而去。从此，人鬼异路，互不侵扰，否则亡魂将漂浮于家室中，后裔不得清吉。做此法事，须延请六七名巫师共同主持，因开天辟地的"创世梅葛"是祭辞的主要内容，因而懂得"梅葛"最多的毕摩法术最高强，就被推为主祭，其余的则司副手之职，虚心受命于主祭，"齐伙尼毕"成为一场特殊的毕摩比赛"梅葛"的活动。"齐伙尼毕"在20世纪60年代的"文化大革命"前夕被废除，"文化大革命"结束后曾暗中恢复，近年已彻底消亡。直苴村现存毕摩中，仅有两人曾参与过这些活动，现年事已高，不能详细地回忆其祭仪、祭辞。开天辟地的"创世梅葛"在直苴地区消亡殆尽了。可见，宗教土壤的消失，是史诗"梅葛"式微的主要原因。

婚俗的变化是引起史诗"梅葛"演变的又一原因。昔日，马游村彝族在婚嫁中演唱"梅葛"十分活跃，人们可随意高歌"梅葛"，以歌助兴。而最具特色的是毕摩演唱的"七喷梅葛（退邪神梅葛）"和歌手演唱的"该磨梅葛（犁喜田梅葛）"。婚礼中，须搭喜棚、围喜场。新娘入喜场时，要举行"退邪神"仪式，接受毕摩吟诵的"七喷梅葛"。马游村彝族认为十字路口不干净，新娘沿路难免邪神缠身，"七喷"的目的是敬天地，退邪神。仪式过程是这样的：喜场门口置一张木桌，上铺草席及布块，四角各置一枚拴有红线的方孔铜币，新娘背对喜场，肃立于木桌之上，毕摩吟诵"七喷梅葛"，整个场面庄严肃穆。次日晨，进行"该磨（犁喜田）"仪式：两人扮牛，一人犁地（由当地善唱"梅葛"的歌手充当），一人倒扛锄头跟随其后，犁者一边吆喝牛，一边唱着"该磨梅葛"。这两项习俗约在20世纪60年代初就已废弃，"七喷梅葛"和"该磨梅葛"也就失传了。

上述依附在原始宗教和婚俗中的"梅葛"，不是人人都会唱，也不是人人都可以唱，群众基础相对薄弱，其消亡就是必然的和自然的现象。

2. 极"左"思想的影响

在"文化大革命"期间，史诗"梅葛"同其他民族民间文学一道，遭到了空前的劫难，"梅葛"的文化生态环境被破坏。（如前述直苴村彝族的"齐伙尼毕"、马游彝族的"七喷"等。）毕摩、歌手是史诗"梅葛"的主要保存者和传播者，在继承和发扬彝族传统文化方面具有特殊的贡献，他们在那场史无前例的浩劫中被视为以装神弄鬼来欺骗害人的迷信职业者，受到了残酷的迫害，身心遭到极度摧残。粉碎"四人帮"后，他们虽然获得新生，但仍然心有余悸，不敢再操前业。时过境迁，有的对"梅葛"已经生疏，有的则采取保守的态度，不再传授弟子，史诗"梅葛"的传承发生脱节就十分自然了。

开天辟地的创世神话是史诗"梅葛"的核心部分，它是人类童年时代对自然界的直观认识，极"左"思想认为它是封建迷信的东西给予强制性的摒弃。在那个特殊的年代，人们忌讳演唱开天辟地的"创世梅葛"，这部分"梅葛"也就逐渐失传了。

3. 彝族人民观念的改变

"梅葛"曾经在彝族人民日常生活中的覆盖面很大，彝族人民也把史诗"梅葛"看做是自己的根谱，并认为会唱"梅葛"就是有学问的人，这是"梅葛之乡"彝族的传统观念。过去对唱"梅葛"是彝族的主要娱乐方式，每逢婚嫁年节，便是"梅葛"歌手大显身手的好机会，一段精彩的演唱往往获得众人的喝彩。人们在比赛中相互考问、相互学习，到处是一片欢悦的景况。时至今日，人们的观念发生了很大变化，对"梅葛"的态度已经十分冷淡，再也看不到"梅葛之乡处处闻梅葛"的盛况，仅在重大年节中能听到一点零散的对唱。主要原因是：由于社会的发展，居于高山的"梅葛之乡"已经由长期的封闭型向开放型过渡，特别是联产承包责任制的实行，减少了人们聚集的机会，在劳动中产生的"梅葛"在劳动中演唱就有了空间的限制。同时，生产力的迅速发展，经济收入的大幅度提高，录音机、电视机、电影等现代娱乐品便走进了彝家山寨，人们的娱乐方式改变了，视野也开阔了，这对于长期处于贫困状态的"梅葛之乡"是一件值得高兴的事情，但对于传统文化的"梅葛"来说，却面临着严峻的挑战。

4. 汉文化的影响

明清之后，"梅葛之乡"多彝、汉杂居，因与汉人长相往来，汉文化的强势力量使许多彝族人民渐弃其传统，认同汉俗。中华人民共和国成立后，民族平等，彝、汉间的接触更为频繁，学校教授汉语，习汉文者增多。新中国建立后成长起来的彝族人，均不同程度地掌握了汉文，主动学习"梅葛"

的人更少了。

5. 《梅葛》一书的双重作用

《梅葛》一书的出版，使民间口头流传的"梅葛"有了书面文学的性质，从它的积极性看，有助于"梅葛"的保存和传播；从它的局限性看，《梅葛》一书在搜集整理过程中，以求同存异的方式，经过艺术加工，将不同流传地区的"梅葛"融于一体，使"梅葛"在一定程度上失去了其固有的特色。同时，搜集者不懂彝语，担任翻译工作的当地彝族掌握的汉语知识又不多，这样，经过一道翻译程序，就难免词不达意，或偏离原文。书面《梅葛》回归其故乡，已经面目全非了，看起来既像马游村"梅葛"，又像昙华村"梅葛"，也像直苴村"梅葛"。一些具有一定的汉文水平少数爱好"梅葛"者，在演唱中遇到疑难，便参照《梅葛》一书，且相互借鉴，《梅葛》一书成为口传"梅葛"的范本。彝族青年学者罗文高于1991年12月初次返回家乡马游彝村调查时，几乎所有被调查者都说同样一句话："×××有一本《梅葛》书，我们唱得不对的地方，可向他借书来看。"有两位老人在演唱中发生分歧，其中一人便理直气壮地说："书上就是这样写的。"① 据笔者2001年到马游村的调查，当地已没有《梅葛》文本，当地歌手也不照文本演唱，文本记载的内容与当地口耳相传的内容有较大的差异，歌手说"照书本唱不下去"。

"梅葛"演变的原因是很多的，总的说来，社会经济发展导致文化生态环境的改变，是"梅葛"走向式微的根本原因。

---

① 此处参考了罗文高《三十多年来梅葛的演变》一文。

第三章 古老的文学样式及其特征

第一节 "梅葛"的产生时代

史诗有两种类型，即原始性史诗和英雄史诗。原始性史诗以创世、创业活动为中心线索，串起了天地形成、人类起源（包括洪水泛滥、人类再生）、文化创制（包括用火、驯养家畜、学种庄稼、迁徙、定居、古代习俗）等各部分内容，主要表现人类与自然界之关系的主题。原始性史诗是在神话的基础上形成和发展起来的，产生于母系制繁荣期以后，其时已出现了原始畜牧业、原始农业，原始族群已具有了前所未有的生存智慧及能力。与英雄史诗相比，在原始性史诗中，氏族群体特征突出。英雄史诗所反映的是原始社会解体期及其以后才出现的与民族、地方政权、国家形成有关的重要历史内容，其主要内容已由神的世界转到人的世界来，个人的个性特点较为突出。原始性史诗被视为各民族的根谱，具有神圣性、经典性和权威性，在各种重要的祭祀/礼仪中承担着重要功能，而英雄史诗则成为讲述部落（或族群）英雄事迹的传奇。从史诗的内容、风格和传播形态来看，原始性史诗的主干部分应出现在"新石器时代之末，铁时代、英雄时代之前这一阶段"。①

云南地处自然条件比较恶劣的山区或半山区，交通闭塞，生产水平比较落后，社会发展缓慢，大多数民族没有经历过典型的英雄时代，渊源于原始氏族社会时期的原始思维、原始宗教观念不易消失。在这种社会历史背景及心理结构下，产生了原始性史诗。而以人为中心的英雄史诗却缺乏其产生的土壤，得不到充分的发展。在云南诸多民族中都有原始性史诗，已产生并一直流传着原始性史诗的民族有壮、彝、苗、白、哈尼、傣、瑶、布依、纳西、拉祜、佤、傈僳、景颇、布朗、德昂、阿昌、怒、普米、基诺、独龙

---

① 李子贤：《创世史诗产生时代刍议》，见《探寻一个尚未崩溃的神话王国》，云南人民出版社1991年版，第270页。

等。在这些民族的史诗中，有的则是以创世和人类起源神话为主的原始性史诗，如纳西族的"崇搬图"、阿昌族的"遮帕麻和遮米麻"、独龙族的"创世纪"等；有的原始性史诗则既保留了创世和人类起源等古老的神话，又随着历史发展不断增益，反映历史发展的过程，如哈尼族的"奥色密色"、景颇族的"木脑斋瓦"、苗族的"古歌"等。"梅葛"就是后一种原始性史诗中具有代表性的作品之一。

一、"梅葛"体现着原始思维的特点

原始思维是原始社会时期原始人对周围环境认识和想象的方式，是一种想象性和描述性相结合的思维方式。原始思维又被称为前逻辑思维、神秘思维、野性思维、神话思维、隐喻思维、灵感思维等。列维·布留尔、列维·施特劳斯、卡西尔等均对此作了深入的研究。

综合来看，原始性思维特点主要有：

1. 神秘的情感取向

B. 冯特在《神话和宗教》中指出，神话思维的重要推动力，不是观念，而是随时伴随着观念的情感激动。因此，一切神话都来自情感激动和由此产生的意志行为，情感的近乎狂热和理性控制的微弱是原始思维的重要特点。原始人在对物象进行感知、投射、感应过程中，染上了浓厚的心理色彩，产生了原始心理中的移情或想象作用。

2. 物我交感、物我同体的直觉感悟

这种直觉感悟体现在物我同一，天人相感，神人合一，万物有灵，把空间、时间上的相似、相近的事物和现象毫无根据地联系起来。荣格把原始人的这种物我不分、物我交感的能力称为"心灵认同"能力，"无意识认同"能力或"神秘参与"能力。卡西尔特别强调原始思维的主、客体之间相交感的特性，指出："如果我们没有抓住这一点，我们就不可能找到通向神话世界之路。"在原始人看来，人与物之间、不同类型的生命之间、生物与非生物之间并没有截然不同的区别，没有不可突破的界限。天地之间的一切就是一个共同体，所有的部分都可以互相沟通，甚至互相转化。他们"以为自己是生命总体链条中的一环，在这链条中，每一种个别生物和事物都与总体有着神秘的关系，因而，持续不断的转化，一物变形为另一物，看来就不只是可能的，而且也是必然的，是生命本身的天然形式"。①

---

① ［德］卡西尔：《神话思维》，中国社会科学出版社1992年版，第213～214页。

3. 表层的逻辑，深层的矛盾性

体现在并置事件的因果关系，一切事物都可能有因果关联。表层叙述每一步都似乎可以互为因果，而深层则充满了非逻辑的因素，常常把实际上前非因后非果的过程扯在一起，借助某种神秘的关系或神奇力量来填补，叙述成为了表层的逻辑形式与深层的非逻辑因素的组合。

4. 重视整体的、综合的把握

列维·布留尔指出："前逻辑思维本质上是综合的思维"，是一种直觉的整体把握。原始人心智的一个突出特点就是个体与个体之间缺少差别，这种主客一体的现象被列维·布留尔称为神秘分享，"原始智力表现了心理的基本结构，即那种集体无意识的心理层次，那种所有人都相同的潜在水平面……在这个潜在的集体的平面上，存在着不能加以切割的整体性。"① 因此，在原始思维的基础上产生的神话、史诗所描述的是价值观而非事实，在其多义的表达的背后是整体性的感受。

原始性史诗中这种整体把握，直觉感知，神秘互渗，具象表达的原始思维十分突出。在"梅葛"中既有原生的神话，如图腾神话、创世神话、自然神话、人类起源神话，又有相对晚近产生的次生神话，如文化发明神话、风俗神话等。但整体而言，所表达的是彝族先民对世界的整体性认识，反映了原始先民对周围世界中万物起源和发展变化的原始理解及其观念的神话思维，关于天地形成、人类起源以及人类早期生活的描述成为该史诗的主干内容。"梅葛"的宇宙观念中体现着原始思维的特点，如万物可以演化，雪可变人，虎能化生万物；各种动植物的特点（如罗汉松何以年年发，蜜蜂何以腰特别细，老鼠为何可以吃粮食）都可与人类起源过程中的贡献或失误联系起来。

史诗中具有原始思维不仅仅是因为其有机地复合了众多体现着原始思维的神话，更重要的是，在复合过程中，原始思维成为其内在动力和文法。因而在史诗形成之后的漫长的发展过程中，尽管人类的劳动及与自然斗争的经验等在创世史诗中得到凸现，史诗的历史感增强，但仍未能摆脱神话世界观和原始宗教意识。一些比较直接描述人类生活情景的内容仍具有浓厚的神话色彩。如"梅葛"中造房、恋歌、祭祖等内容仍具有浓厚的原始思维特征。

此外，一些神话思想和神话思维作为原始社会的残留物，仍长期存在社会生活中，成为史诗存活的不可或缺的先决条件。在包括史诗在内的传统文

---

① ［法］列维·布留尔：《原始思维》，商务印书馆1981年版，第102~103页。

化的因袭传承过程中，原始思维影响了该民族文化心理背景和思维模式的形成，深刻地影响着民族传统文化精神及其文化习俗。直到现在，我们还能从一些少数民族的习俗与思维模式中，窥视到人们对史诗的原始理解。如"梅葛"中的向后推衍、追根溯源的思维方式；因果连接，衍生层递的思维方式；二元相对的思维方式等等，与原始思维有着密切的关系。在"梅葛"流传的地区，与之相关的原始思维仍留存在人们的思想观念和生活习俗中。祭祀、生产、生活过程中的规范和禁忌也由此产生。如在马游，丧葬场上朵觋演唱的"梅葛"中唱到万物出现，格滋天神分树时，要将各种树的用途一一说明，这些说法成为一些现实生活的注解，如香樟树是朵觋用的，青松树是祭祀用的，香木是结婚搭喜篷时用的，水冬瓜树作鞍板，鸡嗉子树作鞍帽，黄豆橡树作架脚等。人们普遍相信，唱"梅葛"只能在特定的场合唱，否则有危险。收集《蜻蛉梅葛》的姜荣文指出，大姚的彝族认为演唱"梅葛"的人如果唱错了，可能导致他自己的死亡。而在放录有"梅葛"的磁带时，当磁带里唱到较大的神时，当地人认为磁带会自动停下来。

　　"梅葛"中丰富的原始思维，打开一个神灵的天地，激发了人们的好奇心和想象力，以其离奇的情节、瑰玮的幻想、特色化的语言、强烈的感性投射等展示出原始先民对自然的敬畏与恐惧，对自身的认识与观照。

二、"梅葛"与原始宗教具有密切关系

　　史诗的萌生和发展大致经历了从对图腾、祖先的祭辞到族群的史诗这一发展过程。人类进入氏族社会以后，追溯血缘关系的愿望和追求繁衍壮大的生殖崇拜，导致了动植物图腾的产生。祭辞、咒语产生出来用以叙述氏族与图腾的联系，以得到图腾认同，获得与之相应的特性，一些关于氏族来历、人类起源的原始神话就由此产生。原始农业出现后，一系列天神或巨人开天辟地、创制万物的神话出现，以适应与农耕生产直接相关的祭祀、巫术的需要。进入农耕社会的高级阶段以后，以部落祖先身份出现的英雄形象，成为崇拜和依附的对象，他们以半人半神的形象，乃至人的形象成为原始性史诗的主角。在发展过程中，叙述与自己族类有关的图腾、天神、始祖、祖先经历的祭辞和古歌经过历代巫师、祭司、歌师的综合加工，逐渐形成为族群的原始性史诗。

　　原始性史诗产生和形成时期，正是原始宗教盛行的时期。产生于原始社会的史诗，深深地打着原始宗教的烙印，神话中的神格的发展和演变大多与原始宗教意识及其形式的发展和演变保持某种同步性。为了与自然、社会诸

神取得一致，为了向神灵和始祖进行文化认同和心理认同，几乎每一部史诗都将其祖先推到神那里，以奠定其作为神的后裔、神的子民的神圣性。原始性史诗不仅是本民族的根谱，而且是神谱，具有崇高的地位，具有规范性和权威性。原始宗教观念在客观上促进了原始史诗的产生和发展。

同时，史诗的存活也必须是在适当的宗教崇拜环境和神话传承场所的基础上。以"梅葛"为代表的少数民族原始性史诗多流传于相对偏僻、闭塞、封闭的地区，社会生产力低下，生产方式落后，社会发展缓慢、停滞或不充分，文化具有相对的原始性，原始宗教在社会生活和一切文化领域的全面渗透。原始性史诗在其相应的文化生态系统中不仅得以保存，而且与之协调发展，成为活在当地人们心中的经典。

原始性史诗与原始宗教的密切联系具体体现在：

1. 原始宗教祭司具有重要地位

原始性史诗大多为原始宗教祭司所掌握。从流传到近现代的原始性史诗的传播形态来看，不少还带有明显的功利目的和巫术色彩，可以推断史诗产生初期，实用的目的和巫术的性质会更突出，甚至还可能是促使某些史诗或史诗的某些篇章产生的直接动因。

原始巫师除了履行祈神驱鬼的职能外，还责无旁贷地在各种仪式中承担着传唱天象、地理、农事节令、生产经验、风俗习惯的职责，是原始的歌手。当神话发展到鼎盛时期，氏族群体的共同意识增强，原始的巫师上升到祭司，成为群体的代言人。祭司在文化传承主体中有着神秘而无可争议的中坚地位，是农业、礼仪、风俗习惯、文化传承的重要导师，在祭祀、占卜、巫术活动中创造和使用文字，以记录谱系、历史、历法，传授文化、技艺，记忆和传承口头的经典，是原始性史诗的传承者、整理者、"写定者"、传播者、解释者。祭司是史诗地位的奠定者。作为氏族社会中的人神中介，祭司既具有本氏族成员的特性，同时又具有某种神性，与神灵沟通，是神意的表述者、解释者、执行者、监督者，是人神之间、世俗界与神圣界之间的中界转换。人和神的沟通靠的是祭祀活动，祭司是一切神圣祭仪的主持人和代神传言者，而史诗是祭仪中群体与神沟通的精神媒介。祭司人神角色转换的神秘性，强化了史诗的神圣性，从而架构了史诗的权威性，同时祭司也借此实现其地位的确定和自我的肯定。祭司与仪式、史诗（经典）的传承有一定的仪规、机制，有特定的时地限制，加深了其权威性和不可替代性。传播学研究表明，社会阶层的划分取决于那些面对面交流中占有一定权势、地位的人，他们可以利用丰富的语言、强有力的表达与约束力来控制特定的群体。祭司因其对话语权的控制性，而可在原始性史诗中加入自己的声音。在史诗文本中，祭司的形象具有某种特权和神性，有的史诗中强调祭司产生于天界，有的史诗则描述了祭司可逃脱人世间芸芸众生所经历的恐惧和毁灭性灾难。有的史诗中说明、规定了重大的活动必须请祭司。有的史诗被认为来自神授，如阿昌族的"遮帕麻和遮米麻"，有的史诗只能通过严格的规矩进行传承。所有史诗的吟唱只能由祭司来完成，并且只能在特定的场合演唱。史诗文本和经典只能由祭司保存、学习和吟诵。如流传于永仁县罗罗颇支系的冷斋调中唱道："洪水淹大地时，毕摩上天没有死，洪水退去后，他回到地面。毕摩回到地上来念经，他不懂的事没有，他样样经都念，不懂的事呀，要问毕摩。他念树木花草、他念鸟兽虫鱼，他念山水土石，他念日月星云。他念天地万物，万物得发展，人类的事他念得最详细，人类得繁衍。"马游的朵觋在丧葬仪式上诵唱"梅葛"时，要先上天入地找到自己，确立了自己的身份，方能与魂灵沟通。在念诵彝文古籍《查诗拉书》指路篇时，毕摩怕魂魄也跟死者去，在快念完时，要脱掉自己的右脚鞋提在手上，自己招自己的魂魄才能回到人间。通过史诗的规范性和吟诵过程的神秘性，祭司的神圣性得到充分的肯定。

彝族的祭司被称为毕摩，毕摩是彝语的音译，古今的书刊还根据各地不同的音译写作"觋"（白番）、"希博"、"西波"、"拜马"、"贝玛"、"白马"、"笔母"、"笔摩"、"朵觋"、"布幕"等，都含有师、祭、长老等意，即祭司、巫师。彝族普遍信仰万物有灵、自然崇拜，婚、丧、病、播种、收割、盖房、过年过节之时，都要祭祖、祭神、驱鬼、占卜，毕摩是这些活动的主持者。没有彝文经典的地方，口传经典即为彝经，毕摩不仅是祭司，还是诗人、学者、歌手。学问渊博的毕摩在哲学、史学、文学、天文、立法、医药等方面颇有成就。毕摩和毕摩文化产生于远古时代，在远古的原始社会，毕摩是原始部落的巫师和智慧的代表，是族群的精神领袖，是沟通神与人的桥梁，是传承史诗的关键人物。在两千多年的历史发展过程中，随着彝族地区社会、政治组织的变化，毕摩的地位和作用有所不同，彝族地区由于特殊的自然条件，生产力水平低，经济发展缓慢，适应于这种落后的经济基础，原始巫术和文化科学融为一体的毕摩文化得以长期保存。随着社会的进步，尤其是中华人民共和国成立后，彝族社会经济发展较快，文化科学进步大，神灵观念的社会基础和认识根源逐渐消失，从而导致了毕摩的宗教职能急剧减弱，史诗在彝族社会文化和精神观念中的作用也就逐渐淡出。

因此，史诗的产生和发展与祭司的产生和存在密切相关。当祭司不再演唱史诗，原始宗教祭仪便失去了对史诗进行再创作的机会，而史诗也不再是原始宗教祭祀的诵词，从而逐步世俗化。如果说祭司的出现是史诗产生和发展的关键因素，那么判断史诗是否仍然存活的关键之一就是看是否还有祭司存在于民间祭仪活动中。如果没有了祭司，史诗就会逐渐僵死。

2. 史诗具有经典性和规范性

史诗的演唱者、演唱的特定的时间和场合，具有某种不证自明的权威性。接受者是与此有血缘关系的族群。在一次次庄严的祭祀上，历代的经验、信仰、荣誉借由史诗的庄严吟诵和凝神倾听融入人们的精神理念和世俗生活中，具有不容改动的经典性。如阿昌族巫师在讲述"遮帕麻与遮米麻"时，一开始就强调"讲神们的事，是我们活袍的诵词，我们历史的歌"、"是天公遮帕麻亲口告诉我们阿昌的活袍，再由活袍世世代代口传下来"，在祭祀祖宗和举行葬礼时由活袍向族人念诵，当20世纪70年代搜集者向当地活袍搜集该史诗时，活袍从山中取回泉水净过手，换上新衣，坐在神桌前，两头点上长明灯，请示遮帕麻和遮米麻后方可破例唱给"信得过的外族远客"。[①]"梅葛"中"赤梅葛"的演唱也是有严格的规定，只能是毕摩在丧葬和祭祀祖先活动中吟诵，时至今日，当本课题组在马游搜集"梅葛"的原始资料时，当地的老人就拒绝演唱这一部分内容。

尽管史诗在发展过程中有所增益，世俗生活的图景逐步得到显现，但是，有关对宇宙万物的认识、人从何处来、本氏族从何处来这些根本性问题的内容在史诗中得到无可置疑的肯定。其演唱者/场所也具有不可更改的规定性。这正说明了原始性史诗的主体及内核与原始宗教的密切关联。

3. 史诗的演唱场合的特定性

在神话基础上产生和发展起来的原始性史诗是古代人类对世界的认识和反映，同时又成为他们改造自然、协调自身与自然的关系的"特许证书"。祭祀活动是将神话和史诗传达给群体的重要方式。种种节庆活动总是围绕着特定民族最核心的价值观念即神话系统展开的。仪式是神话戏剧性的重演，通过仪式重复神、英雄、祖先们在开天辟地时所做的圣事，所表现的正是该文化最核心的观念，尤其是价值观念。史诗就是原始性宗教的经典，是仪式程式和道具的依据，在仪式过程中，人们的心理状态与史诗的内容完全对应，进入了一种特定的统合状态。以信仰为精神核心，以仪式活动为传承载体的文化机制对史诗的生成和发展、传承与接受有着根本的激发和相对的制

① 兰克：《关于阿昌族神话史诗的报告》，载《云南民间文艺源流新探》，云南民族出版社1986年版，第289页。

约作用。

原始性史诗是由不同的神话编织而成的神话系统，以不同的内容在不同的层面上用于相应的祭祀活动。原始史诗的早期传播形式大致有：祭神仪式上演唱、祭祖仪式上吟唱、在生产的重大环节里吟唱，在人生礼仪中吟唱等。流传在大凉山彝族中的史诗"勒俄"根据内容差异及吟唱场合不同分为"公勒俄"（黑）、"母勒俄"（白），前者主要讲述万物最早之起源，具有溯源之特征，只在丧葬及祭祖仪式上吟诵，让全体在场的人重温天地创造、人类诞生、洪水泛滥、婚姻嫁娶的民族发展历史，展现有生必有死、死即意味着生的观念；后者则主要吟诵人类的起源和繁衍，具有谱系性的特点，在婚礼或节日庆典上吟诵。"梅葛"中的"赤梅葛"主要在丧葬礼中吟诵，以使死者的灵魂记住其本原的血缘关系，以便死者灵魂能沿着氏族迁徙的路线回归祖地，与始祖团聚。而"辅梅葛"则在婚礼上演唱，讲述人类起源与发展过程，充当生活、生产习俗的指导。

伽达默尔认为，节日是返回生命之根的特别仪式，节日表现了独特的时间，在节日的庆典里，时间处于静止状态，是一种实现了的时间，往往具有一种"庄严的沉默"，使人们可以在瞬间之中领悟到其积淀的巨大历史生命力。节日把一切人联系起来，融合成为一个整体。在宗教礼仪活动中大凡都要通过史诗来讲述民族起源、颂唱民族历史，当个人处在庆典中时，就与原初庆典的氛围和历史延续的维度接通，在仪式及一些特定场合与心理氛围中，体会史诗中符号的内涵意义，感受到历史、传统和文化的积淀，感受到个人与集体、民族的沟通。

仪式以一成不变的结构、井然有序的过程使人们在参与该过程中作出符合特定文化价值观的决定和行为，在统一行动、操纵思想、强化情感上发挥巨大的作用。仪式的重要性在于，所传播的信息不仅在空间里的扩散，而且实现时间上的延续，在心理上积淀、强化。仪式所关注的不仅在于其所提供的信息，更在于它所提供信息的形式，人们通过履行这种形式而达到满足感和安全感。史诗的内容及其内在精神通过祭礼、巫术仪式在一代又一代人们的大脑中内化。

4. 自然崇拜、神灵崇拜，尤其是祖先崇拜对史诗的产生和发展具有影响和制约作用

在史诗产生的时代，原始宗教思维还占据着统治地位，万物有灵的观念十分突出，因而原始宗教崇拜十分昌盛。在"梅葛"流传地区的"俚颇"、"罗罗颇"彝族支系中还残存着各种原始宗教崇拜，如精灵崇拜，天地崇

拜，自然崇拜，图腾崇拜，自然神、农业神、文化神的崇拜及祖先崇拜等。原始的多神崇拜仍不同程度地在民间残留。山、水、树、花、石、桥等都被烧香祭祀。马游的彝族也是如此。在马游，正房大门上挂着红布，钉着羊角，家堂供着家神和祖先的灵牌，房后插着祭祀畜牧神、五谷神的松枝。逢年过节要向家神、祖先、土主祭祀，生病时要打醋炭、送油火片以驱鬼。重要的祭祀活动有祭山、祭牧神、祭龙、送鬼等仪式。在这些原始宗教崇拜中，最为突出的是祖先崇拜。

祖先崇拜产生于母系氏族社会繁荣期，人的形象已经凸现出来，却仍然被置身于神话序列里。祖先崇拜是原始宗教信仰中的中心部分。原始性史诗突出了祖先改造世界、创造世界的光荣历史，使人们系统认识祖先和自己密不可分，认识祖先的巨大力量和功能，认识千百年来祖先给予后人的一切，把祖先事迹和本民族的历史融合在一起，突出了祖先缔造一切的思想，反映了原始先民的灵魂观念和血缘观念。在原始性史诗中，除了把神话中创世造人的天神开天辟地、造人造万物的业绩当做族类的历史列入史诗以外，还把以自己始祖和祖先身份出现的英雄奉为神祇或半神祇。

彝族祖先崇拜十分突出。彝族人认为人有三魂，三魂离体即为死亡。三魂离了体后一守祖灵，一守坟地，一回祖先发祥地，因此，毕摩在主持丧事时，要通过诵唱史诗来给亡灵安魂和引路。安魂的过程是通过回顾死者为人的一生的重大事件，铭记其功劳，并分清阴阳隔路的不同，使之不再留恋和烦扰人世，同时用说唱的形式把万事万物的起源教给死者的灵魂。另外，指引灵魂逆着祖先跋涉的足迹回到发源地。长辈夫妇相继亡故一年后，同宗族要共同为之举行超度仪式，称为冷斋，毕摩所诵祭辞多为原始性史诗。而在婴儿出生后，命名式也是彝族生活中的一件大事。直苴彝族在命名仪式中也要祭祖。一般由家族中德高望重的长辈主持。但如果是难产，就必须找干爹，并由此人主持命名式。先由孩子的父母拜过祖先，然后由命名者命名。再拿一个熟鸡蛋、一碗米、三炷香到"给无的捏"（祖魂）处。口念祭辞："××，×××，×××……我们给您们许许多多的米、蛋，因为我们家添了新的人口，他叫××，您们要保佑他无病无灾，快快长大，成为有本事的人。"一旦命名就保持终身，很少改动。在直苴，除长辈外，其他人不得直呼孩子的名字，否则是不礼貌的。直苴人之间，往往因小辈或外人直呼其名而引起纠纷，甚至械斗。直苴彝民认为人一旦被命名，祖先的魂灵就附在上面，保其终身幸福，是很神圣的。他们相信如果一个人念你的名字诅咒你，你就会生病、遭灾，甚至死亡。①

宗教崇拜是理解史诗、认同史诗的前提，正因为祖先崇拜在彝族如此神圣，无怪乎几乎彝族每一部史诗都把其祖先推到神的行列，凡与祖先崇拜关系密切的神话，仍以活形态神话存留；反之，当与祖先崇拜及其遗留的自然崇拜渐进分离了的神话，不再具神圣性、权威性的特征之后，就成了只是讲一讲的故事了。

总之，原始性史诗、原始宗教祭司、听者，以重大的祭典为纽带，连接在一起，成为全民进行人—神对话和实现文化认同的方式。原始性史诗对民族或氏族成员的文化心理产生着深刻的影响，成为群体的记忆，口传的经典。

第二节　"梅葛"与民族形成

一、原始性史诗与民族形成的关系

原始性史诗从萌芽到形成的时期正是原始民族形成初期，在从氏族到氏族联盟到原始民族的发展过程中，氏族神话演进到民族神话。原始性史诗是对神话的突破，用史诗引领和规范氏族认同感，强调"我"是神的后裔，通过史诗的"根谱"性质来强化族群的唯一性、独特性和神圣性。民族自我意识的出现对原始性史诗的产生起着催生的作用。而民族自我意识的催生反过来又使原始性史诗在民族认同中增强了神圣性。史诗是初始阶段上民族意识的诗化表现。

1. 史诗是形象化的民族历史

原始性史诗是在神话的基础上，以原始先民心目中的创世过程为线索，将有关的神话、传说、记事组织而成一个有机的整体，是熔一个民族历史、生产、社会制度、风俗于一炉的综合文本。黑格尔称史诗为"民族形象化的历史"②。

在各民族的原始性史诗中，远古人类所经历的重要文化发明和重大事件，如筑巢而居、火的发现、铁的使用、弓的出现、乐器的产生、文字的创制（及丢失）、谷种的发现、旱灾与洪荒，从采集狩猎到原始农业产生的过程，迁徙与族群的分支、各种早期宗教习俗、家庭和婚姻形态的更迭等，被系统化地组织到史诗中。如彝族《阿细的先鸡》中唱道："世上的人嘛，都没有住处。他们爬到树上住，扯叶子来垫；住不下去了，又爬下树来。"傈

---

① 李晓莉：《楚雄直苴彝族原始宗教信仰及其功能》，见《思想战线》，1999 年第 2 期。

② 黑格尔：《美学》卷三。

傈族的《创世纪》中唱道："冬天下雪怎么办，寒天下霜怎么办，下起雪来抵不住，下起霜来支不住，跑到洞穴住一住，跑到树洞里边歇。""蚂蚁筑巢造穴居，蚱蜢造窝建草房。"这些描写，反映了旧石器时代原始人类树居穴处的生活。彝族的"查姆"、"梅葛"、"尼苏夺节"、"阿细的先鸡"等，都特别关注描述史前人类生活。在这些史诗中，出现了类似的情节，即：洪水泛滥前具有不同眼睛特征或身体特征的人类因自身适应环境的能力、生存能力的弱势，而不断摸索、演化、更替。这一情节具有文明的演进、道德观念的成熟、人种的进化、婚姻形态的更迭等多重意义。

《梅葛》整理本分创世、造物、婚事恋歌、丧事四大部分，每一部分又由许多篇组成。在《梅葛》中，没有连贯完整的故事情节，在不同的流传地其具体内容也有所不同，但内容架构却十分相似，有开天辟地，万物起源，人类由来，彝族历史，狩猎、耕种、放牧、盖房等生产经验，还有天文历法等科学知识、生活习俗等，都是以民族历史发展中精神认识的完善过程和重大事件的演进过程为纲贯穿起来的。如《俚颇史歌》有二十六个方面的内容：①天地起源；②草木的来历；③任何动物的来历；④万物的自然选择；⑤饲养牲畜的起源；⑥引虎打虎；⑦盖天盖地；⑧补天补地；⑨万物开花；⑩万物配偶；⑪万物生育；⑫洪水泛滥；⑬找天找地；⑭找灵牌；⑮生病；⑯找父母；⑰杀祭牲；⑱灵魂变化；⑲找铜铁造农具；⑳找粮食，造酒；㉑盘庄稼；㉒狩猎；㉓围猎；㉔摆酒席；㉕找毕摩工具；㉖驱鬼。其中每一篇既可独立存在，又是整体史诗不可分割的组成部分。《梅葛》包含丰富的民间哲学、史学、文学、艺术、科学、宗教、习俗等内容，反映了彝族人民在远古时代的世界观，对事物的丰富想象，生产、生活的变化过程，恋爱、婚姻、丧事习俗等，是民族历史发展的百科全书。

2. 史诗反映了民族特定的价值观念和历史事实

原始性史诗是原始先民的社会生活及心智历程的折射，因而不同的民族的原始性史诗表现出鲜明的差异，带有各自的特色，包含历史的特殊性。如旱作民族的神话中体现的是旱作的耕种特点，即对火的重视。稻作民族的耕作神话则体现了水对水稻耕作的作用，如广西等地的壮族流传的原始性史诗"布伯"就叙述了在第三代神布伯的时代，雷公不下雨，人间大旱，布伯就擒住了雷公，争得了雨水，人间才能种稻的事迹。在壮族天旱祈雨仪式上，要由师公吟唱"布伯"。

即使是族源相同的民族，甚至同一民族的不同支系的原始性史诗的神话内容也有不同。其创世的方式、人类起源的方式，都带有该民族特定的精神内核、原始记忆和地域特色。同样是洪水遗民再造人类，在不同民族的史诗中，有的是兄妹配偶婚，如壮、水、景颇、哈尼、布依、白族等；有的是天女婚配型，如独龙、纳西、普米、藏、羌族。彝族则不同的支系有不同的情况，如"梅葛"、"尼迷诗"、"阿细的先鸡"等描述的是兄妹婚，而"西南彝志"、"勒俄特依"等则是天女婚。"尼苏夺节"中有两次洪水泛滥，先有兄妹婚，后有天女婚；而"查姆"则是先有天女婚，独眼人被晒死，只有一人与天女婚配，生下皮口袋，从里面出来直眼人。直眼人又因心太坏，被天神降洪水灭绝，只剩阿卜独姆兄妹。尔后兄妹卜婚后婚配，开创横眼人时代。而"尼苏夺节"、"查姆"等既有兄妹婚又有天女婚的混合。为什么出现这样的情况？这与地域特点、民族族源、历史发展的进程、史诗的神话复合性等密切相关。彝族处在兄妹婚配型神话体系和天女婚神话体系交叉地区，既比较直接地接受和发展了古羌人的古老神话的特点，又融入了洪水神话、葫芦神话等，从而使其形态多样。

至于后期不断增益进去的关于民族历史的写实或半写实的记录，如迁徙的过程、谱系的延伸等更为明晰、直接地打着各民族支系深深的烙印，成为不容置疑的形象化的历史。如在《梅葛》中记载了作为民族远古文明的重要标志之一的历法："哪个来分年月日？天神来分年月日，一年十个月，一月四十天，分了年月日，盘田种地收五谷。"在整理过程中，当地彝族和整理者都认为是分错了年月日，但事实上，经学者的考证，彝族历史上确实有十月历，近年发掘整理的彝文古籍《十月兽历》证实了十月历的客观存在。

3. 史诗是民族共同心理积淀的体现

原始性史诗的产生、传播和接受都与群体文化的积累与延续有关，是全民族所创造出来的，并通过某一族群自己特有的方式来创作和传播的。原始性史诗体现了全民族的共同意识及民族传统文化的深厚宽广背景，决定着民族的文化心理结构并对民族的思维结构产生影响。只有本族群的人才能了解史诗中所体现出来的集体表象和特定观念，掌握本族群的文化、历史和思维方式的密码，从而和整个族群在文化上、心理上融为一体。

荣格指出，集体潜意识包括人类远祖、前人类与动物祖先在内的各个世代所累计起来的那些经验的影响，是个体意识不到的，然而对精神发展起着最大的作用。它组成了一种超个性的共同心理基础。集体潜意识是世代的人们在集体意识的基础上不断内化形成的，留下心理乃至生理的痕迹，并遗传给下一代生理形态的心理潜能。列维·布留尔提出"集体表象",这些表象在社会集体中世代相传,在集体中的每个成员身上留下深刻的烙印,同时根据不同的情况,引起该集体中每个成员对有关客体产生尊敬、恐惧、崇拜等等感情。各民族原始性史诗具有全民性、群体性,是一个民族的心路历程的象征性表达,具有深厚的民族文化根基和民族文化底蕴。它的某种模式或"原始意象"会内化成人们的"集体潜意识"。那些带有早期人们实践活动的影子,并在更高的程度上体现人的本性和创造力量的神话幻想,通过祭祀、巫术仪式的展演中,逐步在一代又一代人的大脑结构里内化、积淀,从而在具有共同历史文化背景的族群中形成共同的心理结构、内在的心理模式、"原始意象"等,渐渐形成民族的"获得性遗传"。

4. 史诗是强化民族认同、实现文化传承的载体

从心理机制上来看,由于封闭的环境,族群内部需要加强团结,增强凝聚力,因此,作为民族的根谱的史诗就成了联结族群的纽带。各民族的原始性史诗是该民族文化系统的精神内核,是生产和生活经验的宝库,是习俗规范的渊薮和依据。理解、认同本民族史诗,并以之作为行为方式的准绳和根基,是个体的整个生命和全部生活中所不可缺少的内容,是个人社会化的重要标志。而史诗的传承是传统再制造的"教育装置",是族群世代间进行交流的手段。通过特定的仪式上的吟诵,回顾、传达、阐释、理解民族文化,激发集体潜意识,从而产生民族认同,再与经验、民俗意识统合,形成生活方式的规范。

"梅葛"作为活着的圣经,是当地彝族传统文化的核心。与民族生活、民族心理、思维逻辑、宗教信仰、习俗礼仪、民俗风情有着密不可分的关联。在马游,当地彝族坚定地认为,只有罗罗颇才会唱"梅葛",会唱"梅葛"的就是罗罗颇。在昙华山区,彝族视结婚为平常之事,而父母死却要大办丧事,举行隆重的送葬仪式,吟诵"梅葛",使亡灵能记住自己民族的历史、先辈的业绩,使之能回到祖先发祥地。葬礼不仅是使亡灵有所归依,更使生者在共同的记忆中体验共同的激情,坚定对本族群及文化的认同。

尽管各民族的史诗可能有这样或那样的相似之处,甚至有一定的传承关系,但是,每一个民族的史诗都有着本民族鲜明的特色,是本民族的无可替代的"百科全书"。

二、彝族其他史诗中有关民族形成的描述

任何一部史诗都不是孤立的作品,要理解它有待于在相同民族史诗的相

关史诗，及邻近民族史诗的类似主题中找到联系与区别，起源与传承。

西南地区自古以来就是多族群的杂居区，各民族在经济文化等方面的联系一直十分密切。各少数民族之间民族关系主要体现为和睦相处，互相交流、互相依赖，共同发展，而不是通过兼并、战争来实现融合和分化。具有发达的原始性史诗的南方少数民族基本上是古代百越、百濮、氐羌、槃瓠等几个系统的原始族群分化、融合发展起来的。因而他们的史诗在形式、内容上有相当的关联，比如，在天地形成、人类起源、民族产生、物种来源等神话中有众多的、相似的因素和情节，这说明最先由氐羌、百越和百濮这三大原始族群集体创作的胚胎式的创世史诗在原始民族的分化、变异、发展过程中，成为了各民族所携带的共同的精神行囊。

彝族、白族、哈尼族、纳西族、傈僳族、拉祜族等彝语支的民族，基本上由秦汉以前的氐羌原始部落集团分化、异化形成的。因地缘、族缘的相互影响，各民族相互融合、交流、渗透，导致了它们之间拥有极为相似的神话内容，以及某些共同的文化事象和民俗事象。这些民族的史诗透露出了民族形成与发展的历史的真实性。

关于民族的起源与分化，在一些民族的史诗中有非常相似的情节，也有一些史诗的情节却相当独特。最为常见的例子是洪水神话、兄妹开亲后生下的怪胎或葫芦，即为各民族共同的胞衣，如彝族各支系的史诗，对出来的人种分出不同的民族的缘由分别有不同的说法，分别依据居住环境、所从事的经济生产活动、语言、地区等各种方面的不同，形成不同民族或不同支系，或不同姓氏。马游流传的"梅葛"中，兄妹开亲产下十二节葫芦，从其不同部位出来不同的民族，从事不同的生产活动。而昙华流传的"梅葛"中，则是兄妹开亲产下怪胎，被剁碎后挂在九十九座山上的九十九种不同的树上，每种树为一个姓，加上窦姓，共为百家姓。此外，佤族史诗"司岗里"是人从洞出，纳西族"崇搬图"则是天婚后产三子，因说不同语言而成藏族、纳西和白族。总体来看，无论起源源自怪胎、葫芦、山洞还是天婚后代，无论分化成不同民族时依据的是姓氏、民族、行业来源还是语言，在各民族史诗中，有两点是共同的：各民族拥有共同的渊源；民族之间的关系自古以来就是和睦相处、水乳交融的。

彝族各支系史诗中创世及人类起源核心内容表

史诗名称	流传地	创世形式	宇宙起源	人类起源	万物起源
梅葛（整理本）	姚安马游、永仁直苴、大姚昙华		格滋天神→七女九男的神人→天地	雪→独脚、长人、直眼人,三代更替,洪水后兄妹开亲→再传人烟	虎化生万物
梅葛（直苴原始资料）	永仁直苴		金银→七女九男→天地	洪水,兄妹开亲→再传人烟	同上
梅葛（昙华原始资料）	大姚昙华		梭罗树→地→七女九男→天地	从天上、地下来,洪水后兄妹开亲→再传人烟	梭罗树出万物
俚颇史歌（彝族支系俚颇史诗）	大姚昙华		盘颇→七女九男→天地	人从梭罗树出	万物的种子"卡利是利"生日月星宿、草木。动物从梭罗树出
梅葛（2003）	姚安马游	创造型	盘古→九儿七女→天地	观音老母撒雪→直眼、鼓眼、团眼、独脚、横眼人	虎化生万物
蜻蛉梅葛	大姚		婆婆盘王→麦婆约→天先说若→地	人从梭罗树出	梭罗树出万物
冷斋调（彝族罗罗颇创世古歌）	永仁		九男七女→天地	布哥（飘在水上的动物）→人	虎化生万物雪→鸟
尼苏夺节	红河		诺谷小龙儿→天地	诺谷→独眼人（洪水后姐弟开亲）→直眼（洪水后天婚）→再传人烟	
祭奠经——南华彝族罗罗颇丧葬口传祭辞	南华		造天地的男女→造天地		彭祖造日月
创世歌——老人梅葛	姚安马游		蜘蛛造天,巴根草铺地	直眼、团眼、横眼三曹人,洪水后横眼人兄妹开亲	牛变万物

续表

史诗名称	流传地	创世形式	宇宙起源	人类起源	万物起源
青棚调	南华、楚雄	演化型	混沌→气球→兄妹→造天地	猴子→独眼→斜眼→直眼→横眼→洪水后兄妹开亲→再传人烟	尼支甲洛撒天上的种子变万物
勒俄特依	四川大凉山		混沌→天神恩体古兹→四仙造天地	雪生十二子→人类	
西南彝志	贵州		虚空,混沌→清气→天;浊气→地	哎哺结合→人	哎哺、且舍、阴阳、日月、晓晓等相配
阿细的先鸡	红河弥勒、路南		虚空→轻云→天浊云→地	男神女神用泥做人蚂蚁瞎子代→蚂蚱直眼睛代→蟋蟀横眼睛代→洪水,兄妹开亲→再传人烟	神造万物
查姆	双柏		物露→众神王→天地	神造独眼人(干旱,天婚)→直眼人(洪水,兄妹婚)→横眼人	梭罗树生日月,神造万物
门咪间扎节	双柏		云彩→天雾露→地	猴子→人	梭罗树育万物
阿黑西尼摩	红河元阳	化生型	女性始祖→生天地	鱼→猴→独眼人→人	女性始祖→生万物
阿普多莫石	楚雄双柏		男性始祖→化生宇宙→万物		
尼迷诗	曲靖			冰冻→火烧→洪水→兄妹开亲→彝族各支系	

第三节　创世神话与原始性史诗之关系

　　原始性史诗以创世过程为线索,将各种零散的神话贯穿起来,形成了古代先民对世界的整体思考和对历史发展的曲折反映。

　　原始性史诗是以神话为内核演绎后逐渐衍化而成。它融会了各种神话形态的最重要的内容,但不是所有的神话都进入史诗。对史诗中的神话,可分三个层次来看：第一层次，史诗的主干部分，包括创世神话、洪水神话、祖婚神话、文化创制神话；第二层次，史诗吸收了神话情节、神话因素来解释生活；第三层次，神话思维贯穿着整个史诗。在这三个层次中，第一层次是原始性史诗的核心，是原始先民对宇宙、人类生命和文化本体的有序思考的答案。

创世神话的内容是创世史诗的核心内容。在创世史诗中，包含了原始先民对世界构造、人类起源、万物由来的基本认识。史诗演绎的是原始人心目中人类发展的历史。不同的民族的史诗又有因产生阶段的不同、各自的思维认识不同而导致其创世内容的差别。李福清指出，因宇宙起源神话的产生要求水平较高的思维及抽象的概念，较多原始民族少有宇宙起源神话，而只有宇宙成分神话，如太阳、月亮、星宿等起源神话，及宇宙调整神话，但大多有人类起源的神话。[①] 可见，完备的创世神话之产生相对晚近。创世神话有多种类型，创造型神话幻想有超人的神力去完成人所不能完成的创世伟业，按照自己的形象造神，因而有神性的同时亦具有人性。如"梅葛"中九男的懒惰与七女的勤劳。化生型神话中女性始祖（如"阿黑西尼摩"）、男性始祖（阿普多莫）由牛、虎图腾化生，反映了图腾崇拜和祖先崇拜。而演化型神话，如"西南彝志"、"阿细的先鸡"、"勒俄特依"中，构成宇宙万物的物质基础是云彩、雾露、气体、水等，这些都是水的不同形态，水被看做是宇宙的本原。天地万物起始于自然的混沌，并由此产生、分化万物。体现了水是生命之源的认识。这些类型的神话强调了世界的由来是客观事物的发展变化，而非神意开创，体现了彝族文化发展的独特个性。

从发展形态看，原始性史诗不是最早的形态，而是相对晚期的形态，形成于原始歌谣、神话、传说之后。神话经过史诗的组织，按创世的过程系统化，按一定的历史线索展示在史诗中，既有以创世神话为主，涉及开天辟地、人类起源、万物由来、各种自然现象的解释、图腾及自然崇拜等原生性神话，也有文化发明、习俗礼制、行为模式的形成、民族迁徙、先祖创业等衍生性神话，从历时序列上勾勒出一幅幅远古社会的生动图画和人类社会发展的活态场景。原始史诗的发展经历了原初史诗阶段、发达史诗阶段、变异史诗阶段。原初史诗以创世为主体，从头至尾全是神话。即使如此，它与神话还是有明显的区别，除了是可吟诵的韵文这一明显特征外，还可看到其以创世为线索，将零散的神话组织起来的鲜明的脉络，以及其作为该民族历史依据的规范性。这些都是史诗所具备的与神话相异的特点。而发达史诗以创

---

① ［俄］李福清：《从神话到鬼话》，社会科学文献出版社 2001 年版。

世过程为中心线索，熔神话、传说、记事于一炉，如彝族的"梅葛"、"阿细的先鸡"等，人神地位可相互转化，人的因素更突出，突破了神话的局限而开始表现人类自身。变异史诗出现则更为晚近，所表现的内容可能有神话思维，并将一些相关神话组织到史诗中，但主要关注的是实际的历史。

　　从表现形式和功能上看，神话以散文体的形式存在，分为口头神话、文献神话。口头神话有的以活态形式存在，与相关的民俗密切关联，有规范、解释的作用，而有的只是讲一讲的故事，不再具有规范性。文献神话则在固定过程中可能加入了写定者个人的观念，有的业已成为讲一讲的故事，有的则成为僵死的神话。① 而原始性史诗都是吟唱的韵文体。尽管有些原始性史诗在发展过程中被写定成为经典，但仍是通过祭司和歌手口头传播与传承，因而史诗可在一定的神话思维、宗教思维框架中容纳吟唱者的创造，从而不断发展、增益。在功能上，史诗兴于祝咒祭祀，并日渐演变而具有多种社会功能，如传授知识、表达爱情、交际娱乐、教导训诫等，成为活的经典。可见，史诗具有一定的动态性、活态性，可体现社会历史的演进和人们思维方式的变更。

　　神话在原始性史诗产生后，也并没有停止其产生和发展，仍继续与原始性史诗交叉、并存、发展，② 在发展过程中，有的神地位上升了，有的神则地位下降了。有的风俗也根据时代的变化而被赋予了新的解释。如在昙华山关于每年二月初八举办的插花节的来历，流传着不同的故事，其中以米依鲁的故事最为典型。米依鲁是彝家美丽的姑娘，为了反抗土官，将头上戴着的有毒的白色马缨花放入酒中与土官共饮而亡，其情人流干眼泪后流出的鲜血染红了马缨花。这是奴隶制时代的版本，而到了封建时代，又有了反抗封建制的内容，如有一则故事讲的是马缨花不愿在皇帝的御花园中受禁锢，而来到昙华山的故事。在"梅葛"中的，也包含了各种神话，从中可看到每个时代的烙印。在昙华山流传的"梅葛"中保留了较为原始的内容，认为是兄妹成婚后产下团肉，碎肉粘在不同的树上，变成各种民族和其支系的人。俚颇的祖先即是粘在马缨花树上的肉变成的。人类起源神话在马游流传的则是观音老母留人种的神话、走马皇帝找人种的神话，从中可见佛教、道教文化的影响。此外，有些神话也许是原始史诗成形后才兴起，因而未能被组织

① 李子贤：《活形态神话刍议》，见《探寻一个尚未崩溃的神话王国》，云南人民出版社1991年版，第81~91页。

② 李子贤：《多元文化与民族文学——中国西南少数民族文学的比较研究》，云南教育出版社2001年版，第99页。

进史诗中。如在马游，人们祭祀土主，认为土主是朵觋的祖先。在土主有爹无妈，是鹰的后代，生下来时有六只手，三只眼，被弃于野外，被麂子和雕（或说狗和牛）用奶喂大。在马游大村曾有土主庙绘有土主形象，人身，六只手，三只眼，左手掌里画太阳，右手上画月亮，坐在一只虎上。这也许是支格阿龙神话的变体，但是并未在"梅葛"中有所反映。

值得注意的是，尽管神话和原始性史诗都在流变，原始性史诗中的核心部分内容具有不容置疑的神圣性，因而保留了其原始的神话。

第四节 原始性史诗的展演与传承

英国学者 Richard Bauman 在口语文学体系的背景下提出了展演理论。"所谓展演，指的就是一种沟通（communication）与表达（expression）方式……其着重的要点大致围绕在下面各问题上：（1）传诵讲述口语文学作品时的技艺与其所含意义，包括讲述时的音调、速度、韵律、语调、修辞、戏剧性与一般性表演技巧等等；（2）传诵过程中所有参加者，包括作者、讲者、听众、助理人员，以至于研究者之间的各种互助、反应行为；（3）不同类型的口语作品的界定与意义有时不单靠口语的表达，其他各种非口语的（non-verbal）因素，包括姿态、表情、动作甚至于音乐、舞蹈、服装、布景和非口语的声音、颜色等等，也有传递、表达的含义；（4）传诵者的个人特性、身份背景、角色以及文化传统更是关键要素；（5）此外，讲述传诵时的情境（context）也是重要的项目。"[①] 史诗作为原生态口语文学，更需要从文化展演的角度来理解。这不仅可以分析史诗吟唱习俗的特点、形式和内在制约性，同时也有利于了解史诗的变迁。

一、史诗的展演形式

原始性史诗与歌谣联系紧密，是韵文体，并且多有相应的曲调，甚至歌舞乐合一。有学者认为，最初的神话也是可以吟诵的。可吟诵的韵文，便于记忆、重复和理解。结构的定式、吟唱的延宕，使吟唱者有时间思考如何组织内容和措词，还有利于配合相应的仪式程序，充分调动听众感情。

彝族的原始性史诗，多用特定的曲调演唱，如双柏的"查姆"的演唱采用"阿色调"，配以大四弦，每句五个音阶，有唱有述，载歌载舞。弥勒"阿细的先鸡"则是用"发基调"来唱。

---

① 李亦园：《民间文学的人类学研究》，载《民族艺术》1998年第3期。

　　"梅葛"演唱的曲调称为"梅葛调"。光是昙华山一带的"梅葛调"就有六十种之多。有的曲调灵活，唱词多变，多为日常生活及婚恋时所唱；有的则神圣庄严，句式、曲调不容变更，被称为"古腔调"，主要用于祭祀、丧葬时吟唱。下面主要以"梅葛之乡"马游为例，介绍"梅葛"的展演方式。

　　在马游，由朵觋吟唱的"梅葛"叫做"朵觋梅葛"，由歌手和普通民众吟唱对象所处的不同年龄阶段而分为"老人梅葛"、"中年梅葛"、"青年梅葛"、"娃娃梅葛"。

　　"朵觋梅葛"由朵觋摇司铃演唱，有一人敲锣相配，多在一个段落的间隔相配。朵觋演唱之时，众人凝神倾听，并根据演唱的内容行使相应的仪式。"梅葛"从开天辟地到万物出现，到人种繁衍，唱到死者从生到成长、结婚、生儿育女，到持家、服侍老人到千年归宗、万年归魂。马游人指出，虽然朵觋的演唱没有书本来规范，但其内容固定，不能唱错，像法律一样无二义。曲调低沉，旋律变化不大，由诵而唱，由唱而诵，转换常不为人所察觉。"老人梅葛"由一群人聚集在一起，歌手有两人甚至更多，以问答的形式，一人唱一段，另一人答一段，每一次问答间众人以短的衬词乐句相和。内容固定性强，问答的作用主要在于提示、共同回忆。如果答输，可以由另外的人接续或指导，内容和腔调亦较为固定。较为固定的史诗唱腔被称为正腔，一般有固定的唱词，都有开天辟地、万物起源、人种起源等对古老洪荒的回忆。词多整齐押韵，曲调与歌词的格式、韵律、声调结合密切，旋律性强，易于记诵，适于长歌的吟唱。既有有节奏的吟诵，又有四平八稳的唱腔，曲式结构基本是由一个乐句或上下句式的多次反复构成，但旋律随内容的深入，逐步加花，以免过于单调，反复回旋中富于变化，不致因长歌之长而产生困倦。

　　而"青年梅葛"、"中年梅葛"（含婚礼、做媒）则显示出更多的灵活性和个性特点，称为慢腔，曲调柔缓，行腔多。"青年梅葛"、"中年梅葛"（含婚礼、做媒）也是以问答的形式演唱，沿用了"老年梅葛"的语法句式，在某些内容上亦有关联，但主要作用是用于传情达意，自编自创的成分较多。"青年梅葛"有夜间"作相伙"时演唱的，如相好调、传烟调、戴花调、诉苦调、离别调，也有白天在山上对唱的，称"过山调"，内容丰富，即兴发挥的成分多。山音在山野生发，悠扬高亢。"中年梅葛"与"青年梅葛"没有大的区别，主要内容为妇女演唱的"诉苦调"。传统的"梅葛"行腔以五字韵句为主，句式工整，和谐，并可以衬词来使其押韵。歌词不固定，但基本内容有一定的规定性，歌手的水平体现在其熟谙基本意思的基础上的自由发挥，以绝妙的描绘、连珠般的比喻来曲折表达其意义，同时要饱含情感。这是智慧与才气的比试，也是对生活的认识深度的比试。即要有嘴皮功夫、有肚才、有倾诉的欲望。这些类型的"梅葛"强调对唱的胜负，唱输者无法接着往下演唱。如唱传烟调时，对不上来，就无法使对方接你递去的烟，只能站着。男青年晚上串小房房（姑娘房）时需以对歌的胜利来赢得姑娘开门。如果男女双方都是独生子女，婚后从何方居住也需以对歌决定。做媒时需两位中年男人，一般要应变能力强、口才好，才能充任媒人，因为做媒时需对"梅葛"。唱输则要喝酒，所以出现有的媒人无法应对以致逃跑的情形。迎亲时亦有拦门对歌，若送亲队伍唱输，不得进门，需长时间对唱，乃至罚酒。"娃娃梅葛"是人们在哄孩子时吟唱的调子，也有小孩子游戏玩耍时唱的歌谣。"娃娃梅葛"活泼、整齐、旋律感强，易于记诵。

　　"梅葛"一般无须伴奏，但有些"梅葛"需以芦笙（葫芦做成的一种乐器）伴奏。如送亲调、喜场上的"领舞梅葛"等。盖房打跳中，有一老者和着葫芦笙特定的调子演唱"梅葛"。芦笙短笛的深沉与清越，跳脚场上的欢快与热情与"梅葛"融为一体。此外，据说，"青年梅葛"可用树叶伴奏。

　　值得注意的是，"梅葛"用梅葛调唱，但不是所有用梅葛调唱的内容都可以归入史诗的范畴，"梅葛"之所以是史诗，是因为其核心内容已经固定，被尊为根谱。是世代口耳相传，业已基本定型的那部分。从内容上看，其中以创世、造物、丧葬最为古老，充满神话色彩，体现着原始性思维方式，是"梅葛"的主体和核心部分。从类型上看，"朵觋梅葛"及"老人梅葛"为史诗的主要载体，其余为史诗的衍生部分。

　　史诗的吟诵不仅有曲调和内容的不同，同时还有传承场的规定。以"梅葛"为例，婚丧嫁娶，敬神祭祖，要吟唱不同的"梅葛"。人死后，要由朵觋主持仪式。在马游，丧葬仪式极其烦琐，有十大套数，朵觋在唱"梅葛"的过程中，主持相关的仪式，唱到哪一步，人们就按照朵觋唱的内容做。当地的彝族采用刻木的方式，做成祖灵牌，以祭祀父母。而朵觋在带领死者的亲属寻找制作祖灵牌的小松树和安放祖灵牌时，就唱"怀亲"。据《蜻蛉梅葛》的整理者姜荣文介绍，在大姚，丧葬时朵觋唱"梅葛"可达三天三夜，全村人都去参与丧葬仪式，听"梅葛"的人把场地围得水泄不通。在马游的婚俗中，"梅葛"伴随始终。做媒需请会唱"梅葛"的中年老人担任，女方家则请来舅父及家族成员，围坐火塘旁与媒人对唱。订婚亦是在"梅葛"的演唱中宣布。男方到女方家迎亲，须唱"梅葛"，唱对了，方可进女家的门。迎亲队伍到了新郎家门口，男方的歌手就在路上"拦门"，开始对歌，新娘进入喜场时，需接受朵觋举行的"退邪神"仪式：在喜场门口放置一张桌子，上铺草席及布块，四角各置一枚拴有红线的方孔铜钱，新娘背对喜场，肃立在木桌之上，由朵觋演唱"退邪神梅葛"，并持松枝在新娘身上扫拂以驱去邪神。同时，由头罩面具、穿着怪异的两男子扮就的"天聋地哑"用棍棒四处敲打，驱赶邪神。马游彝族认为，新娘沿途难免遇上邪神，尤其是真公仕人和桃花仙女这一对传说中的情死冤鬼的纠缠，因此需通过该仪式来保证新娘的洁净。这可能是对外族成员进入本族的一种认同仪式演变而来的。新娘入门后当天晚宴上，歌手就唱"梅葛"中的"相配"，而晚上聚集在场地打跳，歌手唱"梅葛"中的"抢棚"，老人们围坐火塘旁，对唱"梅葛"中的"采花调"。次日早晨，举行"教亲"仪式，由新娘舅父、新郎母亲及舅父等分别为代表的双方对唱"梅葛"，交代新娘如何主持家务，协调家庭关系，及一年四季如何安排生产等。而教亲之后，还要举行"犁喜田"仪式，又称犁虎或犁牛。由两人扮牛（虎），犁者边犁边唱"梅葛"，一人倒背锄头跟随。并将牛（虎）打死，以"红腰子豆子"象征牛（虎）的睾丸，给宾客品尝，事实上是一种希冀新人多子多福的生殖崇拜仪式。而第三天婚礼结束时，还要演唱"安家"等内容的"梅葛"。从恋爱到结婚整个的风俗礼仪都在"梅葛"中得到了完整的反映。在与农事活动的相关仪式中，"梅葛"的吟唱也是不可缺少的。每年开荒种地，进山打猎，放牧牛羊，祭祀龙神、羊神、荞神等，都要有相应的仪式，并请歌手或朵觋来唱"梅葛"中有关内容。盖房子时，亦要祭祀木神，并由歌手边讲吉利的话，边上梁。然后吹芦笙打跳，歌手和客人边饮酒边唱"梅葛"。

在这些仪式中，神圣性和世俗性的场合是截然分开的，"梅葛"吟唱的方式和内容也因之而严格区分。"梅葛"在丧葬仪式和祭祀场上只能由朵觋诵唱，没有丧事时在家里不能唱；丧葬场合除朵觋外，其他人不能唱"梅葛"；老年、中年、青年"梅葛"一般是在红事场合演唱。在姑娘房唱"梅葛"时只能轻声，以免惊吵家人；"青年梅葛"不能在家里唱，尤其是有长辈在场时儿孙辈不能唱，或儿媳在场时长辈不能唱。辈分不同的人之间不能对唱"青年梅葛"。

可以推定，在原始性史诗的产生后相当一段时期内，史诗古老的形态主要是用于神圣性的场合，用于人神沟通并强调氏族的神圣的起源。其时，史诗的展演具有神秘性、仪式性和具社会功能的巫术性。在漫长的历史发展过程中，史诗不断增加民族自然发展的历史内容，并逐步由娱神变为娱人，由神的祭典变为人的节日，从而在祭坛、歌场两种不同的场所展演，同时在圣与俗两种空间存在。因此，原始性史诗的复合性质十分突出，有的部分庄严肃穆，有的部分则欢谑诙谐，有的轻松活泼，有的禁忌分明，有的具有娱乐性，有的则具有功利性，内容有交叉但使用界限分明，而远古的记忆却永不湮灭。

二、史诗表达与诗歌传统

史诗的表达具有一定的规定性，这里，规定性指的是内容的结构化、情节的程式化、描述方式的模式化以及功能的特定化。遵循这种规范性不仅是歌手个人的资质、视野、才能的表现，也是历史、文化、群体等各方面积累的体现，进一步而言，还应包括听众的思维及表达方式的相互作用。

彝族是充满诗性智慧的民族，有着悠久的诗歌传统和天赋的诗性思维。法国人里吉恩德尔（A. F. Legendra）在 1905 年出版的《在极西中国的两年》中，描述了彝族歌谣的纯粹而天成的魅力：Foulin（即富宁）的罗罗"男女牧羊人一边牧羊一边用歌相互呼应。他们用高亢而又柔和的旋律把他们天真烂漫的牧歌回响在山谷之间。在这幽谷的寂静、伟大的自然的寂静中，倾听着他们从心底深处的单纯的、心魂的歌，我感到一阵说不出的愉悦"①。19 世纪末法国传教士维亚尔（Paul Vail）在云南彝区传教多年，精通彝语并学会了古彝文。其《罗罗人》中记载：他们每天都唱歌，特别是哀歌，他们歌唱所有的事物……青年女子尤其善于表达自己的感情……这种感情的表露极为简单，用声音的抑扬、歙歙，眼泪和泣涕来表现，而且在任何时候任何情况下，都可以有一样的叹息和泪水。

从马游来看，这里人人都有着很早的音乐启蒙，乐器、跳脚、各种仪式中的音乐与吟唱、不同阶段的"梅葛"成为歌、舞、乐一体的综合教育并伴随着人生的整个过程。"梅葛"无文字记录，靠口耳相传。内容丰富，包罗万象，对此，马游流行的解释是："马游的书被吃进肚子里，所以没有文字。书有十二本，但马游有'梅葛'十三本，比书还多一本。"从内容而言，"梅葛"以自然、社会为主题，没有复杂的故事情节和丰满的人物形象，而主要以事、物的由来为主题采用推原性的逻辑进行演绎，从而包罗万象，成为特殊的知识总汇。从表达程式上看，"梅葛"具有两个特点，一是嵌套式的微型结构，二是回溯交代的表述方式。在对唱"梅葛"时，可以从任何一个眼前的事物出发进行推衍：如 A 从哪里来，从 B 中来；B 从哪

①　转引自［法］格拉耐著，张铭远译《中国古代的歌谣与祭礼》，上海文艺出版社 1989 年版。

里来，从 C 运来；C 如何运来，用 D 运来；D 从何处来……以嵌套的结构不断向前追溯。在叙事语言上，善用比喻、夸张、重复等手法铺陈，讲究节奏、韵律、音乐感，从而回环往复，层次分明，而疏密得当、虚实相生。在马游，每天都有叫人眼睛一亮的语句、妥帖的比喻、机敏的对话、恰到好处的引用、联想丰富的诠释，显示着智慧的火花。"儿童梅葛"、"青年梅葛"妙趣横生、环环相扣的问答方式，温婉细致、舒展自如的演绎方法，体现了其思维的敏捷和运思的巧妙。"老年梅葛"追本溯源娓娓道来，应对之时，心意相交；唱和之间，气息相通。"梅葛"的这些叙事特点正是彝族人民独特的思维定式、审美视角和表达模式的体现。在这种框架下，对事物的描述有一定的自由度。马游的"梅葛匠"（歌手）曾对笔者说，唱"梅葛"像写文章一样，同样是一篇记叙文，要用好的词语，才有好的效果。马游人把比喻称为"配带"，它起着承上启下、润色主题、加强韵律感和对仗的作用。彝语的比喻词搭配相当恰当，很生动，无法翻译。对此，马游人也用了几个不同的比喻来表达：如同走路，大方向不变，大路只一条，小路却无数，可以弯弯绕绕；如同绣花，花样只是一种，但配色和针法可变幻无穷；如同有一扇窗，窗口只一个，而窗帘可以变换随心。各唱各的比喻，就像有人走大路，有人走小路。在演唱过程中，演唱的时间越长，则"配带"越多，内容就越长，如同有一棵树干，需配上树枝树叶。配不好就不好听。现在的年轻人（唱"梅葛"）不认得（不懂其奥妙），只会枝枝干干地说（唱）。"梅葛"就像一棵树，树干有分权，树枝有小分权，小树枝上还有树叶。如同大口袋里有小口袋。问答时如果答不对，就像是走岔了路，对不下去。对于"梅葛"独特的嵌套式的微型结构，马游人也有自己的比喻：一环扣一环，像一条链子，像流水过桥。

三、从吟唱者的角度看史诗的展演与传承

吟唱者既是史诗的传承、创作者，同时也是消费者，具有双重身份，其传播过程是由接受和转述两个步骤组成的。有的吟唱者通过独创、增删等加工，在吟唱中融入了其个人的先见、气质和趣味，史诗展演的过程成为了吟唱者对史诗提供的各种审美信息和生活经验进行重组、选择、组织、重构的过程，也是文化、史诗、史诗吟唱者间交叉互动的过程。而有的吟唱者则只是重复了先前从他人那里接受来的内容。

祭司是传统文化和民族精神最早的职业传播者，处在特定的社会地位，具有特定的社会期望。祭辞依照社会期望履行其义务，行使其权力，具有权威性、导向性、控制性。祭司吟诵史诗不仅使史诗的神圣性得以强调，而且

还对保存史诗的原始形态有着不可替代的作用。反过来，歌手吟唱史诗则加大了史诗世俗化的内容和态度，从而使史诗的吟诵随意性增强，导致史诗的泛化和变异，但丰富了史诗的内容，扩大了史诗的传承面。

由于史诗的吟唱可由祭司或歌手在神圣或世俗两种场合下演唱，因此，不同民族的史诗因其吟唱者的不同而具有不同的特点。如傣族至少在明代后佛教化，因为已没有了原始的祭祀活动和祭司，其史诗"巴塔麻嘎捧尚罗"的吟唱失去了原初的神圣性，变成了由佛宣示的新年告词，由歌手（章哈）在婚礼等场合吟唱其中的片段。这体现了由于演唱者和演唱环境的变化导致的史诗与原始宗教的分离。祭司不再演唱史诗后，原始宗教失去了对史诗再创作的机会，导致其世俗化。"梅葛"不同的流传地由于其内容的原始性、神圣性程度不同而对祭司的依赖性不同。比较而言，直苴"梅葛"没有大的变异，原始性强，只有祭司唱；昙华的"梅葛"兼有神圣性与世俗性；而马游的"梅葛"世俗性强，"梅葛"的存留与祭司的存在和祭司对"梅葛"的掌握程度密切相关。在20世纪90年代初罗文高调查时，由于在世的懂得"梅葛"的朵觋业已年老，"梅葛"的多数内容已无法记忆，因而有关开天辟地等古老内容的"创世梅葛"在直苴地区已消失殆尽了。而马游不同，尽管近半个世纪以前就没有了朵觋，但"梅葛"以不同的样式存在于各种民歌中，人人都可以吟唱，体现出史诗的立体存活性。

"梅葛"的传承与吟唱者的角色有关。"丧葬梅葛"的教授则需通过正式拜师，成为朵觋的徒弟后方可。拜师过程需过犁头，犁头的数量为男九女七，在火中烧红，排放在地上，由朵觋覆以黄纸，口喷苦蒿水，一番施法后，拜师者赤脚踩过，毫无损伤者方可成为徒弟。而其他形式"梅葛"的学唱一般无须正式拜师，感兴趣者多听多学，并在对唱对不出来时请人指点，在唱中学，在学中唱。有的人在学唱"梅葛"时主要认准一个人学习，有相对固定的师傅。"青年梅葛"受同辈的影响大，一般不受父母和长辈的传授。"娃娃梅葛"则除了母亲作为摇篮曲使孩子在襁褓时受熏陶外，爷爷、奶奶、外公、外婆对孙辈的影响更大。"梅葛"除了以唱的方式传承外，还有通过交谈（马游称为款白话）了解和积累"梅葛"内容。马游地处高寒山区，地势平坦，三面环山，一面却有滇西苍山、玉龙雪山的冷空气长驱直入。在漫长的冬夜，围炉向火，"梅葛"中的部分内容会以故事的形式，以及作为阐释日常生活中的某种现象的根源的经典而成为重要的话题。这也是直至朵觋消失半个世纪后，在马游还有老人能从头到尾唱下来并且有较多的人了解或知道"梅葛"的一个重要原因。

四、从听众的角度看史诗的展演与传承

史诗作为口头文本，具有特定的文化意义，需要理解、阐释，而口头文本的展演是吟诵者、听者的互动过程，演唱过程和接受过程密切相关，创作、表演和传播是在同时完成的，构成了同一活动的不同侧面。接受过程也是观众能动地参与到表演的过程，表演者与接受者共享内部知识，在特定的语域中完成交流。因此，史诗的每一次展演都既具有唯一性又具有共通性。一方面，对史诗的接受与每一个个体的理解能力、接受心理、效果期待相关，另一方面，史诗及仪式所蕴涵的特定的文化内涵对属于该文化圈的人能产生类似信息场的效应，形成巨大的群体心理共鸣和强烈的精神暗示，使长期生活在这一文化系统中的人不能不受到它潜移默化的影响。心理的作用甚至胜于内容，在一些祭祀仪式上，祭司已无法完整吟诵史诗，听众也无法全部理解，但这并不是最重要的，关键是仪式本身，仪式的意义在于构建特定的传承环境，具有象征性的仪式和具有象征性的史诗的吟诵构建起的个体与集体之间的、当下与过去之间的、族群与始祖之间的桥梁，成为民族精神的旗帜。因此，在史诗的展演过程中，听众的共同感受与个体体验相互生发，使史诗既具有普遍性意义，又有个体性乃至私密性。普遍性使之避免成为孤立的、偶发性的消遣或功利性的求索，而个体性则避免了其因程式化、表演化带来的隔膜感、距离感。

展演的场景、氛围、听众的反馈还可能影响史诗展演本身，如内容的繁简，史诗的长短、速度与节奏，吟唱者情绪的饱满度等。情感的调动在史诗展演中是十分重要的。在马游，彝老告诉调查者，"唱'梅葛'是相当深情的，唱的人嗓音好，起落点拿得相当好（音调富有表现力），唱出了心里话，唱的人和听的人都会哭。同一个调子，有的人感情细腻、生活经历丰富，有苦楚和悲伤，唱得就感人（有的人唱则无法动情）。'梅葛'用彝语听，很感动，但翻译成汉语，则一点感情也没有（感情出不来）"。翻译的障碍，一方面是事物的指称对应上的困难，另外，最重要的是：其中的情感、语言的妙处和会心难以表现。

第五节　原始性史诗的流变

一、从信息传播的角度看原始性史诗的流变

维纳（N. Weiner）认为，信息是我们适应外部世界，并使这种适应为外部世界所感知的过程中，与外部世界进行交换的内容的名称。神话是远古

的祖先传给后人的某种信息，原始性史诗的传播是远古社会重要信息的纵向传播。借用申农提出的通信系统模型，去除其作为技术性传播模式的"非人类"的因素，我们可分析原始性史诗在传播过程中的流变规律。

信息传播是信息跨越时间和空间的流动，有历时性传播和共时性传播，也就是纵向传播和横向传播。如图所示：

图示 1　面对面的信息传播

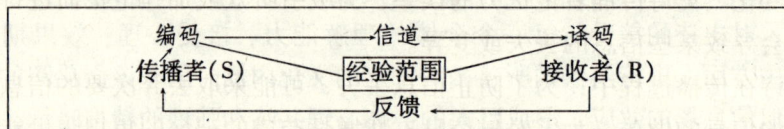

图示 2　信息的纵向传播

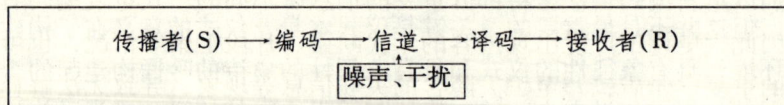

图示 3　史诗信息的纵向传播链

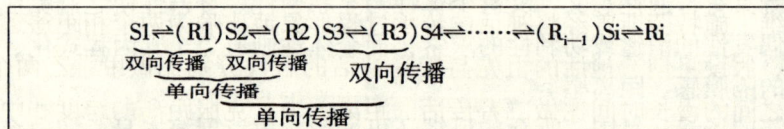

从图中可看出，在面对面传播中，传受双方只有在具有共同的经验范围之内才能有效传播。传受双方在编码、译码和传递、接收信息时，可相互作用和影响。信息接收者可及时反馈，信息传播者可根据反馈信息及时调整传播的内容和表达方式，是一种双向模式。而单向传播则无法进行反馈，噪声大，译码与编码之间并非可以完全可逆。

在原始性史诗的信息传播过程中，每一传承链上的人，既是上一个传播中的信息接受者，又是后一个传播过程的信息发送者，具有双重的身份；而由于从 S1 到 S3，其传播是单向的，因此，只有通过 S2，S3 才能获得 S1 的信息，因此，S3 无法控制和判断所获信息的准确性，S3 只能依赖于 S2 转述 S1 信息的忠诚度，并根据自己的经验进行判断。信息的单向流动，没有信息反馈的约束，信息的讹变会固定下来，并往下继续传承。随着时间的推移，史诗在一代代人中传播，越往后，与原初发送者所拥有的共同经验就越少，因而信息的真实性判断就越困难。这种信息传播可能会因时间、空间差而出现信息变异、衰减和冗余，甚至因信息传承链的断裂而消亡。

信息发送过程同样会对信息传播进行自觉或不自觉的干预。在远古时期，史诗具有神圣性，传诵者有意篡改的可能性很小。当史诗逐步融入了历史化内容，进入世俗场合时，史诗传诵者的即兴发挥和有意创新就造成了信息的变异。因而出现对史诗的创造性变形和创造性解释。此外，其他相关信息的引入，如相同或不同民族的神话、史诗的影响等，也会导致信息发送中内容的变化。史诗传诵者记忆力的误差，为吸引听众或加强记忆而进行的改动等也会导致某些信息的丢失或变异。

史诗在传播过程中，为了防止信息丢失，可能采取丢弃次要的信息，保留重要的信息的做法；为了对付信息不断增长造成的记忆的负担，可能将史诗从由一个人记忆改为分别由多人记忆，或分多次多种形式的传播；还可能对信息加以重新编码，甚至将部分重要的信息以不同的形式重复编码后不断显现。因此，史诗中可能出现内容的年代断层、片段汇聚等情况，也可能出现内容的重复、矛盾，乃至丢失隐含的关联信息等现象，导致无法解释甚至误读。人们继承的史诗是动态的、存疑的、修正的、丢弃和增益并存的内容，而不是其表层的能指。

列维·施特劳斯曾经将神话的传承过程形象地比喻为两个相距遥远的人在喊话。假设将创造神话的祖先与接受神话的后代分别比做甲、乙两个人，将古今之间的漫长时间比做二者传话的距离，为了克服距离的跨度和中间干扰的杂音，甲会将自己想对乙说的话反复高喊若干次，乙则将几次听到的信息加在一起进行归纳综合，从中了解甲要传达给他的全部信息，这种方式被列维·施特劳斯比做"读交响乐"。由于传承的时空变换，人们对于史诗的理解是否完全符合其原初的本意，这一点仍存在着很大的不确定性。"我们绝不可能做到完全符合原始人的观点，用他们的眼光看事物，我们的心也按激动他们的那种情绪而跳动。因此，我们有关原始人及其习惯的一切理论都必然是很难准确的，我们最多只能期望合理程度内的可能而已"。①

二、"梅葛"的流变

"梅葛"在20世纪五六十年代是搜集整理的黄金时期。"梅葛"的收集整理始于1951~1952年，楚雄一中的老师夏扬、黄笛根据姚安籍的学生的介绍，得知有一部史诗在当地流传，便利用假期到马游收集原始资料，并整

———————
① 弗雷泽：《金枝》，中国民间文艺出版社1987年版，第1003页。

理成文本。由此引发了徐嘉瑞等学者对"梅葛"的重视，并于1957年组织有关人员在马游搜集，形成文本。1953～1954年杨放、尹钊到姚安搜集整理花灯，亦注意到了"梅葛"，并在马游记录了一些梅葛调。1958年，云南少数民族民间文学"梅葛"调查组在姚安县、武定县相关各地作了一次收集，记录了不同的原始资料本。调查组成员及徐嘉瑞、李鉴尧对在各地收集的原始材料作了综合、取舍、改编、润色，形成由云南人民出版社于1958年出版的整理本，从此，"梅葛"声名远播。该书两度再版，是迄今为止比较全面的"梅葛"文本。在当时，"梅葛"仍有深厚的群众基础，并且拥有一批精通"梅葛"的朵觋和歌手。但是，随着时间的变迁，"梅葛"已逐渐式微。

其一，体现在"梅葛"的传承出现危机。20世纪90年代初罗文高的调查表明，在直苴村，年龄在50岁以下的仅能演唱"青年梅葛"（情歌），年龄在50岁以上的能够演唱部分"创世梅葛"，而且多为巫师。马游村40岁以下约有50%的中青年能够演唱"青年梅葛"，极个别能够演唱部分"创世梅葛"；40岁以上，约有10%的中老年人能够演唱部分"创世梅葛"，其中有七八人能演唱大部分，但无人能够完整演唱，能够演唱者男性居多。①十年后，本课题组再次进入这些地方调查时，发现"梅葛"的衰落更为明显。据课题组成员杨甫旺介绍，在直苴、昙华两地，中年以下的人几乎不知道"梅葛"是什么。丧葬场上唱"梅葛"也很少见到，毕摩也唱不完整，只能象征性地唱。而在马游，老年人中能较为完整地演唱"家梅葛"的人只有四五人，中年人有少数能演唱"中年梅葛"、"青年梅葛"，但保留原始史诗内涵较多的"家梅葛"在中年人中已无人演唱，被公认为"梅葛匠"（歌手）的人主要演唱的是婚礼上的"梅葛"和"青年梅葛"（情歌）。在年轻人中，半数左右能唱几调"青年梅葛"，但比喻丰富、演唱动人者很少，能唱得比较全面的人只有几人。村中年轻人对"老年梅葛"很少关注，只是能听懂而已。马游唱得最好的青年歌手自称对"老年梅葛"以及"赤梅葛"的了解只是50%左右，但在马游已是很难得的了。由于马游近半个世纪以来已没有朵觋，因此在祭祀和丧葬仪式上演唱的"梅葛"在马游已经很难觅其踪影。以前在马游，人们需要时就请其附近如左门的朵觋来演唱"梅葛"，但周边地区最后一个会唱"梅葛"的朵觋也已于1999年故去。因此，"梅葛"的传承已经出现了断层。

①　罗文高：《三十多年来梅葛的流变》，内部资料，楚雄彝族文化研究所。

其二，"梅葛"在仪式上的规范作用减弱。"梅葛"具有仪式伴生性，各种类型的"梅葛"是在特定的仪式上演唱的。20 世纪 50 年代以后，尤其是"文化大革命"期间，长期以来一直在姚安、大姚彝族民间盛行的一些活动，被人为地革除、取消，有一些活动则因与时代不相适应而被人们自觉地抛弃，与这些活动直接相关的"梅葛"便失去了它继续传承的环境。近些年来，一些仪式趋于简化，甚至消失，与之相应的"梅葛"也日趋式微。如祭羊神、祭龙、送鬼等大型的群体性活动已不复存在，相应的祭辞也逐渐消亡。永仁直苴的十月祭鬼（即"做冷斋"）是演唱"梅葛"的主要场所，须请六七名巫师共同主持，懂得唱"梅葛"的巫师为主祭，吟唱开天辟地等创世内容。这一活动在"文化大革命"前夕被废除，尽管"文化大革命"后曾暗中恢复，20 世纪 90 年代末已彻底消亡。再如葬礼，20 世纪 80 年代以前，在昙华的丧葬场上要由毕摩演唱三四天，棺材最少要停三天，选不到日子则停七天，每天晚上人们围在棺材边，毕摩一边喝酒一边吟唱"梅葛"，以前彝族认为，没有毕摩，人死了送不走，即使倾家荡产也要举行仪式。改革开放后，因经济原因，以及传统的规范性减弱，葬礼一切从简。婚俗同样也发生了变化，"梅葛"在婚礼过程中的作用和价值已不被人看重。

其三，毕摩的稀少和毕摩知识的减弱使得仪式或演唱无法进行。如"退邪神"、"犁喜田"曾是马游婚礼中的重要仪式，但自 20 世纪 60 年代由自发生主持过最后一次后，再也无人能够主持。

其四，"以歌代言"、"依歌择偶"，是彝族古老的恋爱、婚姻习俗。千百年来，这一习俗孕育出不计其数的美妙无比的传统情歌，引发了年轻人学习"梅葛"的热情。如今，男女青年恋爱求偶方式已经有了全新的变化，流行歌曲代替了传统的情歌。"梅葛"在年轻人的恋爱过程中已无足轻重。以前在马游，年轻人恋爱的方式是串小房房，对唱"梅葛"，女方对输后才开门。现在，年轻人即使是串小房房，也只是在一起开玩笑、讲白话，唱得少。总的来看，"梅葛"在年轻人心目中已逐渐淡漠。尤其是在外读书、打工的男女，对传统文化产生了隔膜，对"梅葛"听不懂，更不用说吟唱。对"梅葛"难以产生情感上的依恋和心理上的认同。

其五，在过去，由于环境比较恶劣，生活比较贫困，彝族社会内部的文化生活十分贫乏，除了逢年过节唱歌、跳芦笙舞外，再无其他文化娱乐活动，"梅葛"在彝族人民的文化生活中占有重要的地位。如今，对年轻人极富吸引力的文化娱乐活动五花八门，种类繁多，传统的娱乐方式不再是主流。以电子设备作为媒介的传播环节与日俱增，马游 569 户人家约

300余户有了电视机、VCD机、录音机，娱乐方式以看电视、唱流行歌曲、打牌、下棋、聊天为主。尤其是电视机，不仅对年轻人，就是对老年人也很有吸引力。电视起到了文化教育作用，加强了人们对社会的真切认识，汉文化的先进性和现代性使人们对传统文化及传统习俗的认同度降低。流行歌曲的卡拉OK，字幕一目了然，无须理解其背后的深意，无须考虑措词及其表达的效果。这对于需要背诵的费解的传统歌谣无疑也是极大的冲击。

其六，"梅葛"的泛化。首先是演唱者的泛化。自20世纪50年代开始，除丧葬和嫁娶中的特殊仪式仍由毕摩唱诵外，其他场合人人可以唱诵梅葛，"梅葛"的唱法也由一人吟唱发展到二人对唱乃至两群人互盘互对。以前，不同的年龄层次分别唱不同的"梅葛"。"家梅葛"只能由老人演唱，而在家时不能演唱"青年梅葛"，现在，这些禁忌也不十分讲究。但是，现在年轻人可以学唱"老年梅葛"，喜事场上，老人也可唱"青年梅葛"的某些内容。唱腔也有发展，一些诸如过山调、订亲调、请客调等民间小调也成为"梅葛"调的一部分。由于"梅葛"调式的不同和内容有别，所以，有人会精于某种"梅葛"，而对另一类"梅葛"毫无感觉。如郭有珍是马游演唱"娃娃梅葛"唱得最好的人，但不会唱"青年梅葛"、"老年梅葛"。"娃娃梅葛"旋律感最强，歌词固定，故马游人多数都会唱一两调。"青年梅葛"的词曲有较大的自由演绎的空间，要唱好它有一定的难度。加之现在男女恋爱无须以"梅葛"传情达意，所以会的人少，精通的人更是寥寥无几。"老年梅葛"歌词基本固定，内容复杂冗长，学习它将花费很长时间，一般的老者已难以很精通。"梅葛"的内容也不断泛化，世俗化的内容增加，甚至一度被移植时事与政治内容。20世纪60年代马游农村业余文艺宣传队曾将"梅葛"改编成葫芦笙调，加以弦子、箫（一种没有笛膜的短笛）伴奏，结合时事编排节目，参加楚雄的文艺会演。20世纪90年代后期开始，马游外出打工的男女青年中，有一部分到了昆明、楚雄、保山的民族风情园，演唱敬酒歌、演奏葫芦笙。他们以敬酒歌的形式演唱"梅葛"，歌词随场景做相应的改变。从语言上看，以前"梅葛"作为本民族的根谱绝对是只用彝语唱，而现在即兴发挥时也可用汉语，尤其是汉语新名词直接进入了彝语中。演唱中的即兴发挥十分杂乱，有些脱离了原来的内容的母题和核心，语言现代化趋势增强，口语化特点明显，十分随意，不再有传统的表现形式上的优美。

　　从"梅葛"的式微可看到，除了口头文本的脆弱性和对传承链的依赖性等史诗传播的特点本身的限制以外，文化环境的变迁、宗教信仰的淡化、核心价值观的变化、经济类型的多元化、外来文化的影响乃至自然环境的变化等因素都会对史诗的流变产生影响。更重要的是，信息接受者的心理因素已经发生了很大变化，有需要，才可能有传播。

第四章　"梅葛"的文本解读

第一节　史诗文本的不同类型

这里所谓"史诗文本"（text），是指通过口头或书面表达的，用各种方式记录下来，以各种可见载体保存的史诗。从口头诗学的角度来看，史诗的每一次展演都应是一个独特的文本，但是，由于其与包括听众、场景、事由等相关展演环境的不可分离性和因此而导致的不可重复性，对于这些动态文本的整体把握尽管非常重要，在实际中却无法实现。对于史诗的分析，人们更多地只能借助于记录、整理下来的文本。因而，史诗的文本记录方式和整理状况对于文本分析是十分重要。

概括起来看，史诗的文本类型主要有以下几种：

一、经籍本

是指在历史发展过程中积淀下来，成为本民族的经典固定下来，得到一致认同和广泛流传的史诗文本。在纳西族、傣族、彝族等少数民族中，都有其世代相传的经典，内容广泛，而作为民族的根谱和宗教、历史、文学的渊薮的史诗是其中最为重要的部分。史诗经籍本是在本民族文字出现之后，多由作为本民族的知识精英兼宗教领袖的祭司、慕史（歌师）在世代流传的口头史诗的基础上记录、写定的，如纳西族的《崇搬图》，傣族的《巴塔麻嘎捧尚罗》，彝族的《西南彝志》《查姆》等。这些经籍多掌握在祭司手中，具有权威性、经典性。史诗的经籍本是民间口头文学的记录和整理，并非书面创作，基本上以手抄本形式流传，并在口头流传和抄本传承中发展有变异形式，乃至衍生形式。如《查姆》，是用老彝文记录的。1958年民间文学调查队进行调查时，在双柏县发现不少贝玛家中，都藏有其不同版本的抄本。《查姆》内容广泛，异本很多，如叙述天地起源的"查"，就有《鲁姆查》

《托得查姆》《作莫查》和《特莫查》等四种。① 经籍本是史诗在较早时期就固定下来的文本，较为全面、真实地保存了史诗在某一历史发展阶段的原生面貌，在某种意义上，是其后传播的信息源，对史诗的向后传播起到了关键性的作用，因而是研究史诗的原始形态、发展流变的弥足珍贵的资料。

二、口述记录本

口述记录本是通过吟唱者逐次演唱（加上翻译和解释）而由田野工作者记录下来的文本。20 世纪 40 年代民族学家在进行田野调查时记录了部分当地流传的神话或史诗片段，但零碎而分散。20 世纪 50 年代末的民族民间文学调查中，很多的调查原始资料即为口述记录，有些编辑成"资料本"内部出版，如云南大学中文系、中国作家协会云南分会民间工作部编的油印资料中就有关于"梅葛"、"阿细的先鸡"等的原始调查资料。但更多的是在汇总整理过后被丢弃，因而造成了无法挽回的损失。

三、现场录音整理本

这是在录音乃至录像技术运用到田野调查后形成的新的口述记录本，相对于以往口授笔记的形式，现场录音在现实的场景中进行，因而比之于口述记录，其内容更真实。吟唱者能更为流畅和自然地表达，能更好地发挥即兴创作的才能。但是，相对于口述记录，现场录音整理本不能及时反馈、咨询翻译/整理者的疑问，有时会在整理中留下一定的不可理解之处。

四、整理本

整理本是在口述文本、经籍本或在二者的基础上进行汇总、综合、比较、推理，进而删减、调整、修改而成的。一般来说，其阅读对象主要还是为普通大众，而不是只针对一些特定方向的学术研究者。在以 1958 年的民间文学调查为代表形成的成果中，由于特定历史条件的限制，对政治意义、思想意义的强调使整理带有一定的导向性，有些材料因为不符合时代要求而没被选用，有的可能还被部分篡改。由于不注重其相关"上下文"的报道，导致研究者无法对其进行全面、真实的研究。

随着学科的发展及研究的进一步深入，现在对于包括史诗在内的民族民间文学的搜集、整理更为科学、系统、严谨，更为注重原生性、真实性，更

---

① 《〈查姆〉后记》，楚雄州文联编：《彝族史诗选·查姆卷》，云南人民出版社 2001 年版，第 360 页。

为注重对民俗、信仰、生态环境等相关文化生态系统的研究与报道，并引入影视人类学手段，民族民间文学得到了立体多元反映。理想的文本形式应该是清理本，融记录与整理、文本与相关背景资料、纸本与多媒体于一体，多层次、多视角地反映民间文学的活的形态与实质内容，从而保存其精华，体现其真实性，使之在具有一定的美学价值、社会作用的同时，具有研究价值和文化意义。

第二节　　"梅葛"的相关文本

"梅葛"是以口传形式存在的，分布区域较为分散，内容动态性强，因此对"梅葛"的搜集、翻译、整理是一个十分艰巨的任务。以现存的文本情况来看，"梅葛"主要有以下版本：

"梅葛"及相关史诗资料一览表

相关资料名称	搜集者（及搜集年份）	演唱者（及地点）	翻译者	整理者	出处	出版者	出版年份	流传地
梅葛（整理本）	云南省民族民间文学楚雄调查队（郭思九、许明学、龚维顺、张宝省、陈志群、胡炳文、郭天元等）；徐嘉瑞（1958）	郭天元、自发生(马游)李申呼颇(昙华)李福玉颇(直苴)	王朝显、杨森、李映权、杨文灿等	刘德虚、龚维顺、李树荣、陈志群、姚文俐		云南人民出版社	1959 1980 2001	云南省楚雄彝族自治州姚安、大姚、永仁等县
						人民出版社	1960	
梅葛（直苴原始资料）	云南省民族民间文学楚雄调查队（1958）	李福玉颇等(直苴)	杨文灿		云南民族、民间文学资料第三辑	中国作家协会昆明分会民族、民间文学委员会	1959	永仁县直苴
梅葛（昙华原始资料）	云南省民族民间文学楚雄调查队（1958）	李申呼颇(昙华)	杨森、李映权		云南民族、民间文学资料第二辑	中国作家协会昆明分会民族、民间文学委员会	1959	大姚县昙华
俚颇古歌（彝族支系俚颇史诗）	夏光辅、诺海阿苏	陆保梭颇(昙华)	夏光辅、诺海阿苏		彝族民间文学第二辑	云南省社会科学院楚雄彝族文化研究所	1985	大姚县华

续表

相关资料名称	搜集者（及搜集年份）	演唱者（及地点）	翻译者	整理者	出处	出版者	出版年份	流传地
蜻蛉梅葛	姜荣文（1990－1993）	（昙华、石羊、三台、桂花等乡）		姜荣文		云南人民出版社	1993	大姚县
创世歌——老人梅葛	李世忠（1989）	罗文荣（歌手，姚官屯乡马游村）		李世忠	云南省民间文学集成，姚安县综合卷	姚安县文化局，姚安县文联编	1989	姚安马游村
梅葛	《梅葛》课题调查组（2003）	郭有宗、罗正贵、罗文富、自有成、白文珍、郭有珍等（歌手，姚安马游村）		杨甫旺			2004	姚安马游村
冷斋调（彝族罗鲁泼创世古歌）	李必荣、李荣才（1984）	李德宝（永仁）	夏光辅、诺海阿苏		彝族民间文学第二辑	云南省社会科学院楚雄彝族文化研究所	1985	
青棚调	者厚培夏光辅（1984）	（楚雄市三街区）李发彪（歌手，南华县五街区）	者厚培、夏光辅		同上			南华县五街区、楚雄三街区
祭奠经——南华彝族罗罗颜丧葬口传祭辞	李福云、罗有俊（2002）	普兆云（南华五街乡）	罗有俊	李福云、罗有俊	彝族文献译丛总第30辑	云南省社会科学院楚雄彝族文化研究所古籍研究室	2003	南华县五街乡、祥云普朋镇、姚安弥兴乡、楚雄三街区

从上表中，我们可以看到《梅葛》（整理本）与原始资料的关系，还可看到不同年代"梅葛"的变化情况，表中还列出了同样流传在相同支系，内容相似的与"梅葛"相关的祭辞。下面主要就"梅葛"1958年整理本与相关原始资料的关系，参照20世纪90年代"梅葛"新的资料本来说明"梅葛"作为文本存在的原本性与局限性。

"梅葛"的收集整理始于1951～1952年，楚雄一中教师夏扬、黄笛据姚安的学生介绍，得知当地有一部史诗流传，便利用假期到姚安马游收集原始资料。1957年徐嘉瑞再次收集整理马游乡的"梅葛"，1958年9月，云南民族民间文学楚雄调查队在楚雄"梅葛"流传较广的地区进行了复查和搜集。原始资料共四份，即徐嘉瑞搜集的一份，马游郭天元、自发生演唱（为主）的一份，李申呼颇演唱（为主）的一份，李福玉颇演唱（为主）的一份，而前二者已佚。但因都为马游"梅葛"的资料，参照（创世歌——"老人梅葛"）及本课题组 2003 年的调查结果可以梳理一些相关信息。通过对此可以发现《梅葛》整理本中明显的拼凑痕迹。整理本中，造工具、盖房，相配、农事中刀耕火种内容、盐的发现、芦笙、请客、死亡，怀亲中的刻木祭母部分等，大多是昙华的本子，怀亲中的上半部分，灾异、请跳神匠等内容多出自直苴的本子，而有关说亲、对花等内容来自马游的本子。《梅葛》整理本综合了不同地区的原始资料，以求同存异的方式在不同说法中选择整理者认为更为符合古老思维方式或更为合理的方式来加工、拼接，因而虽然主脉还在，但面目全非，有时会出现费解。如 1958 年参与马游"梅葛"调查的郭开云指出，当时在马游没有虎化生万物的情节，而是唱盘古开天。相反，调查者之一的郭思九先生在《史诗〈梅葛〉与彝族民俗》一文中指出，1958 年在大姚、直苴等地搜集的资料中，从来没有"盘古"这个词，而是格滋天神造天地。并认为格滋天神本领虽大，也要用老虎的肢体变万物。① 虎化生万物在昙华、直苴等地流传，而马游却没有，究其原因，也许是因为马游生态环境改变较大，受汉文化影响较深，虎图腾崇拜意识比较淡薄；而交通不便、闭塞的昙华、直苴，虎图腾崇拜意识较强。因此，在对"梅葛"的原始资料进行整理时，马游的盘古开天的内容没有进入整理本，而代之以虎化生万物。在昙华，还存在马缨花崇拜，认为人种繁衍是源于兄妹开亲后生下的肉胎被砍碎后挂于不同树上而来，俚颇就是挂在马缨花树上而来，因而马缨花在其生活中十分重要，如生孩子后要用马缨花洗（整理本中《芦笙》一节）。而在马游，马缨花崇拜并不明显，如 2003 年马游本资料中记载的是用瓦盆洗娃娃。由于整理本进行拼接后成了既有各流传地的特点又不完全是各地的内容，在某些方面抽离了其上下文，脱离了特定的文化生态系统，因而带来理解上困惑和易造成研究上的偏差。在马游，课题组成员将《梅葛》整理本有关内容向演唱"梅葛"的老人一一介绍，老人们立即强调书中的一些细节与其所知道的"梅葛"不同。如《梅葛》整理本中是"请飞蛾来量天，请蜻蜓来量地"，马游的唱法是"蜻蜓来量天，竹节虫来量地"。很显然后者更为形象和合理。马游也没有整理本中所谓的天像

---

① 郭思九：《史诗〈梅葛〉与彝族民俗》，载《昆明师院学报（哲社版）》，1982（2）。

伞、地像轿子之说。可见,《梅葛》整理本在翻译过程中也存在误读。由于搜集者不懂彝语,担任翻译的当地彝族汉语知识有限,因而难免词不达意,甚至有所偏离原意。有时只能通过指陈事物或做手势来粗略地达成翻译。如说到"鹿角"时,歌手不得不将手指放到头部的两侧做手势,而唱到造地的材料时,不得不将山野中的该植物指认出来。再如翻地复原者"武姆勒娃",被翻译成大黑熊,而马游的老乡则指出,武姆勒娃是大黑鸟,而非熊。

"沃尔夫—萨丕尔假说"认为,一个民族的语言结构与他们的思维方式之间有相互关系。整理本在翻译过程中也许还丢失了许多潜在的内涵。如《阿细的先鸡》整理本中强调指出在先基吟唱过程中,多采用"绕"的手法,这些双关语言和独特的表现方法难以翻译,感情的会心妙处也无法传达。《梅葛》的出版着眼于文学,兼顾读者的欣赏习惯和当时的思想要求,整理时删去了一些当时认为不健康的部分,如"贪花梅葛"、"驱鬼邪"等被认为具有低级趣味、迷信色彩、社会等级表现以及影响民族团结等内容,并删除了口头文本特有的并置、重复而出现的冗长累赘的部分。加之对文本还进行了"修改润色",因此,尽管整理本文字优美,主题明了,有一定独到的文学性和艺术性,但从民俗学的角度来看,其文本的原始性受到了一定的损害。更重要的是,不同的"梅葛"有不同曲调,如"赤梅葛"、"辅梅葛"、"娃娃梅葛"等,并且一些内容并非以梅葛调唱的,如用青棚调、迎亲调唱的婚礼歌和用过山调、串门调唱的恋歌部分的一些内容。这些不同的内容的演唱有不同的场合和功能,而在以汉文整理、出版的《梅葛》时,才将它们汇编到一起,但与实际表演语境中的"梅葛"是不同的。

据2003年的调查,《梅葛》整理本在出版后,马游共存有十本,但到现在已没有一本留存。那么文本回流是否对马游的"梅葛"产生影响呢?据罗文高在1991年的调查,被调查者都说:"×××有一本《梅葛》书,我们唱得不对的地方,可向他借书来看。"有两位老人在演唱中发生分歧,其中一人还理直气壮地说:"书上就是这样写的"①,这一调查结果似乎表明,文本回流对马游"梅葛"产生了极大的影响。但是,文本回流及其影响是一个复杂的问题。比如,在2003年调查中,仍有人坚持村里有人保存有《梅葛》一书,但都为调查组一一调查后否定。事实上,在

---

① 罗文高:《三十多年来梅葛的流变》,内部资料,楚雄彝族文化研究所。

马游,该书具有的象征性意义似乎更大于其实际意义。老人们告知,唱"梅葛"时"照着书唱不下去"。以《梅葛》整理本中的虎化生万物这一情节为例,1958年在马游搜集的《梅葛》中没有提及,1989年罗文荣演唱《老人梅葛》唱的是牛变万物,而2003年搜集资料本中却出现了虎化生万物,这一流变过程中,文本回流的影响有多大?前面我们谈到过,直到20世纪60年代,马游还举行过犁牛(或曰犁虎)的婚礼仪式,事实上,在马游也留存着崇虎的一些习俗,如孩子的虎头鞋、帽,衣服上绣饰的虎图案等。也许人们对虎的崇拜已不十分明显,但心理潜在的认同还在,因此在心理认同的基础上重新演绎出虎化生万物才有可能。文本可能只是触媒,而古老的文化心理结构才起决定作用。从整体来看,《梅葛》整理本回流对于提高人们对"梅葛"的认知度、乃至自豪感起到了较大的作用,而对于口头史诗演绎的影响并不十分明显。尽管在马游1958年收集的原始资料已不幸佚失,但是,从1989年罗文荣的演唱,到1998年左门朵觋吟唱的"丧葬梅葛"的录音,到2003年调查队搜集到的资料本及当地老人的相关演唱、解释中,我们可以看到在马游各时期的"梅葛"在细节上的相似性、沿袭性,也就是说,也许"梅葛"中已经模糊或丢失的部分可能会将外来的说法在演唱者和听者心理认同的基础上整合进去,但其仍然一直流传的部分却十分坚定地不受外来文本的影响。对于"梅葛"的吟唱者而言,整理本可能协助回忆,但决不会遵从。《梅葛》整理本在马游已无一本,在某种意义上也说明其作为经典的意义不大。究其原因,是汉文字的文化意义上的隔膜,重要的是,通过文本,无法履行情感交流。整理本对文本变异的影响总的来说是微弱的。

尽管《梅葛》整理本因受时代、学科发展的局限而在搜集、翻译、编辑、出版过程中被误读、误译、删节、修改,并因而颇受学界微词,但是,《梅葛》整理本的意义除了其文学价值,以及普及民族文化的精神价值以外,其研究价值在今天看来仍然弥足珍贵。首先,《梅葛》在整理时刚好是"梅葛"仍然在十分活跃的时期,而这一黄金时期已经一去不复返了,其中保留的一些宝贵的资料现已难以再现。同时,《梅葛》也为口头文本的搜集、整理提供了一定的借鉴和教训。可以说,《梅葛》整理本即使没有完整真实地呈现其搜集时的原生面貌,也至少反映了在特定时代背景下民间文学工作的真实状况。

"梅葛"的文本还有一种形式,是从音乐的角度进行的记录和整理。

如杨放对马游的"梅葛"（慢腔）、"娃娃梅葛"的收集整理，杨森演唱，周志列、赵加云记录的昙华乡俚颇支系的"辅梅葛"中，含有开天辟地①、人类起源、洪水滔天、历算古歌等。② 杨森是《梅葛》翻译工作的主要成员之一，因而其歌词内容与《梅葛》初版本的出入不大。虽然只是不同曲调的片段，内容比较分散，但对于全面立体地研究"梅葛"仍具有其价值。

第三节　口头史诗与文本化史诗的比较

近年来分属不同学科的学者的研究表明，口述文学作为非物质文化遗产的重要表现形式，对记忆与传承历史事件具有重大意义。"梅葛"流传地的彝族自豪地指出：世间书有十二本，"梅葛"有十三本，意为"梅葛"包容万事万物，成为知识的源头，解释、规范着生活中的诸多事项，比书本更为详尽和真实。史诗基本以口耳相传为主，属于口传文化系统的信息传播。但是，纯粹的口头史诗与已经文本化的口传史诗仍有不同的特点，后者是书面文本与口头文本的互相渗透，因而具有某种双重性。

相对于书面交流，口头交流有其独有的性质。突出体现在：首先，其中的非语言符号具有重要作用，在史诗的展演过程中，行为、仪式、音乐、神情、手势、姿态等各种符号与语言并存、交替使用，为史诗的吟诵起到补充、调节、强调等作用。非语言传播形式是人类最早的传播方式，具有最初的印象、相关的信息、引起情感的因素、自我表现和对别人的控制等五种作用。③ 而且，研究非语言传播的美国学者雷·伯德惠斯特尔估计，在现代社会中，在有两人传播的局面中，有65%的社会含义是通过非语言这种原始、简单的方式传送的。④ 在史诗的演唱中，非语言符号对于进行信息反馈、营造气氛、调动感情等方面有不可替代的作用。其次，口头交流具有较大的、前逻辑的多义性和含混性。古迪在非洲进行了大量调查，认为口语社会相当明显是前逻辑的，亦即缺乏书写社会中所常见的正规类型的逻辑操作，特别是演绎形式。在转瞬即逝无法捕捉的口语世界里，不存在对想法进行重组和

① 楚雄州文化局编：《楚雄民间歌曲集成》，国际文化出版公司1991年版，第132~133页。
② 《云南少数民族社会历史调查资料》（一），云南人民出版社1986年版，第47页。
③ ［美］萨拉瓦等著，陈南等译：《跨文化传播》，上海三联书店1988年版。
④ ［美］威尔伯·施拉姆、威廉·波特著，陈亮等译：《传播学概论》，新华出版社1984年版，第75页。

并置的可能性。在史诗的口头传播中，抽象化程度低，主要以形象化的具象的思维来体现直感性精神世界，表达上出现反复、冗赘、重叠，以吸引读者的感觉和调动情绪，并加强记忆，强调内容。

口头方式与书面方式在信息功能上的比较表

	口　承	书　面
输入功能	对干扰敏感，对隐蔽的信息和重叠的噪声能感觉和识别 精确性差。灵敏度受情绪、环境影响	抗干扰 无法记录动作、表情 精确性高
处理功能	理解力强，具有模糊判断能力和灵感思维能力 容易出错 信息转换过程中容易走样 受心理、情绪、期望维度、个人关注点等的制约	不作处理
存储功能	记忆容量有限，可能遗忘 可能混淆相似的信息 时间长后可能走样	存储量大，不会遗忘 不会混淆 不会改变
输出功能	有语言、动作、表情等多种形式 输出容量较小	文字 输出容量大
控制功能	能随机应变，有预见能力 个体差异性影响大 环境影响大 再现性差，难以准确复制 不稳定，随时间变化	可靠性好 再现性良好，可准确复制 稳定性强

"梅葛"流传地区没有文字，因而是口耳相承的史诗，在云南少数民族中类似的还有"阿细的先鸡"、"奥色密色"、"遮帕麻与遮米麻"等。口承史诗在历次信息传播中不断地缺失、修正、变异，但与受众的心理联系紧密，信息交换能力强，受众信息共享的机会多。而当史诗在发展过程中被写定，书面化、文本化成为经籍本后，就会带有一些书面交流所具有的特点。首先，经籍本将史诗在被写定的那一时期的特定状态凝固下来，保持了一定的原生状态，有可能成为固定的不可更改的经典。但是，书写

体将相互关联的单元以合乎逻辑的方式线性排列，脱离了生活的整体、杂乱和多感官性质，对于受众来说就会缺乏激情和真实感、现场感和高度的参与感，导致信息的确定性和观念的不确定性并存。其次，书面文字的简约性还可能遮蔽了一些意义的丰富性，并且可能有意舍弃了一些在口头传播中难免的重复，以及一些被认为次要的内容。再次，史诗是在特定的上下文中演变发展的，因而写定的经籍本也脱离不了其特定的背景的影响，在一定程度上具有时代性，并代表了写定者的立场。如东巴文笔录的《崇搬图》中，与其他民族的洪水神话的起因不同，把洪水泛滥归咎于兄妹婚，体现出排除血缘婚进入更为高级的婚姻形态时强烈的反血缘婚观念，这与其写定的时期相关。东巴文字的产生大约在 7 世纪之后，大量编纂经书，是更后的时期。这种对血缘婚的强烈的颠覆，显然是后来的观念，而非史诗的原初状态。如永宁的口承史诗就没有这样的情节。① 最后，书面记述较之口头演绎，逻辑性和系统性较强，因而，在内容上更有条理，神的谱系清晰，历史脉络也较为清楚。将"梅葛"、"阿细的先鸡"与"查姆"、"勒俄特依"比较，就可以明显地看出这一点。

值得注意的是，即使是写定的史诗，只要其相应的文化生态系统还存在，还有其生存土壤和理解氛围，就仍是活态的史诗，仍然继续以口传的形式传播和发展。所以即使有经书，祭司（歌手）却不是念书，而是背诵，还可相互进行背诵比赛，如在红河彝族葬礼上，主人家、死者的外家、嫁出的姑娘家等都要请贝玛来吟诵史诗，主人家做一朵银花插在桌子上，贝玛们围桌而坐，不看彝文书本，而进行吟诵/对答。获胜者方可获得银花，故又称为"赛花"。这种背诵并不仅凭借记忆力，更重要的是理解的基础上的扩展能力。在大凉山，《勒俄特依》的演唱也是歌手的知识、智慧、才情的比试。当然，这种口头与书面互相渗透的史诗的变异性肯定相对于没有文字的口头传承要小得多。

第四节 史诗的内在文法

无论是口头史诗还是有书面写定本的史诗，其传播方式都是以口头形式来实现的，即便是有书面文本，也不限制吟诵者的自由发挥。更重要的是，无论是书面文本还是口头史诗的全部内容并不为人们普遍掌握。那么何以并不掌握经典的听众可以来评判哪一位歌手（或祭司）的吟诵是最

---

① 李子贤：《探寻一个尚未崩溃的神话王国》，云南人民出版社 1991 年版，第 130～133 页。

出色的呢？可见，无论是听众，还是吟诵者，都对史诗有一个"原应如此"的图式（大脑文本），这一图式中包括了史诗的基本核心内容与其基本的表达方式。在听众，这一图式可能比较笼统和模糊，等待在听的过程中被唤醒、印证、认同。而对吟诵者而言，当他们表演、讲述或演唱时，这些"大脑文本"便成为他们叙述的基础，并以之为框架按自己的方式重新进行搭配、灵活运用，地域、方言、词汇、社会环境、自然环境、时代等的不同特点都会反映在演唱里。因此，不同的场景和环境，不同的演唱者的才情与见识，使史诗的每一次吟诵都具有唯一性；而共同的图式却使史诗具有相对稳定性。

史诗的稳定性并不在于史诗本文的语词层面上，而是在核心主题层面和惯用表达方式上。以具有原始思维神话思维的人认为民族如何形成的历史为主轴，以人类社会发展经历过的主要发展阶段中重大的文化事件为贯穿线，以特定的具有象征性的符号表述出来。史诗以神话为主干，以创世为过程，在历史的重要线索发展中增益而成，人们从史诗中获得了中心的结构原则，是这种结构原则赋予史诗以世世代代传承的力量，并且超越了所有形态的变化。这种结构原则即为一组母题系列及其特定的基本表达方式。这些母题反映了古代社会生活的民风民俗，与民族生活、民族思维及心理特点、宗教信仰、生活境遇有密不可分的关联，因而既有共性，又有民族与地域的特点，体现了全民族的共同意识、行为方式、习俗仪典、原始信仰、思维逻辑。它们能在特定的文化传统中独立存在，不断复制，并且通过不同的组合、排列，演绎出无数的作品，其中一些母题以其本原性、典型性、历史性而成为特定民族史诗的核心母题，甚至成为该民族的文化标识。以古迪纳夫为主要代表的民族语义学认为，从基本单位可以推理出无穷的派生单位，应以理想化的听者和说者来建构分析的模型。对史诗而言，其基本单位是史诗原有的核心母题系列，这是史诗内容的主题的决定因素；派生单位则是插入史诗的神话、传说内容、民间故事的母题，用以丰富和扩充其内容。洛德假设，在口头传统中存在着诸多"叙事范型"，无论围绕着它们而建构的故事有着多大程度的变化，这些叙事范型作为具有重要功能并充满着巨大活力的组织要素，存在于口头故事文本的创作和传播之中。[①] 这里无意理清不同学者所使用的诸如原型、母题、叙事范型的内涵，重要的是说明史诗核心内容对于史诗的稳定性的作用，及

---

① ［美］约翰·迈尔·尔弗里著，朝戈金译：《口头诗学：帕里·洛德理论》，社会科学文献出版社 2000 年版。

史诗内容的可衍生、可组合对史诗的多样性、变异性的作用。以洪水母题与人类起源母题为例,彝族的洪水神话类型除了其他南方民族常见的洪水后兄妹婚外,还有洪水后的天女婚,乃至兄妹婚与天女婚综合型,而综合型中,有天女婚在先兄妹婚在后,也有反过来的顺序。而兄妹婚中常见的开荒亚型也是一种复合型,它的前半部是寻天女亚型中常见的三兄弟犁地被平复的母题,后半部是兄妹婚再传人类母题。可见,在彝族史诗中,关于人类起源,史诗的内容在不同的支系、不同的地域会产生不同的变化,但其核心——人类起源与洪水紧密相连的特点却十分突出。

除了在基本单位的基础上演绎派生单位以及替换、重组主题外,叙述中还可能在形式上进行多种多样的变化。如精心的铺陈或简化、叙事顺序的变化、材料的增删、结尾的不同方式等。更重要的一种变化形式是不同的具象符号(形象)的运用。如"梅葛"中人类起源与洪水母题复合叙事范型,都有以下几个部分内容:(1)洪水降临的原因——人的错误(不敬、浪费、乱伦)导致神的愤怒;(2)洪水的预示(预示者:熊、鸟、雷、化装的神);(3)避水工具的准备(葫芦、柜、箱)与不同种类的人(道德评判下)获得的不同工具;(4)兄妹借避水工具幸存;(5)神寻找兄妹(动物、植物指引或拒绝指引,及所获的奖励与惩罚);(6)兄妹开亲(神示、卜婚);(7)生产的特异性(怪胎、多子,或孩子的缺陷);(8)后代的多民族(姓氏)。

《梅葛》人类起源的叙事范型

史诗名称	洪水起因	选人方式及预示者	避水工具	寻找人种者(指引者/拒绝指引者)	卜婚	生产	民族不同的原因
梅葛(整理本)	天神换人种	犁地复原,熊	金、银、铜、铁柜,葫芦	格滋天神(葫芦蜂,小松树,罗汉松,蜜蜂,柳树,乌龟)	滚磨、筛子、簸箕、雄鸟雌鸟、公树母树、公鸭母鸭	葫芦	九个民族,以地区与主要工作分
梅葛(直苴原始资料)	龙王堵水	猴子吃庄稼,猴子	铁、铜、石、木房,葫芦	太阳晒开葫芦	滚簸箕、石磨、麻团、鞋子	九个娃娃	不同的奶喂成为不同的民族

续表

史诗名称	洪水起因	选人方式及预示者	避水工具	寻找人种者(指引者/拒绝指引者)	卜婚	生产	民族不同的原因
梅葛(昙华原始资料)	魔王尸体堵住落水洞	砍树复原,魔王	石房、铁房、木房,葫芦	地王(细蜜蜂、老土蜂,小蜜蜂、家蜜蜂)竹子、扁担捞胎胞,老鼠咬胎胞	滚磨	九胎	九个民族,不同的奶水养育
俚颇史歌(彝族支系俚颇史诗)		老熊	石房、葫芦	天神(葫芦蜂、蜜蜂)	滚石磨,放山羊绵羊,放牛马	大胎胞	八个民族,依经济形态分
创世歌——老人梅葛	天神换人种	犁地复原,鸟	石房、铁房、葫芦	神鸟(葫芦蜂、松树、罗汉松、蜜蜂、螃蟹)、虾子把住葫芦,啄木鸟啄开	合磨,放鸭	十二节葫芦	十二种人
梅葛(2003)	天神换人种	犁地复原,神鸟	铁房、铜房、石房、土房	走马皇帝(松树、葫芦蜂、螃蟹、小蜜蜂、大麻蛇、乌龟、大黑鸟),金刀银刀开葫芦	滚磨、滚筛,雄鸟雌鸟、公树母树、公鸭母鸭	十二节葫芦	十二种人,不同的生计
青棚调	天神换人种	打猎,穿山甲(星神)	金、银、柜、铁箱。葫芦	太白星神(蜜蜂)、老鼠啃葫芦	合磨,合烟	肉瘤	挂九十九个山头九十九棵树,加窦姓→百家姓
祭奠经——南华彝族罗罗颇丧葬口传祭辞	天神换人种	神变野鸡、鱼、麂子、麒麟试探	金、银、铜、铁柜。葫芦	观音老母(土蜂、葫芦蜂、细马蜂、小蜜蜂),鹰捞葫芦,喜鹊、老鸦、老鼠啄开、咬开葫芦口、腰和底口	合烟,滚筛、磨	九儿十女	婚配生九十九人加窦姓为百家姓

可见,即便在同一史诗中,其基本情节乃至基本要素相同,但所采用的表现形式也不尽相同,尤其是所采用的象征符号不同。这些符号既有该民族自身文化的特点,又可能体现所受外来文化的影响,还与人们实际生活中所熟悉的具体自然物有密切的关联。弗莱指出:"原型是一种典型的、反复出现的意象";"是一些联想群,是复杂可变化的,在既定的语境中,他们常有大量特别的已知联想物,这些联想物都是可交际传播的,因为特定文化中

的大多数人都很熟悉它们。"① 尽管不同的史诗演唱者可能在形式上采用各种变化，但是，其基本结构和所采用的符号系统与其文化生态系统具有不可分离性，因而也具有一定的规定性。

因此，研究史诗在不同地域、时代、支系中所采用母题及其组合形式，以及所使用的具体表述符号系统，方可了解其深层的文化内涵。而以往记录下来的同一史诗在不同的时代甚至同时同地不同的演唱者的不同的口头文本，为分析史诗的核心意义和衍生意义，研究史诗的发展演变提供了条件。

---

① ［加拿大］弗莱：《原型与神话》，见叶舒宪主编《神话—原型批评》，陕西师范大学出版社1987年版。

第五章　"梅葛"与彝族古文化

"梅葛"被马游等地彝族视为"根谱"，即彝族民间口传的历史。虽然"梅葛"传承的"历史"与我国传统的"历史"概念格格不入，它记述的都是一些"乡土知识"、"民间智慧"，但它却是一种完整记录民间文化和知识体系的文体，除了记述本民族起源、发展过程中的"大事件"外，对民间的、地区性的、多民族交流的，甚至许多荒诞不经的神话传说、民俗习惯、地理生态等——搜集罗织，因而这种"口述的历史"几乎涵括了彝族繁富多彩的古代文化，即所有彝族古代文化都可以在"梅葛"中找到"根谱"或"影子"。由于篇幅有限，我们只能择其要者述之。

第一节　"梅葛"与虎和牛

创世史诗是在神话的基础上发展起来的，想象的成分很浓厚，通篇闪现着朴素、大胆、神奇的想象美。马克思说："任何神话都是用想象和借助想象以征服自然力，支配自然力，把自然力加以形象化。"[①]"梅葛"也正是这样。《梅葛》1959 年文本在陈述"人化"的天神历尽艰辛造天地之后，又要费尽周折补天补地。但经修补过的天地仍不时摇晃，只好捉来公鱼、母鱼撑住地边地角，地稳了，天还是摇晃。在万般无奈的情况下，造天的儿子得到天神的启示，杀了世间最凶猛的老虎，用虎的"四根大骨做撑天的柱子"，用虎的"肩膀做东南西北方向"，才"把天撑起来了"，使天也稳实了。

天地造好了，但天地间"什么也没有"。这时，他们又将撑天剩下的虎尸继续分解：

> 虎头做天头。虎尾做地尾。
> 虎鼻做天鼻。虎耳做天耳。

---

① 引自马克思《政治经济学批判导言》。

左眼做太阳，右眼做月亮。
虎须做阳光。虎牙做星星。
虎油做云彩。虎气做雾气。
虎心做天心地胆。虎肚做大海。
虎血做海水。大肠变大江。
小肠变成河。排骨做道路。
虎皮做地皮。硬毛变太阳。
软毛变成草。细毛做秧苗
骨髓变金子。小骨头变银子。
虎肺变成铜。虎肝变成铁。
连贴变成锡。腰子做磨石。
（虎身上）的大虱子卵变做老水牛，
小虱子变成黑猪黑羊，虱子卵变成绵羊，
头皮变成雀鸟。……

类似虎尸化万物的神话在云南楚雄州永仁县直苴彝族的创世史古歌《冷斋调》也有零星描述："虎头做地头，虎血变海洋，虎尾变星宿，虎毛变草木。虎肉十二份，……虎肉送到哪里，哪里就有草和龙水。四根虎骨脚，拿来撑天地，天稳了，地稳了。"①

与此相同，四川凉山彝族也有相似的看法：虎是万物的本源，虎尸解体生万物，虎毛散四方，虎血溅四方。……虎毛变草木，虎肉变动物，虎血变江河，虎骨变岩石，虎眼变日月星辰。②

可见，彝族先民把老虎想象为世间万物之源，虎就是彝族先民的图腾，成为彝族先民心目中天地宇宙衍生的原型。

彝族先民为什么视虎为万物之源，而不是其他的动物或植物呢？

首先，世界上许多民族都以猛兽为自己的创世神。彝族所崇拜的虎是猛兽，而猛兽总是对人类有害的，人们正是在这种又惧怕又敬畏的矛盾心态下把虎视为自己的创世神。《梅葛》记述造天造地后，人类无力控制天的摇摆时，格滋天神告诉人类："山上有老虎，世间的东西要算虎最猛。引老虎去！"这也道出了彝族先民把最凶猛的虎看做本事最大、能够庇佑人类的思

---

① 楚雄彝族文化研究所编：《彝族民间文学》，第二辑，第53页。

② 贝吉·尔达·则伙口述：《我在神鬼之间——一个彝族土司的自述》，云南人民出版社1990年版，第165～172页。

想观念。

其次，更深层次的原因与彝族祖先崇拜有关。彝族称虎为"罗"，"梅葛"文化带的彝族自称"罗罗"，意为"虎人"或"虎族"。这就是说，罗罗即虎族，虎显然是彝族先民的图腾。不仅如此，彝族还认为虎是自己的祖先。哀牢山区的"罗罗"，过去每家均供奉一幅巫师绘制的祖先画像，彝族称此为"涅罗摩"，意为母虎祖灵，以表示自己的祖先是虎母。彝语支的纳西族也世代相传：虎为人类始祖。[①]　过去，彝族巫师、首领披虎皮，以象征虎族。樊绰《蛮书》卷七记载：南诏以虎皮为礼服："大虫（虎），南诏所披皮。"《新五代史·四夷附录》说，贵州彝族先民"首领披虎皮"。凡此说明，古时彝族认为自己是虎的子孙，与虎有血缘关系，因而披虎皮象征自己是虎族。古时彝族还认为自己生为虎族人，死后也要还原为虎。李京《云南志略·诸夷风俗》记载："罗罗，即乌蛮也……年老往往化为虎云。"陈继儒《虎荟》卷三也说："罗罗——云南蛮人，呼虎为罗罗，老则化虎。"彝族传统行火葬。樊绰《蛮书》卷七说：南诏行火葬，"死后三日焚尸"。乾隆《云南通志·种人》载，黑罗罗"葬，贵者裹以皋比（即虎皮），焚诸野而弃其灰"。奇特的葬俗反映了特定的文化观念：火化后罗罗人会返祖化虎。

应该说在"梅葛"产生和形成的时期，正是彝族图腾崇拜盛行之时。图腾观念作为一种强有力的意识形态，对人们的社会生活，以至整个文化领域，都产生着重大的影响，因而彝族认为虎与远古祖先有某种血缘关系，并以虎为保护神。但是，随着图腾观念的式微，祖先崇拜占据主导，祖先神取代了其他诸神的地位，虎图腾逐渐演变为远古模糊的虎祖先了。既然虎已经是神化的祖先，那么，由这个祖先来再创造天地间万物也就不难理解了。

再次，与原始的游牧经济相适应。彝族渊源于西北的古氐羌，在其定居之前应该有一段漫长的游牧历史。《梅葛》虽然没有直接叙述古代彝族先民迁徙、定居，而是以彝族先民的实践活动为重点，叙述了彝族起源、农事、畜牧、工艺、婚姻习俗、丧葬习俗、娱乐活动等内容，但从"造物"、"丧葬"部分中，可见到彝族先民迁徙、游牧的蛛丝马迹。如《梅葛》中出现的"大理"、"四川"、"滇池"、"宾川"、"中和"、"蒙化"、"牟定"等地名，透露出这样一个信息：古代彝族人曾在这些地方来回迁徙、游牧。史籍记载，秦汉时期，"梅葛"文化带及金沙江沿岸的"嶲"、"昆明"还过着

---

① 方国瑜：《纳西族象形文字简谱》，云南人民出版社1981年版，第36页。

"随畜迁徙,毋常处,毋君长"①的游牧生活。据李子贤先生研究,创世史诗至迟在母系制末期就已产生。这就是说,"梅葛"在彝族母系制时期就已经形成并流传,反映的基本上是游牧民族的史事。那么,作为氏羌遗裔共同崇拜的虎,理所当然为彝族先民所继承,并与当时游牧经济形态相适应。游牧民族敬畏的是山,崇拜的是猛兽。在今以旱作为主的山区彝族,山神远远超过祖先神,享有至高的地位,虎崇拜习俗也很浓厚。由此不难看出,"梅葛"文化带的彝族从游牧转为定居农耕的历史并不太长,山神的地位很高,并与山中之王——虎——的崇拜联系在一起,至今旱作农耕还在经济生活中占有相当重要的地位。而随着从旱作转向旱稻兼作或稻作之后的彝族,山神的地位下降了,虎崇拜习俗也明显式微了。

在姚安县文化局、姚安县文联编"云南省民间文化集成"《姚安县综合卷》(内部资料)中,刊有李世忠(已去世)收集、罗文荣(姚安马游彝族歌手)演唱的《老年梅葛》(又叫《创世歌》),其内容与1959年版《梅葛》第一部"创世"相比较,已由虎尸化万物变异为牛尸变万物。为了对比研究,兹照录如下:

> 观音来造天,观音来造地。
> 杀牛来造天,杀牛来造地。
> 牛皮来做天,牛血变成地。
> 左膀做太阳,右膀做月亮。
> 天已经有了,地已经有了,
> 日月也有了,星星还没有。
> 看地没有海,看地没有河,
> 看地没有井,观音施仙法。
> 牛眼变星星,牛肚变大海,
> 大肠变江河,小肠变井沟,
> 牛毛变草木。万物都有了,
> 可以盘田了,可以种地了。
> 子种没有得,牛尾上的虱,
> 变成了子种。子种找到了,
> 庄稼盘得成。

---

① 《史记·西南夷志》。

通过对比，我们发现：由于生产方式的转变和佛教的渗透，《梅葛》中是格滋天神变了五个儿子、四个姑娘分别造天、造地，然后由造天的五兄弟引虎杀虎，以虎尸变成天地间万物。而《老年梅葛》文本中格滋天神变成了观音，由观音直接杀牛来造天、造地及变天地间万物。在牛的躯体被肢解后，又重新获得生命力，转换成自然界中的物质实体，牛被赋予了滋造万物的能力。在虎转为牛的同时，原始的天神崇拜也转变为对佛教大神观音的崇拜。

彝语支民族哈尼族也有牛化生万物的起源神话。创世史诗《奥色密色》中记载了"杀翻龙牛造天地"的情节。宇宙之初，天地一片混沌，没有日月星辰，分不清白天黑夜。天王派来了九个神人造地，派来了三个神人造天，他们杀翻了一头像山这般大的龙牛造天地万物。牛皮变天，牛肉变地，牛的左眼变太阳，右眼变月亮，牛牙变星星，牛骨变石头，牛头变草木，牛泪变雨，牛舌变虹，牛血变江河……同样，在布依族、藏族、纳西族、哈尼族的宇宙起源神话中，也有类似的牛化生万物的神话。正如李子贤先生在《探寻一个尚未崩溃的神话王国》中所指出的："在这里，牛是某种神圣的母体，万物的始基，生殖力的象征；同时，也孕育着死意味着生、死是生的前提这个与农业生产活动相关联的原始观念。"① 哈尼族牛化生万物神话的构想与内涵，与马游彝族是基本一致的，即牛是万物之母，并与游牧转型的定居农耕密切关联。

将牛视为万物之始基，乃至将牛视为生殖力的象征并加以崇拜，这一神话观念和信仰习俗，应该是伴随着定居农耕而出现和强化的。"梅葛"文化带大约在春秋战国时期就已进入农业社会。根据考古发掘，"梅葛"文化带边缘的元谋大墩子新石器遗址、"梅葛"文化带中心之一的永仁莱园子新石器遗址均发现了大量的炭化稻谷，证明楚雄种植稻谷的历史至少在三四千年以上。考古发掘还表明，春秋战国时期的"昆明"业已使用青铜器制造镰、锄、斧等农具，已经以农业为主要的经济部门。汉代以后，姚安、元谋、楚雄等坝区逐渐推广了水田灌溉技术及牛耕技术，进入了以经营水稻为主的犁耕农业。其他山区地区虽然生产技术不如坝区先进，但也较早地进入了刀耕火种的原始农业社会。这一点，《梅葛》"农事"一节中，叙述了古代彝族的砍荞地、烧荞地、晒荞地、撒荞、薅草、收割等农事活动，并且这些农事活动至今仍然存活着。因此，随着定居农耕的产生，象征游牧经济的虎崇拜逐渐式微，而象征着农耕经济的牛崇拜则逐渐得到强化。

在姚安马游地区，牛特别是水牛，是人们耕作不可缺少的帮手，成为生

① 李子贤：《探寻一个尚未崩溃的神话王国》，云南人民出版社1991年版，第225页。

存与丰收的化身。在游牧阶段，古代彝族先民"打的野物不够吃，要去盘田种地收五谷。盘田没有牛，种地没有收"，只能以采集、狩猎为生。进入农耕社会后，牛便与农业生产有着某种神秘的联系，牛被视为具有使农业丰产的神物，"牛从哪里来？大理苍山上，露水上下来，红露水变成红牛，黄露水变成黄牛，黑露水变成黑牛"；"哪个把牛找回来，特勒么的女人，左手拿盐巴，右手拿青草，把牛哄住了，树藤来拴牛，把牛牵回来。"这说明不仅牛耕技术是从较早进入农业社会的大理传入的，而且牛也是神变的。牛自然有了神性。在《老年梅葛》中，牛变得更神了，牛不仅化生天地万物，牛还是子种的直接来源，即牛本身就意味着农耕及庄稼。特别是马游彝族进入犁耕阶段后，他们用牛犁田种地，使用牛粪做肥料，用牛驮运物资等等。由于牛与人们的生产生活密切相关，牛逐渐被神化，甚至把创世之功、食物之源等都附会于牛，产生了种种牛神话并加以崇拜，而与人们生产生活关系不大的虎崇拜自然地被淡化了，并由虎崇拜转换为牛崇拜，这从某种意义上反映了马游彝族从游牧到定居农耕的转变过程。至今在马游彝族中，仍残留着牛崇拜的遗风：人们认为，牛是化生万物的神，是万物生长的象征，所以忌吃水牛肉；正月第一个属虎日驾牛，用酒、肉、饭、盐喂牛，犁牛人给牛磕头；初四后择日出牛，庄稼成熟尝新之时，要先喂牛以感谢牛一年的辛劳。这种文化习俗及心理，反映了牛与生产之间的联系。

因此，《老年梅葛》中牛化生万物神话，应该是马游彝族进入定居农耕之后，围绕着原始农业生产活动，随着牛在农耕中地位和作用的主导与提升，在虎尸化生万物的基础上转借过来的创世神话。

第二节 "梅葛"与雪和葫芦

人类的由来与发展是各民族先民普遍思考的重大问题，也是创世史诗必须回答的问题。《梅葛》中关于人类起源和发展的神话，是整部史诗最富创造想象，也是原始神话思维展现最精彩的部分之一。史诗叙述，天地造好了，天地间的万物也因虎的尸解而形成了，但虎化万物的过程中只造就了人类赖以生存的自然环境而没有人，于是格滋天神从"天上撒下三把雪，落地变成三代人"。第一把雪变成第一代的"独脚人"，他们只有一尺二寸长，要两人手搂脖子才能走路。他们吃沙饭，怕晒太阳，结果这代人被晒死了。第二把雪变成第二代人。他们有一丈三尺长，"没有水，没得火"，"吃的山林果，住的老山洞"，天空有九个太阳，"这代人活不下去，这代人也晒死了"。格滋天神用錾和锤将九个太阳和月亮錾得只剩下一个太阳和月亮之后，又撒下第三把雪，变成了第三代的竖眼人。格滋天神给他们撒下了苦荞、谷子和麦子，天上的老人还教他们取火，但"这代人的心不好，他们不耕田不种地"，只"吃饭睡觉，睡觉吃饭"。于是，格滋天神决心发洪水，将人种"换一换"。洪水泛滥时，除学博若的小儿子和小妹妹避进葫芦得以幸存之外，其余的人全部被淹死。洪水后，两兄妹在天神撮合下，以"哥哥在河头洗身子"、"妹妹在河尾捧水喝"的方式怀孕并生下一只大葫芦。天神凿开葫芦后，从里面出来汉、傣、彝、傈僳、苗、藏等民族。也就是说人类最初源于雪，后因葫芦而得以再生。

人类源于雪，这是彝族先民关于人类起源的一种比较一致的看法。彝族称雪为"纹"，称人为"纹操"，直译意为"雪人"。大姚彝族称山顶终年积雪的昙华山为"纹颇纹媒"，意为"雪公雪母"。雪与彝族先民有某种神秘的联系，有的甚至认为彝族的祖先是雪变的。

四川凉山彝族民间传说：最初，天地间还没有人的时候，天上先有了雪，雪落到地上就变成了窝者惹（即人）。但这是没有血肉、没有生气的人，而阿甫阿撒（天神）用石头做了三个人的骨头，把雪变成了人的肌肉，风变为气，水变为血，使之成为类人似的猴子，取名阿脚阿索，这便是人类最早的祖先。[①]

由岭光电先生翻译的凉山古彝文典籍《古候·公史篇》有水公水母到太空之上降下雪来产生各种动植物和人类的故事。与人类起源于雪极近似的还有彝族关于人类起源的另一种说法是人类起源于水。云南乌蒙山区彝文典籍《六祖史诗》说："人祖来自水，我祖水中生。"

其实，人类源于雪或水都是一致的，雪降到地上化为水，所以雪即水。

"梅葛"文化带和四川凉山彝族，多居高寒冷凉山区，有的山上终年积雪，飞花落雪也是常见的事，在原始思维的支配下，彝族先民极容易把雪当做一种神秘的自然现象加以崇拜。但随着祖先崇拜的确立和强化，雪又被赋予了一种神秘的生殖意义，并与彝族祖先崇拜融为一体。

四川凉山老彝文经典《勒俄特依·雪子十二支》中，记述黑头草、树木、杉树、水劲草、铁灯草、勒洪藤、蛙、蛇、鹰、熊、猴和人类都源出于雪，都是"红雪"的子孙。而赵国华先生在《生殖崇拜文化论》中阐释说："'雪族子孙'中的草、黑头草、树木、柏杨、杉树、水劲草、铁灯草、勒洪藤、蛙、蟾蜍、蛇、鹰、孔雀、雁鹅、黑熊、猴，都是人类生殖器的象征

---

① 中国科学院民族研究所、四川少数民族历史调查组：《凉山西昌地区彝族历史调查资料选辑》1963 年铅印本，第 42 页。

物,如草木藤萝蛙蟾为女性生殖器象征物,蛇鸟熊猴为男性生殖器的象征物","经文中将这些图腾物归结为源出于雪,是将雪作为男子精液的象征物,深层表现的仍然是生殖崇拜"。[①]

古印度人特别崇拜雪山,认为雪山是由大神湿婆的白色的精液干燥后堆积而成的。我国的藏族、羌族的雪山崇拜、白石崇拜,都"直接生发于男根崇拜和对精液的崇拜"。[②]

如是,《梅葛》中人源雪,"雪"即"水",正与古代彝族先民生殖崇拜相关联。

初民将葫芦当做女性生殖器的象征,恐怕已是学术界公认的说法。《诗经》中《大雅·绵》的开头两句:"绵绵瓜瓞,民之初生",将瓜瓞(即葫芦)与民之初联系在一起,即源于葫芦曾是女性生殖器的象征。葫芦多子,远古先民将其视为母体的象征,实行生殖崇拜,以求将葫芦的多子变为自身旺盛的生殖能力,多繁衍人口,如同绵绵瓜瓞。民族学的资料证明,西南各民族的洪水神话大多与葫芦有关联。

《梅葛》中叙述,格滋天神撒下三把雪变成三代人后,第一代和第二代人因适应不了恶劣的自然环境而被淘汰了,第三代人虽繁衍起来,但"这代人的心不好",于是"格滋天神派武姆勒娃下凡来,派它把第三代人换一换"。武姆勒娃到人间,找到一对心地善良的兄妹做人种。在洪水到来之前,它给了兄妹三颗葫芦子,种下后结了一个囤子大的葫芦。洪水到来时,兄妹搬进葫芦里,"饿了就吃葫芦子"。洪水"淹了七十七昼夜",地上生灵都被淹死,唯有两兄妹因躲进葫芦而得以幸存。洪水退后,兄妹走出葫芦,在天神撮合下成婚,婚后妹妹又"生下一个怪葫芦",天神用金锥、银锥打开葫芦,从里面出来汉、彝、傈僳等各民族先民。

类似《梅葛》的洪水神话及葫芦生人的传说在彝族地区流传极广。

"梅葛"文化带的昙华彝族传说:洪水到来之时,两兄妹按门颇(即大神)的旨意避进葫芦而得以幸存,洪水后兄妹成婚后"生下一个大胎包","妹妹很生气,把它踢下河",门颇请来老鼠咬破胎包,从里面出来了彝、汉、白、傈僳、藏、哈尼等民族的祖先。

云南新平鲁魁山彝族传说:洪水滔天后,地上只剩下一男子与三个仙女成婚,七年后第二位仙女生下一个葫芦,劈开后出来四个儿子,分别是汉、

① 赵国华:《生殖崇拜文化论》,中国社会科学出版社 1990 年版,第 367～368 页。
② 赵国华:《生殖崇拜文化论》,中国社会科学出版社 1990 年版,第 340 页。

彝、哈尼、傣的始祖。① 彝族史诗《查姆》记述，阿仆独姆预知洪水即将来临而哭泣，仙人给了他一颗葫芦子，种下后结了房子大的葫芦。洪水泛滥，人类都被淹死，唯有他躲进葫芦逃过了水灾。阿仆独姆与四个仙女结婚，生下36个娃，各人为一族，36族分天下。② 古彝文《阿普朵莫若》说：洪水滔天前，善良的阿普朵莫得到天神的一粒葫芦子，栽种后结了一个葫芦。洪水来时，阿普朵莫躲进葫芦免于一死。洪水落后，他走出葫芦与四个仙女成亲，重新繁衍了人类。双柏彝文典籍《阿卜多莫》也有类似的记述。红河彝族民间则这样传说：古时地上的人心肠很好，后来变坏了，天神估子（又称格滋）要换人种，给了三粒葫芦子给心肠好的两兄妹，结果只出一棵苗，结了一个葫芦。估子发洪水，两兄妹躲进葫芦得救，并按天神的安排结成夫妻，妹妹怀孕生下个葫芦，哥哥用刀将葫芦剖成四瓣，四瓣葫芦变了彝、汉、哈尼、傣四个民族的祖先。③

还有许多彝族洪水神话与上述神话传说内容大致相似。这些神话都有几个突出的特点：其一，神话传说中洪水来临之前天神送给葫芦子种植葫芦的情节；其二，葫芦是彝民躲避洪水并安然复出的处所；其三，遗民为兄妹或一男，或兄妹结婚，或男子与仙女结婚，要么生出葫芦，葫芦又生人，要么直接繁衍了人类。季羡林先生说："葫芦这个词儿，梵文是 tumba，整个词儿是 garbhaturmba，意思是胎葫芦。胎的样子同葫芦相似，胎里面有胎儿，葫芦里面有子，这也是很相似的。"④ 远古人类不具备人体生理知识，他们只知道女性的生殖功能，因而十分推崇子宫的作用，以形圆子多的葫芦为子宫的象征，虔诚地奉祀。在《梅葛》等神话传说中则表现为从"葫芦"中诞生。女性生产时，羊膜破裂，羊水溢出，胎盘剥离，又有羊水混合液流溢。分娩时的羊水，有时会造成新生儿窒息死亡，初民遂误认为羊水、血液对胎儿是一种威胁。由此联想，将女性分娩时流溢出的羊水、血液夸张地想象为"洪水"，婴儿的安然降生，则被认为是葫芦为象征的子宫保护的结果。《梅葛》中有这样一个情节：熊血化成洪水，兄妹躲进葫芦，又从葫芦中走出繁衍了人类。这正是女性分娩时流溢的血水演化为洪水的变异。因之在传说中"葫芦"便成了人类赖以躲避"洪水"的庇护所。

当然，"梅葛"以及其他彝族神话传说中的兄妹结婚，繁衍了人类始

---

① 何耀华：《彝族的图腾崇拜》，载《中国少数民族宗教》，云南人民出版社1985年版，第95页。

② 楚臣：《从图腾到图案》，载《彝族文化》1988年刊。

③ 杨甫旺：《彝族葫芦崇拜与生殖文化论》，载《四川文物》，1997年第一期。

④ 季羡林：《关于葫芦的神话》，载《民间文艺集刊》，第五集，第104页。

祖，这原本只是一种猜想，是初民探索人类起源奥秘的一种原始联想思维。重要的是，它反映的是初民对男女交媾出生人的认识。哀牢山及"梅葛"文化带的部分彝族，至今仍有供奉"祖灵葫芦"的习俗。"凡供奉祖灵葫芦的家庭，其正壁（土墙或竹笆墙）的壁龛或供板（或供桌）上，通常供着一两个葫芦。一个葫芦代表一代祖先（父母、祖父母），供到第三代（曾祖父母）祖灵葫芦，就请巫师来举行巫师送祖灵大典，把它烧掉"①。有的地方的彝族，每年采集两个新葫芦换下供桌上的旧葫芦，据说此两葫芦为一公一母，只有祭祀他们，人种才会繁衍。从奉祀一个葫芦图腾到奉祀两个葫芦图腾，表达的是从奉祀母体到父母辈，即从崇拜母体到崇拜男女实体的过渡，隐含的是彝族社会从母系向父系的转变。彝族洪水神话中的遗民，要么是一男一女，要么是一男子，同时也说明彝族的祖先崇拜基本上已经明确了。

第三节　"梅葛"与熊和鹰

人类源自自然，与自然密不可分，在各民族创世史诗中，大多都有百态千姿的动物形象及动物神话穿插其间，特别是表现动物与人类起源关系的故事。

在创世形成的最初阶段，人类比动物实在高明不了多少。人类对于动物的认识只能以自身作为衡量外界事物的尺度与标准，从而物我不分、主客混一，将动物看做与人一样，是有"感情"有"思想"的，其喜、怒、哀、乐无不与人相同，动物也成了人的同类。《梅葛》中所列的动物，不仅有家畜，还有当时人们所能见到的走兽、飞禽。恩格斯说："人在自己的发展中得到了其他实体的支持，但这些实体，不是高级的实体，不是天使，而是低级的实物，是动物，由此就产生了动物崇拜……"②《梅葛》众多的动物图腾中，熊和鹰较具有典型意义。

在《梅葛》中，熊既是神，又是洪水的发难者，与人类再生密切关联，可以说人类的毁灭与再生都与熊有关，熊具有某种特殊的象征意义。

《梅葛》是这样记述熊的活动的：格滋天神决定换人种后，派武姆勒娃下凡，武姆勒娃变成大老熊到人间寻找好人种。直眼人学博若的五个儿子白天犁好地，老熊晚上复原回来，一连三天都如此。五兄弟下扣套住了熊，四弟兄都喊杀了熊，只有小儿子和小妹不同意，并解开绳索放了熊。熊看小儿

---

① 何耀华：《彝族的图腾与宗教起源》，载《思想战线》1981 年第 6 期。
② 《马克思恩格斯全集》27 卷，第 63 页。

子良心好，就给了他三颗葫芦子，并告诉他说洪水来时躲入葫芦里。四弟兄杀死老熊，熊的鲜血淌成河，脑袋塞住出水洞，洪水泛滥了。四弟兄都被淹死了，只剩下小儿子和小姑娘避入葫芦获救。

流传于大姚昙华、永仁直苴等"梅葛"文化带的《俚颇古歌》也有类似的记述：撮颇（彝族祖先名）有两个儿子一个姑娘，五月初五在山上开荒，白天挖了晚上又复原。门颇（天神）告诉三兄妹下扣子，三天后扣住一只老熊。大哥很生气，要杀死老熊，小弟小妹不让杀。老熊告之洪水要来了，让大哥造石房，"小弟小妹种葫芦，洪水来了进葫芦"。"老熊吼三声，天上飘出三块云，大哥砍下熊头，熊血淌成河。"三片乌云遮住天，下起倾盆大雨，"下了七天七夜"。熊头"淌到天地合拢处，塞住出水口，洪水漫天了"。大哥被洪水淹死了，只有小弟小妹躲在葫芦里得救。门颇招来黑鸟啄碎熊头，洪水才消退了。

这两则神话故事，内容大同小异，基本上是人类的毁灭和再生。《梅葛》中的熊，明白无误地告诉人们熊是天神派来的神，《俚颇古歌》的熊在洪水前是不知它是神是人，或为谁所遣，但其神性与《梅葛》中的熊是一致的，即熊是彝族先民的拯救者和保护者。在彝族民间故事里，熊被称为"俄依"，意为"大舅"。这与普米族称熊为"棍娘却拍"（意为黑熊祖先）、鄂伦春称雄熊为"雅巫"（意为舅父）完全相同。他们都相信祖先与熊有亲缘关系，将它视为图腾。在母系社会里，舅父是生存的主要保障者和食物的主要提供者，因而受到特别的尊重，因此，在彝族毕摩的经书里，杀熊取胆被看做是与杀人取胆一样的罪恶。熊是人类毁灭与再生的始作俑者，具有生殖的意象。

在彝族史诗《勒俄特依》中，蛙和蛇是开天辟地的首倡者，熊、斑鸠等都是"有功"之臣。赵国华先生认为"雪族十二子都是人类生殖器的象征物"，[①] 熊也不例外。"熊为第四种，黑熊分三家，住在深山老林里，黑熊繁殖无数量"。熊等"雪族十二子"都是由女性和男性生殖器象征演化而来，是彝族先民各氏族的图腾，且将这些图腾都归结为源于雪，是共同在雪里孕育、诞生的"同胞"，自然也就是雪族了。因此，以熊为图腾崇拜对象，是彝族先民祈求"繁殖的无数量"的强烈愿望。

美国学者 O. A. 魏勒在其《性崇拜》一书中说："许多原始民族相信，他们是某些动物的后裔，这些动物是他们的图腾。"[②]《梅葛》洪水神话中的

---

① 赵国华：《生殖崇拜文化论》，中国社会科学出版社 1990 年版，第 67 页。
② O. A. 魏勒：《性崇拜》，中国文联出版公司 1988 年版，第 233 页。

熊，始终充当了"救世主"和"舅父"的角色，是它毁灭了人类又帮助、保护人类渡过了"洪水"劫难而得以再生。毁灭与再生，都与人的繁衍息息相关。这个"头像祖父，身子像祖母"的熊，与人类有相同特征，而突出的是"头像祖父"，即以熊象征男根及男性。熊不仅自身具有很强的繁殖能力，而且熊给兄妹葫芦子，教兄妹种葫芦、进出葫芦，以及熊被杀后熊血变洪水，熊头塞住落水洞等情节，都是在暗示一种生殖行为。至于洪水后兄妹婚配繁衍人类，则完全是彝族先民为了掩盖前面的"洪水"生殖行为而附加的内容罢了。

鹰在《梅葛》中提及不多，但在彝族先民"开天辟地"神话中却是主要的图腾物。

岑家梧的《图腾艺术史》将图腾神话分为开天辟地、祖先起源、祖先恩人三种类型。这三类图腾神话发生发展的顺序，在《梅葛》及其彝族神话中都有反映。《梅葛》说：虎尸化万物之后，将剩下的肉分成12份，老鸦、喜鹊、竹鸡、老豹狗、画眉、黄蚊子、黄蜂、葫芦蜂、老土蜂、大蚊子和绿头苍蝇各得一份。唯独老鹰没有分得，它对此十分气愤，一举飞上天，展翅遮住了太阳，天地间立即变得黑蒙蒙。绿头苍蝇飞上天，在老鹰翅膀上下了许多崽。过了三天三夜，老鹰翅膀生蛆，从天上落到地下，它的翅膀又把大地遮盖了一半。蚂蚁又出来将老鹰抬走，从此才有了白天和黑夜。昙华山彝族《俚颇古歌》也说："远古的时候，七个姑娘造地，九个男人造天，但天上通了九个洞，地上通了七个洞，一对老鹰抱蛋孵出了十只小鹰去补天，一对蛇下蛋孵出十条小蛇将地补好了，从此植物才会生长。"① 这两则开天辟地神话中，鹰具有非凡的"遮天"、"盖地"、"补天"的本领，是开天辟地的有功者，理所当然地受到彝族先民的崇拜。

四川凉山彝族英雄史诗《支格阿龙》说：支格阿龙的母亲是神龙女儿的第九代女始祖。一天，她在屋檐下织布，四对神鹰从她头上盘旋，滴下三滴血，其中一滴滴在她的百褶裙上，不久怀孕生下支格阿龙。元谋凉山彝族《阿举鲁热》也有类似的传说：阿举鲁热的母亲叫十莫乃曰妮，是一个独生女。一个晴朗的白天，她独自坐在院子里，天空飞来一只鹰在她头上绕了三圈，鹰的影子罩下来，第一次罩在她的罗锅帽上，第二次罩在披毡上，第三次罩在百褶裙上。不久她就怀孕了，九个月零九天后生下阿举鲁热。儿子有母无爹，她认为是老鹰的儿子，把孩子抱给老鹰。在老鹰的精心哺育下，阿举鲁热长大。那时，天上有七个太阳，地上有六个月亮，蛇有埂子粗，阿鲁

---

① 楚雄彝族文化研究所编：《彝族民间文学》第二辑。

举热决心为民除害……海水淹到了他的脖子，空中突然飞来了一群鹰。阿举鲁热对鹰说："我是鹰的儿子，我是鹰的种子。"①

支格阿龙和阿举鲁热实为同一神话人物，只是流传地不同而有所差异。鹰滴血或鹰影子罩而生支格阿龙，均属"感生"神话类型，鹰因生祖先而被奉为图腾了。如果说这两则神话反映的是母权制向父权制过渡时期彝族先民以鹰充当"生子"的"父亲"角色而奉其为图腾的话，那么马游彝族则直接把保护神的土主与鹰联系在一起。马游彝族传说，当地彝族供奉的土主老爷，是老鹰从天上飞过滴了一滴血在其母裤子上，不久其母莫名其妙地怀孕生下的。土主老爷长大后，力大无比，为彝家做了许多好事，故被奉为土主。这个土主其原型应是支格阿龙，说明马游彝族和凉山彝族远古曾以鹰为图腾，只不过马游彝族由于历史变迁将其本地化了。

据楚雄彝族文化研究所毕摩张先讲述：最初的人是雪变的。雪变人时，人赤身躺在雪地里，又冷又饿。大雁飞来给人喂奶，老鹰飞来用翅膀盖在人身上。雪人长大后，成了彝族的祖先。② 南华五街乌里苴村彝族传说：远古时第二代人良心不好，天神难以容忍，所以发洪水换人种。现在的人种是老鹰特意留下的。③ 楚雄市紫溪山彝族传说：从前有一个彝族少女，一天夜晚村旁黑龙潭里的一条龙悄悄潜入她的闺房，与她同床而眠。不久她怀孕了，九个月后生下一个儿子。姑娘认为没爹羞人，把孩子弃之山上。老虎知道后来喂奶，老鹰飞来用翅膀盖在孩子身上。孩子长大后，机智勇敢，为民除害，彝民推举他为王，称为"包头王"。④ 武定县自称乃苏的彝族传说：远古时，天龙和地脉争斗，每次天龙都失败了，于是便准备发洪水报复人类。这事被一只老鹰知道，它到处飞，告诉人们洪水要来了，但没有人相信它。老鹰感到很失望，飞到一个小山头上放声悲啼。凄厉的悲鸣感动了从小与舅舅一起生活的兄妹俩。他们跑来问老鹰为何悲伤？老鹰说："再过十天就要发洪水把地面淹了。我告诉了人们但他们不相信我。你们兄妹良心好，我送你们一个葫芦，到时会有用。"说完，拔下一根羽毛插入地下，羽毛很快变成了葫芦苗，开出白花，随后又结出一个拳头大小的葫芦。老鹰飞走了。兄妹俩回到家里，舅舅也从床下取出一根带血的羽毛，告诉他们是老鹰托梦带给他的，要他们把羽毛插在种葫芦的地方。兄妹俩把羽毛插在种葫芦

① 《阿举鲁热》，载《山茶》1981年第3期。
② 李世康：《彝鹰文化》，载《彝族文化》1993年年刊。
③ 李世康：《中华鹰文化纵横谈》，载《楚雄社科论坛》1994年第2期。
④ 楚雄市文化局编：《楚雄市民族民间文学集成》。

的地方，只浇了一瓢水，立即长出一棵竹子。后来舅舅也死了。第九天，雷鸣电闪，暴风雨倾盆而下，那个葫芦也忽然变成一个干葫芦，把兄妹俩吸了进去。洪水吞没了地上的一切，葫芦却漂在水面上，兄妹俩在葫芦里抱成一团。不知过了多长时间，他们听到一阵猛烈的响声，原来是老鹰在啄葫芦。兄妹俩走出葫芦后，老鹰在头顶上盘旋，对他们说："竹子和葫芦就是你们的老祖公和老祖母，你们要什么它有什么。你们要结成夫妻繁衍人类。"说完，老鹰就飞向很远的地方去了。[①]

闻一多先生在《伏羲考》中分析"图腾的演变"时，曾经指出，共有三个阶段：第一阶段是"人的似兽化"，是人装扮成图腾物形象，属"全兽型"；第二个阶段为"兽的拟人化"，图腾开始蜕变为人首兽身的始祖，是半人半兽型；第三个阶段则"始祖的模样便也变做全人型"的了。这对于我们理解彝族鹰神话的演化及发展，也很有帮助。

那么，《梅葛》中的"鹰"及彝族神话中的"鹰"的内核和象征意义到底是什么？

据报道，古埃及人曾以鹰象征男根。他们相信皇后与"神鹰"交合，才能生出第二代王子；部族中也有一定的节日，选出妇女与鹰鸟结合的礼仪。[②]古印度人亦以鸟象征男根、男性。我国古代也有"天命玄鸟，降而生商"的神话，与彝族的鹰滴血在裙上而生支格阿龙的神话基本相通。赵国华先生在论及凉山彝族经典《勒俄特依·雪子十二支》中的"鹰"时，认为鹰是男性生殖器的象征物，[③]依此类推，《梅葛》中的鹰亦是男性生殖器的象征物，是我国古代鸟崇拜的衍化。

我们知道，在原始社会，某些女性和男性生殖器的象征物演化成了图腾，亦即演化成了某些氏族的始祖和标志。男性生殖器的象征物演化为图腾，前述的马游彝族鹰土主传说、支格阿龙神话、阿举鲁热神话及武定彝族鹰传说等，为我们提供了丰富、翔实的佐证材料。因此，鹰图腾的产生，是彝族先民将男性生殖器象征物的神化，而男性生殖器象征物的神化，则是彝族先民对生殖器强烈崇拜的表现和延伸。在彝族先民的心目中，鹰具有旺盛的繁衍能力，"鹰是第三种，鹰类长子分出后，成为鸟类的皇帝，就是天空的神鹰，住在白方山；鸟中的土司，成为花孔雀，住在东海上；鸟中的头目，成为天空的雁鹅，住在'古戳戳和'山；鹰类次子分出后，成为常见

---

①　李世康：《彝鹰文化》，载《彝族文化》1993 年年刊。

②　岑家梧：《图腾艺术史》，学林出版社 1986 年版，第 23 页。

③　赵国华：《生殖崇拜文化论》，中国社会科学出版社 1990 年版，第 367 页。

的鹰类；老大分出后，成为大岩鹰，住在杉林里……鹰类繁殖无数量"。①
鹰的生殖力远胜人类自身。故将它视为生殖器象征物，并奉为氏族图腾，因
而在彝族鹰神话中，鹰、葫芦、竹等延伸、发展成为彝族的"老祖公"、
"老祖母"，鹰被神化成祖灵的化身。《梅葛》中鹰"盖地"、"补天"等情
节以及《支格阿龙》、《包头王》等中鹰"给女人种子"来看，鹰充当的是
男根和"父亲"的角色。鹰图腾是彝族进入父系氏族社会后才被纳入创世
神话的，应该是彝族先民从生殖崇拜中经验的产物。

第四节　"梅葛"与原始信仰

　　在创世史诗产生和形成的时期，正是原始宗教盛行之时。那时，神解释
着一切，充当着异己的自然力量的化身。原始宗教作为一种强有力的意识形
态，对人们的社会生活，以及整个思想文化领域，无不产生重大而深刻的影
响，因此，它势必影响到创世史诗的产生和发展，影响到创世史诗的内容。
彝族的原始宗教包括有自然崇拜、图腾崇拜、灵物崇拜、鬼魂崇拜和祖先崇
拜等庞杂内容。在《梅葛》（1959 年版）中，仅列出名称的神灵就有 10
种，如果把涉及植物、动物和无生物的神灵、崇拜物统统计算在内，达百余
种之多。难怪"梅葛"文化带左门村彝族现存的一幅土主画中，共有 527
个图像，都是彝族供奉的祖灵。因此，作为创世史诗的"梅葛"不仅是彝
族的"根谱"，也是彝族的"神谱"。从现存的民族学调查资料来看，"梅
葛"中的神，几乎都是历史上"梅葛"文化带彝族信仰、供奉的神祇。在
他们看来，这些神祇都与彝族祖先有着这样或那样的联系。即便是进入旱稻
兼作的马游、左门等地彝族，游牧时期信奉的神灵也都还继续存留下来，并
在"梅葛"的传承过程中，使这些神灵更加得到强化。因此，可以说"梅
葛"持续地融入整合了彝族的原始信仰。具体表现在以下几个方面：

　　第一，过去演唱"梅葛"，主要是在宗教祭祀活动中进行的，演唱者是
祭司。永仁直苴彝族节日、娱乐活动中不能吟唱"梅葛"，只有在庄重的祭
祀仪式上才能演唱。可以想象，在遥远的古代，彝族先民祭天、祭地等活动
中，祭司庄严地吟唱天地的起源、本民族的由来及祖先的开创之功，听众是
如此的虔诚，把这些与本民族休戚相关的神祇牢牢铭记于心，不敢有丝毫的
亵渎，并时时供奉，使对这些神祇的认同与崇拜得以世代相承。

---

　　①　材料见宋恩常《中国少数民族宗教初编》，云南人民出版社 1985 年版，第 88～89 页，《勒
俄特依·雪子十二支》。

第二，"梅葛"中的创世神话、丧葬习俗，最初应是来源于原始宗教。如天神造天地、虎尸化万物、祭神的由来等都是从彝族的自然崇拜、图腾崇拜、祖先崇拜发展而来。

第三，"梅葛"中一些神话的重要情节，渗入了某些宗教意识，具有浓厚的原始宗教色彩，并构成了某些神话故事情节的思想基础。如"梅葛"洪水神话中关于洪水神话的起因以及洪水后两兄妹婚配重新繁衍人类等。

第四，"梅葛"中的神，在彝族现实中基本上还能够看到，还为彝族所供奉。虽然一些神祇已无祭祀仪式，但还为人们所敬畏，表现为心理上的崇拜。

尽管"梅葛"中所凸现的原始宗教在长期的传承过程中已经萎缩或式微，一些神祇在彝族信仰中已经消失，特别是随着"梅葛"的流变和式微，原始宗教意识逐渐更加衰退，但直到目前为止，"梅葛"与原始信仰仍然紧密结合，融为一体，主要表现为：

（1）马游等地彝族原始宗教的思想基础仍然是"梅葛"所反映的"万物有灵"，人们相信万事万物都有灵魂，并有善神恶鬼之分，因而对神要祭，对鬼要驱；

（2）"梅葛"中传承下来的原始宗教，特别是神祇，绝大部分与当地彝族的生产活动、生活条件及社会组织等有关；

（3）毕摩已不多见，但还存在有不脱离生产的巫师，主要进行驱鬼、招魂、治病等；

（4）巫术手段繁杂，如以卜卦决吉凶，以祈祷求平安，以跳神念咒逐恶魔等。

限于篇幅，我们仅以"梅葛"中最常见的几个主要神祇试述之：

天神

彝族都崇拜天、地，这大概是因为"天有不测风云"、"大地能生万物"的缘故吧！

"梅葛"中的格滋天神，是一位无所不能、无所不包的大神。它是造天造地及万物之神。在彝族先民的心目中，格滋天神不仅是天地宇宙的原型，而且还是一个人格化的主神，他血肉丰满，性格鲜明，有着和人一样的喜怒哀乐。

彝族的天神崇拜兴起于采集和游猎时期。但在人们利用自然、改造自然的能力极其低下的氏族社会，面对"天"的喜怒无常，人们便把"天"看成同自己一样有灵性的东西，将"天"人格化，于是出现了天神。随着社会经济的发展，先民们在生产生活中接触的自然物不断增多，因而崇拜的

"自然神"也越来越多。但他们不可能遍祀众多的神，于是不得不在各种物类相近的自然神中，选出一个最有代表性的，将其奉为主神，作为日常祭祀的主要对象，格滋天神便取得了这个角色。在"梅葛"中，格滋天神是创造、主宰万物的大神，又存在有众多的自然神和多神信仰，但基本上是以"天神"为中心、人神并存的神谱层次。因此，最初的天神与日月星辰一样，属于自然神；后来世俗的阶级差别反映到"天"上以后，"天神"便高居于众神之上，形成了主神。

追溯祭天的历史，早在殷商时期，就有关于祭"上帝"的记载："甲骨文以帝为帝，也以帝为祭名，周代金文同。"① 郑玄注《礼记·商颂》称："郊祭天。"至唐宋时期，祭天成为了封建王朝的例行公事。近现代彝、汉、纳西、白等氐羌民族中还不同程度地保留着不同形态的祭天习俗。道光《云南通志·爨蛮》说："民间皆祭天，为三台级以祷。"《大理府志》也载："腊则宰猪，登上顶以敬天神。"云南弥勒西山彝族逢腊月祭天神。云南武定、禄劝等地彝族在山林中建屋供奉天神。天神的神位以竹筒中贮竹节草根代表，草上以红白色线缠羊毛少许，放入米十数粒，逢节日祭献。

仔细分析《梅葛》中"格滋"天神，可将它划分为几种不同的祭天形态：即原生型、再生型、再次生型。天神造天造地属原生型，虎尸化万物为再生型，天神毁灭人种又重新找人种为再次生型。马游彝族是宋代开始定居的，虽然《梅葛》中有大量天神崇拜以及与之相关的大量的创史神话，但没有专门的较正式的祭天年节，只保留了农历九月首虎日朝北斗的习俗，可能是马游彝族定居后遂开始了旱稻兼作，与山、水等自然及祖先神更加密切之故，所以只有留了天神之名，而无祭天神之实。其实，《梅葛》中天神也兼有自然和社会两种属性，因而马游彝族定居农耕后，稳定的社会经济生活，加之外来文化的影响，天神崇拜逐渐融入土主、祖先、山神崇拜中去，这也是自然之事。马游彝族的祭土主，实际上已将天神、祖先神、地祇等融合而统祀之。"梅葛"文化带大姚昙华彝族不祭天神，但祭雷神，实为天神的衍化；楚雄市大过口乡彝族罗罗人还保留祭天习俗。六月二十四日一早，全村男人登上海拔2 800米高的俄歹顶端祭天。山顶用撒乐么树搭成一个1.5尺高的方形祭台。"乃米的俄歹"意为祭天山，其形状为一个三台葫芦形的小山冈。牟定罗罗人祭天时也兼祭祖先，还要在祭天山顶用马桑树制一架小梯子以供祖先从天山上下来。"梅葛"文化带马游彝族农历六月初九祭

① 《甲骨文·释杖》，北京中华书局1997年版，第187页。

天神的同时，还要祭土主和山神。可见，天神与祖先已融为一体。李子贤先生指出，彝族没有比较典型的祭天礼俗，这是因为"天神恩体古兹由于不具男性共同始祖的性质，逐渐被排除于民间信仰之外"。由于马游等地彝族自然崇拜业已式微，祖先崇拜占据主导地位，祖先神取代了天神，因而当代彝族已放弃敬天神，只保留和流传在创世神话之中。

山神

大凡有山的地方，历史上都产生过山神信仰。山与彝族的生产生活关系息息相关，故山成为彝族自然崇拜重点对象之一，山神位居各种自然神之首。

彝族最初的山神，是在生产力极其低下，人们支配和影响自然力的能力极低，只能不自觉地将人们所具有的生命力和思想感情融会到自然界，把山及自然物人格化，进而神化的一种直接的崇拜活动，没有人为的偶像设置，这与游牧及旱作农业关联。彝族民间有句谚语："山神不开口，虎豹不吃羊。"直接反映了山神是游牧民族的保护神。"梅葛"文化带的昙华山彝族认为山神居住在山上，掌管着山林，会祸害牲畜及人类。每年正月初一，以村为单位，各户带米、酒、盐、香，聚到象征山神的一棵大树下，杀三只黑山羊，将羊角插在神树下，砍八种不同的树枝各六根，扎成三种形状插在神树下。每户砍一根树枝缚于神树上，毕摩念诵祭词，祈求山神庇佑全村人畜平安。此外，二月属马日烧地、三月撒荞、三月或四月种玉米，荞麦长出及收割等，都要用酒、肉、香在地头献祭山神。因此，游牧及旱作农业阶段的山神，是各种自然神的主神。

旱稻兼作农业阶段的山神，既司人畜，也管五谷，是一种综合神，地位有所下降。马游彝族的山神崇拜，也经历了从游牧到旱稻兼作的发展阶段。《后汉书·西南夷传》说："蜻蛉县禺同山，有碧鸡金马，光景时时出现。"宋代彝族定居马游之后，便开始了旱稻兼作农业，山神的地位也逐渐被土主和祖先崇拜取代。在《梅葛》中，仅在"丧葬"部分提及要祭山神，其他部分如"狩猎和畜牧"、"农事"等均没有山神出现。在马游彝族的原始宗教祭祀活动，除农历正月初四后的出牛、出羊要祭山神之外，没有专门的祭祀年节。出牛及出羊日，人们赶着牛、羊到山上后，用酒、肉、香及一根三杈松枝祭献山神，祈山神保佑六畜兴旺。此外，母羊生小羊后，主人也要杀鸡祭山神和羊神。马游彝族认为，一山有一个山神，故一般选择一棵较大的老树为山神树，出牛、出羊日到经常放牧的山神树下献祭即可。可见，马游彝族的山神只是一个专司畜牧的神灵，地位已大大下降。

据调查，40年前马游各村寨都建有一土主庙，内供有土主、山神、土地神塑像，土主居中，山神居左，土地神居右。祭土主即一并祭山神。说明山神的地位次于土主。现土主庙已毁，仅留遗址，各村均以土主庙遗址的一棵大树为土主象征，亦为山神象征，土主、山神合并祭祀，二者已无法区别，山神已融到土主中去了。但在彝民的观念中，山神还是山林、畜牧的大神。"梅葛"文化带姚安左门彝族的土主庙内，绘有一张神谱，土主是该画之主，居第一排正中第三位，山神老爷居左（第二位），龙王老爷居右（第四位），第二和第五位分别是护卫。当地彝族认为，山上的草木禽兽，附近的风雨晦明，皆由山神掌管，因而采药挖参、伐木狩猎，都要祭祀山神，祈其相助。大姚三台、桂花一带的彝族每个村寨也建有土主庙。庙内土主神居中，左边为山神，右边为土地神。每年农历三月二十八日，当地彝族以村寨为单位，集体筹资买羊，男女老幼盛装到土主庙祭土主，祈土主降雨。当地彝族认为，土主是一方之主神，山神管山林、畜牧，土地神司五谷，祭土主就包括了祭山神、土地神。由此可见，马游及"梅葛"文化带的山神，与其旱稻兼作文化相适应，降为仅次土主之下的专司山林、畜牧之神，成了一个固定的文化代码。

祖先崇拜

据研究，彝族最早的祖先崇拜是对氏族的共同祖先的崇拜，随着父系家庭的确立，逐渐发展到对家族祖先以至个体小家庭近祖的崇拜。

马游彝族的祖先崇拜，从内容和形式上看，既保留了家庭远祖崇拜，但更多的是个体家庭的近祖崇拜。在《梅葛》"怀亲"部分中，唱述的基本是反映彝族近祖崇拜，很少追溯到远祖。马游彝族都有较为发达的祖灵观念和一套完整的祖先祭祀仪式。大多数家庭（近年分家单立门户的除外）都在正房楼上的墙壁上挖一个专供祖先灵魂的"祖宗洞"，内供松木制作的祖灵。在长辈去世出殡的清晨，朵觋用一只羊到坟山卜卦选定某棵小松树后，主孝跪着手握松树砍倒背回家，再经朵觋念经后给众孝子认祖，把先前已砍好的松木掰断，用白布裹紧，安葬后再刻成人形，供在祖先洞内。祖灵一般只供奉三代，即到了孙辈后就将祖父母的灵牌送出烧掉，将其移到"家神"画上。"家神"用彩纸画上家庭的历代祖先形象，有的祖先骑有高头大马，在祖先像下方或周围，绘有若干挎刀持械的士兵及牛、羊、猪等，据说是供祖先们役使和享用的。家神画一般贴在祖宗洞的下方，世代供奉。据我们推测，家神画像出现的时代不会太久远，应该是马游彝族近祖崇拜（主要指祖灵）之后，为了不忘远祖而采取的一种折中方式，但都属于祖先崇拜的范畴。

马游彝族祖先崇拜较为发达，主要表现出祭祖活动的经常化，祭祖形式的多样化和祭祖意识的普遍化三个特点。根据《梅葛》记述，马游彝族正月初一、二月初八、三月二十八、四月栽种节、五月端阳节、六月火把节、七月十四、八月中秋、九月土黄节、十月初十日、冬月冬至节、腊月二十五，"一月一节令"，都要祭祖。其中以二月初八和七月十四规模最大。彝族认为二月初八是祖先的生日，故过去要由整个家族轮流出资集体祭祖。除这些常规祭祀外，还有不固定的随时祭祀，如红白喜事时的祭祖，杀年猪及家人生病时的祭祖，以及有凶兆、噩梦的祭祖等。从形式上看，又可分为墓祭、家祭和族祭。墓祭是携带祭品到墓地去祭祖，如四月清明节，马游彝族都要到祖坟山祭祖，扫墓、烧纸、添土等；家祭则主要在家神及祖灵前祭祀；族祭规模较大，一般由朵觋主持，唱述《梅葛》及祖先历史。这种常规祭祀与随时祭祀并存，墓祭、家祭和族祭相结合，充分反映了马游彝族祭祖时间的经常化和祭祖形式的多样化，同时也不断强化了彝族的祖先崇拜意识。

值得注意的是，马游彝族除供奉祖灵和"家神"之外，大多数人家还供有家堂。家堂上供奉的祖灵，已不仅是彝族的祖先神，还有一些自然神，甚至糅合了一些佛教、道教的尊神。如家堂正中供奉的三尊大神，中为天地大神，左为财神，右为祖先神。家堂上方的"天地国师亲"神谱中，融合了儒、释、道及彝族民间自然神，如佛教的观音老母，儒教的孔子，道教的西王母、财神、药王神以及彝族的自然神、土地神、水神等。在昙华等地彝族的《梅葛》唱述中，还把汉族传说中的盘古当做开天辟地、创造万物的大神。这说明佛教、道教、儒教传入彝族地区后，彝族先民很快有选择地吸收了符合自己祖先崇拜观念的思想内容，来充实自己的宗教信仰，把一部分道教、佛教的尊神和神仙请过来，与自己的祖先神相叠、相合，还把一部分道、佛神也召进了自己的家堂上，从而形成了以祖先崇拜为中心信仰，兼收并蓄了其他宗教文化的"圆融"形态。

土主崇拜

土主崇拜是彝族部落、部落联盟以及封建领主制发展的产物。土主的出现，标志着彝族祖先崇拜发生了质的飞跃。据地方志记载，彝族的土主崇拜在南诏大理国时代就已产生，元、明之后原南诏大理国统治范围内的彝族土主崇拜自然盛行。"梅葛"文化带彝族从南诏至明代基本上是蒙氏及高氏的统治范围和领地，土主崇拜历久不衰。

土主，彝语谓"米西"、"明西"、"咪西"等，俗称"土主老爷"，是位管人丁、牲畜、自然灾害的神祇，在当地是人们心目中最有权威的大神。一句话，土主是一方保护神。

《梅葛》中没有明确提及到土主神，这与《梅葛》作为创世史诗产生于原始社会是相符的，同时也说明马游等地彝族定居农耕之前还没有土主神，土主崇拜应是元、明之后的事。但在彝族的现实生活中，土主无处不在，与人们生产生活密切关联。40 年前，马游各村都建有土主庙，庙内供奉有土主神。20 世纪 70 年代初，土主庙被毁，现仅存遗址，仅仅存有土主的象征——土主神树。彝族的所有节日和大小祭祀都要先祭祀土主，如年节、孩子出生和取名、马生崽、牛下儿、老人做寿、祭祖等。50 年前，当地彝族每年都要举行两次重大的祭祀土主活动。一次在农历二月初八，一次在农历六月初六（据说此日为土主生日）。因为是在土主庙内举行，所以俗称跳庙。活动由毕摩主持。祭祖时，毕摩穿着毕摩衫，戴着毕摩法帽，手持法器——司刀、羊皮鼓、鹿子角、鹰爪、摇铃等。跳庙的程序繁杂，如开坛、领生、点光、请天神、请祖先、开财门、送神等。每个程序都有固定的咒辞、祭辞，祭辞为《梅葛》创世古歌，咒辞则为固定的祭经，也用"梅葛"调吟唱。毕摩时而高亢，时而低沉，通宵达旦。人们以酒、肉、菜肴敬献。

"梅葛"文化带彝族的土主崇拜，由于受佛、道影响的不同以及文化生态环境的差异，处于不同的发展阶段和层次。南华五街等地彝族以石或三杈松树代表土主；姚安新民一带的彝族建有一低矮的土主庙，庙内以一三角形石头代表土主。据说楚雄市彝族土主庙内供奉的土主也多是一个石头。大姚三台、桂花等地的彝族每个村庄都有土主神树，一般是三棵高大的松树，中间的代表土主神，左边代表山神，右边代表土地神。农历三月二十八日祭土主，全村用羊、鸡等到土主神树前宰杀敬献。这是最原始的土主，还没有完全从彝族的自然神中剥离出来，没有土主偶像，因而土主要么是石头，要么是树，要么土主、山神、土地神三者合祭。"梅葛"发源地之一的永仁直苴彝族土主神，与土地神一样都称"迷西"，土主神也没有从土地神中分离出来。但马游等地彝族的土主崇拜，由于受佛教、道教的影响较早、较深，已发展到了较高阶段，即建有土主庙，有明确的土主偶像。笔者没有看到过马游彝族土主的画像或泥塑，但据一些彝老回忆，过去土主庙中的土主像，有的是绘在纸上的，有的则是用泥塑的，彝语称"塞颜麻"，有六只手，三只眼，骑虎，左手托日，右手托月。与马游相邻的左门村彝族土主庙，最早建在村头的一山包上，为一小四合院。后因该庙被改做他用，土主庙被迁到村外的一山坳里，为垛木瓦房。原庙内供奉的土主神像绘在画上，后改画在纸上，裱钉在一块木板上，摆放在类似桌子的土神台上，前面有瓦做的香炉。画幅 75 厘米左右，上面画有 27 个神像，以三条彩色横线相隔，分成四排。第一排有观音老母、火龙神、雪山佛等；第二排山神、土主、龙王等；第三排有张天师、李天师等；第四排为骑马持刀的武神。土主神位居第二排正中，左为山神，右为龙王。土主坐在一牛背上，三头六臂，其上左手托日，右手托月，其中左手执大刀，右手执铃铛，其下二手叉腰；牛之前后各有一卷纹。该画以土主神为中心，佛、道及彝族民间自然神相杂，可以说是彝族祖先崇拜和神灵崇拜的融合体。左门彝族土主崇拜与马游处在同一发展层次，都建有规模较大的土主庙，有明确的土主偶像，而且土主形象相似，由此我们可以复原马游彝族土主崇拜的神谱。至于现今马游彝族土主庙被毁，土主偶像以树代替，这是人为破坏的结果，也是马游彝族土主崇拜走向式微的表现。"梅葛"文化带的大姚县华彝族从未进入实际意义的稻作农耕，至今仍停留在旱作农业阶段，加之受佛、道文化影响较少，还未产生土主的概念，占主导地位的仍然是自然崇拜和祖先崇拜。

由此可见，同是"梅葛"文化带，由于社会经济发展程度不同和文化生态环境的差异，加之受佛、道文化影响的不同，彝族土主崇拜也有差别，这也是"梅葛"流传内容各有侧重和差异的原因，一般来说旱稻兼作地区流传的"梅葛"，世俗性多于原始性，而在旱作农业地区则神圣性多于世俗性。

第五节 "梅葛"与婚恋、丧葬

"梅葛"虽以创世神话为其主干，但在流传过程中逐渐突破了神话的局限，呈现出熔神话、传说、记事、民俗为一炉的丰富内容和以人类活动为叙述中心的倾向。其中，婚恋、丧葬在《梅葛》文本中占了较大篇幅，而且是"梅葛"中以艺术概括的形式对彝族古代现实生活记述最精彩的篇章。

在彝族古代历史上，曾存在过漫长的母系氏族社会。四川凉山彝文经典《创世纪》说，在雾治世烈以前有四个王朝共33代都是母系氏族社会，"族不续，妇不娶"[1]。贵州彝族《西南彝志》载，彝族先民最初"只知其母，不知其父"。又说上古时彝族先民"有六代都是女子管理"。[2] 说明历史上彝族曾盛行过母系制。父系制取代母系制后，作为上层建筑的婚姻制度，它的残余形式残存下来，并极其微妙地融会于彝族社交活动、婚恋礼俗之中。这种母系制婚姻残余虽然在《梅葛》中没有叙述，但却一直存在于20世纪60年代前的马游彝族社会生活中，并与"梅葛"的流传有着密切的关联。

---

① 转引自方国瑜《彝族史稿》，四川民族出版社1984年版，第22～23页。
② 《西南彝志选》，卷五，卷六。

　　过去马游彝族盛行姑表舅优先婚，子女婚姻完全由父母包办，当事人无权过问，故在正式婚姻之外，直到 20 世纪 60 年代以前还残存着一种"超哩诺麦哩卓"的原始婚俗。"超哩"义为"男青年"，"诺麦哩"义为"女青年"，"卓"义为"找"，全句意为"找伙伴"或"找情人"。

　　"超哩诺麦哩卓"的建立，有的在婚前，也有的在婚后。由于盛行姑表舅优先婚，很多人在很小时就由父母强迫缔结了婚约，但双方又没有感情，因此，有些姑娘在婚前的小睡房内就与中意的小伙子缔结了"超哩诺麦哩卓"关系；有的即便婚前未确定，但在婚后也会找机会结交异性男子，建立"超哩诺麦哩卓"关系。这种关系以到女方居住处访宿为主，偶尔也有女子到男方居住处访宿。建立"超哩诺麦哩卓"关系的男女不算正式夫妻，不组建家庭，男女双方都有自己的家庭，只是夜晚男子到女子小睡房内访宿，而与自己的妻子（或丈夫）只是以家庭的名义共同劳动生活，抚育子女，但不在一起生儿育女。"超哩诺麦哩卓"关系的建立有一定的范围限制，即必须排除亲缘、血缘关系，姨表兄妹之间不能有这种关系，即使享有优先婚配权的姑舅表兄妹也不能建立这种关系。这就是说，没有血缘关系的男女社交比较自由，但又很难组成家庭，可以建立"超哩诺麦哩卓"关系；而可以优先婚配的姑舅表兄妹虽能组成家庭，但又被排除在建立"超哩诺麦哩卓"关系的范围之外。

　　建立"超哩诺麦哩卓"的方式很多，平时的生产劳动、放牧、婚娶娱乐、夜晚串小睡房等场合，一对男女多次接触后情投意合，便可结为"超哩诺麦哩卓"。比较多的是通过"相伙机"和芦笙舞会。

　　"相伙"义为"相好"，"机"义为"坐"，意思是坐下来谈情。这是马游及邻近彝族村寨青年男女一种山岭相会的古老习俗。农闲时节，不同血亲关系的一群青年男女定好"日子"，相约到某山岭集会。届时，青年男女各自带着些自家的食物，到达约定的地点，夜幕降临，燃起篝火，围成一圈，对唱"梅葛"，一问一答，内容多是比智、叙感情及生产生活知识，多为即兴创作。按习俗，谁最能唱"梅葛"，谁最有本事，也最能吸引异性的爱慕。一对青年男女相互"相中"后，便可离开群体，另寻僻静处。以后，便可转到小睡房内谈情说爱了。但这种"相伙机"一年难得几次，又在远离村寨的山野，受时间及空间的限制，而芦笙舞会结交"超哩诺麦哩卓"的机会则更多了。每年农历十月至次年二月初八是马游罗罗颇跳芦笙舞的时期。夜晚，只要芦笙一响，男女老少欢聚在一块空地上，伴着芦笙尽情跳舞。已建立"超哩诺麦哩卓"关系的男女可以毫不避讳地牵手共舞，无"超哩诺麦哩卓"的趁机选择意中人。舞会散后，男子在意中人必经的路口等候，强行将她拉到自己的小睡房内。若女子无意结交，就会拼命反抗，反之则半推半就跟着男子走。在小睡房内面对面交谈时，女子一般都很拘束，男子要千方百计地讨她欢心，直到深夜和衣同眠。这种拉姑娘只局限于无血亲关系的男女之间。初夜，男子不得有非礼行为，否则一旦丑事公开，男子会受到社会舆论的谴责和所有女子的唾弃。次日黎明前，女子悄然离去。若男子确实有意结交这个"诺麦哩"，次日夜晚就到女子小睡房前对唱"梅葛"，试探对方的情意。当女子开门迎进男子，"超哩诺麦哩"关系也就确立了。

初级阶段，"超哩诺麦哩"处于秘密偶居阶段，关系不太稳固。若男子不满意，男子连续几天不访宿女子小睡房，表明断绝关系；若女子不中意，会收拾起男方的铺盖让其离开。居住一段时间后，双方情感加深，也从秘密逐渐公开，家人及社会也不会指责，即使是已婚男女，对方也无权干涉。据马游罗罗颇习俗，我找你妻，你寻我妻并非偶然现象，都把它看做是一种传统习惯。但男子须在黎明前离开女子的小睡房，若天亮后离开被女子的丈夫看到，认为是羞辱家庭，会受到女子丈夫的训斥甚至暴打。

"超哩诺麦哩卓"虽然是朝离暮合，但关系都比较稳固。一般来说，一个人一生只有一个"超哩"或"诺麦哩"，多的也不过三四个，且结交间隔都比较长，所生子女也很容易确定其生父。从称谓上看，子女称义父即养父为"阿博"（爸爸），称生父为舅舅。从赡养义务来看，生父不承担抚育子女的义务和责任，养父则承担着抚育义务。但大多数养父对子女只供吃、穿、住，很少关心子女的成长，养父与子女的感情不深，大多数的教育责任落在女子身上。子女长大后，有给养父养老送终的义务，也有继承其财产的权利。

据调查，"超哩诺麦哩卓"关系在 20 世纪 60 年代以前普遍存在，后逐渐减少，现今已属个别现象。现在 40 岁以上的人，都知道自己父母的"超哩诺麦哩卓"，也知道自己的生父（舅舅）是谁。据说，有的人还在过年过节时带着礼物到自己的生父家中欢度，平时起房盖屋、农忙时也会常去帮忙，但很少有人公开相认。

《梅葛》中虽然没有涉及"超哩诺麦哩卓"婚姻残余的实证，但史诗中"兄妹婚"则应是姑表婚的注解。应该说，《梅葛》的集成和发展，使诸如"超哩诺麦哩卓"等原始婚姻形式得以长期延续和保存，而"超哩诺麦哩卓"等原始婚姻残余则又强化了"梅葛"的传承。值得注意的是，"梅葛"文化带的昙华、马游、左门、直苴、新民等地，都不同程度地保留着原始母系婚姻残余，如姑娘房、双系家庭、不落夫家、舅权等，说明"梅葛"与彝族原始婚姻形态的残留与传承有关联。至于马游彝族数十年前还盛行的"超哩诺麦哩卓",既与姑表婚有关,又与"梅葛"的传承有关,如优先缔结婚姻关系的姑舅表兄妹,不能在一起唱"梅葛"、跳芦笙等,没有感情作为婚姻的基础,而难以缔结婚姻关系的青年男女,则有相当多的机会(如唱"梅葛"等)相知、相爱,建立"超哩诺麦哩卓"。因此,作为姑舅表婚怪胎的"超哩诺麦哩卓"便产生并得以盛行。

在《梅葛》的"相配"一段中,彝族先民列举了天地及动、植物的"相配","天要地来配,地要树来配","没有不相配的兽","没有不相配的鸟","没有不相配的树木花草",以此来类推人类为什么要相配,为人类婚配找到了必然的理由。马游一带明、清之际就有汉族迁入,但彝、汉两族互不通婚。近20年来彝、汉不婚的界限已被打破,但两族在婚仪习俗上仍各行其俗,彝族传统婚仪基本上得以存留、传承。考察马游彝族现存的婚姻礼俗,均与"梅葛"文化密切关联。

按马游罗罗颇传统习俗,姑娘长到十三四岁就算成人,有资格去结交异性了。这时,父母或兄长就在自家大门外建盖一间房屋,称之为"小房子",姑娘白天与父母一起生产劳动,晚上独自到小房子内居住。夜晚,小伙子三五成群地来与姑娘对唱"梅葛"。青年男女社交恋爱对唱的"梅葛",一般称为"青年梅葛",内容都与谈情说爱有关,既有赞美对方的唱词,又有抒发自己内心情感的对白;既有从前辈人那里学来的民族传统文化,又有与时代进步相适应,并经过吟唱者加工、改造的新知识。特别是男青年,为表现自己的聪明、能说会道(是一种有见识、有能力的体现),施展自己的所有智慧和知识,在自己中意的姑娘门前,尽情地展示,以博得姑娘的欢心。

现今马游彝族的婚仪与"梅葛"密切相关的还有迎送亲、退喜神、芦笙舞、教亲、犁喜场等。迎送亲中的"梅葛",多是同辈之间知识的相互传递,青年人根据自己切身的经历和经验,传授给即将走向婚姻生活的女子,即便有哭嫁,也是同辈之间对新生活的理解和向往,以及青年人的一种情感宣泄。退邪神则与古老的传说与祭喜神联系在一起,由祭司主持,祭辞是驱逐邪恶、祈求平安,目的是新娘融入新的群体时不要将邪恶带入,具有将传统文化传递给年轻人的意向。而喜宴、芦笙舞及犁喜场中的"梅葛"是一个大杂烩,是"梅葛"文化的大展示。老者吟唱神圣的创世史诗,试图让青年人不忘祖先,并为青年人提供一个生活的蓝本;而青年人则不太严守老规矩,按他们自己的理解去构筑新生活,对唱的"梅葛"中加入了与变化了的生活有密切关系的内容,并反过来对老人们以极大的影响,迫使他们或多或少地接受新的思想和观念。这也就是现今马游彝族会吟唱"创世梅葛"的人少，而无论男女老少又都会对唱"梅葛"的原因之一。

如果说芦笙舞等场合是前喻、并喻、后喻文化并存的话，那么教亲则完全是长者强加给青年人的一种"前喻文化"。教亲在马游彝族婚仪中是必不可少的，而且很严肃，必须有新娘的舅父、新郎的母亲到场，青年人洗耳恭听并无条件接受先辈的传统礼俗。结婚次日上午，送亲客和新郎主要亲友在喜棚中依次坐定，送亲客以舅父为主，新郎家以新郎父母为代表。双方以"梅葛"调对唱，先由新娘舅父吟唱大段的诵辞，既有传统的内容，又融入了自己对生活、对人生的理解。新郎母亲及舅父除对答一些谦虚的话之外，根据古老的传统习俗和生产生活实际，将古老的生产技能，如一年四季的农活、家务，以及他们对生活的理解、公认的生活方式和简拙的是非观念，如为人处事、尊老护幼等，原封不动地传喻给下一代（主要指新娘），目的是让下一代沿袭本民族传统的生活道路，认同老一辈的生产生活方式。这种传喻表现得凝重而含蓄，甚至是一种传统文化的重演，但正是这种一次又一次的重演，使"梅葛"文化的精髓融入了彝族人的观念、意识之中，使之得以延续保存。

在对待生与死的问题上，彝族是比较旷达的。他们认为，人死只是肉体的消失，灵魂却永远活着，只是转到了另一个世界，仍像在人间一样生活。《梅葛》"丧葬"部分中，围绕着生与死的问题，叙述了"医疼的药倒是有，医死的药没有"，"会生也会死，有死才有生"的生死观。以"死亡"为线索，彝族先民编织了一个神授说：天王撒下死种，地会开裂，山会倒塌，世上的百鸟百兽、百草百木都会死亡。不例外，人也会死亡。既然"人死就像落叶样"，"人死就像果子掉"，那么，人死也是自然规律，躲也躲不脱，没有什么可抗拒的，也没有什么可悲伤的。马游彝族的丧葬礼俗也由此而展开。

老人快咽气前，儿女们要接气。无论死者生前穿汉装或彝装，去世后都要穿蓝色对襟衣，戴三角黑色帽。但不能穿带有皮、毛的衣饰，否则到了阴间会被认为是牲畜而不是人。老人去世后，主家请人通知亲友赶丧。其中舅家需主孝，同时派人请朵觋。棺木盖严后，死者有几个儿女就煮几碗饭，米饭上各放一个鸡蛋，供于棺前。丧事后鸡蛋带回家同家人分享，认为能保佑家人免灾；米饭带回家晒干后拌入谷堆中，认为粮食经吃。

以后的指路、制灵牌、做规矩、做礼等丧葬礼仪，均与"梅葛"密切相关。

出殡前夜，朵觋在棺木前插香，摆设神坛，或坐或站开始吟唱洋洋数千行的大型祭歌——"梅葛"。他先要请来天上的大神，以增添自己的法力，然后吟唱开天辟地、人类起源、万物来历、家族历史、生产生活以及死者生平功德，再叙述世间万物都会死，死者归天的必然原因，并将死者托付给山神，给死者指明到阴间的路途，一站一站指过去，说明所经之路和一路上应当注意的事情，最后到达阴间与祖先团聚，在阴间重新安家立业，开始一种新的生活等等。孝子及亲友根据朵觋的指令，在棺前或跪或磕头或烧香，不得随意离开。主旨是在父母死亡之时，教育后辈，继承祖先传统，传承本民族历史和习俗。马游彝族虽然还没有现代宗教的"天堂"、"地狱"观念，但朵觋的指路经认为，人活着生活于现实的"阳间"，死后灵魂在幻想的"阴间"生活。指路经描绘的阴间与阳间相仿，男女亡魂在阴间结婚成家、劳动生活，生活现状与现实世界一样。剥去神话外衣，所谓"指路"、"送魂"，其实质一方面是对死去祖先的怀念、祝福及昭示后人，另一方面则反映了彝族通过对阳间和阴间生活的幻想，从而找到了解决生与死的切入点。

出殡日上午太阳未出山前，朵觋带着主孝牵一只羊到坟山寻找祖先树（松树），经朵觋卜定后，主孝跪下将此树砍倒背回，朵觋用"梅葛"调念诵经词，让孝子认祖。念毕，把松树掰断，用白布裹缠，安葬后再刻成人形供于祖宗洞。接着开始做规矩。主家（指死者家）和后家（如父死指叔伯辈等，母死则为舅、姨等）各出两三人，端三杯酒，先后退作揖三次，双方以"梅葛"调一问一答，依次将死者从更衣到出殡的仪程述说一遍，其目的一则表示丧事已严格按传统礼俗进行，二则使下一代了解彝族传统丧葬仪程，进行传统礼俗教育。之后，朵觋将插在棺前的七或九根树枝拔起，栽到出丧经过的路边，并在路中心用树枝盖一鬼棚，朵觋左手摇铃，右手握司刀，另一人敲锣，高声念诵驱鬼经，从灵棺周围到鬼棚来回三转赶鬼。最后一转时，一帮忙者用刀将栽在路边的树枝砍倒。出殡时，两人牵一只开路羊于前，其次为撒纸人，后面是背土锅的主孝，之后依次是灵棺和送葬的孝子。灵棺要从鬼棚下经过，并将鬼棚撞倒。这些仪程都伴有毕摩或主家、后家的经词、祭辞，内容既涉及创世史诗的一些片段，但更多的则是缅怀祖先、祭祀鬼神的一些祭辞及丧葬礼仪的规矩、礼节，主旨在于利用神圣的丧葬活动，对族人进行传统文化的教谕熏陶，传承彝族古老的文化，从而维护家族内部团结和凝聚力。因为在这严肃的丧葬场合，无论是耄耋的老者，或是精力充沛的壮年，还是生气勃勃的青年，都要接受并传承着彝族既成的一整套文化模式：祖先是怎样生活的，人为什么死，如何孝敬长者，彝族传统丧葬礼俗是怎样进行的，怎样做长子或幼子等等。只要身临其境或多或少都会受到感染和影响，或多或少都会学到、了解一些彝族文化礼俗。否则，很难解释口耳相传的"梅葛"为什么千古流传？彝族古老的婚、丧礼俗在外来文化的冲击下为什么千古相袭？正是这些古老的婚、丧文化习俗的长期存在，强化了"梅葛"流传的文化生态系统，使"梅葛"的"根"深深扎于传统文化习俗之中。

第六节 "梅葛"与火把节

民族节日是千百年积淀的民族文化事象。追溯民族节日的起源，可将其分为五类：祭祀性节日、男女交游性节日、集贸性节日、纪庆节日和演化复合型节日。但从目前的情况来看，民族节日随着时间、自然环境、社会变迁不断从单一的祭祀或交游等活动向综合性复合型转型，成为集多种文化功能的文化载体。

彝族是火的民族，火与其先民的生产生活至今关系密切，对火的崇拜十分久远。古人认为火有两种：一是自然之火，一为人工之火。彝族先民由于对自然界认识的局限，始终停留在自然火的阶段。《祭火神》说："火是雷神火，火是雷送来。"《阿细的先鸡》说："天上打起雷来，有一样红彤彤的东西，人们从来没见过……姑娘和儿子们，在旁边的树蓬里，折了些小树枝，拿来撬老树，撬着撬着嘛，撬出火来了。"《梅葛》也说："没有火，天上老龙想办法，三串小火镰，一打两头着，从此人间有了火，日子好过了。"彝族关于火的来源，均与天有关。《梅葛》中的天神是天地万物的创造之神，当然也包括火。既然火的起源与天神有关，那么火崇拜与彝族先民祭天必然存在内在联系，只不过在《梅葛》的传承过程中，天神湮没了，而火崇拜则逐渐衍化成为了火把节。因此，先有火崇拜，后有火把节。这是毫无疑义的。

关于马游等彝族火把节的起源，根据民国《姚安县志》的记载，与两个传说有关：

其一，阿南殉夫说。"汉时有彝妇阿南，夫为人所杀，誓不从贼，以是日赴火死，国人哀之，以此为会"。县志中还收录了一首赞阿南的诗曰："惨说敌人杀夫死，夫死敌人犹未了，更欲师始奇红颜，夫仇不报妄心耻，抽刀出令焚夫衣，随将烈焰葬芳芷。"看来阿南夫妇并非一般的彝众，而是彝族部落的首领。在时间上，《滇系·人物》记载是汉元封年间，恰是汉武帝征滇之时。既然说阿南趁火把节祭夫之际跳火自焚，说明火把节在此之前就已存在。

其二，火烧松明楼之说。"南诏皮逻阁，欲并六诏为一，建松民楼请五诏王宴之而火其楼"。把"火烧松明楼"看做是火把节的起因，这于情于理都不太可能，南诏之前早已有火把节，这是有史可考的。至于为什么把火烧松明楼附会于火把节，这可能与历史上"火把节"流行地区曾是南诏、大理国统治地域，因而作为一种民间传说流传下来。"梅葛"文化带的多数区域曾是南诏文化圈，"火烧松明楼"的传说自然为文化圈内彝族所接受。

"梅葛"文化中心之一的昙华山彝族有这样一则传说：头人带领彝民反抗皇帝，皇帝派官军攻打昙华山，因战争失利退守山头，被官军团团围住。头人们商议后，为迷惑官军，他们在将火把绑在羊角上，赶着羊群满山跑，彝民们亦点着火把在山头上跳歌，官军不知虚实，不久便退兵了。为了纪念这个日子，便有了火把节。这个传说虚构的成分太多，且时间较晚，与火把节起源没有必然联系，但内容原始、古朴，并反映了昙华彝族游牧文化特征。

虽然"梅葛"文化带彝族都盛行火把节，但其起源及其传说又差异较大，可能是各地文化生态环境和经济社会发展不同所致。据有关学者研究，彝族自游牧进入定居农耕之后，火把节逐渐地由单一的火崇拜转变为熔祭祀、农耕、娱乐为一炉，并与彝族古历法相联系，转而称为"星回节"。《禄劝县志》"风土"载："六月二十四、五日为火把节，亦谓星回节，夷以此为度岁之日，犹如汉人之星回于天而除夕也。"《南安州志》"风俗志"记载："六月二十四日束松为燎朵，草花高丈余燃之，杀牲祭祖，老少围坐火，食肉饮酒。自官署以及乡间田野皆燃，谓之火把节，又谓星回节。"《牟定县志》"风俗志"载："六月二十四星回节谓之火把节，研松为燎，高丈余，入夜炮之村落，用于照田祈年，以炬之明暗占岁之丰歉，街市儿童扬松脂末，互相烧酒为戏，比户朵牲饮酒。"《姚安县志》"风俗"亦载"六月二十四为星回节。燃火炬于街衢，通宵酿饮，照田占岁有秉炎火之意，此风近亦渐杀"。由此可以看出，火把节就是"星回于天而除夕日"。另据彝文典籍《星回历》（彝名《拖节·路足那书》）以二十八星宿和月亮相遇之夜来记日的情况看，二十八宿以鸡窝星为准绳，因为鸡窝星为二十八宿之首，鸡窝星与月亮相遇之夜叫"拖节日"，以下二十七星与月亮相遇之夜叫"路足日"。正月初八、二月初六、三月初四是"拖节日"，唯四月有两个"拖节日"（四月二日和四月三十日），五月没有"拖节日"，直到六月二十四晚，鸡窝星才出现并与月亮平行或稍前一点。也就是说五月看不见二十八宿，直到六月二十四才又出现，所以彝族民间把它叫做"星回节"，把"拖节日"当做最吉祥的日子。由此观之，星回节与彝族古代天文历法有关。所谓"星回于天"，就是彝族先民观察了星象而定的过年日子。游牧阶段，到这一天彝族先民们燃起火把，在空旷的原野上欢歌起舞，共庆"星回"。进入农耕阶段后，除了保持古老的"祭天祈年、火把照岁"的习俗之外，还把火驱邪净化的观念和农耕节令结合在一起，融会了杀牲祭祖、照田祈年等内容，既传承了彝族先民的宗教信仰和社会生活的"祭天"和火崇拜，又与占岁、祈丰及占农时、烧害虫等农耕文化习俗相伴相生。

在《梅葛》的"造物"部分，彝族先民们不厌其烦地讲述着怎样盖房子，怎样狩猎和畜牧，如何安排农事，怎样制作生产工具，盐是怎么来的等等。实际上，从盖房、狩猎、畜牧、农事到盐的由来，我们可以清理出彝族先民游牧→游耕→定居→旱作→稻作的发展过程。既然彝族先民是从游牧、旱作再到稻作发展的，其古老的火崇拜也像滚雪球式的不断融入新内容。进入稻作农耕后，与六月的水稻扬花相联系，融入了农业祭祀、驱病除虫等等；同时，与彝族的自然崇拜式微、祖先崇拜发达相适应，纳入了祭祖习俗，最终形成了祭祖、农业祭祀、娱乐三位一体的复合型节日。这在马游彝族火把节中表现得尤为明显。

据雍正十三年姚安军民府发给马游自、罗、骆三姓的《官发管业册籍》记载：唐以前马游一带是"荒山陆地，林密箐深，人烟杳无"，"无人开辟"之地。宋代大理国时期，姚安府土司高泰招抚自、罗、骆三姓始祖为佃，在此"辛勤苦耕，开挖成业"。按此推论，自、罗、骆三姓在定居马游之前，可能还处于游猎或游耕阶段，或者狩牧经济在生产生活中仍占主导地位。即便已定居，还"刀耕火种"，保留了大量游耕经济的特征。这些文化特征在火把节中主要反映在祭羊神和祭荞神两个方面。羊是彝族的传统家畜，也是彝族家庭财富的象征。火把节期间，马游彝族在下午羊群回厩之后，要用香、纸在厩门前焚烧，用酒、鸡（或鸡蛋）祭祀供于羊厩门头上方的羊神（以一枝松树为象征），同时献祭牧羊人随身携带的木箱并将它开起挂于厩门上，待生下羊后又放回羊火塘。虽然这种祭祀是各家各户进行的，程序也较简单，但这是火把节中必不可少的祭祀内容，即便是今天的马游彝族也把它看得很神圣。揭开自然崇拜的迷雾，可以看到彝族先民游牧文化的真实内涵。马游彝族在春节正月初四后，要择一吉日出羊。届时牧羊人要携带酒、肉、香、纸等，与牧神图一起放入一箩箩中，到放牧山祭山神；同时，用一只木箱盛碗、筷、草绳等。牧羊人逐水草迁移，晚上羊群歇到谁家田地里，就由谁家提供牧羊人的酒食。箩箩和木箱是牧羊人的随身物，即便晚上睡觉也只能放在羊火塘旁（牧羊人歇息处）的东方，直到火把节才能将木箱升于羊厩门上，直到生第一只小羊祭羊神后才能放下。据研究，木箱在彝族先民心目中可能是羊神的象征。可见，彝族先民随畜迁徙的游牧文化特征和祭祀羊神的自然崇拜遗俗在火把节中得到传承和反映。

　　另一个与旱作文化有关联的是祭荞神。荞是彝族先民种植历史最久远的主要的农作物，为"五谷之王"，是彝族旱作文化的标识。马游彝族在定居后的相当长时期，一直以荞、麦等旱地作物为主。因为荞与人们的生产生活密切相关，且荞种是天神赐给的，故彝族把荞当做"神"来供祭。《梅葛》就有大量的"二月砍荞把；二月撒荞子"，"七月割苦荞"，"九月割甜荞"的记述，以及烧荞地、拣荞种、做荞粑的详细记载。六月正是荞子开花和成熟之季，为祈求荞子丰收，马游彝族始终保存着火把节祭荞神的习俗。马游彝族对火把节祭荞神十分重视，头年杀的年猪，猪头是不能随便吃掉的。猪头在撒荞日煮后祭荞神，剥下猪头骨留到火把节祭荞神。祭荞神十分神圣，主人家用竹筛端着酒、鸡、猪头骨、香等，朵觋手持法器，先在祖灵前献祭，后到荞地中杀鸡祭祀。朵觋边摇动手中法器，边用低沉的"梅葛"调吟诵荞的由来，荞的功用以及祈求天神保佑荞子获得丰收等内容。荞神为一松头，插于地中。祭毕，在地中央插一树杆，将猪头骨绑缚于上。虽然后来荞已退出了马游彝族的主要经济生活，但彝族仍视荞为五谷之王，并将火把节祭荞神的习俗完整地保存下来。

　　马游彝族开始真正意义的稻作文化的历史并不太长，《梅葛》中稻虽也被视为"五谷"之一，但值得注意的是，《梅葛》中的"五谷"始终把"荞"放在首位，而且详述了种荞的过程，对稻则叙述于后，且较简略，说明水稻在马游彝族经济生活中不占重要地位。20世纪60年代前，马游彝族种植的水稻指的是耐寒的晚熟小黑谷、红谷、冷水谷等。随着马游彝族从游牧到定居农耕及转向旱稻兼作之后，稻神也进入了诸神之列。开秧门之前，各户均要到田边祭稻谷神，用一树枝绑数条色纸插于地边，然后用香、酒、鸡蛋献祭。六月二十四日晚，各户在田边杀鸡，以鸡血祭谷神。祭时焚香化纸，并三叩头以谢谷神，祈请谷神保佑水稻顺利生长，获得好收成，然后在田边插上松明火把，以此烧死前来作害的虫类。但火把节的祭谷神，当地彝族称之为祭田公地母。据说地母指的是"王母娘娘"，田公则指谷神。彝族有古老的雌雄观念，把世间万物均分为雌雄，雌为大，雄为小。由此推之，地为大田为小，祭田公地母反映了马游彝族以旱作为主，旱稻兼作的现实。

　　火把节是一个岁时年节，祭祖是少不了的。马游彝族视祭祖为家庭的重要事情，年节及家庭重要活动都要祭祖。火把节之日，各户要把外嫁的女儿或分立门户的弟兄请回家中吃饭，一则表示合家团圆，二则家庭共祭祖先。祭时将煮熟的肉、饭、清酒等食物供于祖先灵之前，焚香化纸，叩头三拜，户主呼喊三代老祖的名字，请他们回家同子孙共享年节的酒肉与快乐，以示对祖先的缅怀与尊敬。据彝老言，死去祖人的灵魂经山神允准后，年节可回家与子孙同欢共乐，但食后要送归其所，勿让其与活人相缠。因此，火把节之夜青年们娱乐活动之前，要用三炷香喊着祖先的名字，将他们送至大门外。山神是祖神的主宰，反映了彝族原始信仰从自然神向祖先神的转变，同时也是自然神与人文神在文化上的整合。据说，过去马游彝族火把节时要先祭山神，然后祭祖神及羊神、荞神等，乃山神是地方性神灵，必先请之允准，而后才能祭其他神灵。虽然现在已不存在祭祖前先祭山神的习俗，但也可以看出山神在原始信仰中的地位和影响。

火把节也是娱乐交游节日。夜晚，青年男女相约田间地角，燃起篝火，吹起芦笙，欢歌起舞。多情的小伙子，哼着"梅葛"，寻找各种机会与中意的姑娘对唱；已定情的青年男女，或躲到小树林，或回到姑娘房，互相对唱"梅葛"，表达自己的爱恋。老人则围坐在火塘边，边饮酒边听歌手吟唱古老的"梅葛"调。这种把神圣性的"梅葛"与世俗的"梅葛"熔为一炉的文化现象，在火把节期间显得特别突出。在彝族先民看来，火把节正是水稻扬花、荞子成熟之季，犹如人类的"生殖喜剧"，是最为关键的时期，因而他们以自身的生殖交游以促大地母亲的孕育能力和农作物的生殖能力。这在进入稻作农耕的民族中是一种随处可见的文化现象。当然，马游彝族火把节的娱乐交游，既有以交游促农作物生长、成熟的内涵，也有与祖先同欢共乐之意。

由此可见，马游彝族火把节，以"梅葛"为纽带，包容了彝族原始信仰和农耕文化的各个方面，即既有从自然神向祖先神过渡转变的痕迹，又有游牧到旱作再到旱稻兼作文化的内容。虽然由于长期的文化变迁、传播，火把节神话的原型湮没、转型，一些原始节日、民俗失落了，但经过长期的融合、沉淀，火把节逐渐形成为彝族民俗文化传承的载体和集合体，其中却蕴含了火把节从起源到变迁的趋向和发展规律。

第七节 "梅葛"与毕摩、歌手

毕摩，彝语音译，彝音 beumap 或 bimap，各地发音略有差异。过去的史书、方志、书籍，有许多不同译名，如奚波、西波、嗜老、鬼主、白马、贝玛、比目、呗耄、阿毕等，现已约定俗成，大多译为"毕摩"。

毕摩起源于彝族原始父系氏族阶段，是彝族原始宗教发展较为完备的产物。① 据彝文史籍记载，最早的祭司系彝族先民的部落首领密阿迭，他曾"教人做斋，以供奉祖先"。据一些彝族学者推测，密阿迭约为公元前 1 千多年的祭司。② 从彝族毕摩只能由男性传承的习俗来看，毕摩起源于父系氏族时代是有道理的。

进入阶级社会后，彝族社会确定了"滋"（君）、"莫"（臣）、"毕"（师）三位一体的政体。"君施令，臣断事，师祭祖"。毕摩的主要职能是祭祖，因而毕摩应是彝族尊祖、崇宗观念的产物。三国至宋代，是毕摩文化繁荣的时期，产生了一批毕摩著述的彝文典籍，汉文史籍称之为"夷经。"晋常璩《华阳国志·南中志》说："夷中有桀黠能言议屈服种人者，谓之耆老，便为主。论议好譬喻物，谓之夷经。今南人言论，虽学者亦半引夷经。"至明代，毕摩文化达到鼎盛时期，涌现了大量的彝文金石铭刻和大批的彝文经典著述，如禄劝县的"镌字崖"，武定县的《凤诏碑》等。现今传世的大批彝文典籍，大多是明代时期的著述，手抄保存下来，如楚雄彝族的《劝善经》等。明、清大规模"改土归流"之后，彝族社会原来的"兹、莫、毕"三位一体行政机构逐渐削弱乃至解体，兹、莫多数被"归流"而丧失了权力，毕摩失去了政治上的依附，政治特权和社会地位被剥夺，有的依附于尚未丧尽权力的土司、土目，而大多数毕摩回流民间。不过，这些回流民间的毕摩，把与祭天、祭祖、占卜等活动融为一体的彝文经典也带到了民间，彝民们遇到疾病、丧葬或一些疑难问题时，都要请他们占卜、念经、作法、祭祀。凡此种种，就使毕摩成为彝族社会中上通天文、下懂地理、能为人们排忧解难的能人和原始宗教祭仪的主持者、祭司和传统文化的保存者、传播者。在彝语里，毕摩含有经师、教师之意，毕摩一般都精通"老彝文"，通晓彝文经书，拥有彝文典籍，过去和现在人们都视为"智者"和"知识最丰富"的人。彝族谚语说："调解的人知识上百，兹莫的知识上千，毕摩的知识无数计。"同时，彝族民间认为，毕摩能"通神"，亦能"通鬼"，是人与神、人与鬼之间的中介，卜疑解难的超人。因此，彝族传统文化特别是口承文化的传播、保存与毕摩是密不可分的。

李子贤先生认为，神话产生于野蛮时期的低级阶段，而创世史诗产生于野蛮时代中高级阶段，即母权制社会的全盛期及母权制被父权制取代这一发展阶段。③ 这就是，先有神话，然后由神话演进为史诗。应该说，此时也正

① 何耀华：《彝族社会中的毕摩》，载《云南社会科学》，1988 年第 2 期。
② 左玉堂：《试论彝族毕摩文化》，载《彝族古籍研究文集》，云南大学出版社 1993 年版。
③ 李子贤：《探寻一个尚未崩溃的神话王国》，云南人民出版社 1991 年版，第 267 页。

是毕摩产生的时期。因此，作为创世史诗的"梅葛"一经形成，就与毕摩紧密地联系在一起，由毕摩创作演唱、传播和继承。"创世史诗本来是为了追溯历史、祖先的业绩而产生的，但却把曾经极为盛行的、曲折地反映自然现象、人类与自然力作斗争的神话视为历史，并作了创世史诗的主干部分，成了创世史诗赖以形成的基础"。① 这个"主干部分"最为核心、最为神圣的部分，其他的人是不能随意演唱、解释的，只能由享有崇高地位的毕摩来担负此责任。《梅葛》的搜集整理者在"后记"中这样说，彝族人民"把它看成是彝家的'根谱'，逢年过节都要唱三天三夜，并把会唱'梅葛'的朵觋和歌手尊为最有学问的人"。马游彝族地区在 20 世纪 50 年代朵觋（毕摩）就已失传，仅有一些民间歌手，"梅葛"的演唱传承自然不是毕摩而是歌手。但可以肯定，20 世纪 50 年代以前"梅葛"的主要演唱者、传播者是毕摩而不是歌手。已故民间文艺工作者李世忠于 20 世纪 80 年代初在马游收集、整理的《老人梅葛》，这是"梅葛"最核心的部分，主要分为"造天造地"、"牛变万物"、"洪水"、"兄妹成婚"、"兄妹造日月"、"分四季盘庄稼"六个标题。他在"附记"中说，"'老人梅葛'是由彝族毕摩唱的，并且不能随便在家唱"。② 这就给我们透出这样一个信息：过去"梅葛"的核心内容即神圣部分只能由毕摩在特定场合吟唱，其他人不能随便唱。至于后来马游彝族毕摩无传人而改由歌手、老人演唱，这是不得已而为之，也是马游"梅葛"变异和式微的主要原因。

"梅葛"文化中心之一的大姚昙华及永仁直苴彝族，由于社会文化相对封闭，他们的"梅葛"基本上保留了原始形态，其内容与马游"梅葛"也有较大差异。《梅葛》一书的整理者之一郭思九说，1957 年在昙华收集的《梅葛》是由老毕摩李申呼颇唱述的，内容有开天辟地、造工具、盖房子、相配、成婚、芦笙、死亡、怀亲等。③ 20 世纪 80 年代在昙华山收集的《俚颇古歌——彝族神话史诗》，共分为"赤梅葛"、"扶嫫梅葛（情歌）"、"嘿底梅葛（盖房调）"、"乃着伙着（认亲戚）"、"柯梅何梅（过年调）"和"祭祀经"，其中的"赤梅葛"是老人死亡办丧事时由毕摩说唱的葬歌，内容包括了造天造地、草木来历、"补天补地"、"配偶"、"洪水泛滥"、"病亡"、"找灵牌"、"跳丧"等，是史诗的主干部分，变异性不大。1989～2001 年，笔者两次在昙华山调查时，请了四位毕摩演唱"梅葛"，与《俚颇

① 李子贤：《探寻一个尚未崩溃的神话王国》，云南人民出版社 1991 年版，第 269 页。
② 姚安县文化局、姚安县文联稿《姚安县综合卷》，1989 年。
③ 郭思九：《关于〈梅葛〉》，载《金沙江文艺》，2002 年第 4 期。

古歌》内容对比，创世内容基本相同。在《俚颇古歌》中，"赤梅葛"和"祭祖经"只能由毕摩在丧葬和重大祭祀活动如祭山神、祭火神、祭水神等特定场合说唱，平时严禁吟唱，一般人也不敢唱。因此，这两部分内容只在毕摩有限的范围内流传、传承。直苴彝族的"梅葛"分为"赤梅葛"和"喜梅葛"。"赤梅葛"只能在丧葬和祭祖时由毕摩说唱，内容有开天辟地、万物起源、洪水滔天及家畜饲养、祭祀祖先等，众人坐在毕摩之后静听或根据毕摩吟诵的内容磕头。据说，毕摩吟诵"赤梅葛"时，人们可以走动，但不能走至毕摩前。虽然直苴一些彝族老人都能吟诵几段"赤梅葛"，也全在毕摩在为死者指路时和声，但大多是向毕摩学来的，毕摩在场时一般不唱，"赤梅葛"传承的主要途径还是毕摩。值得注意的是，直苴彝族年节不允许唱"梅葛"，认为会触犯神灵。由此看来，直苴"梅葛"，还保留着原始形态，"梅葛"被纳入了原始宗教的领域。

总之，毕摩与"梅葛"的关系，可以概括为以下几个方面：

（1）毕摩是"梅葛"最主要的传承者、创作者和传播者。毕摩与"梅葛"相始终，"梅葛"的产生与毕摩关系极大，毕摩是"梅葛"的"执笔者"和"写定者"。没有毕摩可能就不会有"梅葛"，毕摩无传人，"梅葛"也随之式微。

（2）过去演唱"梅葛"，主要是在宗教祭祀活动中进行的，演唱者主要是毕摩。"梅葛"文化中心的昙华、直苴等地流传的"梅葛"，多数只在宗教祭祀时演唱，会诵唱"梅葛"主干部分的基本上是毕摩。

（3）"梅葛"的主要保存者是毕摩。"梅葛"千百年流传至今，主要是由毕摩口耳相授而得以保存的。从调查的情况来看，有毕摩传承的地区，"梅葛"就还保留着神圣性和原始性，而失去了毕摩传承的"梅葛"则世俗性、"泛梅葛"化要多一些。

歌手也是"梅葛"的保存者和传播者。"梅葛"在其产生之初，由于与宗教祭祀、节日庆典、礼仪民俗融为一体，故其内容大多具有神圣性或较严格的民俗规定性。但"梅葛"作为口耳相传的活形态文学，也具有相当多的口头文学的特征。随着"梅葛"的流传及史诗的泛化，"梅葛"便逐渐为民间歌手所掌握而开始发生了变化。在原彝族原始氏族社会中业已产生的"梅葛"，以及刚刚产生的传说、故事，其中相当一部分仍与节日庆典、宗教祭祀、礼仪民俗等保持着紧密联系，但其中有的部分则逐渐与特定的民俗活动脱离而成了只是"讲一讲的故事"或"唱一唱的调子"。于是，独立于民俗活动及其文化氛围之外，在任何场所都可以讲述或吟唱的世俗的"泛梅葛"出现了。

大姚县华彝族的"梅葛"分为"阳梅葛"、"阴梅葛"两大类,"阴梅葛"只能在丧葬时由毕摩吟诵,而"阳梅葛"可以是毕摩演唱,也可以由歌手演唱。如"阳梅葛"中的插花调、放羊调、泼水调、喜欢调、服装调、爱情调多由歌手演唱,有固定的唱词,也可随时加入即兴的内容;而找水调、节令调、找盐调、三月调、老虎调等,毕摩可以唱,歌手也可以唱,根据演唱场合而定。姜荣文同志在《蜻蛉梅葛》一书中,将"梅葛"分为"创世纪"、"恋歌"、"祭歌"三部分,① 据他介绍,"祭歌"只能由毕摩在祭祀场合唱,而"创世纪"、"恋歌"则什么人都可以唱。如"创世纪",毕摩在祭祀、婚礼场合可以唱,歌手在婚礼、节庆等场合也可以唱。如20世纪50~80年代,昙华山著名彝族歌手杨森在各种不同场合(除丧葬之外)演唱过《梅葛》"创世纪"。《俚颇古歌》中除"赤梅葛"(葬歌)、"祭祀经"由毕摩演唱之外,"扶媄梅葛"(情歌)主要由歌手演唱,而"嘿底梅葛"(盖房调)、"乃着伙着"(认亲调)、"柯梅何梅"(过年调)有毕摩时由毕摩演唱,无毕摩时由歌手演唱。直苴彝族流传的"梅葛"虽然保留了较多的原始形态,也有很大部分是由歌手来演唱传承的,如婚嫁、喜庆、恋爱等场合演唱的"喜梅葛",内容宽泛,既有传统的内容,更多的是即兴之作。

马游地区流传的"梅葛",因数十年无毕摩,主要由歌手演唱、传承。马游"梅葛"划分较细,如"赤梅葛"、"辅梅葛"(又叫"老人梅葛")、"家梅葛"、"青年梅葛"、"娃娃梅葛"等,只要用"梅葛"调演唱的都可以称之为"梅葛"。马游彝族男女老少都会唱几句"梅葛",但都有约定俗成的规矩:涉及"梅葛"神圣性、变异不大的"赤梅葛"、"辅梅葛"一般只由老年男歌手演唱,神圣性与世俗性相容、内容宽泛的"家梅葛",老年男女歌手均可以在喜庆、建房、婚嫁等场合唱,也可以在家里火塘边唱;青年男女恋爱的"青年梅葛"则由青年男女对唱,但不能在公共场合、家里或村里唱,只能到野外或"姑娘房"里唱;"娃娃梅葛"一般只由老、中年妇女带孩子时吟唱。因此,除了保留原始形态的"赤梅葛"及"辅梅葛"(内容有"开天辟地"、"万物及人类起源"、"洪水滔天"等),其他部分的都属于"泛梅葛",虽然与一定的社会生活、文化心态及审美情趣相关,但大多与节日庆典、宗教祭祀等无有机的联系,歌手在演唱时可随意发挥,同样的主题不同的歌手演唱也会有所变异,显得有些支离破碎,面目全非。

歌手与毕摩相比,在"梅葛"的保存和传承方面存在几点差异:第一,

① 姜荣文:《蜻蛉梅葛》,云南人民出版社1993年版。

毕摩演唱和传承的"梅葛"较具原始性外，内容大多具有神圣性或较严格的民俗规定性；歌手演唱和传承的多是"泛梅葛"，内容多具世俗性，在吟唱心态、方式、场所等方面也有较大的自由度。第二，毕摩吟唱"梅葛"有较严格的规定性，即某些内容只能在某种特定的场所吟诵；而歌手则不然，"感于哀乐，缘事而发"，一般都可以脱口而出，任何场合都可以自唱自悦，都可以参与传承。第三，毕摩传承"梅葛"都是由老毕摩向其传人或弟子传授，有时还以秘密的方式传授，变异不大；歌手传承"梅葛"则多是有心者向老一辈歌手学习时牢记于心，内容变异较大。第四，毕摩和歌手演唱的"梅葛"既有交叉，又有所差异。毕摩吟唱的"梅葛"原始性多些，而歌手演唱的"梅葛"除原始性外，还有大量的世俗性内容，这比毕摩吟唱的要丰富得多。如马游"梅葛"中反映的"开天辟地"、"万物起源"的"创世梅葛"是最古老的部分，反映洪水泛滥、人类再生、畜牧农事、婚丧娶嫁的"老人梅葛"则是从"创世梅葛"中衍化而来，一般只由老年歌手演唱；"青年梅葛"脱胎于"老人梅葛"，也沿用了"老人梅葛"的语法句式，是青年男女传情求爱的工具。但现在这种格局已被打破，青年歌手演唱"老人梅葛"，并加入了不少"青年梅葛"的内容；过去婚嫁场中演唱"梅葛"多由中青年歌手充任，他们往往运用"老人梅葛"低沉婉转的特色，把"老人梅葛"与"青年梅葛"相熔一炉，虽然内容更为丰富，但都显得杂乱无章，主题不明确。

第八节 "梅葛"与彝族神话思维的遗痕

神话思维是人类在原始生产力和智力水平条件下，用一种不自觉的艺术方式折光地追溯起源、陈述历史、反映现实、寄托理想，进行认识和掌握世界的特殊智力形态和思维活动，是原始人借以认识自身和世界的一种"态体思维"体系。它并不是有意识地创作的艺术审美作品，没有严密的推理，只有"粗糙"的形态；没有清晰的思维定式和步骤，只有大致的、朦胧模糊的暗示；它不用概念，只是用形象，而形象之间的构成又是一种非逻辑的"因果"联系；并不是以审美目的为主，而是以带功利性的认识目的为主。[①]它是一种不可重复的、心理学意义上的精神创造或人类学意义上的文化记录，因而它是创世神话产生的前提。"梅葛"是楚雄彝族的创世史诗，毫无疑义，它必然是原始神话思维的必然产物，当然也就不可避免地存留有

---

① 李子贤：《探寻一个尚未崩溃的神话王国》，云南人民出版社 1991 年版，第 57 页。

"神话思维"的文化记忆或痕迹。

　　"梅葛"虽以神话为主干，但却已突破了神话的局限，开始形成了熔神话、传说、记事于一炉的丰富内容和以人的活动为中心的阐释倾向。《梅葛》（包括1959年版和2003年收集的"梅葛"）及《蜻蛉梅葛》基本上分为"创世"、"造物"、"婚恋"、"丧葬"四个部分。除天地万物的历史、人类起源及再生等神话外，后三部分基本上包括了传说内容及彝族古代现实生活的直接记叙。前一部分的神话，纯粹是幻想的产物，但显然是经过选择后组织到"创世梅葛"中去的；"梅葛"后三部分则是以人类实践活动为主的艺术加工，其中虽然或多或少的穿插了一些传说内容，但盖房、农事、狩猎、婚丧、祭祀等叙述中已能嗅到人间烟火味，清楚地看到楚雄彝族早期的社会生活情景。

　　如果从"梅葛"的主干"创世"来看，无不是"化装"了的历史，反映了彝族先民神话与现实生活相统一的神话思维体系。李子贤先生在论及原始神话思维时说："其一，神话是古代条件下的自然界和社会生活的曲折反映，而当时的社会生活本身，就存在着许多在今天看来'不合理'的东西，如家庭婚姻形态中的伙婚制、对偶婚制等，以及一些原始习俗；其二，神话反映客观事物时所借助的想象（或幻想），又是与原始先民特有的思维特点——神话思维紧密联系在一起的。"[①] "梅葛"虽然与现代彝族的思维方式存在着很大差异，但两者之间却有某些继承关系，如至今"梅葛"文化带彝族还保留着许多原始社会的残余，生产方式、婚姻形态、宗教习俗犹如冰箱般地封冻着许多原始形态的珍贵资料，可直接找到许多"活"的古文化遗迹。

　　1. 图腾神话

　　楚雄彝族先民或慑于某种与自己生产、生活关系密切的动、植物的神秘力量，对其产生了敬畏之情进而产生了图腾崇拜，如"梅葛"文化带彝族以虎为原生图腾，"梅葛"中也以虎尸化万物。由于彝族经济社会的发展变迁，虎与他们的生产生活之间关联不大，故虎逐渐从永仁等地彝族的图腾观念中退出；或是由于从内婚制向外婚制过渡时，为了区分不同的血缘关系的氏族，以一定的物象作为限定标识，这就产生了图腾崇拜及图腾神话，如"梅葛"文化带的彝族普遍崇拜马缨花，各地彝族都产生了各具特色的马缨花神话。大姚县华彝族神话说：洪水滔天淹没了一切，世上只剩两兄妹躲在葫芦中获救。兄妹俩以烧香、滚磨、滚簸箕为卜，天意难违，只好成了亲。十个月后的二月初八，妹妹生下一肉团，哥哥很生

---

① 李子贤：《探寻一个尚未崩溃的神话王国》，云南人民出版社1991年版，第44页。

气，用刀把肉团砍碎甩到菁中的树枝上，碎肉变成了各民族的祖先。彝族俚颇就是粘到马缨花树上的碎肉变成的。这里，虎、马缨花图腾及神话不仅与"梅葛"文化带彝族有某种亲缘关系，反映了楚雄彝族从血缘婚到族外婚的过渡，而且他们作为非具体自然物的类化符号已系统化为形象的造物主或人类祖先，并以口耳相传的形式流传于今。

2. 创世神话

创世是"梅葛"的主干及核心。在"梅葛"的创世神话里，天地的诞生是人创造的，没有具体的物质实体，但有"篾帽"、"簸箕"、"蜘蛛网"、"蕨菜根"作为"模子"，这是因为天、地在他们眼中如同当代人一样是一个不可捉摸的谜，只能以现实生活为依据对天地的起源进行主观幻想来感知。但对天地间万物的起源，《梅葛》解释为由虎尸（马游一带彝族后来转换为牛）转化而成，《俚颇古歌》则说是具有超自然力的天神盘颇造的。将其"因"与"果"联系起来的，并非是理性的思考，而是由于彝族先民主观幻想所致。在他们看来，具有神秘力量或神秘属性的事物，就可以成为另一个事物的本源，反映了楚雄彝族先民在其思维方式上的"互渗性"，即无意识的、带臆想性的"心物不分"。

3. 文化英雄神话

"梅葛"的文化英雄神话极为丰富，折光地反映了楚雄彝族先民早期的文化发展，如盐的发现、工具的发明，原始畜牧业、农业、手工业出现，从游牧到定居，母权制被父权制取代等，历史上发生了的一系列重大变革，都被形象地浓缩于某一特定的形象之中，并往往将这些文化业绩归功于他们心目中的"文化英雄"，最初是把一些不太丰富的文化成就归功于天神和虎，后来则把这些重大文化成就归功于有名有姓的神化了的人。如第一个牧牛的是"特勒么的女人"，第一个养马人是"阿巴"，第一发现盐的是"选阿巴顿"，等等。这些动物或神化了的人的文化英雄神话是楚雄彝族趋向文明进步的象征。

4. 风俗神话

这类神话多涉及婚恋及生殖。对于婚恋，彝族先民认为"世间万物分雌雄"、"世间万物都相配"，那么人类相配繁衍后代也就是理所当然的事，这也是洪水神话中兄妹俩不得不结婚繁衍人种的注解。在《俚颇古歌》中甚至出现了教人"相配"的人物阿谢媡君。人类有婚恋，但又是怎样生育的呢？对于神秘的生殖力，楚雄彝族先民按其心理也编造了许多超自然力所致的神话，如《梅葛》说是哥在河中洗澡妹在河尾洗澡怀孕生下葫芦繁衍人类，《蜻蛉梅葛》说是从梭罗树根的"门"里生出人类等。这些婚恋及生育神话,就是彝族先民原始思维方式的直接产物。

此外,还有许多关于原始巫术、原始宗教仪式的神话,如灵魂的来历及变化,毕摩的送灵及跳丧等,都反映了楚雄彝族对某一问题的困惑以及尽其思维所限做了回答。尽管这些回答是非理性的,在今天看来很荒诞,但却成了他们思想结构的表现,成为他们心理活动的外在表现。

以上分析可以看出,通过对各种具象的事物的某一特征进行类比,并由已知事物的表象去解开未知事物之谜,是"梅葛"神话思维的构成基本特点;而将一些在本质上并非有的内在联系,但具有某些非本质的外部联系的事物,按其原始思维活动方式组织起来,则是"梅葛"神话思维的一般组合关系。这种心理活动及思维方式,与楚雄彝族先民的原始生产力水平是相适应的。

"梅葛"创世神话如同其他彝族神话一样,也充满了使今人困惑的用语、用意及荒诞的"逻辑"。它总是用形象去讲述一些影影绰绰的极不具体、完整的事情,恍如隔雾,却又隐隐地透露出历史的影子。如果我们按神话所隐示的大方向,就会发现"梅葛"创世神话所述的一切,与现代历史学、民族学所揭示的彝族社会发展历程基本上是一致的。综合起来,"梅葛"创世神话具有这样一些特点:首先,"梅葛"创世神话思维所反映的事物都有混沌性。混沌性神话是彝族创世神话的重要组成部分。具体地说,混沌神话是对早在天地判明之前,就已存在的对宇宙初始状态的设想和猜测。它反映的是彝族先民幼稚的自然观,与儿童早期认识发生的心理状态很相似。在彝族先民看来,在没有天地之前,宇宙是混混沌沌,漆黑一团,天连着地,地连着天,天地万物混然相生,宇宙万物处于混沌的初始状态。由于思维的幼稚,他们在将外部事物经过心智加工时,往往将物理的和心理的以及将有生命、意志、情感的和无生命、意志、感情的混为一体。物和我,客观映象和主观幻想,记忆表象和想象表象不自觉地混融,并以此朦胧地去认识周围世界。神话思维的这种混沌性,是彝族先民心理和思维能力还不能把自己与自然区别开来的必然结果。其次,"梅葛"创世神话思维充满象征性。彝族先民在"梅葛"创世的集体表象里,由于心物不分的一体感和神秘的互渗性,具体的形象和抽象的观念往往合二为一。如关于人类起源,就是借某些可以"联系"起来思索的物象来象征的。《梅葛》文本说:格滋天神撒下三把雪,落地变成三代人,第一代人是独脚人,第二代人是一丈三尺高的巨人,这两代都被晒死了。第三代人是直眼人,但他们也良心不好,于是天神发洪水换人种。从中至少可以看出这样几层意思:①人是天神创造的;②人是雪变的,雪是生人的象征物；③前两代人因与大自然不相融而灭绝；④天神再创人类，出现了现代人。这实际上是人类的进化史，神话却用象征的语言讲述了这一切。又如洪水后兄妹结婚生葫芦，从葫芦里出来了九个民族的祖先；或《蜻蛉梅葛》从梭罗树根的"门"开出"罗罗"（彝族）等。葫芦、"门"在彝族先民的观念中是神秘的生殖力量的寓体，也可以看做是一种阴阳化合、滋生万物的象征物。因此，"梅葛"所反映出的神话思维，不论是追溯历史，还是表达愿望，基本上都是以象征的方式来进行的。再次，"梅葛"创世神话思维是以形象来思索问题和表达一定的观念的。"梅葛"的创世神话，通篇都是用形象的"故事情节"来折射一定的历史发展进程，暗示一定的观念，其中并没有抽象的东西。如《梅葛》中的"开天辟地"就是一个形象的故事：格滋天神要造天地，于是用金银果先造了九男七女，让他们造天造地，结果造天的男子因贪玩好赌把天造小了，造地的姑娘勤劳肯干把地又造大了，于是有了缩地拉天和补天补地……这个故事用直观的形象将天神、人和各种动植物按一定的组合关系连接成一个完善的"情节"，从中我们可以看出人类探索自然、认识自然的历史轨迹，同时也向我们暗示九男七女及彝族原始崇拜的古文化线索。最后，"梅葛"创世神话思维由于是不合科学规律的主观幻想，因而具有不可捉摸的神秘性。"梅葛"的创世神话思维本质是用象征表达思想，用直觉来认识世界的。这样，用来象征的形象以及形象与观念之间的构成关系，使人感到神秘莫测，加之神话之间缺少必要的中介环节和逻辑程序而显得充满矛盾，因而带有较多巫术意味。故"梅葛"创世神话讲洪水之后幸存的兄妹俩结婚后，哥哥在河头洗澡，妹妹在河尾喝水，便怀了孕，生下一个怪葫芦，从中走出了各族先民。在我们看来不合理的、毫不相干的事物之间，竟成了"梅葛"神话思维中自然而"合理"的"因果"联系。同时，在"梅葛"创世神话思维中，与具象性和象征性相连的物象与观念融为一体，并不按逻辑程序去推论，也不进行综合分析、抽象概括，因而我们找不到清晰的思维程序和步骤，只用大量形象的组合、重叠、错置，对这些互渗性和表现性相融的心物同一，只能靠我们的直觉去领悟它的某些动机和暗示。

　　那么，"梅葛"创世神话思维是如何形成、发展的呢？

　　从心理特点上讲，神话是由想象产生的，是人类的想象力发展到一定阶段的产物。诚然神话有其产生的现实基础，但人类对原始社会生产力水平极其低下条件下的自然界和社会生活的认识，却离不开想象，而神话想象的心理基础则是原始先民的万物有灵观及万物的人格化。在彝族先民认识发生的最初阶段，感知映象在他们的心里内化为相应的心理表象并经过类化而产生了各种符号。随着彝族先民实践的发展，这些符号也出现了多维发展，形成了相应的思维符号，于是在万物有灵或把万物人格化的心理基础上，语言与他们在其社会生产生活中产生的类化表象和集体表象结合在一起，便产生了神话。从"梅葛"的神话分析，神话的产生和流传是建立在一定的共同思维基础上的，在原始社会里，神话之所以能被先民们直觉地传感和接受，能在人们相互交流中提高，并形成相应的神话思维，都与彝族先民在长期实践中形成的社会性是分不开的，是集体接受认同而约定俗成的产物。因为任何一种象征的思维符号和类化表象的形成，都必须排除个体的主观随意性，成为整个社会成员都能接受的东西，否则"梅葛"就不可能产生和流传，不可能形成世代相传的文化信息。英国神话学者该莱说："神话是孕育成的，不是制成的。它们是从一个民族的幼稚时代产生出来的。神话的人物，非由某一个人所编造，乃由几个世代的说故事者的想象力构成的。"[①] 这是符合"梅葛"产生、发展的实际的。

---

① 李子贤：《探寻一个尚未崩溃的神话王国》，云南人民出版社 1991 年版，第 55 页。

第六章 "梅葛"的吟唱方式与文化氛围

第一节 "梅葛"的吟唱习俗

"梅葛"是在楚雄彝族中广为传唱的创世史诗,主要流传在以姚安的马游、大姚的昙华为中心,东到禄丰,西至大理州的祥云,南至楚雄市的三街、大过口,北到攀枝花的仁和一带的广大彝族地区。千百年来,"梅葛"已成为彝族人民抒发心中情感和强化民族认同的一种主要表达方式,彝家人高兴的时候唱"梅葛",悲伤的时候也唱"梅葛",孤独的时候唱"梅葛",团聚的时候也唱"梅葛",农闲的时候唱"梅葛",农忙的时候也唱"梅葛"。姚安马游流传着这样一句话:"只要是彝家人,就都会唱'梅葛'","只要有彝家人在的地方就有'梅葛'",我们在采访中常听到的一句话就是:"没有'梅葛',我们彝家人就成哑巴了"。"梅葛"成了彝家人精神生活的全部,"梅葛"成了凝聚彝族人民的向心力,"梅葛"成了彝族传承文化的载体和代名词。

"梅葛"虽然是以口耳相传的方式在彝族民间流传,但在演变发展中已不与节日庆典、宗教祭祀、礼仪民俗保持着有机的联系,它虽然也依附于一定的文化生态系统,虽然存活在具有特定文化心态的人的口中,但却已获得了某种独立发展而不再受制于特定的宗教、民俗活动及其特定的文化氛围,其中一部分已经成为"讲一讲的故事"或"唱一唱的调子"。因此,"梅葛"虽然仍具有活形态文学的某些特征,诸如与社会生活、文化生态系统的直接联系;直接表现具有不同文化特质的人们的价值取向、文化心态、审美情趣;与集体创作、集体传承相联系的变异性等,但大多已独立于民俗活动及其文化氛围之外,在任何场所都有可以讲述吟唱的、通俗的口头文学。

在姚安马游彝族地区,唱"梅葛"很普遍,特别是会唱"青年梅葛"的人很多,几乎人人都能唱几句,20世纪90年代以前,唱"梅葛"成了当地人们的最主要的娱乐方式,但能够完整唱完"创世梅葛"的人却不多。我们在采访郭有忠时,他说:"天下书本12本,彝家'梅葛'有13本,

'梅葛'在各个场合有不同的唱法，由朵觋（毕摩）唱，其他人不能插嘴，主要唱人生的过程，盖房子、结婚等都有不同的对唱法。"从我们考察的情况看，"梅葛"的演唱主要在宗教祭仪、丧事、婚庆、节日、建房及一些自由娱乐场所，演唱"梅葛"的人也由于演唱场合的不同而不同，但总的来说，"梅葛"的传承者主要是朵觋（毕摩）和歌手。

一、宗教祭仪上的"梅葛"

"梅葛"是一部较完整的创世史诗，记录了彝族的发展历史，被视为彝族的根谱。作为记述一个民族历史的史诗，是与一个民族的原始宗教相伴而产生的。在原始民族的人们心中，神是万能的、神圣的，有着崇高的地位，完全主宰着他们的精神世界。在氏族社会，史诗的演唱活动不仅具有神圣性，还具有神秘性，常常与仪式紧密结合，而且我们也可以想象出古代彝人在演唱"梅葛"时那种庄严、神圣的场面，从现在的丧事、婚庆、建房唱"梅葛"前还要摆上香案参拜，还可以看到一些史诗"梅葛"神性的遗存。那时宗族的祭祀是最神圣的，有专门的神职人员朵觋（毕摩）主持，参加祭祀的人都有严格的规定，"梅葛"的演唱主要就是在这些宗教祭祀场合进行的，如祭天、祭神、祭祖、祭龙，还有在宗族举行一些重大活动之前吟唱。社会发展到今天，宗教祭祀活动越来越少，在"梅葛"的发生地，大规模的宗族祭祀活动已经停止，我们很难看到在祭祀时吟唱"梅葛"了，但从一些现存少数民族演唱史诗时的习惯可以得到旁证。据郎樱对史诗的研究，"依据史诗与仪式的关系，大致可分为两种：一种是史诗要在特定的仪式上演唱；一种是在演唱史诗前要举行相应的仪式。第一种类型在我国南方少数民族中表现较为突出，例如纳西族的《创世纪》是在祭天仪式上由祭司东巴演唱；独龙族《创世纪》中的'祭鬼的由来'一章，是在祭祀天鬼的仪式上由主祭的祭司演唱；云南大姚、姚安一带的彝族，是在为亡者举行安灵和送灵仪式上，由祭司毕摩演唱创世史诗《梅葛》；生活在新平、双柏的彝族，在祭祀仪式上由祭司演唱神话史诗《查姆》；大、小凉山的彝族，在丧葬祭祀仪式上，由祭司庄严地演唱著名的史诗《勒俄特依》。第二种类型，即在演唱史诗前举行一定的仪式。出于对史诗神力的崇拜，艺人在演唱史诗前，往往要举行一些仪式。阿昌族史诗演唱者在开始演唱史诗《遮帕麻与遮米麻》前，要点燃长明灯，虔诚地向史诗中的两位神遮帕麻与遮米麻祈祷，之后才能开始演唱史诗。"[1] 在"梅葛"的流传地区，现在演唱

---

① 郎樱：《史诗的神圣性与史诗的神力崇拜》，载《民间文学论坛》1998年第4期。

"家梅葛"前普遍还存在摆上香案神斗，从家堂上接下家神进行祭拜，结束后再送回家堂，从这些习俗还可以看到史诗的神力。

二、丧事上的"梅葛"

丧礼是人生的终结，也是人生最后一个重要的礼仪。据史籍记载：古代彝人实行野葬，后发展为石棺葬、岩葬、火葬。在永仁菜园子新石器遗址发掘出的平底、细颈、敞口罐等，据专家推断是古代羌人的墓葬。古代羌人就是今天彝族的先民之一。《吕氏春秋·义赏》篇记载："氐羌之民，其虏也，不忧其累而忧其死而不能焚也。"《云南志·蛮夷风俗》记载："西爨及白蛮死后，三日内埋殡。依汉法为墓。稍富室广栽杉松。蒙舍及诸乌蛮不墓葬。凡死后三日焚尸，其余灰烬，掩以土壤。"《云南志略》"诸夷风俗"条说："罗罗，乌蛮也，酋长死，以虎豹皮裹尸而焚，葬其骨于山，非骨肉莫知其处……自顺元、曲靖、乌蒙、乌撒、越嶲皆此类也。"在"梅葛"流传地，由于受汉文化的影响，各地的丧事活动各不相同，姚安马游彝族的丧事活动礼数很多，形式上已经很接近汉族的丧事礼仪，大姚的昙华山的彝族丧礼保留得更古朴，但有一点是相同的，就是丧礼都是由朵觋（毕摩）主持，朵觋（毕摩）在整个丧礼活动中都在吟唱"梅葛"，这与凉山彝族在丧礼中吟唱《勒俄特依》是一样的，在姚安马游彝族地区，朵觋（毕摩）唱"梅葛"唱到哪个部分，法事就要做到哪个步骤，内容主要是唱请神经、指路经，从开天辟地、人类起源，死者的生平，一直唱到把亡灵送到阴间的冥王处。在整个丧事活动中，朵觋（毕摩）要从人死后的第二天下午唱到第三天的中午，唱完后就把死者送上山。2002年3月22日，我们在大姚县华采访毕摩李学品时，他说："'梅葛'分为'阴梅葛'和'阳梅葛'两种，'阴梅葛'只能在丧事、祭祀场合唱，'阳梅葛'则可在婚嫁、喜庆及生产劳动时唱，共分为十二调。"其中属"阴梅葛"的有送丧调、泼水调、找盐调、开天辟地调；属"阳梅葛"的有找火调、放羊调、插花调、喜欢调、酒宾调、节令调、爱情调、三月调。十二调的主要内容分别是：送丧调是丧葬活动中由朵觋（毕摩）给死者亡灵指路时唱，意为将死者亡灵送出交给山神管理，不要让其回家影响家人的生活；泼水调是农历五月初四祭龙时由朵觋（毕摩）演唱；找盐调是丧事活动中朵觋（毕摩）唱万物起源时唱到盐的起源，只能在丧事场合唱；开天辟地调是在丧事活动中为死者亡灵指路时由朵觋（毕摩）唱；找火调由撵山人在捕获猎物后唱；放羊调是青年男女放牧时自唱或对唱的情歌；插花调只在农历二月初八插花节这一天才唱，不分男女老少都可以唱；喜欢调也属情歌之列；酒宾调是在婚嫁、喜庆宴请宾客、亲朋之时由主人演唱，主要内容是答谢亲朋，可独唱，也可对唱；节令调是在劳动生产和生活中唱的，唱述什么节令应该做什么生产活动；爱情调是青年男女生产生活及娱乐时唱的情歌；三月调又叫开花调，唱述一年四季开什么花，婚嫁、建房竖柱、立碑（生基）及上山放牧等均可以唱。

　　20世纪80年代，夏光辅、诺海阿苏等人在大姚县华山搜集整理了一部彝族史诗，名为《俚颇古歌》，史诗因用"梅葛调"流传，故应该是昙华山彝族的"梅葛"。《俚颇古歌》分为"赤梅葛"（葬歌）、"扶媖梅葛"（情歌）、"嘿底梅葛"（盖房调）、"乃着伙着"（认亲戚）、"柯梅何梅"（过年调）、"祭祀经"六大部分，其中"赤梅葛"中的造天造地、草木的来历、人和动物的来历、万物美中不足、牲畜和盐巴的来历、打虎、盖天盖地、补天补地、开花、配偶、生育、洪水泛滥、找铜铁、盘庄稼、种粮煮酒、狩猎、病亡、找灵牌、亡魂洗脸、杀祭牲、灵魂变化、毕摩法器、跳丧占了《俚颇古歌》的4/5强，基本包容了"梅葛"的主要部分。这部分就是朵觋（毕摩）在丧葬活动中从出殡前一天下午开始唱，一直要唱到出殡当天的中午。在棺前为亡灵安魂指路，从"造天造地"、"人和万物"的来源，唱到"洪水泛滥"、人类再生及"找铜铁"、"种粮煮酒"等工艺的起源，再到死者生前如何"盘庄稼"、"狩猎"、为什么生病死亡，直到为死者"找灵牌"、"杀祭牲"、"跳丧"，并将亡魂从家中送出，这是整个丧事活动的主体。

　　20世纪90年代，大姚文化工作者姜荣文收集、整理了流传于大姚县境内的"梅葛"，1993年10月，云南人民出版社出版了姜荣文整理的《蜻蛉梅葛》。我们采访姜荣文时，他介绍：《蜻蛉梅葛》搜集的地域很广泛，包括大姚县的昙华、新街、石羊、三台、桂花等地，但重点还是在昙华。该书把内容分为"创世纪"、"恋歌"、"祭歌"三个部分，其中"创世纪"和"祭歌"占了全书内容的4/5。据姜荣文说：他在调查中当地彝族就向他介绍，"梅葛"分为"阴梅葛"和"阳梅葛"，"阴梅葛"只有朵觋（毕摩）才掌握，只能由朵觋（毕摩）在丧葬活动和祭祀场合演唱，而"阳梅葛"则什么人都可以唱。从《蜻蛉梅葛》"创世纪"和"祭歌"的内容来看，应该属于"阴梅葛"，是朵觋（毕摩）在丧葬活动和祭祀场合才演唱的。

三、婚庆上的"梅葛"

　　据陶学良先生研究，"滇东一带彝族举行婚礼，男方要请白莫（毕摩）先生念'结亲经'。届时，桌上铺岩草，放上一把升子，升内插九炷清香，供上一瓶酒，祝新婚夫妇和睦、多子多福；将新娘的独辫子分成两根，并为新娘更名。"结婚是人生中最重要的一件大事，婚庆上亲戚云集，高朋满座。姚安马游的彝族结婚一般是三天，结婚前一天，就要请"相帮"杀猪宰羊、从山上砍回松树、青冈栎枝、梅叶香枝、青松毛，在院子里搭起"青棚"，在"青棚"和房子里撒上青松毛。"青棚"用12根松树做柱子，青冈栎树枝做围墙，梅叶香树枝盖顶，棚顶做横梁的松树根要向左，盖顶的梅叶香树枝根对正房，树枝尖向门外。在搭"青棚"过程中边搭青棚边对唱"梅葛"，唱的内容如松树、青冈栎树的由来，为什么要搭"青棚"，"青棚"是谁搭的，由谁来操办婚礼，等等。"青棚"在整个婚庆过程中是一个重要的礼仪场所，一些重要的活动都在这里进行。我们在马游采访罗学华问到为什么要搭"青棚"时，他说："办喜事时要在院子里搭'青棚'，大门上面要放一些树叶，主要是因为在办事时会讲一些不好听的话，为了不让天知道，所以要用树叶搭'青棚'，遮住天不让天知道，只要有树叶遮着天，地上垫上青松毛，他们就看不见，听不见了，所以，也就不知道了。"如此看来，这可能是原始宗教崇拜天神的遗留，害怕在举办婚礼时忘乎所以亵渎神灵，受到神的惩罚。

结婚当天，送亲的亲戚及同伴陆续到来，新娘的小睡房只准女客出入，两位陪娘给她梳妆打扮，母亲边哭边唱"梅葛"的交亲调，最后一次教她为人妇、为人母的规矩和做人的道理。在送亲的队伍里，一般都有能唱"梅葛"的歌手，准备着和接亲队伍里唱"梅葛"的歌手一比高下。新娘迎到新郎家门前，要由朵觋（毕摩）主持退邪神仪式，待"邪神"被驱逐赶走之后，新娘才能踏着青松毛进入新郎家，之后要唱"梅葛"的"安亲调"。新娘迎入新郎家当晚的晚宴是婚礼中规格最高的一次筵席，席间唱"梅葛"的歌手开始吟唱"梅葛"，唱"梅葛"时有一个简单的仪式，摆上喜斗，里面放入五谷，再放一天平秤，插上香，歌手吟唱的"梅葛"从开天辟地、造万物开始，通宵达旦，一直唱到第二天，其中要唱婚嫁场合才能演唱的"采花调"，采花调有固定的曲调和内容，内容十分广泛，如唱到男女结婚，就要涉及到人类的起源、家族的历史等；唱到夫妻家庭生活，就要追溯猪、鸡、狗、牛、羊等动物的起源，谁是第一个饲养人；锄、斧、刀的来历，铜、铁的起源，谁第一个使用；刺绣的起源，谁教会彝人刺绣；玉米、水稻等庄稼的起源，谁第一个栽种；银器的来历，谁第一个戴它，等等。

四、节日上的"梅葛"

姚安马游彝族的节日和汉族已融为一体，但在一些节日里还保留着本民族的特色。彝族一年中的节日有：一月：春节（正月初一至十五）；二月：

二月初八"龙华会";三月:"清明节",祭龙(第一个属龙日);四月:"开秧门";五月:五月初五"端午节"(又叫药王节);六月:六月六"祭土主",六月二十三"羊神节",六月二十四"火把节",祭"撮勒基"(六月第一个属虎日);七月:"勒波基"(送鬼);八月:八月十五祭月亮,"尝新节";九月:送土神;十月:十月招;十二月:腊月二十三扫尘,三十"祭天神、家神"。

从姚安马游彝族的节日来看,一是节日多:几乎每个月都有节庆;二是节日繁杂:汉族的节庆彝族也过。但在这些节日上并不是都要唱"梅葛",有的节日属于宗教祭祀活动,由朵觋(毕摩)主持,这类节日,一般要唱"梅葛",有些节日分别是单家独户的家祭,一般不唱"梅葛",即便是彝族特有的重大传统节日,也不都唱"梅葛",如彝族的"火把节"就规定不唱"梅葛",但春节必唱"梅葛"。春节是姚安马游彝族最隆重的节日,也是马游彝族唱"梅葛"最主要的节日,到处都是欢乐的人群,到处都能听到或高亢,或低沉,或欢快,或悲哀的"梅葛调",夜晚来临,彝家人点燃篝火,年轻人跳起了芦笙舞,老年人则围着火塘一边唱"梅葛"一边喝酒,像这样的情景在20世纪80年代前还随处可见。郭有宗等老人介绍:过去不仅马游人唱"梅葛",还要和东山等地的彝家人赛"梅葛",春节期间东山的彝家人推举歌手来到马游,烧起篝火,办起伙食,唱上三天三夜,谁唱输了,谁负责承担赛"梅葛"期间的伙食。春节的唱"梅葛"比赛,是喜欢唱"梅葛"的彝家人学习、观摩的好机会,人们围着赛场,边听边学唱"梅葛",成了马游"梅葛"最主要的传承场。此外,过去农历三月的第一个属龙日,全村每家出一人到龙山箐参加祭龙,这一天管龙山的护林员要汇报一年来的管理情况,并选出下一届的管理员,祭仪由朵觋(毕摩)主持,用羊、鸡祭献龙王,由朵觋(毕摩)唱祭龙经,即唱与祭龙相关的"梅葛"。农历六月六,全村统一"祭土主",由朵觋(毕摩)主持并唱相关的"梅葛"。农历六月二十三"羊神节",杀羊祭羊神,每家派一人参加打平伙,朵觋(毕摩)主持祭仪,吟唱祭山神经及相关内容的"梅葛"。农历七月的第一个虎日,举行"勒波基"(送鬼)祭仪,场面盛大,专职人士就有22人,由两个朵觋(毕摩)主持祭仪,吟唱开天辟地等相关的"梅葛"。

在大姚的昙华山,彝族的传统节日较多,较重大的有插花节、火把节、祭祖节等,这些传统节日基本都与农耕活动有关,与农耕有关的传统节日都有祭祀仪式和祭辞,这是"梅葛"产生、传承的基础,节日都有特定的祭祀对象,有专门的、基本不变的祭辞,节日的祭辞也就成了"梅葛"的重要组成部分。每年农历二月八"插花节"是昙华山彝族最盛大的节日,周围数十里的彝族同胞欢聚在昙华山，采摘马缨花插在畜厩上、房前屋后，戴在头上。插花节有固定的"插花调"，采花、插花人及其任何人都可以唱，既可以唱远古的内容，也可以唱相互祝福、调笑的内容。"插花调"只有在插花节这一天才能唱，其他时间、场合不能随便唱。在祭祀仪式上，朵觋（毕摩）主持祭祀马缨花神，吟唱祭花"梅葛"，祭辞的大意是：一年一度的马缨花开了，我们要开始种地了，我们采来马缨花，祭树神、山神，求你们保佑人畜平安，风调雨顺，庄稼长得好。此类传统节日由原始宗教祭祀活动演变而来，原本就带有神话的成分，与"梅葛"的产生、传承密切相关，即便它后来加入了世俗的内容，成为民俗而传承下来，但其原始祭祀和"梅葛"载体的本色仍可寻迹，从这个意义上看，可以说"梅葛"是退化了的宗教。

五、建房及自由娱乐场所的"梅葛"

起房盖屋在中国被视为一个家庭的重大活动，姚安马游的彝族把建盖新房看做是一个家庭的大喜事，特别隆重，竖柱上梁这一天，所有的亲朋好友都到场庆贺，村里的邻居则纷纷来"打帮忙"，建新房处一片繁忙的景象，人们欢声笑语，唢呐吹得震天响，鞭炮炸得遍地花，晚宴之后，主人家在新房烧起了篝火，从老屋的家堂上接来家神，供在新房的正房上方的神龛里，并点上香，一阵鞭炮声后，打跳开始，先由主人的舅家围着篝火向左跳三圈，再向右跳三圈，然后其他人才能加入打跳的人群，尽情地狂欢。这一天，主人家还要请石匠、木匠、梅葛师傅来唱"梅葛"，唱的内容主要是：开天辟地，万物起源，铁的由来，盖房子，1959 年版的《梅葛》中，"盖房子"就多达 264 行。其他人也可以唱"中年梅葛"、"青年梅葛"。大姚县华山的彝族，盖新房时唱"嘿底梅葛"，这是盖新房才唱的"梅葛"，歌中唱道："今天晚上呀，要讲盖房事，哪个兴盖房？祖宗兴盖房。老祖下扣子，捉着鸟和兽，兽皮做衣裳，撮颇兄妹呀，没有房子住，不能和鸟住，不能和兽住，撮颇兄妹呀，上山砍木头，挖土筑成墙，麻秆盖房顶，盖起人住房，起房盖屋呀，撮颇兄妹兴起在前。撮颇的女儿呀，聪明得很。谢若盖了房，黑儿盖了房，胡戛盖了房，阿爸盖了房，俚颇的房盖在山上。有了住人的房，还要盖畜厩，房子盖起来了，先住三天看，住得成了，从此兴起房盖屋了。"①

此外，在一些娱乐场所，如打跳、青年相会、串姑娘房、上山放羊，甚

---

① 姜荣文：《蜻岭梅葛》，云南人民出版社 1993 年版。

至是哄孩子，都可以唱"梅葛"，这些场合一般唱的是"中年梅葛"、"青年梅葛"、"娃娃梅葛"。这部分"梅葛"是全世俗化了的"梅葛"，普及面很广，几乎人人都能唱几句，这种世俗化的"梅葛"用固定的"梅葛调"来唱，内容可以由唱的人任意发挥，主要是抒发自己的情感。青年男女在一起唱爱情调、相好调，串姑娘房时唱情人调，放羊时唱过山调，一个人思念去世的父母时会唱诉苦调，教孩子的时候唱欢快的"娃娃梅葛"。

总之，在马游只要有彝家人住的地方就有"梅葛"，用当地的一句话来说就是：如果没有"梅葛"，我们彝家人就成哑巴了。

第二节 "梅葛"的吟唱者

"梅葛"的吟唱者主要是两类人：一类是朵觋（毕摩），另一类是彝族中的"歌手"。

一、朵觋（毕摩）与祭歌

毕摩（朵觋）是彝族人中的智者，是彝族人中的知识分子，是祭仪中的神职人员和彝族文化的主要传承者，他们不仅能唱"梅葛"，主持各种祭祀活动，并在不同的祭祀时念唱不同的经文，通晓彝文经书，彝谚说："调解人的知识上百，兹莫的知识上千，毕摩的知识无数计。"因此，在彝族人心目中，他们唱的"梅葛"则更显得正宗，姚安马游彝族一般将毕摩称为朵觋，是神的使者，最受人们尊敬。

毕摩是彝语音译，由于彝族支系繁多，各地的发音有所不同，过去的史书、方志、书籍、文章有许多不同的译名，诸如：奚波、西坡、溪卜、觋皤、耆老、鬼师、鬼主、白马、贝玛、拜杩、白莫、比姆、笔母、布幕、呗耄、阿毕等，现今约定俗成，大多译为"毕摩"。晋人常璩《华阳国志·南中志》说："夷中有桀黠能言议屈服种人者，谓之耄老，便为主。议论好譬喻物，谓之夷经。今南人言论，虽学者也半引夷经。"唐人樊绰《蛮书》：东爨乌蛮"大部落则有大鬼主，百家二百家小部落，亦有小鬼主。一切信使鬼巫，用相制服"。元朝李京的《云南志略》中也有对毕摩的记载，该书《诸夷风俗·罗罗》说："有疾不识医药，惟用男巫，号曰大奚婆，以鸡骨占验吉凶，尊长左右，斯须不可阙，事无巨细，皆决之。"彝族是信仰原始宗教的，他们认为万物有灵，山有山神，水有水神，树有树神，把万事万物和一切社会现象，都归之于有神灵在主宰，是各种神灵（或鬼怪）意志的体现，因此，他们总是祈求神灵、求救于神灵、酬谢于神灵。他们认为毕摩是人神之间的媒介，只有通过毕摩与神灵交往，一切才能如愿，毕摩与神灵打交道，因所求神灵和祈求内容的不同而采取不同的方法。毕摩的主要职能是：主持祈求庇佑的各种祭祀；禳解祟祸；占验吉凶；主持诅盟；进行神判。毕摩一般为世袭家传，传男不传女，但也有拜师受业的，在学习毕摩的过程中，由于有师傅对整套毕摩技艺的传授，初学者在承习时都接受了严格的训练，因此，一些祭祀时吟唱的经文、"梅葛"等就不能随心所欲，当掌握一定的技艺后，老毕摩每当有祭仪等活动时都带上他们当助手，并在实践中不断教习，不正确的方面得到纠正和指导，直到完全掌握了老毕摩的各种技艺。之后，在一些祭仪活动中，新徒弟可以独立主持一些小法事，老毕摩跟随指导，直到可以另立门户。毕摩主持各种祭祀活动，在不同的祭仪上念诵各种经文。在姚安马游、大姚县华山的彝族地区，朵觋（毕摩）还能较完整地吟唱"梅葛"，是"梅葛"最主要的传承者。但自20世纪70年代初，马游已经没有了朵觋（毕摩），仅在邻近的黄泥塘还有一位朵觋（毕摩），据说相邻的左门也有，当需要朵觋（毕摩）主持祭仪时，只有到黄泥塘、左门去请。现在马游彝族的葬礼已经严重汉化，很少有人再去请朵觋（毕摩）来主持，即便有的还保持一些传统也只是念诵"指路经"、"安魂"等。我们采访1957年参加整理"梅葛"的郭天云（姚安文化馆干部，现已退休）时，他说："1957年马游还有朵觋（毕摩），自发生当时就是有名的朵觋（毕摩），当时较为精通'梅葛'的还有郭有成、郭天元、罗文荣、自起顺、罗双玉，还有一些人也会唱，但唱得不全。"马游的最后一个朵觋（毕摩）是在20世纪70年代去世的。从最后一位朵觋（毕摩）的消失，可以看到"梅葛"发源地之一的姚安马游，民族文化正在迅速消亡。2001年1月，当我们课题组到马游调查时，能唱"梅葛"的人已不多了，其中，在老一辈中有郭有宗（72岁）、罗正贵（70岁）、罗文富（71岁）等五六人，在40岁左右的年轻人中还有罗学华（34岁）等两三人还能够唱一些，但已经唱不全了，且唱的主要是"青年梅葛"。从姚安马游现在流行的"梅葛"来看，朵觋（毕摩）已经不再是"梅葛"的主要传承者，"梅葛"也不再具有神圣的灵光，而是走下了神坛，变成了大众口中的民歌小调，"梅葛"的神圣性正在迅速消失，"梅葛"的核心内容也被世俗的尘埃所掩盖。在"梅葛"的另一个重要流传地大姚县华山，长期以来"梅葛"的传承就与马游有很大的区别，那里的朵觋（毕摩）是"梅葛"最主要的掌握者和传承者，"梅葛"还保留了较多的神圣性，但随着社会的发展和转型，彝族社会的宗教祭祀活动越来越少，丧葬成了毕摩活动的主要场所，也成了"梅葛"的主要传承场，与姚安马游婚俗上的歌手是"梅葛"的重要传承者，婚礼是重要的传承场不同的是昙华没有婚嫁仪式,没有歌手产生的土壤,也就没有真正意义上的"梅葛"歌手。因此,昙华地区如果没有朵觋(毕摩),"梅葛"就失去了传承者,就难以传承下去。甚至现有的朵觋(毕摩)因很少念诵祭祀上用的经文,有些经文已经丢失了。20世纪90年代初,杨甫旺先生到昙华山采访大毕摩(朵觋)李加才时,他还能够用彝语较为完整地演唱"创世梅葛"及原始祭辞,2002年我们课题组再次到昙华山调查时,李加才的弟子李品学(62岁,毕摩)仅能演唱部分"创世梅葛",许多李加才演唱的内容他已经不能演唱了,而且插花节时祭马缨花神的祭辞也被他删减,加入了新的内容。李品学说:"我们小时候听到老人们在丧事、喜事时唱'梅葛',那时会唱'梅葛'的人很多,许多年轻人就是在丧事、喜事时听老人们唱学会的,没人刻意去学,多听几遍后自己就会哼几段了,即使有个别'梅葛'爱好者找歌手或朵觋(毕摩)拜师学唱'梅葛',也没有严格的拜师仪式。""我不是祖传的朵觋(毕摩),我是跟李加才朵觋(毕摩)学的,但没有正式拜师,他在做法事时我去给他帮忙,先是观看、听,后来给他当帮手,他在世时,我不能做大的法事活动。"这说明随着社会的不断发展,神也不再主宰人们的一切,朵觋(毕摩)的地位已经下降了,已经从神职人员变成了贫民,朵觋(毕摩)的传承也没有了过去那样的严格。现今昙华山彝族地区尽管还有近十个朵觋(毕摩),但由于"梅葛"产生和传承的土壤已发生了变化,"梅葛"的圣神地位也正在迅速消失。

二、歌 手

少数民族的歌手是从毕摩、巫师等一些从事祭祀活动的神职人员中发展起来的。在传统社会,特别在一些部落,政教合一,有的头人、部落酋长就兼神职人员或祭师,同时也是歌手,每当举行祭仪时,他们都要吟唱祭辞和古歌。如阿昌族史诗《遮帕麻和遮米麻》的演唱者赵安贤,他本人既是祭司,主持祭祀仪式、行巫术驱鬼治病,又是出色的史诗演唱者;《苗族古歌》演唱者杨勾炎,他本人是巫师,既行巫术,又唱史诗;彝族史诗《勒俄特依》的演唱者是祭司"毕摩",又是巫医及歌手;哈尼族的"贝玛",既是专职祭司,又是职业歌手。随着社会的发展,神职人员演变成为一个依附于统治者的阶层,以此为业,主持各种祭祀活动,民间需要祭祀或是有喜庆活动时也请他们去主持和演唱,并付给一定的实物。许多民族都有歌手,在婚礼和喜庆场合都要专门请巫师或歌手去演唱,如傣族的赞哈是傣家人生活中很重要的角色,凡有重大事情都要有赞哈。贺新房落成,男孩出家,娶亲结婚,寨子里请神、驱鬼,等等,都要请赞哈来演唱,一唱就是十几个小时，其实这是歌手间知识与才华、经验与阅历的较量。《西南彝志》的编纂者就是罗甸水西热卧土目家的一位慕史（歌师），《西南彝志》卷十四《哎哺歌师找对手》一章中还描写了歌师的对歌情景。彝族在各种喜庆场合都有歌手的身影，唱古歌和小调，如大姚县华山彝族建房要唱"嘿底梅葛"。

在姚安马游，由于已经没有了朵觋（毕摩），"梅葛"已完全世俗化，"梅葛"的演唱者几乎都是歌手，歌手成了马游"梅葛"的主要传承者。"老年梅葛"主要是由唱得好的老年歌手演唱，调子和内容基本是固定的，是远古时传承下来的史诗的一部分，主要唱的是开天辟地、人类起源。"老年梅葛"一般只在重要场合演唱，如春节、盖新房、婚礼等重大喜庆节日，演唱时由两人对唱，也可以是一人独唱，对唱的基本形式是一问一答，其中有一人是主歌手，没有男女限制，但一般要辈分相同。唱"老年梅葛"时，年纪相当的长者们围坐在火塘周围，每人前面都放置一碗酒，唱完一段，众人和声，然后喝酒，其余人静静地倾听，在听唱"梅葛"过程中没有什么禁忌，喜欢唱"梅葛"的人就边听边默默地记在心中。从"梅葛"的内容来看，"老年梅葛"是姚安马游地区流传"梅葛"的核心部分，过去在一些重要的宗教祭祀场合演唱时，由祭师朵觋（毕摩）一人演唱，其他人倾听，场面庄严、神圣，在"梅葛"变为世俗化的今天，歌手演唱"梅葛"时虽然少了神圣，也不是在专门的宗教场合演唱，但还是显得有几分的庄严，透过世俗的迷雾，从一些朵觋（毕摩）主持的丧葬活动中，还能感受到昔日神圣、庄严的气氛。

除"老年梅葛"外，其他"梅葛"的演唱就比较随意，而且带有很强的娱乐性。在马游彝族地区，"青年梅葛"是最为流行的，人人都能唱几调，演唱者随意发挥，信手拈来，什么事物都可以用"梅葛"唱出来，可以说内容无所不包，但能称为歌手的人则要懂得多一些、唱得好一些，同时还要能唱"老年梅葛"，这样的人在马游称为"梅葛师傅"，在喜庆场合人们就会专门请"梅葛师傅"去演唱"梅葛"。

姚安马游的彝族由于没有文字，"梅葛"的传承是口耳相传，这种口承方式是云南许多无文字或文字失传的少数民族传承本民族文化的共同特点，歌手在这种传承方式中起着重要的作用，歌手的形成没有拜师仪式，也没有直接的师承关系，自然形成是他们最主要的特点。彝族人从小就听周围的人唱"梅葛"，耳濡目染。到了青年时期，"梅葛"唱得好的人受到青年男女的崇敬，自豪感使得一些本来就喜欢"梅葛"的人激发了学唱"梅葛"的积极性，在一些喜庆活动上与其他的歌手比拼唱"梅葛"。青年时期一般只唱"青年梅葛"，很少有人唱"老年梅葛"，即使会唱也不能唱，这也许是远古演唱"梅葛"时留下的禁忌。三十岁以后，经过不断的倾听，有的人成了"梅葛师傅"。过去马游每年春节的"唱梅葛比赛"就是由两地推举唱得好的"梅葛师傅"作为自己的代表进行唱"梅葛"的比拼，被推举出来的"梅葛师傅"也倍感自豪，受到人们的尊敬。

三、"梅葛"的吟唱氛围

史诗是人类童年时代的产物，民族史诗是在一个民族形成时期产生的。因此，史诗中包含着许多古老的文化成分，记录着一个民族的古老历史，是凝聚本民族的文化内核，并得到本民族共同的心理认同，被视为本民族的根谱。许多的少数民族都有史诗，如彝族的《梅葛》、《查姆》、《西南彝志》、《勒俄特依》，纳西族的《创世纪》，苗族的《苗族古歌》，布朗族的《密洛陀》，阿昌族的《遮帕麻与遮米麻》，傣族的《巴塔麻戛捧尚罗》，拉祜族的《牡帕密帕》，白族的《创世纪》，哈尼族的《哈尼阿培聪坡坡》和傈僳族的《创世纪》，等等。在古代，史诗的演唱活动不仅具有神圣性，而且具有神秘性，并常常与仪式紧密结合，一些重要的活动中，要由祭师吟唱史诗，人们在听吟唱史诗时都小心翼翼，因为每一个人都相信史诗中的神就在身边，生怕得罪神灵，受到神的惩罚，因此，吟唱史诗时要举行庄严的仪式，气氛肃穆。

由于史诗的神力，人们对它顶礼膜拜，相信通过祭师的吟唱，史诗的神力就会释放出来，史诗中的神也就会随着祭师的歌声来到人间，享受人们的祭拜，同时也为人们驱妖降魔，驱邪祛病，而与神相通，能与神对话的就只有祭师，所以只有祭师才能吟唱史诗，除在一些节日和重要祭仪上要吟唱史诗外，有的家庭遭受灾难或家人生重病也要请祭师来吟唱史诗，因此，演唱史诗时都笼罩着一层神圣的气氛。如"藏族人民亦十分相信《格萨尔》具有驱邪镇魔的神力。哪里有灾有难，只要请艺人来说唱一段《格萨尔》，便能起到消灾避难的作用。在广西巴马地区，巫师给人看病时，要唱史诗《布洛陀》中的'造人'章，给牛看病时，要唱史诗《布洛陀》中的'造牛'章"。[①] 随着社会的发展，史诗逐渐世俗化，神性渐渐消退，娱乐功能不断加强，演唱者除祭师外，又增加了一些民间歌手，听众则男女老少都可以参加。由于歌手的加入，史诗的演唱不像祭师那样严格，他们在演唱过程中也不断进行再创造，使史诗的内容异化膨胀，神圣的史诗逐渐走向民间，世俗的人情味不断浓厚。

---

① 刘亚虎：《原始叙事艺术的结晶——原始性史诗研究》，内蒙古大学出版社 1991 年版。

在姚安马游，最后一个朵觋（毕摩）在20世纪70年代就去世了，"梅葛"的演唱只有歌手和巫师，因此，唱"梅葛"已经大众化，几乎人人都能唱几调，"梅葛"更多的是变成了人们娱乐时欢快的歌声，很像流传在四川凉山彝族地区的"克智"。在20世纪60、70年代，由于《梅葛》整理出版，更加激发了人们唱"梅葛"的热情，唱"梅葛"成了当地人们主要的娱乐方式，而这种大众化的"梅葛"主要是由歌手传唱的"青年梅葛"，唱"梅葛"的场面已经完全没有了神圣的气氛，展现在人们面前的只有欢快、热闹场面上的随意性。每当路遇或是节日、集会等人多的时候，总有人要主动唱几调来"显本事"，寻找对手来比斗一番，在对唱中，一方接不下去就说明输了，胜方就被大家认为是"有本事"，很自豪。只有当家庭有人久病治不好时，才会请仅残留的巫师来驱邪送鬼，偶尔还能从中听到几句"梅葛"的古韵，一般小病就由家中的老人用鸡蛋来祭献附在病人身上的厉鬼，再用"油火片"把作祟的厉鬼送出去。2002年1月的一天傍晚，我们在当地调查时就目睹了一个老人端"油火片"送鬼的情景。如今，彝族传统的鬼神崇拜在年轻人中已经淡忘了，只在50岁以上的老人中还有较多的保留，土主庙断墙旁的香灰、山神面前燃烬的纸火、小河边送厉鬼的"油火片"，都是老人们上演的一幕幕传统文化的余音，让现代的人们感觉到过去神力无边、强大无比的神鬼还在无力地哀号。由于朵觋（毕摩）的消失，社会的变迁，特别是20世纪50、60年代破除封建迷信的政治运动，彝族人民的鬼神思想已经发生了很大的变化，过去每年都要举行的各种祭祀活动已经停止了，人生最后一次最隆重的丧事活动已经大大的简化，过去要请朵觋（毕摩）来主持并吟唱"指路经"、"安魂"、"送灵"及"梅葛"中的"人类起源"到死者的生平，现在已经没有了，只有几个长者端着酒碗围坐在一起吟唱，但他们唱的"梅葛"似乎与葬礼无关了，笼罩在"梅葛"上的那一层神圣而又神秘的灵光在人们的心中已经消失了，和彝族人民同在了千百年的"神"已渐渐失去了它的子民，离人们远去了，虽然"梅葛"还在不断地唱，还在不断地传承，但更多的是出于娱乐的目的，而不是为了驱妖降魔、驱邪祛病。

西北甘肃的洮河流域的临潭、卓尼、岷县、康乐、临洮等县的汉、藏、回三个民族中，长期流传着一种被称为"洮岷花儿"的山歌，每年的农历五六月间，要赶一年一度的"花儿会"，并自发地举行大规模的山歌竞唱活动，内容主要是生活歌、情歌。但据柯扬先生研究："在最初，唱花儿是农业祭祀仪式的一部分，是人与神交往的一种重要方式。这从我们搜集到的'神花儿'（即专门唱给神的花儿）中就可以看出端倪。其内容，或祈求风调雨顺，五谷丰登；或祈求生儿育女，繁衍子孙；或表达愿望，求神佑助；或因愿望得到实现而用歌唱酬谢神灵。"① 这与今天姚安马游彝族流行的"青年梅葛"很相似，歌手演唱时的自由发挥也与"花儿会"上的山歌有着共同的特点。2002 年 1 月和 2004 年 2 月我们到马游采访时，"梅葛"歌手郭有珍就即兴编词，用"梅葛调"来演唱。"梅葛"的另一主要流传地大姚的昙华山、永仁的直苴地区，因为地理上的封闭性，人们对传统的原始信仰还有较多的遗存，并且还有朵觋（毕摩）健在，由毕摩主持的丧事活动还较为普遍，丧事活动中毕摩唱的祭辞，在当地称为《俚颇古歌》，姜荣文先生整理为《蜻蛉梅葛》，它保留了较好的原始性，朵觋（毕摩）在丧礼上演唱梅葛时，作为家人和至亲所跪的位置都有严格的规定，场面完全笼罩在神圣而又神秘的鬼神信仰的气氛中，让参加葬礼的人们感觉到鬼神就与生者和死者同在。

四、听众心态与接受心理

"梅葛"的传播和接受是由朵觋（毕摩）、巫师、歌手的吟唱和听众群体的听诵互动实现的，朵觋（毕摩）作为勾通神与人的中介，在人们心中有着神圣的地位，他们的吟诵是通过一些仪式实现与听众群体的互动，引起人们情感的共鸣，在吟诵中他们用人们对史诗的心理认同及语言艺术始终控制着听众群体的感情，让人们的情感随着他们的导引而发生着悲欢离合的变化。如在做斋吟唱人类起源、洪水漫天等，朵觋（毕摩）还会手里拿着法器配有一些舞蹈动做，在视觉上给人以一种神圣的冲击，使仪式笼罩在神圣而又神秘的氛围中，弥漫着原始时代采撷、狩猎、畜牧、农耕的气氛，让听众群体感受先人们生活的艰辛。如歌手在唱诉苦调时，有的人会流下伤心的眼泪，特别是对一些有相似经历的人，他们认为唱的就是自己的经历，更容易激起心灵的震颤。

1. 万物有灵构建了氏族群体的心理基础

彝族在传统上是一个信仰原始宗教的民族，在他们的心目中万物有灵，灵魂不灭，特别盛行祖先崇拜，祭祖是所有祭祀中最隆重的祭祀活动，关于彝族祭祖的仪式及程序，陶云逵先生于 1942 年在云南新平等地进行调查，现将调查所得转录如下："祭祀之前一两个月，由族长派人到各寨将祭祀日期通知族人。参加祭祀的是本族各家家长及成年男子，女子不能参加。每一家或合数家买一条牛或羊，并酒米携带前往，祭坛设于族长家附近山坪上，

---

① 柯扬：《听众的参与和民间歌手的才能》，载《民俗研究》2001 年第 2 期。

搭草棚若干座，族人均宿草棚中。正式祭日为一日。各族人于前一日或两日到达，由族长招待饮宴。祭日一早，族长将宗谱自一木制之盒中取出，送到祭坛，宗谱即祭祀之对象。首由族长，次由族人牵牛羊立于祭坛。请巫师一人或数人念'祭祖经'。首祭活牛羊，次将牛羊杀剖洗净，再祭；然后将牛羊煮熟，分盛碗中，再祭。最后上饭。各宗族长为主祭，巫师念毕'祭祖经'，即取出宗谱朗诵。族众静听，至一名，为在场某一或数族人之可忆之已死先人之名，则其人趋至供桌前叩头，念毕，全族聚餐饮乐。第二天，仍举行祭祀，并由各家将其间死亡人之名字，交由族人请巫师登记于宗谱。入晚，族长将宗谱仍送至家中，置于木盒内。再聚餐一次。次晨早餐后族人各返住所。"① 这种对原始宗教的笃信心理，便产生了对诸神的崇拜和对鬼魂的畏惧，是千百年来彝族文化得以传承的一个深层心理动因。由此产生的各种祭仪是人们崇信心理的行动化表现，而祭仪上吟唱的各种祭辞和歌词则是崇信心理的语言化表现，于是祭仪及祭仪上的祭辞和歌词便成为人们与神灵之间"联系"的象征，人们诚信这种联系的"存在"与其真实性，并相信作为祭师的朵觋（毕摩）就是沟通人与鬼神的中介。

"梅葛"流传中心地的姚安马游、大姚县华山等地的彝族，万物有灵、鬼神信仰的原始宗教色彩十分浓厚，但鬼神界限不是很清楚，人们相信鬼神能带给人幸福，保佑五谷丰登、六畜兴旺，也能祸祟人间，所以，在过去的祭仪活动中，人们都会静静地聆听朵觋（毕摩）吟唱"梅葛"，相信朵觋（毕摩）会把神引到人们中间，感受着这种人神共乐的心理体验。正因为有了这种心理基础，在整个的祭仪活动中，人们都小心翼翼，无须别人的驱使，会自觉地参加各种活动，会主动去做自己力所能及的各种事务，生怕自己有不当的言行会得罪神灵，引起神灵的不高兴而受到惩罚。在丧葬活动中朵觋（毕摩）要吟诵《指路经》，为亡魂指路，把亡魂送到祖地，目的是为了让它回到祖先身边，不要留恋人间，祸祟家人。1959 年版的《梅葛》没有祭辞祭歌，只有 182 行的"刻木祭母"，这可能是受当时政治上的影响没有收入之故。由于马游地区受汉文化的影响较深，已经丢失了《指路经》，只是后来《姚安民间文学集成》中收集到简单的几句在丧葬活动中为亡魂指路的指路歌："魂兮魂兮莫忘东，东方甲乙好青龙；魂兮魂兮莫忘南，南方偶罗天王像；魂兮魂兮莫忘西，西方黑暗太白衣；魂兮魂兮莫忘北，北方黑路去不得；魂兮魂兮莫忘上，上有偶罗天王像；魂兮魂兮莫忘下，下有十八地狱多害怕。一魂归天，一魂归地，一魂归孝子回家，享荣华富贵。"我

---

① 陶云逵：《大寨黑夷之宗族与图腾制》，载《毕摩文化论》云南人民出版社 1993 年版。

们在采访中，听老人讲，丧葬活动中朵觋（毕摩）要吟诵《指路经》，要唱"梅葛"，由于马游已经没有了朵觋（毕摩），我们没有采访到真正由朵觋（毕摩）在丧葬活动中吟诵的《指路经》和"梅葛"。"梅葛"另一重要流传地大姚县华山搜集整理出版的《蜻蛉梅葛》中却有占近 1/3 篇幅的祭歌，其中的《指路》唱道："吃了离别饭，喝了离别酒，今天你死了，离别这世界。田边你莫守，山上你莫在，你要记清楚，我给你指路。你坐在家堂，看见月资背扎恶基，看见维周博恶基。……格么阿里坐，看见元谋马街；元谋马街坐，看见四川峨眉山。……到了此地，一级神王，二级祖老，服从安排，令行不违。"这首指路歌从死者的生活地，一直到冥府、祖地，人们在听朵觋（毕摩）吟唱时，充分感受到和亡魂一起奔赴祖地的体验。流传在四川凉山彝区的《指路经》，"以送魂诗《查诗拉书》为例，其模仿的动作性情节大都在诗的句行中展开，表现的是令亡灵起身、穿戴、梳洗、吃早饭、离家上路、奔赴祖地这样一个过程。这实际上是以语言为手段描绘出一个臆想的事实，相信这样做之后，亡灵真的能归及祖地。其次，是彝人相信语言本身所具有的魔力，彝人在'同能致同'这一模仿巫术观念支配下，相信语言对诗中亡灵归祖'事实'的真实性影响，而且这个'事实'无疑会对现实中的人和事产生影响。这样也符合接受者的心理愿望，即让亡灵愉快地、顺利地进入祖地，送行的生者平安地回到阳间。"[①] 拉祜族的《送魂哀调》也细细指点死者，如何才能到达祖先居住地"西丹密"，即"阴间"的意思。哈尼族丧葬祭祀歌《米刹威》更是明确地告诉死者之魂必须走哪一条路，"路的尽头就是打俄地方，哈尼的祖先正在那里盼望"。这个名为"打俄"的所在，据说是哈尼历代祖先阴灵的居住地。他们的另一曲《送魂歌》，干脆把那里称为"阿公阿祖的大寨"。这种对亡灵的安慰送别，真正的目的是为了摆脱恐惧心理，为活人祈福，求一时平安。

2. 共同经验导致了接受过程中的心理交感

彝族是一个受传统文化影响很深的民族，氏族血缘的遗风增强了彝族群体意识，成了维系彝族生存和发展的纲纪，也是全部彝族文化的核心和基本精神。反映到彝族文化的传播—接受过程中的接受者身上，氏族血缘观念规定了接受者的集体意识强化。"梅葛"作为姚安、大姚一带彝族共同心理认同的"根谱"，在人们心里有着神圣、崇高的地位，人们在接受它时，是以群体的形式在聆听朵觋（毕摩）或歌手吟诵，史诗的那种熟悉而又深邃的

---

① 巴莫曲布嫫：《论彝经祭祀诗的文学接受》，载《毕摩文化论》，云南人民出版社 1993 年 6 月版。

内涵会激起每一位个体成员全身心的活动，这种个体活动整合为对史诗的整体反应，引发成为一种接受群体的集体体验，个体早已忘记了自我，情感活动完全淹没在群体的情感之中，被集体情感的向心力吸纳，继而形成了共同的心理审美倾向，整个的活动过程在吟唱者的导引下，每一个群体成员都在寻求着同别人共同的心理体验，表现出一种情感的心理认同，听众群体的接受活动又与集体心理互感交融在一起，表现出群体情感的起伏跌宕，悲欢离合。正是有了这种共同的心理基础、共同的民族情感和共同的民族精神的强大聚合力，使受汉文化影响较深的马游（古驿道贯穿全境，20 世纪 30 年代修建的西祥公路也从这里经过，一百多年前就兴办了义学）以活形态的形式保存了这部古老的原始性史诗。《梅葛》第四部第一章"刻木祭母"中子女失去父母的那种悲苦心情以及寻找父母的执著，"儿女无父母，葫芦拿打水，葫芦底就通，找父父不见，找母母不见，庄稼未成熟，舂面不成团，舂米不成团，三月十五到，三月二十日，舂成面团团，面团头上背，舂成米团团，米团头上背，背着面找父，背着米找母，找到河中去，找到刺窝里，刺窝太戳人，昨晚得吃什么菜，昨晚河中得吃薅子菜，苦得不得了，带的米吃完了，带的面吃完了，转着回家去，另外找盘缠，到了五月间，割回绿小麦，小麦不成熟，舂成面来一团团，背着面团团，到处找爹娘。……"此时，人们心中一定会升起一股思念父母、思念亲人的感情，仿佛自己也和史诗中的主人公一起，不辞劳苦，踏遍千山万水，冲破重重困难，去寻找亲人，寻找父母，并且会为主人公对父母的那一片赤诚的孝心所感染和敬佩，激起接受群体的每一个成员去更加热爱和孝敬他们的父母，同时，也是民族情感、民族精神的又一次聚合。在丧葬活动中，马游彝族还保留了跳丧的习俗，朵觋（毕摩）唱开天辟地、人的起源，"朵觋唱到哪里，法事就要做到哪里"，唱述死者的生平时，听众与主人公（亡者）一道经历着婴儿、少年、青年、壮年直至死亡的人生节奏，听众的心灵感受着心理互感的强力启示。如在凉山彝族的丧葬活动中，当毕摩吟诵《查诗拉书》时，那种"宏沉的语调使情感趋为一体的接受者共同迈开舞步，在人们边聆听边舞动的接受过程中，接受主体与接受主体之间已悄然地汇集着一种触及作为生者心灵的愿望，即期望自己的舞步能踏平尖刀草，为亡灵铺平道路，使之顺利到达祖地。这种愿望使主体满怀情感加入舞列，实际上他已经在和其他主体一起经历一种共同的、至深至切的心理互感。"①

---

① 巴莫曲布嫫：《论彝经祭祀诗的文学接受》，载《毕摩文化论》，云南人民出版社 1993 年 6 月版。

3. 心理交感强化了民族的聚合力

彝族是一个非常重视氏族血缘的民族，父子连名制是这种血脉相连的表现形式，至今在四川凉山等地还有遗存。如果路上两人相遇，只要一代一代上溯祖先的名字，就可以确定是不是同一血缘家族。虽然，姚安马游彝族已经丢掉了血缘认同的这一重要的传统标识，但"梅葛"便是他们民族认同的最主要的标识，"会唱'梅葛'的才是彝家人"，"罗罗才会唱'梅葛'"，这是我们在当地调研中经常听到的话。在彝族人的心中，会唱"梅葛"成了"彝家人"的衡量标准，正是有了这一共同的心理认同，每一个彝族人的子孙，都会在各种集会、祭仪等场合主动用自己的心灵去触感史诗所带来的情感体验，把自己融入彝族这个大群体之中，得到大家的认同；正是有了每一个群体成员的心理需要，千百年来"梅葛"才得以传承和发展，至今还以活态的形式存在，成了彝族人精神生活的一部分。当人们在各种集会和祭仪上一次次听朵觋（毕摩）、歌手、长者吟唱"梅葛"，人们便进入迷狂状态的演示中，在一代又一代人们的大脑结构里内化、积淀，在那里留下生理的痕迹，并遗传给下一代生理形态的心理潜能。从而，具有某些共同历史文化背景的一代又一代的人们形成了某种共同的心理结构、内在的心理模式、"原始意象"等。通过体验群体的这种心理互感，不断地激起个体成员的这种"原始意象"潜质，继而使这种聚合力在每一个个体成员心中内化成一种集体体验意识，使接受个体一方面对史诗投射了自己的整个心灵，另一方面又在不知不觉中实现着共同体验的集体文化的比较、矫正、强化和认同，并最终上升为民族的价值取向和审美意识。

五、习惯法与禁忌

禁忌是传统社会中最原始、最低级的规范形态，是出自一种人类最原始也是保留最长久的害怕本能——对超自然力的恐惧，最早的禁忌是原始人类对大自然的崇拜、畏惧而产生的，主要包含两个方面：一指不可侵犯的神圣事物，二指不可接近的危险和不洁的事物。弗洛伊德引用过弗雷泽的话说："为什么隐藏于人类心理深处的本能还需要法律来加强控制，人类并不需要经过立法程序才开始吃喝，才能将手远离烈火。人类吃喝和躲避烈火纯粹是一种自然状态而不必借助任何外力；法律只是禁止人们去做本能所喜好的事。对那些自然禁止的事（如禁止人们用手去抓烈火），法律的禁止将是多么多余可笑。"我国古代典籍《礼记·典礼》中载有"人境而问禁，入国而问俗，入门而问忌"等禁忌规定。任聘在《中国民间禁忌》一书中说："禁忌为原始社会唯一的社会约束力，是人类以后社会中家族、道德、文字、宗教、政治、法律等所有带有规范性质的禁制的总源头。"① 在人类社会的发展中，由于生活环境和社会实践的不同，从而形成了具有不同内容和不同民族特点的原始禁忌。就姚安马游彝族的禁忌来看，随着原始宗教的产生和发展，禁忌越来越多，并规范着人们的行为，维护着早期社会的正常发展，起到了"人类最古老的无形法律"的作用，但总的来看主要可分为宗教禁忌、生活中的禁忌和吟唱"梅葛"的禁忌三大类。

1. 宗教禁忌

禁忌观念是神圣观念的本质规定性，有神圣观念就必然有相应的禁忌规定，而没有禁忌规定，神圣事物就必然与普通凡俗之物无异而不复成其为神圣。也就是说，所谓禁忌的起源，实质上也就是宗教的起源。禁忌在人们的现实生活中的反映，是由宗教意识派生出来的，由此推定彝族的信仰与禁忌是彝族先民们潜意识的宗教信仰的派生现象。

首先是对神的禁忌。姚安马游彝族的原始崇拜很浓，山神、土主神、羊神、家神等是很重要的神灵，他们有无限的神力，时刻保护着家庭的平安和家人的健康，所以要时时祭拜，如大年初一要祭土主、灶君、家神；正月初四后择一属马、属猴日出羊，祭羊神；正月初五以后砍荞把子，祭祀天、地、山神、刀神；正月十五要进行家祭，祭大门、灶君、家神、祖宗、土主神；二月初六祭家堂上的祖公，是祖公生日，即祭祖；清明节家族要会聚起来到坟山祭祖坟；三月是龙月，在第一个属龙日，要到龙山箐进行祭龙；六月初六，是土主的生日，全村人要参加祭祀土主；六月二十三出羊节，祭祀羊神；六月二十四，火把节，祭田公地母；六月第一个属虎日，各姓选定一棵财神树祭祀财神，各家也要祭财神；七月第一个属虎日举行送鬼节，由朵西、天聋地哑等二十二人组成的送鬼队伍进行全村的送神活动；九月送土，或称送土神；十月招上祖坟，送冬衣，时间在初一到十五，不能超过十五，各家自己进行，上山时要先祭山神；年三十祭家神时要祭猎神，每次外出打猎时也要祭猎神。这些祭神活动最重要的是家神（祖先崇拜），并由此也产生了许多对神的禁忌，如大年初一妇女不能串门，祭土主、灶君、家神一般由男人去祭，没有男人的家庭，才由女人祭；送鬼节送鬼队伍要把鬼送到村外翻过山梁看不到村子的小尖山鬼场才能回来；祭神、送鬼妇女不能参加（未成年女孩子不忌）；狗肉、牛肉、野兽肉都不能上家堂，因为野兽属阴间管辖；六月六祭土主时不能穿白衣服、带白色的东西，妇女不能参加，等等，人们希望通过祭祀来讨得神灵的高兴，而得到他们的护佑，"我们怕天

---

① 任聘：《中国民间禁忌》，作家出版社 1990 年版，第 14 页。

地间的一切精灵，所以天长日久，我们的祖先才定下这么多规矩；这是从世世代代的经验和才气中得到的，我们不知道，也猜不出原因在哪里，我们遵守这些规矩，是为了平平安安过日子，凡是不知道的东西我们都怕，身边见到的东西我们怕，传说和故事里讲的东西也怕，我们只好按老规矩办，只好遵守我们的禁忌"。①

其次是对神圣地点的禁忌。村边的山神树、山神、土主庙（尽管现在多是墙圈），家中的祖灵洞、家堂等祭祀的场所都是神住的地方，那是一块圣地，作为神保佑下的子民，要保护好这块圣地，因此，在这些地方不能大小便，不能说脏话，不能放屁，不能让家畜去践踏，妇女不能走到这些地方，等等。

此外还有一些特殊时期的禁忌。如大年初一女人不出门，不能到别人家串门；不能骂小孩子；不能说不吉利的话；不能吹火；不能挑水；不能杀牲；不能见血；生孩子在大门上插上标记，警示生人不能进入；孝子一星期内不能串门，不能开玩笑；伴侣死后满三年才能结婚；产妇不满月不能串门，等等。

2. 生活中的禁忌

随着人类社会的不断进步，禁忌的观念和习俗也不断改变和发展，一些原始禁忌在实践的传承中发生分化和变异，一部分禁忌被淘汰、废弃；一部分禁忌为习惯所吸收，如郑振铎所说，习惯"是从很古远很古远的时代遗留下来的原始的'禁忌'的一种，在古远的时代是一种'禁忌'，到后来便变成了礼貌或道德或法律的问题了"。习惯在人们生产劳动过程中，逐渐形成的共同的行为模式或行为标准，成了人们共信共行的规范。禁忌主要分为生活禁忌和生产禁忌两大类。

（1）生活禁忌。生活禁忌是变化最快的，许多早期出现的禁忌随着社会的发展消失了，但也保留了一些远古时期的禁忌遗迹。祖先神是马游彝族最主要的神，人们不敢有丝毫的亵渎，否则会遭受大难。《梅葛》第一部第一章"开天辟地"中就有反映："……魔王钻出来，不让种庄稼，故意来糟蹋，头天犁的地，第二天就还原，头天砍的树，第二天又长起，农民心不服，去找地王来，相互想法子，下了两扣子，魔王来糟蹋，扣子就下着，全家三兄妹，共同来商量，大哥的意见，魔王要杀死，两妹的意见，还是不能杀，看头像祖父，看身像祖母，大哥的主张，一定要杀死，庄稼被糟蹋，气愤得不行，两妹无办法，到处找人问，问到打铁匠，糟蹋庄稼人，还是可以

---

① 《宗教与习俗》，云南人民出版社 1991 年版，第 100~101 页。

杀。……"这个神通广大的"魔王"实际就是祖先神的指代,正是杀了"魔王",得罪了祖先神,才致使洪水漫天,人类遭受灭顶之灾;彝族"姨表不婚"也可以在"梅葛"中找到答案:洪水漫天只剩下两兄妹,地王找到他们后"嘱咐两兄妹,世上人种子,就只你两人,可以结成亲,做个子孙传种人,兄妹忙回答:一个父母生,哪能结成亲?……"地王用尽各种办法,两兄妹还是不成亲,最后"哥哥河头洗身子,妹妹河下把水吃"而怀了孕"一连生九胎",当地王"戳开第二道,出来个彝族,母亲无奶喂,就给马来喂"。史诗中传说马给彝族喂过奶,所以至今马游彝族仍保留了不吃马肉的禁忌。在生活中还有一些人们必须尊崇的习俗,如新娘到夫家的当天不能吃夫家的饭;女儿出嫁,父母不能参加送亲;孕妇不能在新郎、新娘面前走;孕妇的父母死,在绑棺和下葬时孕妇要回避;喜事场合打跳不能围两圈,打跳时不跳前后翻身的动作;红事上客人送的酒、米要留一点返还给客人,称这压底;小辈不能在长辈(特别是父母及母舅)前开玩笑、打闹、唱相好调、跷脚、坐上位、放屁;公公和儿媳不能挨着坐、不能单独一起干活,一般不能进儿媳妇的房间;大年三十要清洗碗箩、筷笼,清洗好的碗箩、筷笼不能放碗筷,要让它休息一日,要敲筷笼,否则家人会鼻子生疮;山上生的小孩子以此山为名,不能取别的名字,如果多病要请朵觋(毕摩)占占卦后才能改名,等等。

(2)生产禁忌。彝族是一个由游牧转向农耕的民族,狩猎是重要的生产方式,至今狩猎禁忌在彝族中还有保留,但在姚安马游彝族定居农耕较早,农业比较发达,狩猎禁忌基本上已消失,农业生产禁忌则保留得较多。如撒秧以后,就不能吹葫芦笙,不能吹竹笛;女人不能跨越男人使用的工具;正月初五以后砍荞把子,日子以不冲家人的属相为主,上山砍荞把要带上酒、肉、米、香(12炷香代表12个月,闰年带13炷),砍三把荞把子后在地里摆好,插上代表天、地的松枝,摆上刀,然后祭祀天、地、山神、刀神等;立夏、小满开始撒荞,不祭祀,开始栽秧,栽秧前要开秧门,开秧门各家在自己的田边用肉、鸡蛋、酒、香、红绿剪纸等进行,要由栽秧的妇女先用左手栽三丛秧,然后才能用右手栽秧,据说这样手才不会痛等等。

禁忌规范着人们衣食住行、婚丧嫁娶和生产劳动等社会生活的各个方面。从原始禁忌规范及其惩罚的方式和程度看,禁忌在古代社会发展中曾经起到了重要的规约作用,但随着人类社会的不断进步,人类今天的生存环境、生存条件已经发生了根本性的变化,许多曾经最严格的禁忌信条已经无形中自然而然地被抛弃和淡化了,有些即便人们还甘愿去遵从,也不可能有很强的约束性而变得无意义了。

3. 吟唱"梅葛"的禁忌

"梅葛"的起源主要是宗教祭祀的需要,"梅葛"吟唱过去是神圣而又庄严的,而且吟唱时还有许多禁忌,这从现存的马游彝族民俗中还能看到一些,如白事上不能唱"家梅葛"(喜调);朵觋(毕摩)在丧礼上吟诵的指路经不能在红事上吟诵,红事讲古根内容的"梅葛"不能在丧礼上吟唱;祭神、送鬼妇女不能参加(未成年女孩子不忌)等。由于"梅葛"的世俗化,除在丧事、送鬼、送神时吟唱的不能在家随便唱外,现在吟唱"梅葛"已经没有烦琐、严格的禁忌,只是吟唱时对唱者要讲究辈分,不能乱辈,特别是朵觋(毕摩)的消失,"梅葛"已不再神秘,神圣性已大大消退,"梅葛"几乎只剩下娱乐的功能,仅从一些民间艺人、歌手演唱的史诗中还依稀折射出彝族心目中神圣"梅葛"的禁忌影子。这在其他民族的史诗演唱中也得到了印证。"如一些地区的江格尔奇忌讳学唱完整的《江格尔》,认为演唱整部的史诗会缩短生命。如在一次演唱活动中,演唱了《江格尔》的所有章节便会带来不幸,甚至招致江格尔奇的死亡。然而,人们认为,江格尔奇一旦开始演唱《江格尔》中的一章,就一定要把这一章演唱完。歌手中断不唱,或是听众中途退场,都会折寿。这是因为人们相信,《江格尔》这部史诗具有非凡的魔力。类似的情况,在《玛纳斯》的说唱艺人中也存在。居素甫·玛玛依八岁做了异梦,开始会演唱《玛纳斯》。但是,他的父亲告诫他,四十岁以前不能公开演唱,因为《玛纳斯》是神圣的,年轻时演唱,会招来不祥。"① 这和青年人不能唱"老年梅葛"是一致的,说明了"梅葛"世俗化后一些演唱禁忌也随之消失。

---

① 郎樱:《史诗的神圣性与史诗神力崇拜》,载《民间文学论坛》1998年第4期。

第七章 "梅葛"的功能与结构

神话有多种存在形态，具有多象性的特征。神话以诗形态神话为主体，总是处于流动变异的状态，并产生多种变体。它们都有着自己的内核，有着不同的载体与形态，因此，对其进行全面观察、整体把握就成了准确分析其功能和结构的前提。

从功能与结构的角度对"梅葛"进行解读，这部被当地彝族人民视为"根谱"的活形态史诗具有以下功能：敬神拜祖、驱鬼除秽、祈福纳吉的宗教功能；民族历史、传统文化的承载与传播功能；凝聚群体意识，规范个人行为的社会功能；悦神娱人，男欢女爱的娱乐功能。结构则分为内核、中质和外壳三个部分。其中，内核由万物有灵、多神崇拜的原始宗教观，以虎体化生万物为主的多样的宇宙观，用"雪"造人与葫芦、树下的门洞生人的人类起源观，重德崇信、惩恶扬善的道德观，反对兄妹成婚的婚姻观，重视家庭的社会观，各民族同源和注重和睦相处的民族观，重视起房建屋、渔猎耕织的生活创造观，崇尚万物皆普遍联系的哲学观，二元结构、一分为二的思维观等构成。中质由祭仪、演唱者和演唱氛围三者组成。外壳则指语言的表述和吟唱的方式。

第一节 "梅葛"的功能

功能学派代表人物布罗尼斯劳·马凌诺斯基认为："文化是包括一套工具及一套风俗——人体的或心灵的习惯，它们都是直接地或间接地满足人类的需要。一切文化要素，若是我们的看法是对的，一定都是在活动着，发生作用，而且是有效的。"[①] 另一位功能学派代表人物拉德克利夫-布朗也认为："一切文化现象都具有特定的功能"。[②] 那么，作为一部著名的彝族创世史诗，"梅葛"的功能是什么呢？

---

① 马凌诺斯基著，费孝通译：《文化论》，华夏出版社 2002 年 1 月版，第 15 页。
② 夏建中：《文化人类学理论学派》，中国人民大学出版社 1997 年 7 月版，第 122 页。

　　根据田野调查，并在仔细阅读《梅葛》①和《蜻蛉梅葛》②两个文本以及其他有关资料的基础上，我们发现作为"彝族的大百科全书"的"梅葛"，以其十分丰富而深刻的文化内涵和对社会生活的多角度、多层次的反映，体现出多种多样的功能，这些功能既有体现为情感的寄托、心灵的愉悦、观念的变化等心理方面的，又有体现为规范社会秩序、加强族群团结等社会方面的；既有祭神拜祖、驱鬼除秽等神圣性质的，又有悦神娱人、谈情说爱等世俗性质的。

一、敬神拜祖、驱鬼除秽、祈福纳吉的宗教功能

　　"梅葛"主要流传于姚安、大姚、永仁、牟定的彝族地区，这些地区大都为山区或半山区，山高坡陡，气候寒冷，交通闭塞，自然条件恶劣，经济文化十分落后，长期以来原始宗教信仰盛行，自然崇拜、图腾崇拜、祖先崇拜、鬼神崇拜的现象非常普遍，人们事事要祭神，时时要送鬼。这种文化土壤使原始宗教对"梅葛"的产生、传承及其内容产生着极为重要的影响，导致"梅葛"具有一种非常明显的宗教功能。综观之，这种功能主要表现在祭拜神灵以祈求去病除灾、五谷丰登、六畜兴旺等宗教事象方面。

　　据口传史诗整理而成的流传最广、影响最大的《梅葛》文本，共分为创世、造物、婚事和恋歌、丧葬四大部分，其中丧葬部分中记载：为了治好爹妈的病，儿子"替爹来送鬼，替妈来送鬼"，"替爹来祭神，替妈来祭神"，随后叙述了请朵觋来治病，朵觋用"蜡烛"、"白纸"、"蔬菜"、"青树叶"、"母鸡"、"鸡蛋"、"老绵羊"等众多物品，祭祀"天神"、"山神"、"地神"、"牲畜神"、"灶君老爷"、"过往神"等诸般神灵的过程。在详细、深情的叙述话语中，流溢出浓浓的父子之情，凸现了孝子对父母的真挚情怀，可说是直接表现祭神送鬼求安康的宗教功能的一个突出的例子。

---

　　① 楚雄州文联编，云南人民出版社 2001 年 10 月版。该版本为修订本，由周文义、芮增瑞修订。初版于 1959 年 9 月，由郭天元等演唱，王朝显等翻译，刘德虚等整理。
　　② 姜荣文收集、整理，云南人民出版社 1993 年 10 月版。

较之《梅葛》，由于时代背景的原因，[①] 出版于1993年的《蜻蛉梅葛》的篇幅虽然不及前者的一半，但直接表现原始宗教的内容却比前者多。全诗中创世纪、恋歌、祭歌三个部分的内容皆与原始宗教有关，尤其是祭歌部分。该部分由《灵魂神》、《指路》、《安魂》、《祭雷神》、《祭山神》、《祭岔树鬼》、《祭天地》、《祭岔鬼》、《祭咒神白虎》、《祭黑龙神》和《做斋》十余篇祭辞组成。在《安魂》篇中，人们首先唱道："死者父老你，今天幸运好。儿女有孝心，给你作了斋，重活回人间。请你入家堂，盖好黄房子，红被盖床上，黄被垫床上。"讨好了死者之后，接下来说"房中有岔鬼"，希望死者显灵将"岔鬼赶跑"，让生者"子孙永不绝"，"金银财宝滚滚来"，"六畜多兴旺"。在《祭山神》里，叙说的是乡村山寨常见的叫魂之事："山神土司你，我家小女儿，名叫阿里么，魂儿被吓掉。今天日子好，买了鸡和酒，来求山神爷，快放魂回家。"其他各篇唱述的也是类似的内容，主要表达的是彝族人民敬神驱鬼、祈吉求福的强烈、虔诚愿望。

与直接表现宗教功能的内容不同，文本中的创世、造物、婚事和恋歌的宗教功能则较为隐晦，需要将其置于具体的吟唱语境中方能显现出来。创世和造物部分，在马游被归入祭祀经的范畴，被称为"朵觋梅葛"，在昙华和直苴属于丧葬祭祀时唱的"赤梅葛"。在这三个地区，梅葛中的创世和造物部分是在丧葬祭祀场所演唱的，目的是取悦鬼神，以保安康，因此丧葬祭祀时唱开天辟地、人类起源、造物等内容这件事本身，便具有驱灾祈吉的含义。至于文本中的婚恋部分，虽然表现的主要是男女情感、婚恋习俗，但其

---

① 《蜻蛉梅葛》中的原始宗教内容之所以比《梅葛》丰富，显然与二者收集整理的时代背景不同有关。后者出版于1959年。在当时的政治气氛下，一些原始宗教方面的资料必然未能列入该版《梅葛》之中，这从郭思九先生现在提供的材料中可以寻找到有关的证据。郭先生是1959年版《梅葛》的重要搜集整理者之一，他在《关于〈梅葛〉——写在〈梅葛〉再版时》（《金沙江文艺》2002年第4期）一文中写道："大姚昙华山《梅葛》清理稿分为四部。……第四部分为三章：第一章刻木祭母；第二章死亡；第三章怀亲"，"该份材料（收集于永仁直苴——笔者注）没有进行过清理，属记录稿。内容有：盘古分天地、龙王堵水、赤梅葛、辅梅葛（一）"。郭文提到的昙华山《梅葛》中的"刻木祭母"、直苴《梅葛》记录稿中的"赤梅葛"，它们的具体内容是什么？笔者手边没有相关资料，不能妄加猜测，但它们无疑与原始宗教有关，这从题目上即可推知。"刻木祭母"不必解释，"赤梅葛"只在丧葬祭祀场合演唱，已是千百年来沿袭至今的规矩。对照《梅葛》文本，上述两个内容都没有收入。至于《蜻蛉梅葛》，它收集整理于改革开放的年代。时代的巨变，使原始宗教不再简单地被视为愚昧落后的东西而遭到排斥，其所具有的学术价值重新获得人们的重视。在这种情况下，《蜻蛉梅葛》收入了较多的宗教方面的内容，可说是对《梅葛》的一种还原性补充。但尽管如此，由于时代的剧变加之随着时间的流逝，"梅葛"中原有的许多原始宗教的内容肯定已经消逝了。换言之，我们认为，以前的"梅葛"中必定包含着比目前已知的更多的宗教内容。进而可以说，"梅葛"本身的这种宗教功能事实上应该比文本自身更为显著。

中也含有一些祭神求神的内容，显现出一定程度的祭神求吉的功能。如《梅葛》的《说亲》中唱道："房后有山神，要杀公鸡来酬谢，山神答应了，成亲才周到。房下有畜神，也要杀鸡谢，畜神答应了，成亲才有儿和女。"

除文本之外，田野调查和有关的资料也显示出"梅葛"具有这种祭神祈福、驱鬼纳吉的功能。下面即是两个比较典型的例子。

例一：在永仁直苴彝家山寨，一对长辈夫妇去世后，家族成员必须在来年的农历十月给其举行超度仪式，俗称"齐伙尼毕"（彝语是"十月祭鬼"，即"做冷斋"）。当地人认为，人去世后，亡魂便漂浮在家中，如不举行仪式超度亡灵，让它随先祖而去，到"阴间"与逝去的先人生活在一起，亡魂将会驻留在家中侵扰家人和族人，让他们多灾多难，不得安生。仪式由六七名巫觋一起主持，其间吟唱"梅葛"中开天辟地、人类起源等内容，边唱边跳，可持续几个小时，甚至数日。类似的习俗，在昙华被称为"叉尸涅比"。

例二：20 世纪 60 年代初以前，马游婚礼中有一种重要的习俗，叫"退邪神"：结婚这一天，在喜场门口置一木桌，上铺草席及布，四角各放置一枚用红线拴着的方孔铜币。新娘进场时，背对喜桌，立于木桌之前，让巫觋用松枝在身上扫拂，以除去她身上附着的鬼邪之类的东西。巫觋边扫拂边唱祭经（"七喷梅葛"，亦叫"退邪神梅葛"）："东边来的些泼鬼，南边来的断肠鬼，西边来的瘴气鬼，北方来的独脚鬼，各方来的邪魔鬼，今天玩了今天去，不要留在这地方……"这时，直接驱赶"邪神"的"天聋地哑"（由新郎村中两个男子装扮而成。他们面戴面具，头戴篾扎的上大下小的形如倒立鱼笼似的帽子，如无帽子，套一羊皮口袋也行，身披羊皮或穿女人衣服，两腿套两条麻袋，模样怪异）用棍棒四处敲打，口中吼叫着在送亲队伍中到处乱窜，随意摸捏送亲之人。新娘的哥哥和弟弟也用棍棒在青棚，尤其是新娘住的青棚内四处敲打。直到认为"邪神"被驱走后，新娘才能踏着青松毛进入新郎家。之所以要举行该项仪式，是因为当地人认为，古代一对因情而死的名叫真哥、士仙（亦叫桃花仙女）的鬼魂会随新娘而至，因此娶亲时要举行驱鬼除秽仪式，以免鬼魂打扰新人，危害家庭。这一习俗也曾经出现于昙华和直苴，目的和情节相同，只是做法细节略有差异，名称也有所不同，叫做"驱鬼邪"或"去邪气"。①

---

① 唐楚臣：《〈梅葛〉散论》，载《从图腾到图案——彝族文化新论》，德宏民族出版社 1996 年 6 月版，第 306～307 页。

二、民族历史、传统文化的承载与传播功能

任何一个民族或族群都有并希望传承自己的历史。史诗，顾名思义，它与历史具有密切的关系。以"梅葛"而言，它充斥着许多极富虚构性与幻想性的神话与传说，看似与历史没有多少关联，但事实上却并非如此。因为在人类早期，"人们对于历史发展过程中重大的变革和事件，都以神话或传说的形式保存在记忆里。于是，当他们试图去赞颂祖先的业绩，追溯自己的历史的时候，势必把先辈留下的思想材料和自己感受到的现实材料融为一体。这样，创世史诗就成为了在当时看来是确凿、具体的诗化了的历史。……被按照'创世'过程组织到创世史诗中去的神话、传说和故事，大多是人类早期历史发展过程中重要的文化发展标志"。① 从这个意义上说，史诗堪称是一个民族历史文化的重要载体，"是一个民族的精神和理想的镜子，是一个民族历史生活和文化传承的镜子"。②

在《梅葛》文本中，创世部分包括《开天辟地》和《人类起源》两个章节。《开天辟地》唱述的是，在天地混沌未分的时候，格滋天神让五个儿子去造天，四个姑娘去造地，再用虎体化万物，反映了史诗创作主体独特的宇宙生成观。《人类起源》一节长达六百多行，包括格滋天神撒雪造人、换人种、找人种，兄妹俩经过滚石磨、滚筛子、滚簸箕三种"验婚"举措后不得不结婚，婚后生下一个怪葫芦，葫芦中走出汉、傣、彝、傈僳诸多民族等内容。造物部分由《盖房子》、《狩猎和畜牧》、《农事》、《造工具》、《盐》和《蚕丝》六个章节组成，详细反映了彝族先民原始畜牧业和农业的生产状况，记述了房屋的建造，工具和乐器的制作，火与盐的发现，如何养蚕织丝，天文历法，彝族与其他兄弟民族尤其是汉族在经济、文化上的亲密关系等众多社会历史内容。第三部分《婚事和恋歌》用了全书近一半的篇幅，从相配、说亲、请客、抢棚、撒种、芦笙、安家七个方面，主要以男女对唱的形式，生动有趣地表现了婚恋、成家、生子的整个过程，记载了许多相关的习俗和节庆方面的内容。最后的部分《丧葬》篇，包括死亡、怀亲两个章节，抒发了人们对死亡的认识和对亲人（父母）的怀念之情，也是对族群认识与情感发展的记忆和传承。

与《梅葛》相比，《蜻蛉梅葛》的篇幅短了许多，内容也少了许多，它收入了创世纪、恋歌、祭歌三个部分的内容。前两个部分的内容与《梅葛》

① 朱初宜、李子贤主编：《少数民族民间文学概论》，云南人民出版社1983年版，第155页。
② 《口传史诗的误读——朝戈金访谈录》，载《民族艺术》1999年1期。

有不少相同之处，在情节结构上也大致相同，主要的区别是创世部分的《开天辟地篇》中的主角由格滋天神变成婆婆盘王，也没有虎体化万物和葫芦生人、佑人的内容。至于祭歌部分，是该文本的一大特点。这些祭祀歌的祭祀对象是灵魂神、雷神、山神、岔树鬼、天地神等鬼神，很大程度上反映了当地原始宗教的状况和民众对原始宗教的实用主义态度，一定程度上弥补了《梅葛》稀缺原始宗教内容的遗憾，为研究"梅葛"文化带的原始宗教提供了珍贵的资料。

可以说，"梅葛"的两个文本中记载了大量的社会历史文化内容，从多个方面反映了彝族人民丰富多样的精神世界和社会生活。当然，由于受多种主客观因素的影响，在搜集、整理、出版的过程中，"梅葛"的许多原生态内容必然发生了取舍、改变。未能反映在书面文本中。但"梅葛"的表现形式多种多样，表现的内容异常丰富，却是不争的事实。这些内容，许多在今天来看虽然与史实有很大的差距，但却在一定程度上反映了彝族社会历史的进程，为后人研究和理解彝族的历史文化提供了诸多弥足珍贵的线索与信息。比如，史诗中的开天辟地、人类起源等内容，今天看来显得荒诞不经，难以理解，其实这两则神话中潜含着丰富的历史文化内涵。在开天辟地的创世神话里，格滋天神用虎体变成天地间的万物，在奇幻迷人的神话思维背后，体现出来的是一种彝族先民崇虎敬虎的文化观念。而在人类起源的洪水神话中，葫芦先是像诺亚方舟一样，在洪水来临时庇佑了人类的先祖，后来又扮演人类母体的角色，孕育出彝、汉、白等民族，这反映了彝族人民与白族、哈尼族、苗族等众多南方民族一样，崇拜葫芦，视葫芦为图腾。

包含着以上历史文化内容的"梅葛"，通过毕摩、歌手和普通民众的演唱，多年以来一直在人们的口耳之间流传。流传过程中，在让受众获得或温习了当地彝族历史文化知识的同时，也向受众传播了相关的知识。而有心的受众又可能在次一级的传播流传过程中，将获知的包含在"梅葛"中的丰富的历史文化知识传播给其他受众。经过若干个传播流程，越来越多的彝族民众通过"梅葛"了解了本民族的历史和文化。同时，也就在这种多次的极具艺术感染力的重复性的演唱过程中，这些回荡在彝家山寨上空的历史文化内容在进入耳朵之时，也逐渐走进人们的心中、脑中，并存留了下来，被当地民众视为本民族对天地开辟、人类起源、民族形成、生与死和各种生产生活知识等重大问题的神圣解释和一切古规古理的权威经典，对当地的社会、经济、文化等产生了深远而广泛的影响。

三、凝聚群体意识，规范个人行为的社会功能

民族文化是特定的民族在特定的时空范围内以集体的形式创造和累积起来的，它反映着该民族的社会生活，体现着该民族的价值观念，潜藏着该民族的思维结构，因此它具有一种凝聚群体意识的功能，成为了一个民族对内凝聚、对外排拒的途径和屏障。"梅葛"的这种功能集中地体现在当地彝族人民的丧葬祭祀和婚嫁喜庆两个最为重要的活动上。

丧葬祭祀是彝族生活中最重要、最隆重的活动之一。在"梅葛"流传的主要地区，丧葬祭祀场合都要演唱"梅葛"特别是"赤梅葛"，一些地区在唱"梅葛"的过程中还进行打跳活动，这在很长的历史过程中已成为一种社会习俗。如永仁直苴，"丧葬出殡前夜，后家的人坐在棺前（即棺头），孝子坐棺后，后家人及众亲友围棺打跳，会唱'梅葛'的人们则在互相对唱"。[①] 丧葬祭祀场所唱"梅葛"，在当事人看来也许不过是种风俗习惯罢了，没有更多深刻的含义。但事实上却具有特定的文化功能，而强化族群意识便是其中的功能之一。这种功能体现在三个方面：一是强化了家族（或宗族）意识。丧葬活动的参与者主要是家族（或宗族）成员，活动中唱"梅葛"，一方面表达了对逝者的追悼和怀念之情，另一方面也密切和加强了血源纽带交织下的那份特殊的家族（或宗族）情感。家族（或宗族）作为社会群体的重要组成部分，增强了其成员的感情，一定程度上也就增强了整个群体的感情。二是强化了"同村人"、"同乡人"的意识。除了家族（或宗族）成员之外，参加葬礼的人员一般还有同村甚至邻村的民众，通过唱"梅葛"和打跳等活动，在悲伤与宽慰的背后，人们的感情又一次得到交流与沟通，原本有些平淡或疏远的情感此时得到了加强，这无疑会增强人们彼此之间的认同感。三是强化了族别（或族群）意识。当地彝族丧葬时唱"梅葛"，有意或无意中已将自己与丧葬中不唱"梅葛"的其他彝族支系以及其他民族区别开来，认为自己是丧葬时要唱"梅葛"的彝族中的罗罗颇或俚颇。而一旦这种意识最终形成或成为一种集体无意识（共同心理素质），并被赋予强烈的感情，升华到代表族别（或族群）的高度，那么"梅葛"强化族别（或族群）群体意识的作用便悄然而生矣。

"梅葛"文化带的婚恋习俗，也凸显着强化族群意识的功能。田野调查显示，"梅葛"可以说相伴于当地人婚恋过程的始终：人们通过打跳、对唱"梅

---

① 杨甫旺：《直苴彝族"梅葛"的流变与传承》，载《楚雄民族文化的保护与传承》，云南民族出版社 2004 年 3 月版，第 212 页。

葛"而相识、相恋，用唱"梅葛"的方式提亲、订亲，在"梅葛"的歌声中娶亲、成亲，在唱"梅葛"的过程中完成寓意生殖行为的撒种仪式，从"梅葛"知道了葫芦笙的来历和制作方法，明白了生儿育女、传宗接代、操持家务等一系列生活知识。显然，这样的婚恋习俗和婚恋过程，将会强化当地彝族人民自我认同的观念，使强化族群的意识在人们心中不断积淀、内化。

在强化族群意识的同时，"梅葛"还具有一种教谕和规范个人行为的功能。

人类社会是由一个个具体的人所组成的，而具体的人又是生活在具体的社会之中。美国文化人类学家露丝·本尼迪克特（R. F. Benedict）曾经说："个体历史首先是适应由他的社区代代相传下来的生活模式和标准。从他出生之时起，他生于其中的风俗就在塑造着他的经验与行为。到他能说话时，他就成了自己文化的小小创造物，而当他长大成人并能参与这种文化的活动时，其文化的习惯就是他的习惯，其文化的信仰就是他的信仰，其文化的不可能性亦就是他的不可能性。"[①]

"梅葛"对个人的教谕和规范作用，主要体现为：

（1）不能懒惰。在《梅葛》的人类起源部分，人们唱道："（直眼人）这代人的心不好，他们不耕田不种地，他们不薅草不拔草，看见田里没有牙齿草，铲铲地皮就放水，白天睡在田边，夜晚睡在地角，一天到晚，吃饭睡觉，睡觉吃饭。"为了惩罚直眼人的懒惰，"格滋天神手一撒，甘草树虽落地下，田里长了牙齿草。直眼睛的人，从此要栽种，从此要薅草。"

（2）不能糟蹋粮食。"民以食为天"，粮食是维系人类生存的基本要素之一。在传统的农耕和狩猎社会，由于生产力的低下，粮食的获得殊为不易，人们对粮食非常珍惜，然而"直眼人"却不以为然，"这代人的心不好，糟蹋五谷粮食，谷子拿去打埂子，麦粑粑拿去堵水口，用苦荞面、甜荞面糊墙"，致使"格滋天神看不过：'不该这样来糟蹋！这代人的心不好，这代人要换一换。'"后来天神发洪水换了这代人，以惩罚糟蹋粮食的行为。

（3）好心才会有好报。直眼人心不好，肆意糟蹋粮食，被格滋天神发洪水淹死了。学博若的小儿子则由于良心好，免遭四个哥哥被水淹死的厄运存活了下来。葫芦蜂因心肠狠毒，被天神打断了腰。小松树想用叶子戳死人种，遭到了天神的打骂。反之，罗汉松、小蜜蜂、小柳树、老乌龟等则因心肠好，受到了天神的封赠。通过这几个例子，史诗试图教导人类要心存善意，否则将遭到惩罚。

---

① ［美］露丝·本尼迪克特（R. F. Benedict）：《文化模式》，何锡章、黄欢译，华夏出版社1987年版，第2页。

（4）不能欺诈。葫芦蜂由于心坏，腰被天神打断了，"蜂子大声叫：'接好我的腰，我就告诉你'。扯根马尾接蜂腰，蜂腰一接好，蜂子飞跑了。格滋天神骂道：'七月葫芦八月包，你养娃娃吊着养，九月十月放火烧'"。在丧葬部分，"我"到处找逝去的父母，放牧人欺骗说只要帮他放牛羊，就告诉"我"父母在哪里，受骗的"我"愤怒地说："放牛的人哄我，放羊的人哄我，放牛的人心不好，放羊的人心不好。"强烈谴责言而无信，欺骗他人的行径。

（5）兄妹不能通婚。《梅葛》的洪水部分说，洪水之后，天神找到幸存的兄妹俩，让两人成亲。后来在天神的一再劝说下，经过从山顶滚石磨、滚簸箕、筛子等求验方式，兄妹俩见天意难违，最终只得顺承天意结为夫妻，繁衍出汉、彝、傣等民族。有论者认为，这反映的是"彝族先民进入族外婚后对过去的血缘婚的解释和改造"。① 此观点有它的道理。但我们认为，这则故事又何尝不是要告诉人们：兄妹不能通婚。因为在现实生活中，相距很远的两扇石磨、筛子、簸箕极少能滚合在一起。既然不能滚合，兄妹能通婚么？

（6）子女要孝顺父母。《梅葛》的《说亲》一节里唱道："我家老爹年纪老，要吃好东西，猪心和猪肝，要送老爹吃。"母亲告诫女儿："别人的爹妈是你的公婆，公婆不准做的事，你就千万别去做。"《蜻蛉梅葛》的《恋歌篇》中，女方对求婚的男方说："我爹一把屎，我妈一把尿，三寸养到四尺五；十八我长大。我不能像山羊，双脚跪吃奶，长大不报父母恩。我要像老鸹，长大要有反哺情，我情愿不抱儿子，报答父母养育恩。"

上述内容源于人类出于自我发展的强烈需求和对社会规律日益深入的认识，简单朴素，浅显易懂，但简单中却不乏丰富，朴素中却不乏深刻。不言而喻，在经过一次次的吟唱后，它们会越来越深地烙印在人的心里，潜移默化地规范和塑造着整个族群的社会行为和生活方式，从而达到维护族群内部团结，维系社会制度、习惯法、道德观念等目的。

四、悦神娱人、男欢女爱的娱乐功能

"'梅葛'最早的雏形是原始祭祀的祭辞"，② 它包含着丰富的原始宗教的内容，流溢着浓厚的原始宗教色彩，最初是为敬神驱鬼的目的由毕摩在祭

---

① 杨继中、芮增瑞、左玉堂编著：《楚雄彝族文学简史》，中国民间文艺出版社1986年6月版，第89页。

② 杨甫旺：《直苴彝族"梅葛"的流变与传承》，载《楚雄民族文化的保护与传承》，云南民族出版社2004年3月版，第216页。

礼活动场所吟唱的，气氛庄严而肃穆。后来，随着社会的发展和人类出于追求快乐的自我需要，渐渐出现了娱乐色彩且日渐浓厚，演唱的范围也扩大到劳动、交友、结婚等领域，演唱者不再仅是作为神职人员的毕摩，普通民众也可以"什么时候想唱了就唱"，以致在"梅葛"文化带："老人们在火塘前烤火喝酒吟唱'梅葛'以自娱，姑娘小伙在'姑娘房'或山林里唱'梅葛'谈情说爱，孩子在长辈的'梅葛'歌声中悄然入睡，放牛娃唱'梅葛'以消磨时间"。① "山里勤劳的阿老表会唱好听的'梅葛'；山里美丽的阿姥妹也会唱好听的'梅葛'；山里的老阿波、老阿奶都会说'梅葛'；查颇（男子）和麦若（女人）也会喊'梅葛'。只要在彝家火塘边上长大的老老小小都认得'梅葛'。"②

　　"梅葛"的娱乐功能主要通过"辅梅葛"来表现，其中又在婚恋活动中表现得最充分。比如在《梅葛》的婚事和恋歌部分，史诗用约占全书一半的篇幅，从相配、说亲、请客、抢棚、撒种、芦笙、安家七个方面，叙说了青年男女通过唱"梅葛"相知相爱，然后请媒人提亲，获准后男方购物请客操办婚事，在婚礼上进行"抢棚"活动以示庆贺，举行寓意生殖内容的"撒种"仪式以盼新人早生贵子，以及如何制作芦笙、如何安家等整个婚恋过程。气氛欢快活泼，语言诙谐风趣，朴素流畅，内容丰富而深刻，将彝家的婚嫁之事表现得多姿多彩，极具地域性和民族性特征，令人神往。

　　"梅葛"的这种娱乐功能，一些文章中也多有提及。杨甫旺在《直苴彝族"梅葛"的流变与传承》一文中谈道："直苴彝族盛行家族不婚，婚姻自由，很少父母包办。青年男女通过打跳、对唱'梅葛'相识、相恋、结婚。夜幕降临，小伙子们来到'姑娘房'门前，低声吟唱'杂梅葛'，姑娘有意则隔门与小伙子对唱。经过多次对唱后，姑娘了解小伙子的口才、知识、人品，进而建立恋爱关系。婚礼不像汉族和其他彝族那样烦琐，不收彩礼，……'梅葛'是婚恋的中介"。③

　　对"梅葛"的娱乐功能，笔者有着切身的体会。2005年3月17日，笔者和两位同事应邀参加马游"首届梅葛文化节"。当晚，组委会组织"赛梅葛"活动，地点设在有一主席台的村委会的大院里。天近黄昏，雾霭轻笼之时，约有一个篮球场大的水泥场地上便挤满了四面八方涌来的人。演唱者

---

　　① 唐楚臣：《〈梅葛〉散论》，载《从图腾到图案——彝族文化新论》，德宏民族出版社1996年6月版，第302页。

　　② 段海珍：《解读梅葛》，载《楚雄日报》2006年3月7日。

　　③ 杨甫旺：《直苴彝族"梅葛"的流变与传承》，载《楚雄民族文化的保护与传承》，云南民族出版社2004年3月版，第217～218页。

有男有女，有老有少，有毕摩和著名歌手，也有普通民众；演唱形式有独唱、二人对唱或多人对唱；演唱的语言有彝语和汉语，其中又以前者为主。由于语言、方言及唱腔的原因，笔者对绝大部分内容都听不懂，但从演唱者的身份、穿着打扮、动作表情及受众的反应判断，知道唱的主要是"辅梅葛"、"青年梅葛"之类的内容。演唱者滑稽的表情，夸张的动作，声情并茂的唱腔，引得受众不时哄然大笑！起初，台下或坐或站的受众静默无声，只是津津有味地观看着台上的表演，聚精会神地听着台上的演唱。随着时间的延续，有少数人在某些演唱部分小声地跟着唱了起来，并对台上演唱的男女起哄打趣，台上台下的互动较为频繁，气氛颇为活跃。正式的演唱结束后，许多兴奋的人们并没有马上离去，而是在现场围起圆圈，跳起跌脚，在琴弦的相伴下，吼起了"梅葛"。那整齐有力的"啪！啪——"的脚步声震得整个山村似乎都晃动了起来，那欢快热烈的歌声在幽暗夜空里传得很远，很远……活动一直持续到深夜！

第二节　"梅葛"的结构

在文化研究中，"功能"常常与"结构"一起组成一对概念范畴出现。如果说功能关注的主要是事物显现在外部的作用与功效的话，结构强调的则是事物内部的各组成要素以及它们之间的互动关系。为了深入理解"梅葛"的本质，尽可能全面地把握其意义与价值，分析它的结构便成为一个绕不开的话题。下面，就从内核、中质和外壳三个方面对其进行分析。

一、内　核

内核指事物内部的核心部分，它在文化的结构系统中处于内隐层或核心层的关键地位。一般认为，在文化的核心层面上，民族心理素质和价值观念处于最为核心的地位。"民族心理素质包括民族文化心理、自尊心、自豪感和民族意识等几个方面，它们共同组成了表现于文化特点上的精神面貌，是支撑一个民族生存发展的民族精神的灵魂"，[1] 而价值观念则"包括文化价值观、宗教价值观、审美价值观（美）、道德价值观（善）、科学认识

---

① 　张文勋、施惟达、张胜冰、黄泽：《民族文化学》，中国社会科学出版社 1998 年 10 月版，第 96 页。

（真）等方面，其中以对本民族文化传统的价值判断最具权威性"。① 换言之，内核主要包括宗教信仰、民族意识、文化心理、伦理道德、价值观念、思维模式等内容。结合文本分析和田野调查的情况，"梅葛"的内核可以说包含着如下内容：

1. 万物有灵、多神崇拜的原始宗教观

"万物有灵"，是包括彝族在内的我国西南少数民族的原始宗教呈现出来的一个显著特征。它的基本内涵表现为："把一切自然物象想象成有感觉、有意志、有思维的生命体；把一切自然物想象成能像人一样进行有意识有情感的活动；把一切自然物与人之间的关系想象成可以凭借人的思维去相互沟通的系统，即从自身的情感、意志出发，可以完全理解这些自然物，也就是说，赋予自然物以人的个性、人的感情、人的思维。"②

观史诗《梅葛》，它产生于原始宗教盛行的彝族社会早期，诗中积淀着众多原始宗教内容，如天神崇拜、祖先崇拜、山神崇拜、雷神崇拜、虎图腾、葫芦图腾等，出现了众多的神祇，显现出一种万物有灵、多神崇拜的原始宗教观。囿于篇幅，这里仅对天神崇拜、祖先崇拜进行分析。

（1）天神崇拜。天与人类社会密不可分，对人类的生活产生着重要的影响。在狩猎和农耕社会，季节的更替，气温的变化，雨水的多少，直接左右着人类的物质生活，关系到人类的生存与发展。此外，太阳的朝升夕落，月亮的阴晴圆缺，繁星的灿烂夺目，使天空显得神秘而诱人，一直吸引着人类迷惑好奇的目光。这一切导致许多民族都产生了崇拜天的文化现象。

"梅葛"文化带的彝族先民崇拜天，称天神为格滋。在《梅葛》中，格滋天神被描述成是一位无所不能、无所不包的神灵。首先，他是创造天地及万物之神：放下了九个金果变成九个儿子，让其中的五个来造天补天，放下七个银果变成七个姑娘，让其中的四个来造地补地；请来阿夫拉天，麻蛇缩地；让人用鱼来撑地，用虎骨来撑天，并以虎体化万物，"虎头做天头，虎尾做地尾……左眼做太阳，右眼做月亮"。其次，他是创造人类之神：撒下三把雪，"落地变成三代人"；后又派武姆勒娃下凡发洪水毁灭了好吃懒做、良心不好的"两只眼睛朝上生"的第三代人类，仅留下一对善良的兄妹，并撮合他俩婚配重新繁衍人类。最后，他还是一切创造和毁灭之神：教妇女

① 张文勋、施惟达、张胜冰、黄泽：《民族文化学》，中国社会科学出版社 1998 年 10 月版，第 96～97 页。

② 陆群：《宗教生态旅游：西部旅游业可持续发展的新思路》，载《吉首大学学报》（哲社版）2001 年 2 期。

织猎网；教人类盘田种庄稼；给了人类蚕种教其养蚕织丝；撒下了活种子和死种子，使地上一切动植物及人类都有了生和死……通过这一切，史诗刻画出了一个有着人一样的喜怒哀乐的血肉丰满、性格鲜明的天神形象，将彝族人民对天神的崇拜与敬畏之情作了高度艺术化的处理和表现。

（2）祖先崇拜。彝族崇拜多种神灵，但最崇拜的是祖先，"一拜祖宗灵，二拜天地神"。彝族为何要崇拜祖先呢？主要有两个原因①：首先，在彝族人的观念中，祖先处于神人之间，既是神，亦是人。作为神，他是和人最亲近的神；作为人，他是可以和神沟通的，并且是和神同在的人。其次，彝族认为，人具有肉身和灵魂的两重性。肉身是会死的，灵魂则是不灭的。人的生活也有两重性，既有阳世生活的一面，也有阴世生活的一面。由于死亡的出现，把人的生活分为阴阳两个世界。祖先虽然死了，但是他们的灵魂还在阴间的世界生活着，假如活着的人虔诚祭祀他们，那么，在儿孙遇到危难时祖先神灵会来保佑。儿孙死之后，也才能得到祖宗的接纳，使自己的灵魂能回到祖先的发源地，获得阴世的生活。因此，在彝族社会中，祖先神在众神中的地位最为尊贵，居于祭坛神位之首。祖先的灵牌、灵房、祖墓、神祠皆是最神圣的崇拜对象。这种崇拜现象具有一个历史的发展过程。最初，他们崇拜的祖先是氏族共同的祖先，随着父系家庭的确立，逐渐发展到对家族祖先以至个体小家庭近祖的崇拜。

《梅葛》的《怀亲》一章中说，"我"为了避免父母去世而作了多种努力，但天意难违，他们还是去世了，自己颠沛流离，四处奔波，苦苦寻找父母而不得，最终只好用"松木刻成爹的像，青桐木刻成妈的像。后亲来点眼，亲戚来点眼，爹妈的像刻好了，供在家堂上。我爹回来了！我妈回来了！阿爹啊阿妈！一月一节令，每逢节令要祭你"。整章诗情节完整，内容感人，将后人对祖先的缅怀与眷念之情表现得颇为充分，以教育人们不要忘记先祖列宗。

除《梅葛》中有直接的记述外，祖先崇拜在"梅葛"文化带的彝族人生活中也多有表现。如在永仁直苴，当地彝族在丧葬场合（尤其是比较大的丧葬场合）都要吟唱"梅葛"，并边唱边跳，既抒发对死者的怀念之情，也借此教灵，希望亡灵安心守护祖灵，顺利回到祖先的故地。在马游地区，当地的祖先崇拜现象也较为常见，呈现出祭祖活动的经常化，祭祖形式的多样化和祭祖意识的普遍化的特点。常规的节庆祭祀之外，"还有不固定的随

①　详见王天玺《宇宙源流论》第六章，云南人民出版社1999年6月版；何耀华：《彝族的祖先崇拜》，载宋恩常编：《中国少数民族宗教初编》，云南人民出版社1985年3月版，第99~101页。

时祭祀,如红白喜事时的祭祖,杀年猪及家人生病时的祭祖,以及有凶兆、噩梦的祭祖等",形式上有墓祭、家祭和族祭三类,并由此产生一系列较为发达的祖灵观念和一套完整的祖先祭祀仪式。[①] 昙华与上述两个地区类似,也盛行敬祖祭祖的风气。[②]

2. 以虎体化生万物为主的多样的宇宙观

宇宙是如何形成的? 在许多民族那里有着不同的回答,彝族内部对此也有不同的答案,出现了"化生型"的宇宙观、"创造型"的宇宙观、自然演化的宇宙观、宇宙原始构造说四种不同的观点。[③] 令人惊奇的是,这四种宇宙观在史诗"梅葛"中皆程度不同地存在。如《梅葛》中说:"远古的时候没有天,远古的时候没有地",于是格滋天神让五个儿子来造天,让四个姑娘来造地。《蜻蛉梅葛》中说:"很古的时候,望天天不见,踩地没有地",婆婆盘王便安排"麦婆约来造天,先说若来造地"。它们反映的是"创造型"的宇宙观。同时,由于认为最初的宇宙无天亦无地,它们也体现出一种自然演化的宇宙观的色彩。而在公鱼撑地角、母鱼撑地边、虎的腿杆骨撑四边[④]的观念背后,则从天地存在的形式这一角度,反映了一种有关天地原始构造的宇宙观。当然,"梅葛"中最有特点也广为人知的是属于"化生型"的虎体化生万物的宇宙观。这种宇宙观对天地的起源是这样解释的:

> 远古的时候没有天,远古的时候没有地。
> 天上没有太阳,天上没有月亮。天上没有星星,天
> 上没有红云彩,天上没有虹,天上什么也没有。地上没
> 有树木,地上没有大江,地上没有大海,地上没有飞
> 禽,地上没有走兽,地上什么也没有。
> 虎头做天头。虎尾做地尾。虎鼻做天鼻。虎耳做
> 天耳。
> 左眼做太阳。右眼做月亮。虎须做阳光。虎牙做星
> 星。虎油做云彩。虎气成雾气。虎心做天心地胆。虎肚

① 杨甫旺:《〈梅葛〉与楚雄彝族原始宗教信仰的传承》,载《楚雄民族文化的保护与传承》,云南民族出版社2004年3月版,第226~227页。

② 详见杨甫旺《昙华山彝族的原始宗教》,载《云南省楚雄彝族自治州文史资料选辑》第十一辑,楚雄州政协教文卫体资料委员会编,内部资料。

③ 王天玺、李国文:《先民的智慧——彝族古代哲学》,云南教育出版社2000年4月版,第55页。

④ 楚雄州文联编:《梅葛》,云南人民出版社2001年10月版,第10~11页。

做大海。虎血做海水。大肠变大江。小肠变成河。排骨
做道路。

虎皮做地衣。硬毛变树林。软毛变成草。细毛做
秧苗。

骨髓变金子。……虎肺变成铜。虎肝变成铁。连贴
变成锡。腰子做磨石。

大虱子变成老水牛，小虱子变成黑猪黑羊，虱子卵
变成绵羊，头皮变成雀鸟。

在世界文化史上，这种虎体化万物的宇宙观殊为少见。研究者多认为，它的形成是与彝族虎图腾观念密切相关的。彝族虎图腾的观念在不少文献中都有记载和论述，[①]这里不再赘述。

3. 用"雪"造人与葫芦、树下的门洞生人的人类起源观

我是谁？我从哪里来？我要到哪里去？这是西方三个关系紧密的著名哲学论题。其中对"我从哪里来？"的追问，主要反映的便是人类对自身起源的一种强烈的探寻意识。对这一论题，世界上的各个民族早期曾多以神话的方式作出各式各样的回答。我国古代的女娲神话中认为，是女娲氏"抟黄土"造出人类。古希腊神话中流传的是"大神"普罗米修斯用泥土"塑人"。"梅葛"文化带的彝族人民对此也给出了自己的答案。《梅葛》中认为是格滋天神用"雪"造出人类的先祖，并让葫芦帮助良心好的人类的先祖（一对兄妹）躲过了洪水劫难。后来，兄妹俩成亲生下一个怪葫芦，从中走出了彝、汉等各族人民。《蜻蛉梅葛》中认为各种人类是从梭罗树根下的一道门里出来的。

分析这两个文本中关于人类起源的不同的神话，"雪"、"葫芦"和"门"这三个名词十分引人注目。我们知道，雪与水有直接的关系，用雪造人也可说就是用水造人，而水又是人类生存发展中必不可少的一种重要物质。至于葫芦，在南方随处可见，它既可作为食物，也可作为生产工具、生活器皿、交通工具、武器、乐器等。[②]梭罗树根下的"门"，即梭罗树根下的"洞"之意。这三个词指称的是三种不同的客观事物，从表面上看，它

---

① 刘尧汉：《中国文明源头新探——道家与彝族虎宇宙观》，云南人民出版社 1993 年 6 月版；杨和森：《图腾层次论》，云南人民出版社 1987 年 9 月版；杨继林、申甫廉：《中国彝族虎文化》，云南人民出版社 1992 年 12 月版。

② 宋兆麟：《葫芦的功能与栽培技艺》，载《葫芦与象征》，刘锡诚、游琪主编，商务印书馆 2001 年 7 月版，第 16～21 页。

们之间没有任何的关系，但如果将它们放置到人类认识论的角度去观察，我们会发现"梅葛"里用这三种自然界中客观存在的物质去解释人类的起源，这在某种程度上表明史诗的创作者已经力图从客观世界中去探寻人类的本源，这可说是人类认识史上的一个巨大进步。

如果再进一步去探寻，我们发现"雪"、"葫芦"和"门"的背后还蕴涵着更为深刻的文化内涵。比如有论者就认为，这里的"雪"其实是"精液的象征"，象征着一种对男根崇拜的意识[①]。这种解释有其合理性。但假如联系到自然环境和民族历史来考虑，我们认为还可以从下列两个方面去阐释"雪"的含义：一是自然崇拜的象征。"梅葛"流传的地区海拔高，气候冷，少数高山（如被称为"俄颇俄媸"，意为"雪公雪母"的昙华山）的山顶冬季常常白雪茫茫，在万物有灵的观念影响下，人们对雪等自然物象产生了崇拜意识，并将这种意识投射到"梅葛"的创作中。二是民族历史的遗痕。学术界多认为，彝族源于羌人，而羌人原居于西北高原的河湟一带，当地秋冬季节冰天雪地，寒冷而干燥。在往楚雄等西南地区迁徙的漫长历史过程中，彝族先民又经历了许多冰封雪冻之地。受此影响，"梅葛"中出现了用"雪"造人之说。而葫芦和"门"，前者因其形状像孕妇的腹部且具有多子的特点，成为生殖旺盛的象征，后者常被引喻为女性的生殖器，这皆已成为文化界的共识。

4. 重德崇信、惩恶扬善的道德观

为维护社会的正常运转，促进社会的和谐与稳定，人类逐渐建立或形成了一系列的社会规范。它们大略可以分为四个层面：第一层是法律，第二层是纪律，第三层是道德，第四层是民俗。[②] 其中，道德是仅次于民俗的对人约束性最广的一种深层次的行为规范。作为控制人类社会的一种"软性力量"，道德像一张无形的大网，从心灵深处规范着每一个社会个体的行为方式，对人类社会的发展起着极其重要的作用。像众多民间文学一样，"梅葛"洋溢着强烈的道德色彩，如奖勤罚懒、反对浪费、表彰诚信、惩恶扬善、主张孝顺等。对此，本章的功能部分已进行了较为详细的阐述。

5. 反对兄妹成婚的婚姻观

婚姻关系到人类的繁衍，影响着人类的未来，众多民族的文学作品都对这个重要的问题给予特别的关注。"梅葛"的两个文本也用大量的篇幅较为详细地记载了人类的婚恋过程，并且《梅葛》文本还在有关人类起源的洪

---

① 杨甫旺：《彝族生殖文化论》，云南民族出版社 2003 年 3 月版，第 166 页。
② 钟敬文主编：《民俗学概论》，上海文艺出版社 1998 年 12 月版，第 29 页。

水神话中以独特的形式反映了彝族先民对婚姻的观念：兄妹不能成婚。有关这一问题，前文已论及，故此处不再重述。

6. 重视家庭的社会观

家庭是社会结构中的最小单位，是构成社会的细胞，一向受到人们的高度肯定和重视。"梅葛"中有太多的谈及家庭的内容，具体来说体现在如下四个方面：第一，重视婚姻。诗中既有反对兄妹婚的内容，又有强调婚姻的仪式和过程的内容，它在表明当地民众重视婚姻的同时，也在表明当地民众对家庭的重视。第二，注重打猎、农耕、纺织等经济活动。"梅葛"有多处唱述打猎、耕织活动的内容，具有着很强的农事生产与社会生活的指导功能，这一方面说明猎耕、纺织与人们的关系密切，另一方面也说明演唱者和受众非常重视这类活动。而重视猎耕和纺织，对处于农耕社会的人类而言不外乎出于两个目的：一是为了解决自身的衣食大事，二是希望为家庭的稳固提供有力的物质保障。第三，重视安家。史诗设有专节专门讲述如何安居，如何安家，非常明确地表达了人们重视家庭的态度。第四，讲求孝顺，慎终追远，注重亲情。

一般认为，家庭是社会发展到一定历史阶段的产物。"梅葛"中凸显重视家庭的观念，表明当地的社会已进入了较高的发展阶段，人们已经认识到家庭的重要性。结合内外两种因素来看，人们重视家庭，一方面是出于为个人提供一个遮风避雨、享受亲情的场所的客观需求，另一方面也可说是由于中原文化的进入，受到强调家庭重要作用的汉儒文化深刻影响的结果。

7. 各民族同源和注重民族和睦相处的民族观

据文献记载，楚雄彝族中流传着一则各民族同源的神话：古时候，世上只有一个男人，后经天神的指点，他与天仙结了婚。天仙婚后产下一个血球，从球中剖出九子，但他们都不会说话。又经天神的指点，父亲用烧烤过的青竹去打九子，九个儿子便会讲话了，但所讲的语言各不相同，他们的后代分别繁衍成各个不同的民族。① 类似的神话也出现在"梅葛"中。《梅葛》的人类起源中说，两兄妹在葫芦里逃过洪水大劫后，为了繁衍人类，只好听从天神的指示，"兄妹成亲传人烟"。后来妹妹怀孕生下了一个怪葫芦，"天神用金锥开葫芦，天神用银锥开葫芦"，戳开葫芦后，从里面走出了汉、傣、彝、傈僳、苗、藏、白、回等民族。与《梅葛》相比，《蜻蛉梅

---

① 楚雄彝族自治州彝族辞典编辑委员会编：《楚雄彝族自治州彝族辞典》，云南民族出版社1998年4月版，第308页。

葛》的叙述则相当简单，仅说"梭罗树根有道门，第一次门开出了一对罗罗，第二次门开出了一对摆衣……"

无疑，这种民族观是各民族交流融合的客观现实在史诗中的一种生动反映，它既表达了各民族同源的观点，又表达了各民族团结的主张，有利于各民族之间的团结与社会的稳定。

8. 重视起房建屋、渔猎耕织的生活创造观

《梅葛》文本中，特别是《造物》及《婚事和恋歌》两个部分，有关起房建屋、渔猎耕织方面的内容随处可见。如《造物》部分，即详细地谈了建房（哪个来盖房？没有建房用的树和草，哪个来撒树种、草子？撒在什么地方？撒了些什么？何处建房？用何材料建房？谁人住房），狩猎和畜牧（如何上山打猎撵麂子？如何找来牛、羊、猪？如何饲养它们），农事（每月做什么），造工具（如何制造农具），养蚕织丝（哪个抱蚕子？怎么来养蚕？哪个来挑丝线？哪个来纺丝线）等多种内容。诸如此类的内容在《蜻蛉梅葛》中也并不少见。这一切表明史诗的创作者、演唱者深知衣、食、住对自身生存与发展的重要性。

9. 崇尚万物皆普遍联系的哲学观

《梅葛》中说，为了让天不再摇摆，格滋天神让造天的五兄弟杀死猛虎，以四根大骨做撑天的柱子，虎尸的其他部分则分别作为天头、地尾、天鼻、天耳、太阳、月亮、星星……黑猪、黑羊、绵羊、雀鸟。又说，天上、地上万物要生存和发展，都要开花相配，人同样也要开花相配。天与地相配，地与树相配，风与水波相配，河配岩，岩配石，柿与梨相配，连地上的蚂蚁都相配。《蜻蛉梅葛》的《生命篇》中也说，世间万物只有通过交配，才能孕育出新的生命。

不难看出，上述内容具有较强的哲理性。我们认为，在虎体化万物、万物皆相配的现象背后，蕴涵着一个深刻的哲学观点：万物都不是孤立存在的，而是相互成对、相互联系、相互依赖和彼此结合的；不同事物之间的相互联系、依赖和结合是事物存在和发展的根源。这种相互的辩证法的观点，以今天的视角观之，虽然它的理论色彩还显得十分淡薄，也没有看到事物的相互联系和依存中还存在对立面的斗争，但它已经从事物自身去说明事物的存在与发展，并猜测到了对立面的统一是事物存在和发展的根源，这在当时是十分难得的，称得上是彝族人民认识发展史上的一次飞跃。①

---

① 参见王天玺、李国文《先民的智慧——彝族古代哲学》，云南教育出版社 2000 年 4 月版，第 55 页。

10. 二元结构/一分为二的思维模式

通观"梅葛"文本，无论是长达五千多行的《梅葛》，还是长达二千余行的《蜻蛉梅葛》，都呈现出一种事物、行为乃至句式上以两两相对的形式，成双成对出现的特点。简单的例子如："远古的时候没有天，远古的时候没有地"、"造天的儿子有啦！造地的姑娘有啦"、"造天没有模子，造地没有模子"、"倒栽你倒活，顺栽你顺活"、"哥在山阳滚筛子，妹在山阴滚簸箕"、"汉族会放猪，彝族会放羊"、"山头吹一调，山尾弹一曲，欢乐得起来，欢唱得起来，放猪的女人喜欢，放羊的男人喜欢"、"白云嫁黑云，月亮嫁太阳"、"眼泪像水流，鼻涕像蜜淌"，等等。较复杂的例子有："一天能搓三丈，三天能搓九丈；一天能结三丈，三天能结九丈"、"黑水嫁白水，波浪嫁暴风，急水嫁弯河，爹妈的女儿也得嫁。小水嫁大水，绿水嫁红水，慢水嫁快水，爹妈的女儿也得嫁。黑鱼嫁白鱼，蜻蜓嫁黑蛇，白蚁嫁黑蚁，爹妈的女儿也得嫁"等。根据这种特点，我们认为在"梅葛"的内核里，潜隐着一种思维模式，并称之为二元结构/一分为二的思维模式。

追根溯源，彝族古老的阴阳、雌雄观可以说是导致这种思维模式产生的根本原因。现代研究表明，在彝族古代文化的观念里，根据人类、动物分雄雌的认识结果，把世界万物也区分为互相对立又互相联系的两个方面：阴与阳、雌与雄。有关彝族的阴阳、雌雄观，不少学者在文中多有论及。刘尧汉教授在《彝族文化研究丛书》的总序中，就列举了诸多有关公母、雌雄的例子："彝语支母系制摩梭人和父系氏族制彝族，都保留了原始的万物雌雄观；除禽兽和人，雌是雌、雄是雄之外；对自然现象如：星星、云朵、山、石、岩穴、溪流、树木，及人造物如：房屋、罐、碗、盆、锅、槽、斧，等等，均按其形状相对大小，凡大者为雌，小者为雄"，并说"云南哀牢山彝族的一个祖灵葫芦里包容一雌一雄（即祖母和祖父、曾祖母和曾祖父）。"显然，这类观念一经形成后，作为一种潜意识，将会对主体的艺术创作等产生或浅或深的影响，并在具体的艺术形式中体现出来。

二、中 质

中质是指文化结构系统中近于中介的部分，它介于内核与外壳之间，对二者皆发生着影响。外壳的变化要通过中质方能影响到内核，而内核的改变也只有通过中质才能在外壳上显现出来。

就"梅葛"而言，它的中质是祭仪、演唱者和演唱氛围。这是从整体研究与深度勾描的角度确定的。我们知道，过去相当长的时期里，对包括史诗在内的口承叙事文学的研究基本上是在一种静态的、文本层面上进行的。

这类方法致力于各种不同异文的搜集，注重文本的内容构成、形式分类与意义诠释，强调不同文本之间的比较，目的在于通过理解文本的意义生成机制，弄清文本的内容，以解说不同文本乃至不同文化之间的同与异。事实证明，此类方法的广泛运用，在资料的累积、文本的解读和理论的拓展等方面作出了很大的成绩。然而，随着研究的深入以及新观点、新方法的出现，人们越来越认识到，这种研究仍未脱离文学——历史批评的范畴，基本上是一个发于文本、行于文本、止于文本的过程，具有很大的局限性。于是，田野诠释的观点进入了众多研究者的视野，尤其是强调口承文学的沟通与表达的方式的表演理论产生以后。该观点认为，对民间叙事文学的分析必须既注重文本又不能囿限于文本，要将视角扩大到文本以外的表演空间之中，将文本还原于田野，把文本与特定的"情境"（context）结合起来进行整体性的分析和考察，如此，最终的研究才是全面有效的。[1] 基于对这种观点的理解和认同，我们在构拟"梅葛"的结构时，将中质确定为祭仪、演唱者和演唱氛围，希望这种田野诠释视角的引入，能规避史诗文本因为"民间叙事传统的格式化"[2] 而产生的诸多弊端。

1. 祭仪

根据需要，"梅葛"可以在祭祀、丧葬、恋爱、婚嫁、劳动、节庆等彝族非常重视的场合演唱，这些场合皆对"梅葛"的产生、形成和流传产生着程度不同的影响，其中丧葬、婚嫁、恋爱等场合的影响更为深广。随着时代的变化，劳动场所的影响也与日俱增。但总体来说，不论是在内容还是在传承方式上，祭祀仪式对"梅葛"的影响都是最大的。原因主要有三点：第一，"祭坛即文坛"。创世史诗最初是由部族的宗教人员根据祭祀的需要在祭祀活动中创作出来的，或者说创世史诗最初是由宗教人员在祭祀场所上

---

① 如朝戈金在《口传史诗的误读》一文中认为："史诗的含义，是由特定的史诗演唱传统所界定的。所以，一次特定的史诗演唱的含义，不仅要从叙述的文本中获得，还应该观察某一史诗得以传承并流布其地的语境。否则，全面理解事实，全面描述史诗的文化意义，就是一句空话。"载《民族艺术》1999 年 1 期。

② "民间叙事传统的格式化"：这是对以往民间文学文本制作中的种种弊端的一种概括性说法。该观点认为，某一口头叙事传统事象在被文本化的过程中，经过搜集、整理、出版的一系列工作流程，出现了以参与者主观价值评判和解析观照为主导倾向的文本制作格式，因而在从演述到文字的转换过程中，民间真实的、鲜活的口头文学传统在非本土化或去本土化的过程中发生了种种游离本土口头传统的偏颇，被固定为一个既不符合其历史文化语境与口头艺术本真，又不符合学科所要求的"忠实记录"原则的书面化文本。而这样的格式化文本，由于接受民间叙事传统之外并违背了口承传统法则的一系列"指令"，所以掺杂了参与者大量的移植、改编、删减、拼接、错置等并不妥当的操作手段，致使后来的学术阐释，发生了更深程度的文本误读。详见巴莫曲布嫫《叙事语境与演述场域——以诺苏彝族的口头论辩和史诗传统为例》，载《文学评论》2004 年第 1 期。

演唱的。从这个角度而言，可以说"梅葛"最早的雏形是原始祭祀的祭辞①。第二，在"梅葛"流传的地区，由于受经济、文化、社会的影响，原始宗教的观念在人们的头脑中根深蒂固，宗教活动非常盛行。例如在直苴彝区，一年中仅比较隆重的祭祀活动就有祭山神、祭总土地神、祭龙神、祭瘟神、祭牧神、祭祖等。这些祭祀活动中基本上都要吟唱"梅葛"或用"梅葛"曲调演唱相关的内容。类似的情况在马游、昙华等彝族地区也普遍存在。这种频繁的祭祀仪式有助于丰富"梅葛"的内容，推动"梅葛"的传承与发展。第三，祭祀仪式是人们为了达到某种特定的目的而举行的，气氛庄严肃穆。此时，演唱者的态度认真而虔诚，听者的态度也是格外的认真和虔诚，这有助于对"梅葛"的记忆，有利于"梅葛"的保存和流传。

概言之，具有特定宗教内涵和宗教信仰的祭祀仪式堪称是"梅葛"产生、形成、流传的最重要的土壤和载体。

2. 演唱者

由于"梅葛"是一部口承文学，因此它的演唱者与创作者之间有着异常密切的关系，初期的演唱者几乎就是创作者，创作者就是演唱者。按照身份的不同，"梅葛"的演唱者可分为特殊演唱者和普通演唱者两类。前者专指毕摩，后者则指毕摩之外的其他群体。

毕摩是彝族原始宗教祭仪的主持人、祭司，是彝族文化的集大成者和知识的传播者。在"梅葛"文化带，毕摩又被称为"梅葛呗"。作为最重要的演唱者和创作者，他为"梅葛"的产生和传承作出了突出的贡献。"梅葛"的普通演唱者的范围较为广泛，上至达官显宦，下至黎民百姓，都属于该范畴之列。在这些普通演唱者中，歌手的作用和贡献最大，仅次于毕摩。

3. 演唱氛围

理解一种文化，需要弄清该文化存在的特定语境或者说是特定的文化氛围，这对史诗、神话、传说等口承类文学作品来说尤其如此。因为口承文学具有集体性、口头性、变异性、传承性的基本特征，受文化氛围（确切地说是演唱氛围）的影响非常大。因此为了全面理解"梅葛"，需要深入了解它的演唱氛围。

（1）大系统范畴的演唱氛围。它指的是"梅葛"生存、传承的大文化氛围，由自然环境、文化环境、政治环境、经济环境等多种因素构成。

据调查，"梅葛"主要流传于楚雄彝族中操彝族中部方言的"俚颇"、

① 杨甫旺：《直苴彝族"梅葛"的流变与传承》，载《楚雄民族文化的保护与传承》，云南民族出版社2004年3月版，第216页。

"罗罗"两大支系中，流传区域主要是大姚、姚安、永仁、牟定，另外，南华、楚雄、元谋、禄丰等县（市）也有流传，重点的流传地区是姚安的马游、大姚的昙华、永仁的直苴。其中，学术界一般又把马游视为最主要的流传地，称它是"梅葛的故乡"。关于马游的文化生态和民俗文化在第一章已有详细的论述，这里不再重复，仅想强调一点：社会与时代的变迁和文化生态环境的变化对"梅葛"有着巨大而深远的影响。这种影响在"梅葛"20世纪中期以来的生存变化轨迹中有着鲜明的体现。

1949年以后，特别是"文化大革命"期间，由于受极"左"思想的影响，以毕摩为代表的毕摩文化被认为是封建的、愚昧的、落后的，受到激烈的批判和残酷的打击，使与之有着紧密联系的"梅葛"的演唱活动和传承方式受到严重的影响，很多传统的重要活动不准举行，人们不敢唱不能唱"梅葛"，史诗中的许多重要内容逐渐消逝。1978年实行改革开放以后，这种状况有了很大的改变，毕摩在文化传承中的重要作用重新得到确认和肯定，民族文化越来越受重视，人们可以越来越自由地吟唱"梅葛"。然而遗憾的是，在演唱"梅葛"的政治和文化氛围有了根本性的改善之时，随着经济的快速发展而涌入的以电视、卡拉OK、流行音乐等为代表的外来文化，却对"梅葛"的生存产生了另一种严重的威胁，将它推向了一个新的危险之境。据近年有的学者调查，"20世纪50年代末之前，当地（姚安、大姚、永仁）的彝族老人都能演唱较为完整的'梅葛'调，很多青年人也乐意向长辈们学唱'梅葛'，而婚、丧、祭祀等场合更是少不了毕摩的'梅葛'，因而'梅葛'具有它流传的社会基础和稳定性。时过40多年，'梅葛'的生存和社会经济环境发生了很大变化，出现了严重的生存危机，随着毕摩、老歌手的殁去，'梅葛'的源泉几已枯竭，许多精品亦随之消亡，如马游彝族的'退邪神梅葛'和'犁喜田梅葛'，即便尚存的部分，也已支离破碎、面目全非。永仁直苴彝族50岁以下的中青年仅能演唱'青年梅葛'，50岁以上的人能够演唱部分'创世梅葛'，而且多为巫师，因创世神话涉及生老病死的内容，仅限于丧葬或某些宗教祭祀活动中演唱；姚安马游彝族40岁以下约有50%的中青年能演唱'青年梅葛'，极个别能够演唱部分'创世梅葛'；40岁以上约有10%的中老年人能够演唱部分'创世梅葛'，但已无人能够完整演唱；大姚昙华彝族中青年已无人能够演唱'梅葛'，甚至有的青年不知'梅葛'为何物；50岁以上的中老年人约20%能够演唱部分'创世梅葛'，但多为巫师，且只在祭祀和丧葬时演唱。"①

---

① 杨甫旺：《楚雄民族文化的保护与传承》，云南民族出版社2004年3月版，第35页。

可喜的是，"梅葛"的这种生存状况今天已引起了越来越多有识之士的关注。调查中，一些有一定文化程度的当地人便向笔者一行表露了他们对"梅葛"存亡的深切忧虑之情，认为"没有'梅葛'，我们话都不会说啰"。闻之我们在调查"梅葛"的状况并计划对它做系统性的研究，不少中老年人颇为兴奋，积极协助调查。一位彝族村委会主任在几杯烧酒下肚后，大声对笔者的一个彝族同事说："如果'梅葛'在你手里丢掉了，我即使做了鬼也不饶你！"正是出于对"梅葛"生存危机的体认和为了推动当地经济文化的发展，经过多方努力，2004年3月，马游成立了"梅葛文化工作站"。2005年3月17日（农历二月初八，彝族年）在马游举办了"首届梅葛文化节"。2006年3月7日（同样是农历二月初八，彝族年），又举行了"第二届梅葛文化节"。今天，保护和弘扬"梅葛"文化已日益成为当地政府和广大群众的共识。

（2）小系统范畴的演唱氛围。大系统范畴的演唱氛围之外，"梅葛"还形成了一个自成体系的小系统范畴的演唱氛围。这个氛围由特定的演唱场合、特定的演唱内容，特定的演唱者和特定的受众（听众）所形成。特定的演唱场合是指演唱"梅葛"的具体空间，它主要指祭仪、丧葬、婚恋、劳动、节庆等场合。前三者是演唱"梅葛"的重要场合，其中祭仪又是最初也是最重要的演唱场合。演唱的场合规定着演唱的内容。比如在丧葬的地方，主要是唱"赤梅葛"，整个演唱氛围显得庄重、肃穆、哀伤。而婚恋时只能演唱"辅梅葛"，绝对不能有"赤梅葛"出现，气氛显得轻松欢快，深情热烈。劳动生活时多唱"杂梅葛"，目的是为了缓解劳动的艰辛，调剂一下生活的气氛，格调是欢快的，不乏幽默与诙谐的内容。演唱者根据不同的场合和需要，主要分毕摩、歌手和普通演唱者。毕摩主持丧葬、祭祀等重要活动，并主要在这类场合演唱。有的歌手也是毕摩，不是毕摩的歌手不能主持丧葬祭祀活动，但有时可在这类场合演唱"梅葛"，此外，他们也可在一些婚嫁、节庆场所诵唱，诵唱的空间范围较广。普通民众则因情因境而异，多属即兴吟唱。总体而言，这三类演唱者的身体状况、才气、情绪、文化水平，熟悉和理解的程度，均会对"梅葛"的吟唱氛围产生不同程度的影响。而听众持积极还是消极的态度，对演唱氛围也有不小的影响。它会对演唱者的演唱产生微妙的作用，从而影响到史诗叙事的长度，细节修饰的繁简程度，语词的夸张程度等诸多方面。一般来说，听众的肯定或积极参与的态度，有助于营造良好融洽的吟唱氛围，有利于演唱者演唱水平的发挥。反之，则会阻碍演唱者的临场发挥。

三、外 壳

文化的外壳通常是指显现在文化最外层的部分。史诗首先是以说唱的形式出现或存在的，所以对史诗而言，语言表述与吟唱方式即是它的外壳。要了解史诗，首先必须通过其语言表述与吟唱方式，方能了解到相关的内容，进而结合着对中质部分内容的把握，最终才能获得对内核部分深入和全面的理解。因此要理解"梅葛"，首先需要了解它的外壳。

长期以来，"梅葛"一直以彝语①为媒介进行传承和发展，语言韵散相间，有说有唱，以唱为主，其间夹有朗诵的成分。它的吟唱方式主要分为一人独唱或多人对唱两类。独唱的演唱者往往是由毕摩或歌手担任，多人对唱的演唱角色则由几人共同承担。有文章记载了多人吟唱"梅葛"的场面："丧事不需要请专唱'梅葛'的毕摩和歌手，但仪式需由毕摩主持，会唱'梅葛'的老人都可以唱，但一般是二人对唱，你问我答。……不分年龄、长幼，即使是一个年轻人也可以同六七十岁的老人对唱；也不分男女，即男女可以对唱。"②

"梅葛"的演唱表述和吟唱方式，呈现出如下特点：

（1）连环式结构的吟唱方式。出于便于演唱者编构故事，也出于吸引听众和记忆的需要，"梅葛"和一些史诗一样，采取了一种母题包含着子题，大问题中套小问题，一个问题连着另一个问题，回答了一个问题又派生出一个新问题的连环式结构的吟唱方式。通过这种方式（"程式"），由此及彼，一环紧扣一环，使诗歌情节曲折生动的同时，也使诗歌的内容像滚雪球一样越滚越多，越来越丰富。如诗中唱道，没有天，要造天，没有地，要造地；天地造出来了，又得繁衍人类；人要生存，先是狩猎，打来的野物不够吃，又得种庄稼；种庄稼要开垦荒地，又得制造工具；制造工具，又得先找铁铜；找到铜铁，又得种竹子，用竹子编成竹篮，把铜铁运出去找会打工具的人；会打铜铁工具的又得先有一套打铜铁的工具……全诗如此这般层出不穷，环环相连，丝丝入扣，曲折起伏，跌宕多姿，似是封闭，实则开放，形成一个宏伟壮阔的结构，清晰地广泛反映了古代彝族

---

① 属于彝语里的中部方言，分为罗罗颇（濮）、俚颇（濮）两种土语。见楚雄彝族自治州彝族辞典编辑委员会编《楚雄彝族自治州彝族辞典》，云南民族出版社1998年4月版，第138页。

② 杨甫旺：《直苴彝族"梅葛"的流变与传承》，载《楚雄民族文化的保护与传承》，云南民族出版社2004年3月版，第212页。

广阔的社会生活。①

（2）叙事和抒情相结合。"梅葛"的叙事过程常常也是演唱者抒发情感的过程，也就是说，诗中的叙事与抒情往往是紧紧相连的。如在《梅葛》的《人类起源》部分，天神为了找人种，山山箐箐都跑遍了，遇着小松树时问它看见人种没有？小松树回答："人种我没见，要是遇着了，我的叶子硬，戳也戳死他。"天神怒骂道："等到人种找着了，人烟旺起来，砍你一棵绝一棵。"既叙述了寻找人种之事，又抒发了天神焦虑、愤怒之情。又如《怀亲》一章中，"我"到处找爹妈，结果却被放牧人所骗，愤怒的"我"伤心道："放牛的人哄我，放羊的人哄我，放牛的人心不好，放羊的人心不好。"同样是既叙事，又抒情。

（3）叙事与教化相交融。"梅葛"有明显的伦理教化的色彩，如劝诫人不能懒惰，不能糟蹋粮食，良心要好，不能欺骗，不能兄妹通婚，等等。相关的事例在前文中已多次被论及。难得的是，"梅葛"中的教化元素都是在叙事的过程中自然而然地表露出来的，而非做教条式的说教，因此并不给人以生硬突兀之感，易于为听众所接受，从而有可能取得较好的教化效果。

（4）重叠复沓，一唱三叹。这是民间叙事诗用以刻画人物、表现性格、突出事件的一种常用的、有效的艺术手段，它有助于加深听众对所唱内容的印象。《梅葛》的《人类的起源》一章中，天神找到了人种，十分高兴，吩咐兄妹成亲传人烟，但兄妹俩认为"同胞父母生，不能结成亲"。

> 说了很多，比了很多，兄妹在高山顶上滚石磨，哥在这山滚上扇，妹在那山滚下扇，滚到山箐底，上扇下扇合拢来。
> 你们两兄妹，要学石磨成一家。
> 人是人，磨是磨，我们兄妹俩，同胞父母生，怎能学磨成一家？
> 说了很多，比了很多：兄妹高山顶上滚筛子，兄妹高山顶上滚簸箕。滚到山箐底，筛子垒在簸箕上。
> 你们两兄妹，要学筛子簸箕成一家。
> 筛子是筛子，簸箕是簸箕，我们兄妹俩，同胞父母

---

① 参见杨继中、芮增瑞、左玉堂编著《楚雄彝族文学简史》，中国民间文艺出版社 1986 年 6 月版，第 98 页。

生，怎能学筛子簸箕成一家。

在接下来的唱述中，又多次出现了"说了很多，比了很多"，"人是人，××是××"等"常（式）项"和"变项（式）"相结合的句式，以强调人类不能近亲结婚的婚姻观念。

（5）多种修辞手法并用。像许多口承文学一样，为了吸引听众的注意力，同时也为了便于演唱者组织词句，修辞手法在"梅葛"中的运用，以设问为多。如："哪个来住房？彝族来住房"、"哪个来住房？汉族来住房"、"哪个来住房？打柴打猎的人来住房"、"哪个来住房？放羊的人来住房"、"哪个来住房？放牛的人来住房。"又如："什么是树王？白樱桃树是树王"，"什么是草王？芦苇是草王"，"什么是兽王？兔子是兽王"。有关的例子不胜枚举。除设问外，史诗中还运用了比喻、拟人、夸张、借代、对偶、顶真等多种修辞手法。比喻如："竹芽长得像鼠耳"，"庄稼像虎一样好"。拟人如小松树、罗汉松、小蜜蜂、葫芦等会说话。夸张如："特勒么的女人，一天能搓三丈，三天能搓九丈；一天能结三丈，三天能结九丈。"借代的例子有："硬花有三朵，软花有三朵，我家新姑娘，要的是硬花（即金花、银花）。"对偶如："天像一顶帽，地像一个簸箕"，"汉族会放猪，汉族会放羊。"顶真如："吹到黄麻上，黄麻也开花"，"吹到梧桐树上，梧桐树也开花"，等等。

这些修辞手法的运用，在增加了"梅葛"艺术感染力的同时，也有助于它的保存和传播。

（6）语言简练生动、朴素自然。"梅葛"主要是以口耳相传的方式在民间流传和保存的。经过漫长岁月的淘洗与提炼，逐渐形成了简练生动、朴素自然的语言风格。如创世部分中这样写造天的五兄弟打虎的过程：

造天五兄弟，胆子有斗大！他们会撑山，他们去引虎。

手中紧握大铁伞，伞把装上铁弯钩。十二架山梁上引一引，老虎张着大嘴走出来，老虎抖着身子走出来，老虎被引出来啦。

老虎张着血盆大口奔来，老虎抖着斑斓的身子扑来，造天五兄弟，忙把伞撑开，挡住了老虎，钩住了老虎，老虎被哄住啦！老虎被钩住啦！

山草掺上棕，棕毛掺山草，索子搓出来，不能多一拃，不能少一拃，索子搓成十二拃，牵着老虎走回来。

仅用百余字便非常形象逼真地描述了打虎的整个过程，语言简洁传神，朴实自然。

"梅葛"的外壳所显现出来的这些特点，使它尽管没有完整的故事和情节，且说理叙述也较多，但是并不显得单调沉闷，也不令人觉得空泛和枯燥。这充分说明这部凝聚着彝族人民的智慧，体现着彝族人民的审美理想的史诗，是一部具有很高的语言艺术水平的诗作。

四、结构的动态特征

上文将"梅葛"的结构分为内核、中质和外壳三个部分，并分别进行了探讨。这种探讨是将对象置于一个相对稳定的角度上进行的。然而，由于受社会政治、经济、文化的影响，它们事实上经常在发生着变化，呈现出一些动态性的特征。

第一，内核层的内容最为稳定，但也有变化。"梅葛"的内核部分包含着丰富而深刻的内容。从人类文化产生的角度，我们认为"梅葛"中的宗教观、宇宙观和人类起源观，反映了彝族古代人民对自然世界的一种虽然幼稚但符合实际的认识能力和思维水平，是"梅葛"中出现得最早的核心内容。随着人类社会的发展，这些观点的非科学性、局限性逐渐被越来越多的人所认识，丧失了其存在的合理性，被从"梅葛"中逐步"驱赶"了出去。如2002年9～10月，楚雄师范学院地方民族文化研究所请马游的两位彝族老人注校吟唱"梅葛"，根据录音翻译整理后，我们发现有关宗教祭祀方面的内容多已消逝了。至于史诗中表现婚姻观、道德观、民族观、哲学观、思维模式的内容，尽管存在着这样那样的阐释方面的缺陷，但由于它们有着更多的科学性和现实的需要性，现在仍存在着较强的生命力和较大的影响力。

第二，处于内核与外壳之间的中质层的变化也比较快。从"梅葛"的产生和流传的情况来看，其中质层面也包含着丰富的内容。祭仪长久以来以某种神秘性和庄严性，在社会舞台上一直占有重要的一席之地，由于现代科学知识的日益普及和其他外来文化的冲击，虽然目前在"梅葛"流传地区仍有所存在，也已大大减少了。演唱者的变化情况较为复杂。最初，只有朵觋才有权利演唱"梅葛"，后来，不是朵觋的歌手也可演唱，最后是人人皆可演唱。考察史诗演变史，这种变化是经历了一个较为漫长的过程的，但变化的结果却不可谓不大。而演唱氛围更是容易变化，演唱场所、演唱者的变化皆对演唱氛围有着很大的影响，尤其是政治、经济等因素更是对演唱氛围产生着巨大的影响。

第三，外壳的变化最快。语言自身的构造很复杂，大致可分为语音、词汇和语义、语法三个层面。在人类社会中，几乎每天都有新的词汇产生，出现新的词义，同时，也有一些旧的词汇和词义在消亡。在不同民族、不同区域那里，语音的变化也很大。语法的变化虽然较为缓慢，但与流传了千余年的"梅葛"相比，它的变化要快得多。语言所具有的这些特点，自然会影响到"梅葛"的语言表述与吟唱方式，使其外壳发生着快速的变化，最终影响到内核层的内容，引起内容的改变。

第八章　"梅葛"的传承与传承方式

"梅葛"的传承与民俗环境和民间演唱习俗有密切的关系，它的文化传承场在原始宗教的各种仪式上和婚丧礼俗以及各种娱乐场合。"梅葛"传承方式是口耳相传，毕摩在"梅葛"的神圣性传承中起到重要的作用，原始宗教是"梅葛"生存的土壤，"梅葛"是它的表达系统，毕摩是二者结合的媒介。歌手在"梅葛"的世俗性传承中起到重要的作用，他们使"梅葛"与人们的日常生活结合起来。可以说，毕摩传承的"梅葛"是人们宗教信仰的载体，歌手传承的"梅葛"是人们日常生活礼仪及娱乐交往的表达方式。

第一节　"梅葛"的民俗环境与民间演唱习俗

一、"梅葛"的民俗环境

无论是人类的物质生产还是精神文化，都被深深地打上了地理环境之烙印。不同地理环境条件下，有不同的物质生产类型，同时也形成不同的文化形态。恩格斯说："我们必须时时记住：我们统治自然界，绝不像征服者统治异民族一样，绝不像站在自然界以外的人一样——相反的，我们连同我们的肉、血和头脑都是属于自然界，存在于自然界的；我们对自然界的整个统治，是在于我们比其他一切动物强，能够认识和正确运用自然规律。"[1] 这种对地理环境和文化的辩证统一观点，在文化与环境的研究中应该说是具有指导意义。

民俗文化的产生和存在，有许多原因，但最根本的一个原因则是人类要生存下去这样一个简单而又异常沉重的主题。面对这个主题，在特定的地理

---

[1] 《自然辩证法》，《马克思恩格斯选集》第三卷，第518页。转引自冯天谕等著《中华文化史》，上海人民出版社1997年版，第28页。

环境的制约下，人们代代相传，在顺乎自然的艰苦劳作中，在创造衣食住行必不可少的物质资料中，在相互的交往与互动中，逐步形成与之相适应的一系列民俗。在"梅葛"流传的地区，海拔都在2 000米以上，气候寒冷，山高坡陡，箐深水冷。自然环境较为恶劣。这些地区历史上基本上是旱作为主，兼以畜牧和少量的狩猎活动。由于气候的原因，农业产量不高，尤其是种荞子，正如当地的俗语说的"种一面坡，收一罗锅"，是较为粗放的耕作。较早的农业是采用"火耕法"，即"焚林而田"，即所谓的"刀耕火种"。这种刀耕火种的粗放耕作，在彝族中也曾长久遗存。在"梅葛"流传地区，这种耕作法虽有改变，但仍可见到其痕迹，比如撒荞子，就要烧荒地，以砍倒的树晒干后，用树枝烧地以肥土，这是确保荞子丰收的重要一环。荞地一般在高山的坡地上，土质不肥，尽管人们付出了辛勤的劳作，仍不能保证荞子有好收成。因此，在原始的信仰中，人们就只有祈求神灵的保佑了。于是，种荞子这样一种简单的劳作，也具有了其神圣性，围绕这一生产活动，就产生了相应的祭祀习俗。在这些地区，在砍荞把子时，要先砍三把荞把子，在地里摆好，插上代表天、地的松枝，摆上刀，然后用酒、肉、米、香祭祀。以求神灵的保佑，使荞子得以丰收。到撒荞子时，要去祭祀山神，每家的男人去祭。在牟定腊湾，过去在生产队种荞子时，由队长安排人去祭祀山神。2003 年 11 月，笔者实地考察发现，山神的象征物是一棵大栗树，在村子旁最高的寨子山上的山垭处，树看上去很古老，树冠伸出约十米左右，枝杈纵横。树根前方有石砌的高台，上有石砌的长方形的神位，里面有些烧剩的残香。现在已无集体祭祀，只是各家的男人自己去祭。村委会主任说，近几年，随着国家实行退耕还林政策的落实，高山上的许多荞地已还林，撒荞子祭山神的活动也就少了。可以设想，当彝民完全不种荞子以后，这种祭祀活动也就随之消失了。

在"梅葛"流传的中心地带马游村，与人们的物质生产有关的祭祀活动还有六月二十四的祭田公地母，正月的驾牛、出羊、出牛、开秧门、祭财神等活动。过去还有祭龙活动，新中国建立后停止了。另外还有大年三十的祭猎神、杀猪时祭猪神等习俗。这些习俗影响和规范着人们的生产活动，它是受地理环境和社会经济环境所制约的。地理环境是人类所生存的自然系统，它与人类互相作用，构建了人类文化的地理环境，它是人类生活的外在客体，又日渐渗入人类的主观因素，是"人化的自然"，社会经济环境则是人与自然直接关系的产物，是民俗文化赖以根植的土壤和生发的物质前提。

在"梅葛"流传地区，彝族的生产生活习俗是颇具特色的，它与当地的民间信仰关系密切。在这些地区，都信奉土主，据实地调查，几乎每个村都有自己的土主庙。现在，土主庙大多已是残垣断壁，在"破四旧"活动中已被破坏，只有个别村子有修复。土主庙虽破，但对土主的信仰系统并没有失传，断墙瓦砾中的土主，仍然年年享受着人们虔诚的香火和供奉，它仍然活在人们的观念系统中，年复一年，日复一日地关注着人们的生老病死，保佑着村庄和每户人家的平安幸福。

在马游、腊湾等地，生了孩子以后，满月时取名字，一般是抱一只老公鸡到土主庙中由爷爷或外公或舅舅去取名。到土主庙中取名，要先拜土主，然后在土主庙前取名，回来时，由取名者一路喊着孩子的新名字到家神前，拜家神，杀鸡招待取名字的人。一般只是男孩到土主庙取名，由父亲背着去取。取名回来以后，如果小孩哭闹，认为小孩不喜欢他的名字，就到路上搭桥请人取名（如果等不到人，有动物路过，就以该动物为名。如果连动物也没有路过的，就以桥为名。给孩子取名字的人以后孩子就称为干爹、干妈。如需改名，得请毕摩卜算方可，不能随意改）。结婚时，同样要拜土主，在马游，婚礼那天，要拉一只羊到土主庙杀了献祭，同时要带上酒、香等，由朵觋向土主"交代"，新人以后就是土主的人了，土主庙回来，再拜家神，之后，新娘就算是夫家的人。

在马游村，如果没有儿子，可以"接儿子"（过继），一般是接姐妹兄弟家的孩子。接儿子也是很隆重的仪式，先要请人去说合，对方同意以后，要送彩礼，与讨媳妇的礼数是一样的。同意过继的儿子要先拜别自己村庄的土主，到了养父母家，要拜养父母所在村庄的土主，以后就成了养父母正式的儿子，他将有义务为养父母养老送终，他也有权利继承养父母的所有财产，权利和义务都与亲生儿子一样。被过继的儿子对自己的亲生父母与被嫁出去的女儿对自己的亲生父母的权责是一样的，也就是说他没有责任赡养父母，也无权利继承父母的财产。在社会身份来说，他已属于其他家的人了。

在丧礼时，因人已死，就不再拜土主，安葬时拜山神。在马游，人们认为山神是管阴间和野外的东西，而土主主要是村落的保护神，保佑活着的人以及家畜等。当生了马驹、牛犊等也是要到土主庙进行祭祀，建房要到土主庙祭祀。过年要接土主，家中有不顺的事，也会到土主庙进行祭祀。因此，对土主的信仰，是"梅葛"流传区域信仰系统的重要组成部分，他们认为土主是最大的"鬼"，他们把信仰中的对象都称为"鬼"，但鬼有善恶之分，土主、家神（祖先）一类的属于善鬼，对善鬼是进行祭祀，以求庇佑；而对致人病灾的恶鬼，则是驱赶之，把他们赶出人们的生活区域，所以送鬼多送到村外的沟坎对面，有一个明显的界线相隔。

这些社会生产生活习俗和信仰习俗，都渗透于人们的日常生活中，正如钟敬文先生说的:"民俗文化是在一定群体成员生活中最基础的,也是极重要的一种文化。因为世上没有比民俗文化更为广泛地紧贴群众生活、渗透群众生活的文化现象了。"① 民俗就是老百姓所认同和遵循的日常生活行为方式。人表面上是作为个体而单独存在,但他生活在群体中,他就必须遵循群体的规范,这种规范渗透到人们生活的每一个层面,个人从出生到死,都被纳入了它运行的轨道,这个轨道是人类作为群体生存和发展所必需的。因此,钟敬文先生说:"民俗文化是对应群体人们的需要而产生的。人们的需要是多种多样的(从基本物质生活的需要到各种精神生活的需要),为它们而产生和存在的民俗文化的机能,自然不可能是单纯的,独一的。但是,这种功能概略地总括起来,不外两点——顺利生活和规范生活。"② 在马游彝族的婚礼中有演唱"梅葛"的敬亲调、葬礼中的"做规矩"等,正是一种做人规范的教育方式。在马游人的人生礼仪中,它是一个非常重要的实际功能,就是规范生活,传承族群的传统文化。

二、民间演唱习俗

彝族与中国众多的民族一样,能歌善舞,他们的喜怒哀乐,常常是以歌舞的形式来表达。无论是爱情的欢乐,离别的忧伤,死亡的痛苦,生存的艰辛,还是文化的传承,对子孙的教育,他们都能以不同的民歌调式唱出来。

毕摩在举行祭祀仪式的时候,祭辞往往是以特定的调式来吟唱,以营造特殊的、神圣的氛围来沟通天地人神。

众多的"梅葛"调式构成了"梅葛"流传的地区彝族的一个独特表达系统,就如当地歌手说的:"没有'梅葛',我们就不会说话了。"因此,在谈情说爱、婚丧嫁娶乃至日常的娱乐活动中,人们多用唱"梅葛"调的形式来表情达意。特别是在婚礼中,从议婚到完婚,整个过程都是以唱的形式进行的。如"梅葛"流传中心地区的马游村,过去整个婚礼都是伴随着"梅葛"的演唱,婚礼上演唱的"梅葛"调,一般是二人对唱,参与者有唱得较好的歌手(一般是由主家请的),亦有村中的"梅葛"爱好者。马游村的婚礼中首先是媒人讨话。彝语称为"麦若娘",是指说亲的男方请媒人试探女方父母的态度,以对唱"梅葛"的方式进行。媒人由善唱"梅葛"的老人充当,须经得住女方家的"车轮战"。女家除父亲与舅父外的亲属都可以参加对唱,媒人要从容应付,直到第二天清晨方让媒人离去。媒人要经过

---

① 许钰:《口承文化论》序言,北京师范大学出版社 2001 年版。
② 许钰:《口承文化论》序言,北京师范大学出版社 2001 年版。

三番五次的前往说合（对唱），女方家才会答应。接下来的是订亲，订亲之后一段时间，双方商议婚礼，订下成亲的日子（都以对唱"梅葛"的方式进行）。然后就是搭喜棚举行婚礼。在婚礼过程中，有拦路唱"梅葛"的习俗①。到了新郎家门口，同样要对唱，喝拦门酒，方可进青棚，在青棚中，歌手对唱青棚调。据说过去有的歌手可以对唱三天三夜，青棚调所唱内容非常丰富，从天地万物的起源一直唱到人们的生产生活，可以说包罗万象，具有很强的叙事成分，用丰富的比喻、排比、拟人等表现方法，歌手之间有较强的竞赛性质。在婚礼之后的教亲，也是以唱"梅葛"的方式来进行的。

　　婚礼的第二天上午，送亲客人和新郎家的主要亲戚在喜棚中分两排坐定，送亲客人以新娘舅父为主，新郎家以母亲及舅父为代表，双方以"梅葛"调对唱，新娘舅父先唱，大意是两家有缘才结为亲家，你家家境如何殷实，教育子女如何有方，但我家姑娘在家时什么都不会做，到了你家后教着使用……新郎母亲及舅父除对答一些谦虚的话之外，对一年四季农活要做些什么，如一月砍荞把子，怎样砍，砍些什么树，堆放什么地方；四月栽秧，怎样拔秧、怎样栽秧，要忌些什么，等等。家务如何做，邻里如何处，家庭成员如何称，呼等等，也都详细地唱给新娘听，使新娘知道自己的角色。

　　"梅葛"是特殊的民俗环境的产物，特定的民俗环境是它生存与传承的土壤，民俗环境改变之后，它的传承也就失去了依托。因此，随着现代物质生活的改善，精神生活的多样化，"梅葛"逐渐走向消亡。

第二节　"梅葛"的文化传承场

　　"梅葛"主要流传在自称罗罗和俚颇的两个彝族支系中，马游的彝族自称罗罗，大姚昙华的彝族自称俚颇。"梅葛"作为这两个彝族支系古代文化的结晶，它的传承机制，既是复杂的，又是简单的。从传承场来看，虽有主次之分，圣域和俗域之别，但它无所不在，渗透在人们生活系统中，并成为其中的一个重要组成部分，人们的一生都伴随着它，特别是人生的一些重要关口，"梅葛"的演唱是其过关的"通行证"。说它简单，就在于它在口耳相传的过程中，已化为生活本身的要素，人们不用刻意去模仿或学习，在人的成长过程中，耳濡目染，自觉不自觉地就已学会了它，并运用于实际的生活之中。这种学习，除了日常生活外，还置身于一些特定场合，这些特定的

---

①　用青松毛铺在离新郎家一段距离的路上，双方歌手对唱，新娘家送亲的歌手只有回答了男方歌手提出的问题后，方能喝酒通过。

场合主要有祭祀场合、喜事场合。

一、祭祀场合

对神祇、祖先的祭祀活动，在"梅葛"流传地区彝族中是普遍存在的。彝族的宗教信仰主要是原始宗教（毕摩教），他们的信仰世界中，没有形成一神信仰，而是多神的世界，山有山神，地有地神，天有天神，这些神灵并未形成一种统属关系，而是各司其职，各安本分。它与当地传统社会组织形式也是相一致的。

在马游村、昙华村、直苴村等地，中华人民共和国成立前的社会组织形式是伙头制。在马游被称为老幼（音译）制。老幼是基层的民间社会组织，一般由七人组成，他们通常是由村中德高望重的人组成。村中的行政首脑是保长，保长下面是老幼组织，他们既监督保长的行为，同时也执行其行政命令。老幼组织也主管村中大的祭祀活动。

马游村的自、骆、罗三大姓，每年要选出一个人做伙奔（音译），伙奔一年一轮换，一般由有能力的人担任，被选上者不得推辞，伙奔是义务为众人服务、本人无特权。他主要的任务是收取积谷、主管祭祀用品，通知村人参加祭祀活动。他听命于老幼组织，不参与行政活动。伙奔被称为"出头人"，一般任期满一年后轮换，男女皆可担任，无特殊禁忌。

马游村的村落组织与永仁直苴村的伙头制，有相似之处，也有差异，关于直苴村的伙头制与民间信仰的情况，笔者2000年做过较为详细的调查，大致情况如下：

伙头负责主办节庆活动和村落对外的各种交往活动及伙头交接仪式。[①]直苴彝族过春节，主要过初一"小年"、十五"大年"，他们说"初一不大，十五不小"，从正月初一到十五，整个节庆活动与伙头之间的交接活动联系在一起，年岁辞旧迎新，伙头也新人换旧人。伙头实行轮换制，每年正月初一举行交接仪式。村中成年的男子皆有权利、责任和义务做伙头，由谁任伙

[①] 栽秧前，伙头主持伙头田的祭祀，主要祭"陆黑尼"（石头）和田上方斜半坡上一棵树（坡上如今只有此大树独在）。伙头田不祭不能开秧门，伙头田没种其他田也不能种，祭完田，举行赛牛活动。伙头田必须先由伙头的妻子先插秧，他人忌插，认为违者会招灾。每逢旱涝虫灾等，伙头要主持祭祀当地供奉的各种原始宗教神，有英雄祖先化身的土主神阿戛米司嫫、龙神、雷神、山神、田神、瘟神等。伙头在任期间，必须遵守的禁忌有：穿自制的麻布衣、黑色的麻布帽子、自制的草鞋。忌穿其他服饰，必须穿彝族传统服饰。行为上禁止参加丧事，忌遇野兽，禁做玉米、燕麦炒面和把烧盐坨放在菜里，认为炒面和放盐会发出爆破声，它的声音与下冰雹等的声音有相似之处，会引来冰雹等自然灾害。饮食上不能吃自行死亡的畜、禽肉。

头，要经过伙头组织会议民主推举决定，一般一次讨论三任伙头，条件为家境稍好，家中人品好，夫妻健在，没有不幸事件发生，有能力种伙头田及能完成伙头各种职责者，选上的不得推辞不做。

伙头的交接仪式是每年正月初一早上，上任届满的伙头在自家院子里摆上一张方桌，把伙头的象征物——"器伙"①（木箱）从供奉处取出来，放在桌上。然后，伙头辖区的村庄和伙头的亲戚等，都派出祝贺队伍，来到伙头家的院子。"器伙"摆在桌上时，中老年男子围着打跳。之后是中青年妇女牵手而跳，男子不再跳，在旁边观看。晚上，伙头组织内七人一起商量送"器伙"的事，如无变故，按顺序送即可，如有变故（如家中死人，有重大灾难等），依次往下推即可，如已三任完，就选出新的三任来。

正月初一打跳一夜，初二早上天刚亮就把木箱由上任伙头家草堆中取出，由四人送往新任伙头家。送到新任伙头家，新任伙头一家人也藏起来了。送到的人把木箱放在面房草楼中捂起，新伙头待来人走后，在正月属虎日把"器伙"从草堆中取出，放在正房墙洞中，献祭，说一些请求开发直苴的祖先庇佑的话。其亲戚们着新装前来祝贺，并跳脚（跳彝族传统舞蹈），新任伙头开始履行伙头的职责。此后，每逢初一、十五，伙头都要按自己的食量盛六小碗糯米饭，每碗上放一片肉，祭祀"器伙"，祭毕即自己吃掉。

伙头制今已不存，但在民众中影响犹在，它对维护该地彝族传统社会中政治、经济等曾起过积极的作用。

直苴村由伙头为主要组织者、毕摩主持祭祀仪式祭祀的神有：

1. 祭土主神和雷神（阿戛米司斯媄和美姑哩）

直苴村最大的神是在直苴大村背后约 500 米山顶上的阿戛米司斯媄（媄为大之意），无庙宇，神位为大树（说明该地彝族的宗教思想还没有偶像化）。此神的祭祀在每年的农历二月十六日前后的属虎日，天刚亮去，临近中午回来。祭祀地点在山上松林中的一棵大松树下，由伙头家出一只大公绵羊。在松树前由七人宰杀，羊杀后，从羊鼻子处砍下羊头，留着羊角，献供在松树下，从羊脖子处砍下一块肉分给"器西"的其他六人，其余的放

---

① "器伙"是伙头的标志，神圣而神秘。调查中，对其中装的东西有不同说法。有虎骨、牛骨、黄金、豆腐和肉等几种说法。（1）苏平（彝族，男，退休小学教师）认为，木器为长方形，分上下两层，上层四面凸凹不平，形似山峰，放六根虎骨，下层内装米，供奉时，旁置一瓶酒。（2）李迎春（彝族，男，78 岁）说，他哥做伙头时，他见过的是不分层，内放十二块豆腐和十二片肉，到交接时旧的扔掉，说那代表 12 个月的供品。（3）一位 80 多岁的老奶奶说，她丈夫当年在村公所，没收来的木箱打开看过，有 12 根骨和一块黄金。（4）李必荣认为是 12 根牛骨。

到锅里煮。锅、柴等用具，由伙头指定一家人背，其他人不能背。伙头家还要准备米、酒等食品，同时，还备 12 支松枝（代表 12 个月），插在大松树脚下。上插一公分宽的红白纸条，伙头在每一根松枝上挂一条，凡去的人都要挂纸条。每人带半碗米与伙头家的混煮，吃的东西煮好后，伙头主持祭祀，咒语多与开发直苴的祖先有关。如"您是从沿里沿里拉巴搬来的大神，经过洗地拉务的大神，今天杀羊来祭您，请您保佑人畜平安，粮食丰收……"之后分祭肉与众人，用手拿着吃，不能摆在地上吃，参加劳动的和伙头吃两份。再把纸条、12 支松枝、羊角挂在松树的最高处。越高越好，认为其庇佑的范围越广。此神主要功能是地方保护神，是较原始形态的土主神。

在祭"阿戛米司斯媶"大神的同时，在大树的旁边还祭"美姑哩"（雷神），杀公鸡两只，插一松枝，一丛老树枝（三杈），小棍条做成楼梯状，上面削出三条白痕，中间用火炭画花，用山草绳从松树枝间吊下来，下面留皮是黑色，楼梯前支四个树杈，四边用小棍横搭，共 12 根，将祭品的碗摆在上面，先念祭阿戛米司斯媶的咒语，然后再念雷神的咒语，主要是祈求全村人平安，雷不要打伤人等。①

2. 祭龙神

农历六月的第一个属龙日伙头主持祭祀，地点在直苴坝的出口处，雷雨旱涝皆祭。如果五月不下雨，他们认为雨不过五月十三，因此六月祭。伙头主持，祭辞主要是祈求保佑风调雨顺，四季无灾等。遇干旱无雨，以泥土塑龙身浸河水中，祈求降雨。据说很灵验，这实乃惩罚性的巫求活动，他们认为，龙管雨水，干旱乃是龙神蓄意捣乱，故用暴力惩罚它，迫使龙服从人们的愿望，以达到降雨的目的。

3. 祭土地神（陆黑尼）

地点在直苴小学下面的伙头田内，放一黑色卵形石。时间在农历四月初的属狗日，此可能与彝族民间传说中稻种是由狗带来的有关。早些时候是杀公绵羊祭，最近的 1982 年祭是杀一只公鸡，阿毕主持（此时已无伙头）。此神是保护该地稻田的土地神（又称秧神），主要祈求其保佑该地稻谷丰收。

----

① 祭此二神的参加者为男性，年龄不限。穿有右衽襟传统彝族服饰，不戴帽。妇女、汉族不准参加。从禁忌和祭辞看，此神乃是祖先崇拜与自然崇拜的集合。祭辞大意是祈求传说中开发该地的兄弟俩保佑其风调雨顺，人畜兴旺。其目的是维护本民族的纯洁性，为自己悠久的历史而自豪，也为共同的祖先而显亲近。

4. 祭"米组"

此神为女性神,主管雨、雪等,统管人间的生育,权力没有阿戛米司斯嬷(男性)大。位于村公所对面的缓坡上,以两棵粗壮的松树为代表,据现场观察,在树高约 1.5 米处用竹条紧箍一羊头(或一对相连着的羊头),过去是由伙头主持集体祭祀,具体是在松树下插三枝直的松条,杀一只羊。羊和酒由伙头出,酒只祭神,人不喝。各家也有拿鸡去的,在一个大锅中一起煮熟后,自己捞起在神前祭献,祈求保佑人畜兴旺平安。鸡可在当时吃,也可带回家吃。当地彝族无孩子或小孩夭折皆要祭"米组"管辖的十姐妹神,要"米组"管好她们,不要让她们来伤害小孩子。①

5. 祭"叉尼"

此神是抵御瘟疫的保护神,位于且么,在村里房外的场坝上集体祭祀。祭前,伙头派两人到山里去找香樟木枝条,要 12 丛,每丛 12 根,每根横削,不得超过三刀,然后一排横插。杀羊一只,伙头出,祈求此神保佑村庄无瘟疫,祭肉分吃。祭完后,樟木条大家抢回插在门上,认为能驱邪避秽,年内大吉。抢得越多越好。② 参加者为男性,民族不限,主办祭仪的是由伙头指定的一家人。

6. 祭锅庄神(供勒莫)

彝族的火塘是火神之位,也是祖先神喜欢的地方,在靠墙的火塘边立 1 ~3 块石头就是锅庄神位,每家都有锅庄神,这是家庭保护神,许多人生礼仪皆在此举行,招魂也与此相关。

这些神都是与人们的生产生活关系密切的神,它们直接与人们的生存相关,对它们的祭祀,是当地人的大事。伙头主持祭祀的活动是神圣的、庄重的,人们是以虔敬之心来对待的,这也是它传承的内在动因。"梅葛"作为祭辞自然也是神圣的,它直接表达人们对神灵的祈求。

在村落较大的祭祀活动中,组织活动者是伙头(伙奔),但祭祀时祭辞吟唱一般是由毕摩来完成的,在具有神圣性的场合,与神沟通者是神人之中介的代表毕摩。毕摩是彝族原始宗教信仰的主要传承人和体现者。作为原始性史诗的"梅葛",原始宗教是它生存的主要土壤,原始宗教活动,也就成为它传承的一个主要文化传承场。"梅葛"中一些古老的神话内容,正是在

---

① 具体仪式是在山上僻静的路边,别人看不到的地方,用三枝栗树插成三角形,在树枝上拴上红布条,在三角上三炷香,铺上一小片松毛,对其念词祈求。

② 李迎春(彝族,男,78 岁)说,最多也只能抢到两根。该地医疗卫生条件极差,常有疫病流行。人们无力对付疫病的蔓延,而求助于该神灵,祈求其保护。

这种庄严神圣的场合中由毕摩通过祭辞的形式吟唱出来,传达给参与祭祀活动的民众。古老的民族历史文化,在这些祭祀活动中,代代相传,成为彝族民族文化的"根谱"。到今天,随着原始宗教信仰的淡化,村落自然组织的消失,它生存的土壤逐渐丧失,"神圣"变为"世俗","梅葛"中许多古老的文化因子逐渐消亡,特别是随着精通各种古老祭辞的毕摩的一个个逝去,古老的"梅葛"也随他们的离去而只剩下一些断片。

二、葬礼和婚礼

"赤梅葛"的文化传承场,除了对神灵的各种祭祀活动外,就是与彝族的祖先崇拜观念相关的祭祖活动和丧葬仪式了,这些活动也是具有神圣性的,只有毕摩才能主持。在祭祖、送魂等活动中,毕摩都要吟诵与创世有关的神话,讲述世界万物的起源经过,人类的来历,民族的迁徙以及生产劳动和祖先的业绩等。彝族中盛行祖先崇拜,认为祖先可以庇佑活着的子孙,对祖先的灵牌子要四季供奉;如果供奉不好,惹祖先生气,是会有灾祸降临的。因此,彝族特别重视葬礼,葬礼必须在毕摩的主持下进行。在葬礼上,毕摩吟诵"赤梅葛"是不可缺少的步骤。

"梅葛"流传地区的彝族,葬礼的基本仪式是一样的。在人死后三年,一般要做一次"冷斋"的祭祀活动,为超度亡魂,在做"冷斋"时,也必须请毕摩来诵经。从永仁罗罗颇支系的《冷斋调》(彝文研究所内部资料)来看,它的内容依然是一首创世史诗,神话的主干部分依然是万物的起源、人的来历、洪水神话等构成。做完"冷斋",对亡魂就没有大的祭祀活动了,只是到过节及喜庆日子在祖灵洞前进行简单的祭祀活动,这些简单的祭祀活动多由一家之主主持。这种场合吟唱的"梅葛"被称为"赤梅葛",这是"梅葛"的核心部分,内容是固定的,毕摩在吟诵中是不能有自己的"创作",这与在喜事场合所唱的"辅梅葛"不同,喜事场合演唱的"辅梅葛",歌手可以根据自己的水平进行即兴创作,是一种个人才艺的展示。而毕摩主持的是一种神圣的仪式,是千百年来所形成的,它庄严而肃穆,参与者的心情是虔诚敬畏的,没有娱乐成分。目的是祈求现世的平安和幸福。而"辅梅葛"的演唱则是轻松愉快的,更多的是娱乐功能。

因此,葬仪和做"冷斋"活动可以说是"赤梅葛"传承的重要文化传承场。这个场所传承的是作为史诗"梅葛"的主干部分,或者说是原生态的部分。可以说,庄严的祭祀场合和丧葬仪式,是原生态的史诗"梅葛"生存和表现的主要土壤和舞台,原始宗教信仰及祖先崇拜是史诗产生的条件和存在的基础,也是其心理依据和行为动因。已整理出版的"赤梅葛"如姜荣文同志搜集的《蜻蛉梅葛》，以及楚雄彝族文化研究所编印的内部资料《俚颇古歌》等，都是在葬礼上吟诵的创世史诗，内容虽略有差异，但主干部分则是相同的，与1958年出版的《梅葛》主干部分差异不大。

"梅葛"的文化传承场，除了祭祀场和葬仪外，再一个重要的场所就是喜事场所。喜事场合中，尤为重要的是嫁娶场合，这种场合演唱的"梅葛"被称为"辅梅葛"，它曲调欢快，内容庞杂，歌词往往有歌手的即兴创作，但主要内容还是有一般性的规定的。

在婚礼上，只有一些特殊的仪式需要由毕摩来吟诵，马游称为"退邪神"，① 昙华、直苴等地称为"驱鬼邪"或"去邪气"，该仪式大同小异，主要做法基本是一致的。

婚礼上演唱的"梅葛"，内容有些与葬礼上是相同的，如创世的内容。只是婚礼上主要是歌手演唱，气氛欢乐，调子欢快；而在葬礼上，只能由毕摩吟诵，气氛肃穆、调子低沉、缓慢。可以说，婚礼上演唱的"梅葛"，是由毕摩在神圣场合诵唱的"梅葛"走向世俗化的结果。也就是说，在漫长的历史进程中，"梅葛"由神圣的祭坛逐渐渗透到了世俗的日常生活，神圣的娱神功能逐渐加进了世俗的娱人功能。吟诵者也就由专职的毕摩扩大到了民间的歌手，由于民间歌手的出现，"梅葛"中也就不断加入了世俗生活的内容，衍生态的东西与原生态的内容相结合，形成了我们今天所见的"梅葛"。

"梅葛"的传承场，除了以上这些正式的场合外，平时的家居生活和生产劳动也是更广泛的传承场，如"青年梅葛"，在青年男女恋爱的时候唱，"老年梅葛"在有客人来的时候，也会聚在来客那家唱。2001年笔者到马游村的"梅葛"歌手罗正贵家，当晚，村中的老年男女"梅葛"爱好者就自发地来了七人（三男四女）对唱"梅葛"，他们唱的是"传烟调"，节奏欢快，有戏谑之意。同时，还有三个年轻人和四个小孩子在旁边听，气氛热

---

① 马游村的"退邪神"仪式是这样的：在成亲这一天，新娘进入喜场时，在喜场门口置一张木桌，上铺草席及布，四角各置一枚拴有红线的方孔铜币，新娘背对喜场，肃立于木桌之上。然后在毕摩的主持之下直接驱赶"邪神"，"邪神"被称为"天聋地哑"。由新郎村中无儿无女的单身汉装扮，戴上面具，头戴篾扎的上大下小形如倒立鱼笼的帽子，如无帽，套一条羊条袋，身披羊皮或女人衣服，两脚套两麻袋，让旁人认不出装扮者的身份，看去令人恐怖，毕摩持松枝在新娘身上扫拂，以扫去新娘身上附着的鬼邪。毕摩念诵祭经，天聋地哑则用棍棒四处敲打，在送亲队伍中乱窜，随便摸捏送亲的人，口中不停地发出"哦呵呵！哦呵呵！"的吼叫声。随后，新娘的兄弟又用棍棒在喜棚特别是新娘住的喜棚内四处敲打，待"邪神"被驱赶走之后，新娘才踏着青松毛进入新郎家。马游最后一次退邪神活动是1962年"梅葛"歌手郭天元在世时为其侄子自友成出外上门及自友和婆亲时举行的，整个仪式中都伴随着"梅葛"的演唱。

烈。节庆日子，也会聚在一起唱，总之，除特定的日子唱外，平时人们高兴唱就唱，想唱就唱；除了一些唱爱情的曲调不能在长辈面前唱之外，歌手们演唱的"梅葛"无特殊的禁忌。

第三节　"梅葛"的传承方式

"梅葛"的传承方式，属于口耳相传。"梅葛"从广义上看是一种史诗演唱传统，它没有文字的记载，毕摩、歌手皆是靠耳听心记史诗的内容曲调，在各种表演场域反复演练，形成"大脑文本"。他们对史诗的演述往往与某些仪式连在一起。不同的仪式有不同的语境，由不同身份的人（歌手、毕摩）用不同的曲调演述不同的内容，表达不同的情感。《梅葛》与彝族的其他几部史诗《查姆》《阿细的先鸡》《勒俄特依》一样，都可归入"以传统为取向的文本"，它们与彝族传统文化有密切的联系。除《勒俄特依》是四川凉山彝族的史诗外，其他几部都是云南彝族的史诗。试比较《梅葛》与《勒俄特依》的异同：

史诗	内容分类	演唱者	演唱场合	传承方式	禁忌
梅葛	赤梅葛	毕摩	丧葬仪式及祭祀活动	师传（口传）	演唱场合不能混
	辅梅葛	歌手、毕摩	婚礼和日常生活	口传	
勒俄特依	黑勒俄、花勒俄	毕摩、歌手	丧葬仪式	师传（字传、口传）	演唱场合不能混
	白勒俄	歌手、毕摩	婚礼、日常生活	字传、口传	

从上表中可看出，它们的相似之处大于不同之处。最大的不同点是《勒俄特依》有彝文文字写定的文本，而《梅葛》没有。《勒俄特依》尽管有文本，但是在传承方式上，还是以耳听心记为主。2005年4月13日笔者在凉山做《勒俄特依》的田野调查时，访谈了美姑县毕摩曲比尔日：

笔者问：你会唱"勒俄特依"吗？

曲比尔日：会唱。

　　笔者问：你是怎么学会唱的？

　　曲比尔日：有书，从小就背。

　　笔者问：你参加过比赛吗？

　　曲比尔日：二十多岁时经常参加，现在有些忘记了。

　　笔者问：你参加比赛时看书唱吗？

　　曲比尔日：不看。

　　歌手、毕摩在演述史诗时，是不会拿着书本去照着念的，特别是在较长时间的对唱竞赛中，他们依靠的主要还是"大脑文本"。

　　"梅葛"为什么没有文字记录，马游村彝族中流行的解释是："梅葛"本来是有书的，在神把"梅葛"传给人的时候，人嫌书麻烦，就把书吃到肚子里了，所以马游村的"梅葛"没有书，只有口耳相传。马游村彝族说世间的书有十二本，"梅葛"有十三本，比书多一本。他们用民间传说故事来说明"梅葛"的无文字，并以此来解释"梅葛"内容的庞杂。作为史诗的"梅葛"，本身就是作为毕摩的祭辞传承下来的。毕摩的传承方式，分为经书传和口传两种。史诗"梅葛"属于口传毕摩的毕摩经，故无文字记载。由毕摩吟诵的"梅葛"内容，也就是史诗的核心部分，它的传承是严格的，一般是父传子（或侄）。如果是师传徒弟，据马游等"梅葛"流传地区的彝族老人说，弟子必须拜师，通过过犁头的仪式，方可传授。过犁头的仪式就是把烧红的犁头排放在地上（一般是男九女七，现在毕摩一般是男的担任），上覆黄纸，毕摩边喷苦蒿水边念咒语施法；拜师者赤脚踩犁头走过，无烫伤者算通过仪式，可以正式拜毕摩为师，跟随毕摩学习。参与做各种祭祀活动，熟悉相关祭祀仪式，背诵相关祭祀仪式的祭辞。边听边看边学。经过几年的学习，耳濡目染，口耳相传，出师后就可以主持祭祀活动，吟诵"赤梅葛"了。否则，一般人是不能吟诵"赤梅葛"的。这种家传或正规拜师学艺的传承方式，应该是"梅葛"较早正规传承方式，它与原始宗教的传承结合在一起，成为宗教信仰的重要组成部分。

　　"梅葛"从神坛进入世俗生活后，它的内容扩大，神圣的娱神功能退隐，更多的是世俗的娱乐功能，这样，民间歌手就出现了。民间歌手演唱不是家传，也无须拜师仪式，爱好者在各种喜庆场合的"梅葛"对唱中，多听多学，耳濡目染，通过口耳相传的形式学会唱，也有个别人会向唱得好的歌手请教，但不必正式拜师。歌手们除了在各种喜庆场合互相学习，提高自己的演唱水平外，还会到外村进行竞唱。据马游的老人们讲，以前，马游周边的左门、葡萄、三角等村的歌手到马游来，与马游的歌手对唱，马游的歌手们需全力以赴，若唱输了，需要办伙食招待对方。在对唱时，老歌手们会在一旁指导年轻的歌手,听众也会群策群力支持本村的歌手。这样的对唱有时可以进行几天几夜。年轻歌手在这样的场合,认真听,悉心学,慢慢地成长起来。马游村麻古地的罗学华①,是在当地唱"青年梅葛"较有名的青年歌手。2001年笔者对他进行过访谈。下面是其中的一段对话:

问:你拜过师傅吗?

答:没有。

问:你咋个学会唱"梅葛"的?

答:喜欢嘛,别人唱的时候就去旁边蹲着听。听多了,就会唱了。

问:多大喜欢"梅葛"的?

答:小娃娃就喜欢听。

问:你一般哪个时候唱"梅葛"?

答:想唱就唱了。喜欢难过都会唱。

问:你在哪点唱"梅葛"?

答:不一定,山上做活、讨媳妇、有亲戚来都会唱。

"梅葛"的传承方式,概括地说,可以分为两种类型,一种是内容庄严、稳定的纯正传承型的,这种传承形式是与原始宗教信仰结合在一起的毕摩的各种祭辞的传承。这种传承是祖传式或师徒式的,有一整套的严格规矩,必须是毕摩世家(有祖师神)才可传承,民众也才会认可其神圣性;或者要成为毕摩的徒弟,必须经过神圣仪式的考验。它所传承的内容也是固定不变的,它只能在一些特殊的、具有神圣性的场合进行吟诵。

另一种传承形式是因时而变、融入生活的创造型,这是与世俗生活相结合的歌手演唱的"梅葛"的传承。歌手的传承方式也主要是口耳相传,歌手的传承没有严格的限制,只要喜欢,可以在各种场合通过听唱而学习,演唱的内容也不是完全固定的,歌手在掌握了"梅葛"演唱的基本程式之后,在相对固定内容下,可以进行再创造,可以加进一些新的内容,演唱水平的高低,就由歌手在相对固定的演唱程式中发挥创造性的能力来决定了。这也使它的演唱方式由前一种正规传承型的毕摩个人吟诵而变为第二种创造型的两人对唱。两人对唱具有竞赛的性质,自由灵活度加大,歌手的表演空间拓展。这也就是使"梅葛"的演唱具有绕来绕去、繁复取胜的原因。因此,要成为一个受人尊敬的好歌手,他必须具有较强的创造性,演唱水平的高低

① 罗学华,男,彝族,1966年生。

由歌手自身的素质决定。①

第四节　毕摩、歌手的贡献

史诗"梅葛"产生的年代久远，在"梅葛"的传承过程中，起到关键作用的人物是毕摩。毕摩在彝族中出现较早。彝族历史上发展较早的一些部落，至少在公元前2、3世纪就已进入奴隶制，彝族先民"开始踏入阶级社会的门槛时，'兹'、'莫'、'毕'三者，作为奴隶社会的统治机构中的代表人物，即已同时产生。'兹'彝语意为权力，是彝语部落古代最高的统治者，旧译为君。'莫'彝语意为长老、调解人，旧译为臣或管事。'毕'是祭舞司，旧译为师或巫或军师。彝文古籍记载：'君施令，臣断事，师祭祖。'"②

毕摩是彝族原始宗教活动的核心，是彝族祖先崇拜的具体操作者和传承者，彝族的崇祖敬宗活动离不开毕摩。"毕摩的任务和使命不是帮助人们获得自身的解脱、灵魂的得救和死后进入天堂，而是通过与鬼神交流，帮助人们趋吉避凶，去祸纳福，实现五谷丰登、六畜兴旺、人丁繁衍、家族壮大的现实需求。为人们的生存和发展提供一种信仰和精神上的支持和满足"。③

司理祖先与后代的关系的中介是毕摩，这就要求做祭祀毕摩要身体完美，遵守毕摩的各种禁忌；出自毕摩世家；生辰八字与祖灵不冲克等。

毕摩的传承有家传和师传两种主要形式，家传以父传子为主，也有伯传侄的；师传也多限于亲戚中，如舅传甥等。毕摩的传承一般都有完整的系谱，传承的代数越长，祖师神威力越强，法术也就越有效。毕摩的传承原则奉行传男不传女，以世家传承为主导，以非毕摩世家的传承为辅。④

毕摩进行宗教活动的根本是唱诵经典，以经文的力量来感动神灵，祈求保佑，驱除邪秽灾魔，一句话，就是依靠语言的神秘力量来达到禳灾祈福的目的。毕摩经典的基干主要来自于民间，可分为口头的和文字的两种，毕摩

---

① 从田野调查看，父母唱得好的，子女也会喜好。如在姚安马游村的郭有忠、郭有珍兄妹俩都是当地有名的"梅葛"演唱歌手，郭有珍在中华人民共和国成立后参加过楚雄州彝剧团，到许多地方去演唱过"梅葛"。她的两个女儿女婿也是唱得较好的"梅葛"演唱歌手。

② 余宏模：《彝族毕摩简论》，见《凉山彝族奴隶制研究》，1981.1。

③ 巴莫阿依：《论凉山毕摩阶层的特征》，转引自苑利主编《二十世纪中国民俗学经典·信仰民俗卷》，社科文献出版社2002年3月版，第311页。

④ 巴莫阿依：《论凉山毕摩阶层的特征》，转引自苑利主编《二十世纪中国民俗学经典·信仰民俗卷》，社科文献出版社2002年3月版，第311页。

也分为口传毕摩和文字传毕摩。

毕摩经中最早的经典应当是口头的各种祭辞，经过代代口传，不断规范，最后成为公认的"经典"而在毕摩中传播。由于彝区的祭祀活动往往是几天，最长的甚至达 40 余日。毕摩念的经不能重复，因此，一个毕摩心中所掌握的祭辞要十分丰富，才能立足于彝区，得到大家的承认和尊重，也才能胜任祭祀活动的主持者的角色。这样，毕摩在规范祭辞的过程中，大量搜集整理民间流传的神话故事、民间歌谣等，使民间文学和宗教合而为一，祭坛也就成为了文坛。

文字传的毕摩经，是毕摩用文字记录下来的口传经典。在记录过程中，经过了记录者的又一次筛选和整理；经过文字整理的经典比口传经典有较强的规范性，宗教思想也更浓郁，由于文字的固定性，它也就避免了口传经典的变异性。

在毕摩把民间文学纳入祭辞中时，为了便于记诵，均以五言诗的形式来表达。毕摩经都是可唱可诵的五言诗。

在彝族民间文学的传承过程中，毕摩的历史功绩是不可没的。现在翻译出版的几部彝族史诗，都与毕摩有关。以典籍毕摩经的形式流传于世的如史诗《查姆》、《勒俄特依》以及著作《西南彝志》等；以毕摩口传的形式流传于世的如《梅葛》和《阿细的先鸡》等。《梅葛》的基本内容都在口承的毕摩经中，它的不同部分，也就是毕摩在节日、婚姻喜庆和丧葬等不同仪式上的祝祭说解之词，是各种仪式不可或缺的组成部分。在姚安、大姚等地能系统演唱《梅葛》的都是毕摩。可以说，毕摩是"梅葛"的最早搜集整理、规范、保存运用、传承的人。由于毕摩活动中宗教的神圣性，作为祭辞的"梅葛"，自然也具有神秘性，对它的传承和运用就必须遵循一定的规矩和禁忌，这也就确保了传承过程中，传承者不得擅自增减它的内容，使它在口耳相传的过程中，变异程度不大，从而使得一些古老的神话能够得以完整地保存下来。这些神话反过来又保证毕摩祭辞的神圣性，让信众相信毕摩的法力，提高他们的地位，增强经典的力量，扩大在彝民中的影响力。正如袁珂先生所说："巫师为要在群众中推行其巫术，也要在祀神时公开演唱一些神话故事，以为其巫师取得崇信打下基础。这种情况在中华人民共和国成立前不久的旧中国到处都可以看见。尤其在少数民族地区，巫师多于神祀时唱有开天辟地、万物形成及人类起源的神话古歌，以娱人乐神崇德报远。"①毕摩正是运用"梅葛"作为祀神的祭辞，来与神进行沟通。如果说毕摩是

---

① 袁珂：《神话论文集》，上海古籍出版社 1982 年版，第 2 页。

人神沟通的中介的话,"梅葛"则是沟通的工具,毕摩用它传达人意,祈求神佑。"梅葛"中的祭辞是经过多少代毕摩的搜集、筛选、整理,凝聚了多少代人的智慧而成的。从民间神话故事、歌谣到规范的五言诗的祭辞,它肯定走过漫长的道路,它从简单到复杂,从散乱到规范,这个过程汇聚了智慧,反映了他们的社会发展进程,表现了它们的宗教信仰与道德理想。① 当毕摩们给这些民间文学穿上神圣的外衣,让它走进神圣的祭坛,它就具有了神秘的力量,成为人神沟通的工具了。而毕摩也就无意间成为彝族民间文学的搜集、整理规范、运用、传承者了。当然,毕摩的搜集、整理、规范和传承,目的是运用,让它为毕摩从事的原始宗教信仰服务,是一种工具和手段。因此,说毕摩对民间文学的搜集整理和传承是"无意"的,他们的目的不在于要从文学的角度传承"梅葛"(民间文学),不是为了娱人,而是为了教化和娱神。尽管如此,作为祭辞的史诗"梅葛",能完整地流传到今天,毕摩的贡献首当其功。今天的现实也证明了这一点,在"梅葛"的主要流传区域,当毕摩一个个离世,作为祭辞的"梅葛"在现实生活中也就只剩下一些残章断片。如今已没有一个人能完整地唱诵"梅葛"。原始宗教信仰是"梅葛"赖以生存的土壤,神祀人员毕摩是它赖以传承的依托。当宗教信仰淡化、神祀人员消失的时候,作为口耳相传的祭辞,"梅葛"也就必然要从神圣的祭坛走向日常的世俗生活,它的形式、内容、功能、传承方式等也就随之发生了相应的变化。特别是毕摩走向民间以后,除了丧葬和嫁娶中一些特殊的仪式由毕摩唱诵外,其他部分就人人可唱了。据20世纪50年代的调查,唱得较为全面的仍然是毕摩,如《梅葛》一书的原始演唱者就是李申呼颇、李福玉颇、郭天元、自发生等毕摩。现在,许多村寨都没有了毕摩,就连有"梅葛之乡"之称的姚安马游,也没有了毕摩。大姚的昙华虽有毕摩,据调查也只能唱诵一些片断,而不能像过去的毕摩那样完整地唱诵了。

"梅葛"走入民间后,调式变得欢快活泼,内容也有了发展变化,演唱者由毕摩(除特殊场合外)变为歌手或长老。这就是"梅葛"中被称为"辅梅葛"的部分,一般是嫁娶的喜事场合唱的。

歌手演唱的"梅葛",大致可分为家调和野调,家调是在家中和一些喜庆场合演唱的,主要内容有"创世"、"造物"等叙古的故事,演唱者多为老年人,故称为"老年梅葛",又被称为"家梅葛"。野调主要是青年男女表达爱情的,一般只能在野外唱,不能在家中和长辈面前唱,演唱者多为青

---

① 袁珂:《神话论文集》,上海古籍出版社,1982年版,第2页。

年人，故称为"青年梅葛"，又被称为"山梅葛"。除此之外，还有许多儿歌被称为"娃娃梅葛"。

"梅葛"走入民间日常生活，从毕摩唱诵的单一调式而变得十分复杂，调式繁多，据说有七十二调（一说是芦笙调为七十二调，"梅葛"调式则数不胜数）。在内容上也变得十分庞杂。歌手的演唱，在掌握了梅葛调的基本曲调和主要叙事程式后，在演唱基本内容的同时，歌词也有即兴创作，把现实生活的内容扩充到史诗中去。这是史诗世俗化之后，它所具有的内部交往功能、娱乐功能和教育功能增强的结果。在史诗发挥娱人功能方面，歌手起了重要作用，同时，由于歌手的传承和演唱不像毕摩的传承和唱诵那样有严格的规矩和禁忌，也不像毕摩的传承那样需要较长时间的严格训练，并在祭仪中反复实践，以确保其传承过程中内容的稳定性。歌手在口耳相传的过程中，必然使史诗的内容在传唱过程中变异性增大，不同歌手的演唱就可能出现不同的异文。

歌手演唱史诗，是在特定的情景之中，用特定的形式表达特定的文化观念和审美趣味。它既受歌手的知识能力的局限，更依赖于演唱空间听众的反响，它不仅仅是简单的记忆的复原，更是歌手和听众一起完成的一个再创造的表演过程。热情的听众会刺激歌手的演唱欲望，带给演唱者精神上的满足，甚至决定演唱者演唱的内容。演唱者会根据听众的需要来决定演唱的内容。对于听众和歌手来说，演唱的过程和演唱的内容一样重要。演唱的过程是一个娱乐的过程，人们喜欢听它，唱它，就在于它给这个特定情景中的人带来快乐，这种特殊的艺术审美满足感使人们乐此不疲，代代相传。这也就是"梅葛"到现代式微的重要原因。因为人们有更多的方式可以满足娱乐的需要，电视等现代娱乐手段的普及，逐渐取代了"梅葛"在人们精神世界的重要地位，歌手在人们心目中的地位也就下降了，听众的减少，歌手也就随之减少了。

歌手在"梅葛"的传承过程中做过重要的贡献，他们使"梅葛"从宗教祭辞而变为人们的娱乐方式之一，使它从娱神变为娱人，同时也就丰富了它的内容和曲调，使"梅葛"成为人们生活文化的重要组成部分，使神圣的祭辞演变为世俗化的民间文学，在更大范围内满足了当地彝族人民精神生活的广泛需要，与人们世俗的日常生活结合在一起，歌手起了一个桥梁的作用。

第九章　异曲同工与同源异流

第一节　《梅葛》与《查姆》、《阿细的
先鸡》、《勒俄特依》的比较

在彝族众多的史诗作品中，创世史诗占有重要的地位，《梅葛》、《查姆》、《阿细的先鸡》、《勒俄特依》被民间文学界誉为彝族"四大创世史诗"。虽然它们的流传地域或传承方式不尽相同，但内容、功能及结构却异曲同工，有诸多相融、相通之处。

一、《梅葛》与《查姆》的比较

《梅葛》和《查姆》都是流传于楚雄彝族自治州境内的两大彝族创世史诗。从流传的地域来看，《梅葛》主要流传于金沙江及其支流的俚颇、罗罗两大彝族支系，而《查姆》则流传于礼社江（下游称红河）及其支流的阿车彝族支系，"梅葛"文化带南部即是"查姆"的流传区域。

"查姆"是彝语音译，译成汉语即"万物的起源"。阿车人把记叙天地间一件事物的起源叫做一个"查"。据说，"查姆"的内容十分庞杂，共有120多个"查"。但20世纪50年代收集、翻译、整理，1981年2月云南人民出版社出版发行的《查姆》仅有11个"查"，不及全部"查姆"的十分之一。

"梅葛"和"查姆"都是由彝族先民集体创作、民间口头传承的。据说，早在彝族没有文字之前，彝族先民就有"查姆"流传了①。元、明时期，彝文在彝族毕摩中普及，于是一些毕摩便用彝文记载"查姆"，成了彝族书面文本。有的学者考证，彝文古籍多传抄于明代②，但"查姆"绝不应

---

① 左玉堂、芮增瑞、杨继忠：《楚雄彝族文学简史》，中国民间文艺出版社1986年版，第69页。

② 楚雄彝族文化研究所编：《彝文古籍内容提要》。

是在明代之后才有流传，只不过此时由民间口头文学转变为书面文学罢了。因此，现存于民间的"查姆"多数用古彝文记载于"彝书"和"毕摩经"中，一般只有懂彝文的毕摩和少数识彝文的人才能通晓，但也有的"查"如《阿卜笃慕查姆》，毕摩经和民间都有流传。由于"梅葛"是口头传承，在千百年的传承过程中，不断增加其内容，而且神圣性内容不断萎缩而世俗性内容不断扩充，致使"梅葛"无所不包；而"查姆"则在有固定的书面文字记载之后，内容比较固定，且因多由毕摩所掌握，始终保持着"查姆"的神圣性。"查姆"不像"梅葛"那样什么人、什么场合都可以唱，它只能由毕摩在特定的场合，按"毕摩经"来唱，不能随意发挥。据《查姆》一书的整理者说，双柏县底土、新街等地彝族，逢年过节，婚丧祭祀，起房盖屋，播种收割，出猪放牧，都要请毕摩来演唱"查姆"。其声调庄重深沉，竟连唱数日不绝，充满一派古朴的气氛①。

由于地域及演唱风格等原因，"梅葛"在流传中产生了许多文本，仅唱腔就有大约 10 余种。如姚安马游一带的除总称"梅葛"之外，又分"赤梅葛"、"辅梅葛"、"青年梅葛"、"娃娃梅葛"等；大姚新街等地的则称"蜻蛉梅葛"；大姚昙华一带的则分"阴梅葛"和"阳梅葛"，但总称"俚颇古歌"；永仁直苴一带的分"赤梅葛"和"喜梅葛"，但"赤梅葛"又主要表现为"冷斋调"，等等。"查姆"虽然在明代就已出现了书面文本，但由于传抄者及传承过程中的变异，也产生了各种不同的文本，有的一个"查"就有几个异本，如叙述天地的起源，就有"鲁姆查"、"托得查姆"、"作莫查"和"特莫查"四种，因此，即使数个毕摩在同一场合演唱，也由于文体不同，也是各唱各的"经"。

《梅葛》一书的整理者说，1959 年出版发行的《梅葛》是由四份原始资料综合整理而成的，有三份是分别在大姚昙华和永仁直苴收集的，一份是在姚安马游收集的，最后"以大姚昙华和直苴的资料为基础，吸收姚安马游的资料进行整理"。因此，《梅葛》一书是各地的资料综合整理而成的，由于当时的时代背景，"自然会舍弃一些原始资料"②，特别是一些与当时政治气候不符的内容理所当然地舍弃了。所以，今天看到的《梅葛》是一本有选择、经过整理者们人为加工的综合性文本。《查姆》也不例外。20 世纪 50 年代的调查人员在双柏县收集"查姆"时，没有人通晓彝文，只有请双柏县彝族老毕摩施学生口译，记录者笔录。施学生汉语水平不高，表达很吃

---

① 《彝族史诗选·查姆卷》，云南人民出版社 2001 年版。
② 郭思九：《关于〈梅葛〉》，载《金沙江文艺》2002 年第 4 期。

力，如翻译"马鹿"时，只能用手比示头上长角的动物，并学马鹿叫来补充。这样，前后译出原始资料十份，外加综合材料一份。整理者经过五次较大的整理，对各种不同的抄本、不同的故事情节进行综合、加工、处理，将"几个材料综合在一块"，整理出《查姆》一书。尽管整理者"尽量保留它的具有社会历史价值的内容和朴素的文学风格"，但一些重要原始资料无疑被"舍弃"了。因此，《梅葛》和《查姆》都是经过取舍加工、整理的"以传统为取向的文本"①。

《梅葛》的"开天辟地"之前没有具体描绘形状，而是直白地说"远古没有天，远古没有地"，要造天造地。于是便有了格滋天神变人造天造地。但《查姆》却说天地未形成之前，天地间"只有雾露一团团，只有雾露滚滚翻"，"天地混沌分不清，天地雾露难分辨"。造天造地也并非一人或几人，而神仙之王涅侬俸佐颇等众神仙共同商量，靠众神之功，把天地分开，造就了天地。《梅葛》中，彝族先民按照自己的形象塑造了一个格滋天神，他是一位无所不能的大神，是造天造地、造人类及万物之神，是整个天地宇宙的原型，因而他可以让人去打虎，又用虎尸化世间万物。《查姆》中也有主神涅侬俸佐颇，但造天地、造万物并非是他一人之功，而是众神共同努力，并与人类战胜了重重困难，创造了人类万物。《梅葛》中突出"虎"的作用，这是原始先民处于渔猎生活意识的一种曲折反映，而《查姆》中则突出水王姑娘罗塔纪、龙王罗阿主马，应是原始先民农耕思想的折射。

在"人类起源"问题上，《梅葛》和《查姆》对人类起源、演化的认识水平是基本一致的，只不过《查姆》中更明晰些。《梅葛》是格滋天神撒雪为人，《查姆》则是龙王的姑娘让儿依得罗娃捏塑人，只不过格滋天神撒的是雪，儿依得罗娃用的是土，与汉族神话中的"女娲抟黄土做人"② 极其相似。洪水泛滥前，《梅葛》把史前人类的发展分为三代人，即"独脚人"、"巨人"、"直眼人"。这些都是还没有脱离动物界的"异类"，还不能称之为人，所以"巨人"只知他有"一丈三尺长"，不知他是独眼或是直眼，各代之间也没有发展继承关系。《查姆》则完全是以眼睛的形状来划分史前人类的各个阶段，即独眼睛人、直眼睛人、横眼睛人，各代人之间有继承关系，即下一代是上代遗民的后裔。日本著名学者伊藤清司认为："眼睛深深地包含着'文化'的意义"，"一只眼睛和两只眼睛，同样两只眼睛的直眼

---

① ［美］马克·本德尔：《怎样看〈梅葛〉："以传统为取向"的楚雄彝族文学文本》，载《民俗研究》，2002 年第 4 期。

② 引自《太平御览》卷七八引《风俗通义》。

和横眼的差异，可以认为是象征着从非人类社会到人类社会的进化、发展阶段"①。至于洪水神话及人类再生，《梅葛》和《查姆》的叙述基本相似，洪水前的直眼人在洪水后都变成了横眼人，只不过《梅葛》中从葫芦里出来的两兄妹以"哥哥河头洗身子"，"妹妹河尾捧水吃"的象征性婚礼繁衍了人类，而《查姆》中的阿卜独姆兄妹俩则结为夫妻，直接繁衍人类。因此，无论是《梅葛》还是《查姆》，都反映了彝族先民对人类进化的积极探索，表现出了一种共同的道德化理念。

《梅葛》的"造物"、"婚事和恋歌"、"丧葬"部分，虽然其神话的色彩已不如"创世"强烈，表现的基本是彝族先民古代的生活，但与《查姆》相比较，神圣性没有弱化，还占有相当比重。盖房子、狩猎、盘庄稼、炼铜铁都是天神教给的，婚事也是自然现象对人的启发和影响，"样样东西都相配"，"人间才成对"，人的首创精神和主观能动性没有体现出来，对自然、对神的依赖还很强。"死亡"、"怀亲"中虽然有一些唯物思想观，但彝族先民还不能够解释生死的原因，认为是天神撒下死种，躲不掉的自然会死，说明了"神"还主宰着人类的精神世界，人不脱离"神"而独立生存。《查姆》的"下部"即为麻棉、金银铜铁锡、纸笔、书、药等几种物种的起源，这些内容的神性弱化甚至全无，虽然也有神的影子，但表现的都是以人为主，突出人的创造力，塑造了一群活生生的人物形象，会种麻种棉的歇索一家；会纺织绸缎的满五月、列贵埃、峨阿检等六个姑娘；会冶炼金银铜铁锡的萨阿勒、西阿德两兄弟；会打制工具的梗阻郭及他的三个儿子；历经千辛万苦学会造纸制笔的歇阿乌；找到长生不老药的西说阿墨勒等。他们都有名有姓，有发明创造和感人的事迹，显然神的影响已经很弱，突出的是人的实践的观念。

总之，《梅葛》与《查姆》相比较，"梅葛"自产生就一直停留在口耳相传阶段，虽然内容不断扩充、膨胀，但"创世"的神圣性始终没有多大改变，即便是"造物"、"造工具"及新增的世俗性内容，都带有一定的神话色彩；而《查姆》产生之初也是口耳相传，应该说都具有神圣性，但古彝文产生后，"查姆"通过文字记载的书面文本传承，文字毕竟与口传有区别，文字删去了神化的东西，突出表现的是人的活动，因而神性弱化。但由于"查姆"基本上是由毕摩掌握、传承，是毕摩在特定场合作法、祭祀的"经书"，一般的彝族民众不掌握、不了解"查姆"，也不能随意唱"查姆"，从这一点来讲，"查姆"的神圣性要强于"梅葛"。

---

① ［日］伊藤清司：《眼睛的象征》，载《中国古代文化与日本》，云南大学出版社 1997 年版。

二、《梅葛》与《阿细的先鸡》的比较

《梅葛》与《阿细的先鸡》都属于"以传统为取向的文本"。按照美国学者马克·本德尔的定义，这类文本是由编辑者根据某一传统中的口传文本或与口传有关的文本进行汇编后创作出来的。通常所见的情形是，将若干文本中的组成部分或主题内容汇集在一起，经过编辑、加工和修改，以呈现这种传统的某些方面。①

《阿细的先鸡》是彝族阿细人的创世史诗，主要流传于云南红河哈尼族彝族自治州弥勒县西山阿细人聚居区。"先鸡"是阿细语的音译，如同"梅葛"一样也有多种解释，有的解释为格定的歌调；有的解释为故事；有的说它是"歌"之意；也有释成"蔓延"的，如蔓藤丛生，不断发展壮大。如果从"先鸡"的字义来解释，"歌"或"歌曲"更接近其意，它应是一种曲调的总称。

据有关资料介绍，早在20世纪40年代，光未然就记录整理过《阿细的先鸡》，并由昆明北门出版社出版，李公朴先生发行。不过该书采用当地习惯写法，叫《阿细的先鸡》。中华人民共和国成立后，光未然又于1953年重新修订，由人民文学出版社出版，更名为《阿细人的歌》。史诗内容分为两部分：第一部分有序诗、创世纪、开荒记、洪水记；第二部分包括谈情记、成家记。1945年，北京大学袁家骅先生用国际音标记录下阿细青年毕荣亮演唱的"先鸡"，采取直译法进行字译和句译，于1946年7月发表在南开大学"边疆人文"第三卷第五、六合刊上。中华人民共和国成立后，袁家骅先生对旧稿进行重新整理，于1953年列入中国科学院"语言学专刊"出版，题为《阿细民歌及其语言》，其中第三章"长歌：阿细人先鸡（史诗）"，除序诗、开天辟地、垦荒、洪水、求爱、成家六部分外，还加了悲歌。全诗共1 800多行，与光未然所记不尽相同。但是，由于当时历史条件的限制，光未然和袁家骅都没有可能进行更广泛深入的发掘。1958年9月，云南省民族民间文学红河调查队深入弥勒西山阿细人聚居区，进行广泛调查搜集，共记录了32份"先鸡"原始材料，经过整理、加工、增删成为约5 500行的长诗，并将"先鸡"改为"先基"，于1959年由云南人民出版社出版，1960年人民文学出版社予以重版。因此，《阿细的先鸡》整理本是在综合了多人（包括光未然和袁家骅）搜集记录的原始材料的基础上形成

①　［美］马克·本德尔：《怎样看〈梅葛〉："以传统为取向"的楚雄彝族文学文本》，载《民俗研究》，2002年第4期。

的汉译书面文本，其间经过了汇集、整合、增删、加工、次序调整等手段，它搜集、整理的时间比《梅葛》要早，出现的原始资料文本也较多，但汉译本《阿细的先鸡》如同《梅葛》一样，它主要是一种"文字读物"而非民俗学意义上的原始资料。

在史诗体例上，《阿细的先鸡》与《梅葛》略有不同。《阿细的先鸡》中的核心部分"最古的时候"将"造天地、造人"、"人是怎样生活的"、"世上的几代人"、"分年月、盘庄稼"、"造物"、"祭神"统归其中，囊括了《梅葛》中"创世"、"造物"和"丧葬"的内容，而"男女说合成一家"则相当于《梅葛》中婚事和恋歌。总的来看，《阿细的先鸡》的两大部分内容比较集中，小标题较为突出，《梅葛》则内容分得比较细，叙事、叙物则较为模糊。在《梅葛》的书面文本中没有祭祀的内容，并不是说"梅葛"的口头文本没有"祭祀"内容，实际上早期的"梅葛"基本上是在祭祀场合由毕摩演唱的，特别是"梅葛"的核心部分更是如此，可能是在20世纪末特定的政治环境中被视为封建迷信被删除了。"梅葛"的最早收集人之一郭开云（原为姚安文化馆干部）说："20世纪50年代收集的涉及到祭祀的内容很多，很丰富，后来到整理时，有人认为这些内容与封建迷信有关，不敢纳入，全部被舍去了。"[①] 事实上，20世纪80年代在"梅葛"流传中心之一的昙华收集的《俚颇古歌》中就有"祭祀经"一部分，内容涉及祭龙神、祭山神、祭牧神、祭堂神等。而《阿细的先鸡》则设有"祭神"，内容要比《梅葛》全面、丰富得多。但从史诗母题类型分析比较，两部史诗的叙事结构都呈现出一定的类同性，即开天辟地、人类起源、造物、婚姻的排列组合。

《梅葛》中的"创世"的"人类起源"神性和自然性都很强，即天地、人类都是格滋天神创造的，万物是虎尸化的，格滋天神撒了三把雪变成了三代人，又是天神发洪水淹了第三代的直眼人，人类才进化到了现代横眼人。从书面文本的《阿细的先鸡》来看，虽然自然性还很强，但神性也有很大减弱，整个造天、造地、造人和造物都始终表现出以人或人格化的创造为基础，已经自觉不自觉地萌发出了轻天命、蔑鬼神、重人事的朴素唯物论思想。如对天地的形成，《先鸡》是这样解释的："最古的时候，没有天和地。"但"云彩有两层，云彩有两张"，子年子月子日，"轻云飞上去，就变成了天"。丑年丑月丑日，"重云落下来，就变成了地"。同《梅葛》一样，《先鸡》也是直接地叙述造天造地的过程，而没有花口舌解释天地形成之前

---

① 2003年4月13日访问郭开云时记录。

的混沌宇宙，但《先鸡》造天造地者既没有说是神，也没有说是人，这就为我们留下了很大的想象空间。那么，云彩又是从哪里来的呢？阿细先民推测说，天地形成后，天不稳地会动，于是阿底神分别用金、银、铜、铁各四根柱子竖在东、南、西、北边，再用金宝、银宝、铜宝、铁宝各四色压住四方，这样天就稳当了。又用鱼云撑地，并用鸡去守住鱼，地也稳了。但那时天上没有太阳、月亮、星星和云彩，于是"最古的阿洛，属虎那年安太阳；最古的纳巴，属兔那年安月亮；最古的阿耐，属龙那年安星星，最古的涅姐，属蛇那年安云彩"。天地是由云彩变的，但后来又和日月星辰同时出现，前后矛盾，反映了阿细先民思维逻辑上的混乱。但用金、银、铜、铁撑天及鱼撑地，与《梅葛》中用虎骨撑天、鱼撑地相通相似，反映了早期彝族先民对事物认识的一致性。

与《梅葛》稍有不同的是，《先鸡》在造出太阳、月亮、星星和云彩之后，可是太阳、月亮、星星不亮。于是，天上的金龙男神和金龙女神舀来了金水，锡龙男神和锡龙女神舀来了锡水，把太阳洗亮，给月亮、星星镀上亮光，把云彩冲洗得平平的。看起来是神在做，但这神是照人洗东西的样子去做，他们的本领都离不开人的传授，人的作用非常突出。然后，对山川草木、风雨雷电的来源，一一作了解答，较为细腻地描述了创制过程，想象力要比《梅葛》丰富得多。

在人类起源及演化问题上，《先鸡》也要比《梅葛》复杂、进步得多。《梅葛》中的人类是格滋天神撒下的三把雪直接变成了三代人，没有过多地渲染造人的艰辛，神性较强。《先鸡》中的人类也是神造的，男神阿热和女神阿咪，在太阳、月亮底下，用黄泥做出男人，白泥做出女人。一对男女泥人，延续后代，这就是阿细的祖先——蚂蚁瞎子代的人。它不同于《梅葛》的天神一手造人，也不同于汉族神话的女娲抟黄土造人，突出女性的伟大，而是把人类的繁衍归结到"男女"神共同创造活动，剥开神异外衣，是很具有现实意义的。

如同《梅葛》一样，最初的人类都是怪异的，还不能称之为完善意义上的人。《梅葛》的人更为原始、怪异，天神撒下三把雪变成的三代人，第一代人是独脚人，第二代是巨人，第三代是直眼人，完全是从神的角度来想象人类的演化，眼睛的象征意义不明显，"仍被看做一种并非人的人类"[1]。而《先鸡》则完全是以眼睛的形状来象征人类的进步、发展，已初步具备了人类"文化"的意义。蚂蚁瞎子人最初吃野果，住树上，穿树皮，后来

---

[1]　伊藤清司：《中国古代文化与日本》，云南大学出版社 1997 年版，第 28 页。

逐渐住石洞，自己狩猎制皮衣，钻木取火获得火种，驱除了寒冷和野兽，开始了农耕生活。但"不知哪一年"，天空出现七个太阳，太阳把大地晒得焦灼，引起大火，烧死了蚂蚁瞎子这代人，仅剩下躲在岩洞中的迟多阿力列和迟多阿力勒幸免于难，繁衍出蚂蚁直眼睛这代人。不久，山羊与水牛打架，测出火星引起大火，又烧死了蚂蚁直眼睛人，仅剩下吉罗涅底泼、吉罗涅底摩两口子，又繁衍出蟋蟀横眼睛人。然而，一场突如其来的大雨，下了十三天十三夜，洪水无情地吞噬了蟋蟀横眼睛人，只有一家"兄妹两人"按上天的旨意躲在木柜中才避过了灾难。为了延续人类，他们不得不结婚，但又碍于伦理道德，于是通过滚石磨、抛簸箕、点火烧香、隔山抛线等神验，这才成了婚，繁衍出筷子横眼睛人（现代人类）。人类就是由原始的蚂蚁瞎子人，由低级向高级不断演化发展而成为现代人类。与《梅葛》中三代人没有直接联系不同，《先鸡》中的四代人有直接继承关系，即下代人是上代人的后裔，形成了人类演进的链环。至于"洪水神话"，《梅葛》和《先鸡》基本是相通的，但也有诸多差异，如洪水的诱因，《梅葛》说是直眼人"良心不好"，而《先鸡》没有讲原因，而是突出了兄妹避水的工具，《梅葛》是葫芦，《先鸡》是木柜；《梅葛》是兄在河头洗身妹在河尾喝水怀孕生下葫芦，从葫芦中繁衍出人类，而《先鸡》则是兄妹种瓜，从瓜中繁衍人类。葫芦和瓜属同科植物，葫芦或瓜生人，实际是以葫芦或瓜隐喻生育。

由于《梅葛》的神性较强，在"造物"、"丧葬"乃至"婚事和恋歌"中无不突出神的作用，即没有神的启示、帮助，这一切都不可能产生，反映了《梅葛》产生的时代彝族先民对大自然的依赖还很强，还只能借助神的力量来创造一切，否则将一事无成。如"狩猎"，猎狗是大理苍山的黄石头变的，猎网是天神让特勒么的女人织的，撵麂子的人是天神的儿子阿赌；又如"丧葬"，是天神撒下活种子的同时也撒下死种子，不会让开的动植物（包括人）都会死，从而有了丧葬活动。虽然《梅葛》也有反映人类与神分野并强调人性和人的作用的情节，如"农事"中各种动物与人争着砍树烧地种庄稼，"百兽砍不倒"、"百鸟砍不倒"，只有人将树砍倒了，于是地王决定"人类盘庄稼"。但毕竟人的力量微弱，还不具备征服自然的能力，反映了《梅葛》创世史诗的原始性。而《先鸡》中的"分年月、盘庄稼"、"造屋、祭神"和"男女说合成一家"，始终突出的是人的集体力量和智慧。史诗说最早的阿细人不会生产，他们就虚心向蜜蜂学习，注意观察蜜蜂劳动的细微过程，"大蜜蜂啊，飞到东边去，东边有一棵红树，红树上生红枝，红枝上长红叶，红叶中开红花。这个大蜜蜂，到红花顶上盘庄稼……盘庄稼的时候，他们没有脚，就用翅膀当脚走。他们没有刀，就用嘴当刀使。他们没有口袋，就用肚子当口袋。庄稼盘好了，盘着回家去了"。这里没有神，只有人的实践和抗争。即便是有神作怪，阿细人的先民也能战胜他。如天上的两个神，尼吉兹阿波男神和尼吉兹阿娜女神把一只老虎放在太阳里，虎快把太阳吃完了。接着又放大白狗吃月亮，又放红石中的蜂王吃星星，用金链子拴着金坛子打水搞乱云彩，于是"太阳不亮了，月亮不亮了，星星不明了，云彩不平了。世上的人们，没法盘庄稼，没法做活计了"。但阿细的先民并没有屈服，"整整三年天都不会亮，三年天不亮嘛，水牛角上拴两个火把，水牛尾上拖一个火把，就是这样种庄稼"。甚至阿细的先民还公开向神挑战，神已不是人们依赖的对象，而是成了对立面。如史诗中记述种子来源时说：天上的金龙神和银龙神有十二个柜子，装着十二堆种子。西尾家的四兄弟拿十二根竹竿，从云彩中戳上去，种粮就掉下来了。种子有了，能盘庄稼了。万能的人什么事都会干，他们有非凡的本领，竟然偷起神的积蓄来了，而天神却蒙在鼓里，毫无觉察。这里已无神性可言，神反而成为人戏弄的对象。即使在"男女结合成一家"中，史诗已不再倾注于天地开辟、人类起源、自然万物等荒诞的解释上追求自然开辟史，而是更为关心本氏族部落的生存与创造，对勤劳的赞美贯穿始终，并与谈情说爱交融在一起，勤劳是选择对象的标准，是婚后生活的重要内容，"我们两个啊，已经是夫妻了"，要"在荒地上种庄稼"，"到外面去卖工"，"回家收割庄稼"，还要"让我们的孩子去种庄稼"。这其中的神性已荡然无存，反映的是阿细先民对纯真爱情和现实生活的种种见解。

总之，《梅葛》是一部原始性创世史诗，而《先鸡》则既具有创世史诗，又具有英雄史诗的雏形，是创世史诗与英雄史诗的连接点。

三、《梅葛》与《勒俄特依》的比较

《勒俄特依》流传于四川彝区和云南部分彝区操彝语北部方言的彝族之中。史诗包括"天地演变史"、"开天辟地"、"雷电起源"、"呼日唤月"、"创造万物"、"雪源史"、"雪子十二支"、"人类起源"、"蒲莫天史"、"支格阿龙"、"射日射月"、"喊独日独月出"、"石尔俄特"、"洪水漫天"、"草药"、"兹的住地"、"合侯赛赛变"、"古侯生系"、"曲涅主系"19组。其中"支格阿龙"叙述的是英雄支格阿龙征服自然的事迹，所以同原始性创世史诗《梅葛》相比，《勒俄特依》是包含创世史诗与英雄史诗在内的一部史诗，即前8个部分为创世史诗，后11个部分为英雄史诗。

在流传上，《勒俄特依》有民间的口头流传，有用彝文抄写的手写本，手写本为诗体韵文，口头流传主要是散文故事。据美姑彝族学者嘎哈石者

说，"勒俄特依"最早由毕摩掌握并传承，所以越古的内容越精练，后来流传到民间，"勒俄特依"的内容越来越详细，也越来越繁杂①。四川凉山民族研究所学者马尔子先生也说："勒俄特依"原只流传在毕摩经书中，后来一些内容在婚嫁、集会场合演唱、对唱，遂逐渐从毕摩经中分离出来流传于民间②。凉山美姑毕摩文化研究中心研究人员吉尔体日也说，"勒俄特依"分为白勒俄、花勒俄和黑勒俄，白勒俄讲述的是雪族的发源史，属于创世史诗，只在丧事场合演唱；花勒俄讲述支格阿龙的事，只在丧事场合演唱；黑勒俄讲绝世的人和事，可由毕摩演唱，也可由民间歌手演唱，但丧葬、祭祖场合只能由毕摩演唱③。由此看来，《勒俄特依》与《梅葛》有许多相通之处，即最早都是由毕摩掌握并传承，后来逐步流传于民间，内容也不断扩充、繁杂，只不过《勒俄特依》既有彝文手写本又有民间口头流传，而《梅葛》则纯粹是民间口头传承罢了，正如嘎哈石者所说："'勒俄'与'梅葛'最早是同源的，只不过由于地域不同而有些变异，但核心内容是基本相同、相通的，讲的都是开天辟地、万物和人类起源、祖先祭祀等。后来流传到民间后，内容才增加，变得更加膨胀，什么内容都纳入到史诗中去，我们现在唱的'勒俄'也有些面目全非了。"④

《勒俄》是20世纪50年代末由胡母木（冯元蔚）、俄施觉哈、方赫、邹志诚共同整理的翻译本，收入四川省民间文艺研究会编的《大凉山彝族民间长诗选》，于1960年由四川人民出版社出版。后来，《勒俄》的彝文本和汉文本又经冯元蔚进一步整理、翻译，分别于1982年和1986年由四川民族出版社出版了单行本。彝族学者巴莫曲布嫫精辟地论述：《勒俄特依》汉译本，"大致是将各地的八九种异文与八九位德古头人的口头记述有选择性地汇编在一起的，并通过'卡片'式的索引与排列，按照整理者'次序'也就是叙事的逻辑性进行了全新的组合，其间还采取了增删、加工、次序调整等后期编辑手段。从中我们可以看出，这一文本制作过程的'二度创作'问题：第一，文本内容的来源有两种渠道，一是书写出来的抄本，一是口头记录下来的口述本，也就是说将文传与口传这两种完全不同的史诗传承要素统合到了一体；第二，忽略了各地异文之间的差异，也忽略了各位口头唱述者之间的差异；第三，学者的观念和认识处于主导地位，尤其是对史诗叙事

① 2005年4月13日在美姑毕摩文化研究中心交流时的记录。
② 2005年4月14日下午访问凉山民族研究所座谈时的记录。
③ 2005年4月13日访问凉山美姑毕摩文化研究中心时的记录。
④ 2005年4月14日下午访问美姑毕摩文化研究中心时的记录。

顺序的前后进行了合乎时间或历史逻辑的调整；第四，正式出版的汉译本中，没有提供详细的异文情况，也没有提供口头唱述者的基本信息。因此，在这几个重要环节上所出现的'二度创作'，几乎完全改变了史诗文本的传统属性。""这个译本大概属于当时在文艺部门（非学术部门）领导下的'民间文艺采风工作'所产出的'文学读物'"。① 《勒俄特依》是由多种彝文抄本和口述本"组合"而成的，而《梅葛》则是由几种口述本加工整理而成的，都是"民间文艺采风工作"的"文学读物"。它们是编辑者根据某一传统中的口传文本或口传有关的文本进行汇编后创作出来的，即将若干文本中的组成部分或主题内容汇集在一起，经过编辑、加工和修改，反映了传统的某些方面，属于"以传统为取向的文本"②。

    至于《勒俄特依》的内容与《梅葛》有可比性的，主要集中在创世史部分，即《勒俄特依》前8个部分的内容。

    在"开天辟地"部分，《勒俄》认为宇宙原来是混沌一团，"上面没有天，有天不结星。下面没有地，有地不生草"。后来在东西南北四方分别诞生了儒热古达、署热尔达、史热府尼和阿俄署布四位神人。这四位神人和另一位神人阿尔师傅，被居住于宇宙上方的天王恩体古子的使臣德布阿尔请到恩体古子的家里，商量开天辟地的大事。他们宰了九条牛，喝了九罐酒，商量了九天九夜，最后"尔施阿俄神出计谋，交给阿依苏列神。阿依苏列神出计谋，交给颇宜阿约神。颇宜阿约神出计谋，交给儒热古达神。儒热古达神出计谋，交给署热尔达神。署热尔达神出计谋，交给阿俄署布神。阿俄署布神出计谋，交给史热府尼神"。史热府尼神接受计谋后，打碎了九个铜铁锅，交给阿尔师傅神去打制开天辟地的工具。阿尔师傅"膝盖做砖磴，口腔做风箱，手指做火钳，拳头当铁锤，制成四把铜铁叉"，分别交给四方神人在东西南北方各开了一个口子，让风从东方口子进，西方口子出，水从北方口子进，南方口子出，最后"氢天撬上去，把地掀下来"，天地初步形成了。但"天地还没有开辟好"。恩体古子先后派了一匹马，公牛阉牛各一头，黄羊红羊各一只，黄猪黑猪各一头，拱出了四个铜铁球，阿尔师傅打制成九把铜铁矛，"交给九个女神人，拿去扫天地。以帚扫天上，天成蓝茵茵，以帚扫大地，大地红艳艳。四根撑天柱，撑在地四方……四根拉天梁，

---

    ① 马莫曲布嫫：《"民间叙事传统格式化"之批评》（中），载南宁《民族艺术》，2004年第1期。

    ② ［美］马克·本德尔：《怎样看〈梅葛〉："以传统为取向"的楚雄彝族文学文本》，载济南《民俗研究》2002年第4期。

拉扣在天地四方，东西两方相交叉，北南两面相交叉，四个压地石，压在大地的四方"。但造出的天地还是达不到恩体古子的要求，于是他令阿尔师傅打制了九把铜铁斧，交给九个年轻神人，"遇高山就劈，遇深谷就打"，劈打成放羊山、放牛坝、栽秧田、种荞地、打仗垭口、流水沟及住家山凹，神人阿昌举目又喊出了日月和星星，阿俄署布到天上取回草木种子、流水、石头，捉来鸟、兽、虫，开天辟地最后完成。

《梅葛》的开天辟地神话，情节较简单，人物集中，仅格滋天神及九个儿子、七个姑娘就把天地分开了。而《勒俄特依》则是一大群神，并且仰仗阿尔师傅精湛的技艺，打制了先进的铜铁工具才做成了开天辟地的大事。《梅葛》突出的是神力，《勒俄特依》强调的是人的智慧和技能。在神界人物构成方面，《梅葛》和《勒俄特依》有共同的特点：第一，开天辟地的发动者、组织者都是天神，《梅葛》是天神格滋，《勒俄特依》是天王恩体古子；第二，格滋天神是叫具体的九个儿子七个姑娘去干，无论造天地，补天地，他们都是执行者、劳动者；天王恩体古子则是指挥四方的神人以及别的神人去筹划、出力，这些神人又指挥地位低的神人去干。由此看来，神界诸神是有等级的，并非任意的组合。

在人类起源及演化方面，《梅葛》是由雪直接变人，即雪是生命的本源，"格滋天神撒三把雪，落地变成三代人"，人类起源、演化都与雪直接关联。这与《勒俄特依》如出一辙，反映了彝族先民对人类起源观的一致性。在《勒俄特依》看来，在人类没出现之前，为了使地上有人类，"天上掉下一个祖灵来，掉在恩接吉列山，变成烈火而燃烧。九天燃到晚，九夜烧到亮，白天燃烧浓烟弥漫，夜晚燃烧闪烁光芒。天是这样燃，地是这样燃，为了起源人类燃，为了诞生祖先烧。不断变化着，变化出一对'格俄'蠢物来。矮小形状怪，刮风冷难熬。……不能发展成人类。又变成松身愚蠢人，一代只有坐着一样高，两代一人高，三代如松树，四代长到天。……没有成人类"[1]。这下众神之主恩体古子着急了。他察看地面后，采取了一些措施，使原来的松身蠢人变成了施子施德人，后又变成略尼人。由于略尼人不挂祖灵，所以只传十代就绝根了。天王恩体古子家的吾热吉知神又先后派出银男银女，黄云红云，铜男铜女到地上，都没能变成人类。后来，"天上掉下梧桐来，霉烂三年后，起了三股雾，升到天空去，降下三场红雪来。雪到地面上，九天化到晚，九夜化到亮，为成人类而化，为成祖先而化。作了九种黑白醮，结冰成骨水，下雪成肌肉，吹风来做气，下雨来做血，星星做

---

① 《勒俄特依》，四川民族出版社 1986 年版。

眼珠,变成雪族的种类。有血的六种,无血的六种。"有血的六种是:第一种是蛙类,第二种是蛇类,第三种是鹰类,第四种是熊类,第五种是猴类,第六种是人类。

关于人的来源上,《勒俄特依》也说人为猴子所变,彝语称为"阿昌举日咪"。史诗说:"数数居日的辈数,木武格子一,格子格扎二,格扎哈木三,哈木阿苏四,阿苏朴敏五,朴敏楂基六,楂基楂顶七,楂顶阿昌八,阿昌居日九。"到了阿昌居日这一代,已变化为近似人形了。只是"形象虽像人,叫声似猴音。树叶当衣穿,野果当饭吃,有眼不看路,有嘴不吃牛,有手不做活,如熊掰树梢,如猴爬树顶,不能成人类。居日以后生七子,居日石涉分八支,石涉不设灵……石涉十代就绝根……居日格俄分九支,格俄不做帛,格俄不送鬼,格俄九代就绝根……居日尼里分十支,尼里十支绝。居日莫木分二十支,莫木二十支绝……"。猴子虽然变成了人,但最终都因不崇祖、不劳作、不送鬼而绝根了。

双柏彝族史诗《查姆》也有"猴子生人"的说法,体现了彝族先民的人类进化观。在"洪水神话"问题上,《梅葛》与《勒俄特依》差异较大。首先引发洪水的原因,《梅葛》是直眼人"心不好",《勒俄特依》却是人间与天王恩体古子之间的矛盾,即恩体古子派神到人间收租,被人类杀死,恩体古子以洪水灭绝人类;其次,避水工具《梅葛》是葫芦,《勒俄特依》为木柜;再次,洪水遗民《梅葛》为兄妹两人,《勒俄特依》仅居木一人;最后,洪水后繁衍人类,《梅葛》是经神验后兄妹成婚,但生下的是葫芦;《勒俄特依》则是居木与天王恩体古子的女儿成婚,生下三个男孩,只是先不会说话,后来在动物帮助下会说话了。可见,《梅葛》和《勒俄特依》各有其地域和支系上的特色。

在"创造万物"方面,《勒俄特依》的神性还较浓,神化在"造物"中占主导地位。《勒俄特依》中"创造万物",有的叫做"给地面造物"。史诗说,远古的时候,地上住着神人洼布河尔家,他请南方神阿俄署布给地面造物。于是,阿俄署布骑着他的"阿敏"马,头戴宝珠帽,佩戴灵宝剑,身背神杉牌,脚穿防冻靴,开始给地面造物。他分别从天上弄来各种树、草种植于地面上,使地面有了植物。又从天上弄来了江河,使地面有了水。又从天上弄来各种石头,这样地面上的一切动物都有了生息之所。这里不仅造物的是神,连地面住的也是半人半神的"神人","造物"活动没有具体的实践活动,几乎全部"从天上弄来"。而《梅葛》的"造物",已开始表现出人与神的传统的地位发生了互相转化的趋势,出现了以人类为描写中心的倾向。如"盖房子",叙述了盖房子的劳动过程:人们首先撒下树种草种,待树和草长起来后用它来盖房子。房子盖好后，分别由"打柴打猎的人"、"赶毡子的人"、"放羊的人"、"放牛的人"来住。不仅盖了人住的房子，还盖了各种动物住的房子。在"盖房子"过程中，神的作用在逐步减弱，而人的形象开始崭露头角，并最终成为了"造物"的主角。

至于《勒俄特依》中后 11 个部分的内容，基本上属于英雄史诗的范畴，与创世史诗《梅葛》没有可比性，这里不再赘述。

第二节　《梅葛》与彝语支民族创世史诗的比较

彝语支民族白、纳西、哈尼、傈僳、拉祜、阿昌等都有其独具风格的创世史诗，虽然它们有长有短、演唱风格、传承方式各异，但史诗的基本结构、内容却相近、相通，即它们都具有同源异流的共同特征。

一、《梅葛》与白族创世史诗《创世纪》的比较

彝、白族历史上同源，地域、民族分布交错杂居，文化互相融合、吸纳，共同的历史文化因素较多。但白族受汉文化影响较深，吸取汉文化因子较多，创世史诗中也呈现出诸多汉文化因素。

白族创世史诗《创世纪》[①] 在大理等地白族地区广为流传，一般以白族民间"打歌"体的传演形式，采用一问一答的方式，集诗、歌、舞于一炉，主要在民间节日、庙会、婚礼上进行。全诗 400 余行，分洪荒时代、天地起源、人类起源三个部分。

"从前树木石头会走路，飞禽走兽会说话，没有高山和大海，也没有贫富之分，人能活到几百岁。"以砍柴为生的盘古俩兄弟，一天到庙中王家中算命，庙中王告诉他们与其砍柴不如去钓鱼。于是兄弟俩便来到金沙江边钓鱼，结果钓到的一条红鱼，竟是龙王三太子。龙王不见三太子，四处寻找，恰遇盘古兄弟在街上卖红鱼，便出三百六十文钱买回了三太子。当龙王得知盘古兄弟是受庙中王指使才去钓鱼的，便也去向庙中王问卜。他问今年雨水怎么下？庙中王算出城内下两点，城外下三点。龙王故意反行雨，让城内下三点，城外下两点。结果洪水泛滥，天崩地裂，人类万物都被摧毁。盘古盘生将龙王捉来砍了头，龙王变成了虹。

没有天没有地，盘古变成天，盘生变成地。可是地比天大，盘古兄弟便

---

① 李康德、王晋臣等口述，杨亮才、陶阳记录整理：《创世纪》，载《白族民间叙事诗集》，中国民间文艺出版社 1984 年版。

将地缩小，皱起的地方成了高山。盘古盘生的化身木十伟将自己的左眼变成太阳，右眼变成月亮，牙齿变成星星和石头，眉毛、头发和汗毛变成竹子、树木和草，气变成风，肌肉变泥土，手指脚趾变成了飞禽走兽。木十伟变成了世间万物。

有了天地万物还要找人种。最后在大理海子里找到了观音藏着人种的金鼓。老鹰将金鼓抬到海子边，老鼠从金鼓里取出人种。取出的人种是生在一起的兄妹，又由燕子将他们分开。开始兄妹不愿意结成一家，经过烧香、向河里丢棒和滚磨盘三次占卜，才答应成婚。兄妹成婚后生了10个儿子，10个儿子又各生了10个儿子，"他们各立一地，从此有了百家姓"。

与《梅葛》相比，《创世纪》的内容不太复杂，仅相当于《梅葛》的"创世"部分，不像《梅葛》把"造物"、婚恋及丧葬等都罗列其中，史诗的神圣性显得更强一些。但把《创世纪》与《梅葛》的"创世"仔细对比，其中有许多差异性。

其一，白族《创世纪》以"打歌"形式出现，其史诗的产生较《梅葛》要晚得多。《梅葛》产生于彝族"罗罗颇"、"俚颇"两大支系形成时期，最初的"梅葛"是祭辞，现在的"梅葛"虽然有许多世俗成分，但内核却仍然是神圣的祭辞。彝族也有"打歌"，称之为"山歌"，多是彝族青年男女恋爱交往时的情歌，采用的也是一问一答，但一般不准在家中、村寨里唱，只能在野外对唱。因此，"打歌"形式的"创世纪"的产生晚于"梅葛"，形式更近似于"梅葛"的"婚事和恋歌"。

其二，"梅葛"一般只唱不舞，特别是"创世"部分，还保留着远古彝族庄严肃穆的氛围和内涵，而"创世纪"既可吟可歌又可舞，具有一定的娱乐性质，神圣性已不太强，在神圣中带有很大的世俗性。

其三，在"梅葛"文化带的大多数地区，"梅葛"可以在民族传统节日、婚礼、祭祀、丧葬场合演唱，但"创世"部分一般只在祭祀、丧葬场合演唱，如姚安马游彝族地区的"老人梅葛"，过去只能由毕摩演唱，并且不能随便在家唱，只是在祭祀或有丧事活动时唱；婚礼场合虽然有部分"老人梅葛"，但多数只唱"青年梅葛"。在大姚昙华、永仁直苴彝族地区流传的"梅葛"一般只在祭祀和丧葬场合由祭师演唱，平时娱乐、婚礼中独唱、对唱的只能称为山歌，不能纳入"梅葛"。"创世纪"主要在节日、庙会和婚礼时演唱，形式上不具有神圣性，内容上更加生活化，创世史诗的原始性已经式微。

其四，"梅葛"的内容结构较为严谨，从开天辟地，人类起源到洪水泛滥人类再生，勾画了天地、人类起源的发展史，而《创世纪》则是先有洪水泛滥再有天地人类起源，结构较为混乱，也不合乎逻辑。

从内容上看，《创世纪》与《梅葛》有许多相近或相通之处，可能是共同母体脱胎之故，或是受"梅葛"的影响。

（1）盘王与格滋天神。《创世纪》中造天造地造万物的是盘古及其化身木十伟，《梅葛》1959年版中却是格滋天神。但据《梅葛》的整理者之一郭思九回忆，在整理《梅葛》一书时，"姚安马游和大姚（现为永仁）直苴的资料中，都有盘古分天地的记述"，"而大姚县华一带流传的《梅葛》则是由格滋天神用老虎的肢体变生成天地万物的神话，更具有彝族的民族特点和地域文化特征。"① 20世纪80年代在马游一带的调查资料中，开天辟地的创造者不仅有盘古，还加进了观音②；20世纪50年代前大姚县华山彝族地区流传的格滋天神造天地，至90年代已改变为盘王（即盘古）造万物③；仅只永仁直苴彝族至今仍保留着盘古造天造地的说法④。由此看来，在"梅葛"文化带多数都有盘古开天辟地的传说，与白族《创世纪》中的盘古兄弟开天辟地的说法是一致的，反映了彝、白民族共同的历史渊源和吸纳外来文化的一致性。

（2）关于洪水神话。《梅葛》中的洪水泛滥，发生在格滋天神撒三把雪变成三代人之后，而《创世纪》则是在只有神仙没有人烟的洪荒时代。洪水的诱因，《梅葛》是第三代人"心不好"，而《创世纪》则是盘古兄弟受庙中王指点在金沙江钓到了龙王三太子，引得龙王发怒所致。洪水泛滥的后果也不尽相同，《梅葛》是人类再生与繁衍，而《创世纪》则开始造天造地之举。虽说洪水神话在《梅葛》和《创世纪》中差异较大，但《创世纪》中的洪水神话与彝文书籍《唐王书》如出一辙。《唐王书》说，一个算命人给一个渔夫算命后，渔夫每撒一网都能捕到一百斤一千条鱼，天天如此。这事让龙王知道，又去找算命人测算次日是否会下雨。算命人说城中下三点，城外下七点，但次日龙王却反其道而行之，结果造成洪水泛滥，淹死很多人。唐王处死了龙王，龙王到阴间告状，阎王让龙王变成了彩虹。《唐王书》是由古典小说《西游记》改编的，《创世纪》和洪水神话与其相同，应是受汉文化影响的共同结果，以致在某些文化因子方面出现奇妙的巧合。

（3）关于天地及万物起源。《梅葛》是格滋天神派五个儿子造天、四个

---

① 郭思九：《关于〈梅葛〉》，载《金沙江之冬》2002年第4期。
② 李世忠：《老人梅葛》，载《云南省民间集成·姚安县综合类》。
③ 姜荣文：《蜻蛉梅葛》，云南人民出版社1993年版。
④ 楚雄彝族文化研究所编：《彝族民间文学》第二辑。

姑娘造地，《创世纪》则是盘古变天，盘生变地，即有直接和间接之分。但天地形成后，《梅葛》和《创世纪》都有补天缩地的情节。万物的来源，《梅葛》是格滋天神让人类引虎杀死，用虎尸化万物，而《创世纪》则是盘古盘生的化身木十伟化万物。化生万物的物质材料不同，但生成万物的基本事物惊人地相似，如左眼变太阳，右眼变月亮，反映了彝、白民族先民思维认识的一致性。而且，《梅葛》中的虎，其实也是格滋天神的化身，与《创世纪》的木十伟是相通的。

（4）关于人类起源。《梅葛》是格滋天神撒下三把雪变成三代人，洪水之后两兄妹躲在葫芦里获救，后经撮合并神验结婚，九个月后生下个葫芦，从中出来彝、汉、傣、傈僳族等九种民族。《创世纪》是在有了天地万物之后，直接寻找人种，在大理海中找到观音藏人种的金鼓，从中出来两兄妹，经神验后成婚，生下十个儿子繁衍了人类。观音是佛教文化的产物，但葫芦和金鼓都是孕人工具，是母体的象征；两族最初的始祖都是两兄妹，且成婚都经过滚磨盘、烧香等神验，不同的是《梅葛》又借葫芦生人，而《创世纪》则是兄妹直接生人，这应是地域差异和受外来文化影响程度不同形成的，同时也反映了《创世纪》与汉、佛文化的密切关系。

二、《梅葛》与哈尼族创世纪史诗《十二奴局》的比较

《十二奴局》[①] 是一部在哈尼族民间广泛流传的创世史诗，如同《梅葛》一样，它也是由哈尼族长期集体创作，并以传统说唱"哈巴"的传演方式在民间流传，异文文本较多。"奴局"系哈尼语，相当于汉文体中的"篇"、"章"，或汉族曲艺中的曲目，"十二奴局"即十二路歌之意。即是说，史诗的演唱内容大致被划分为"十二奴局"，一奴局之内又包含若干有联系又可以独立存在和演唱内容，也就是哈尼族民间所说"十二奴局，七十二个哈巴"。与《梅葛》相似，《十二奴局》之间没有严格的先后次序，常常是根据不同场合（多为节庆、婚娶、丧葬、祭祀）和需要选唱其中有关的内容，而一些内容有严格的时间、地点限制，如丧葬场合演唱的内容绝对不能用到节庆、婚娶时演唱。

在开天辟地的问题上，《梅葛》直接用五男四女造天造地，驱使蛇和野猪来缩地、拱地，杀虎化生万物。但《十二奴局》造天造地各有其神，造天的神朱比阿龙在属龙的那天造天，造地的神朱比拉沙造地，他们又用天神

---

① 张牛郎、白祖博等演唱，赵官禄、郭纯礼等整理：《十二奴局》，云南人民出版社 1989 年版。

莫米的金耙、银耙和黄牛、水牛，把天地耙平；用金子做太阳，玉石做月亮，银子做星星。这里的"龙"、"黄牛"、"水牛"、"金银"等，都与农耕发展密切关联，说明《梅葛》所反映的开天辟地神话更具原始性，而后来的天上的龙俄求与地上的动物卑甲阿玛为争霸天地而发生云战争，俄求呼出的气变雾，卑甲阿玛呼出的气变成山风，它们的吼声变成雷鸣，汗水成雨点，战刀碰出的火花变闪电。这很有些英雄神话的味道，和《梅葛》的虎尸化万物相比，《十二奴局》很明显已有英雄史诗的萌芽了。

但在人类的起源上，《梅葛》和《十二奴局》都说人是天神造的。《梅葛》是格滋天神撒下三把雪，落地变成三代人，第一代人是独脚人，第二代是巨人，第三代是直眼人，三代人之间没有直接的联系。《十二奴局》是天神莫米派下两个人种，男的叫依沙然哈，女的叫依莫然玛，只有一只独眼，他们成婚生下一个葫芦，划开后出来77种独眼人，天神换了几代人种，长着两只眼睛在膝盖上……天神又换人种，一代又一代，直到生出两只眼睛长在鼻子上部的人。虽然天神一代又一代换人种，但这些人种之间也没有直接的发展递进关系。但由此看来，《梅葛》的人类起源要简单得多，对事物的认识也更模糊。《十二奴局》对人类起源的认识，与流传区域相近的彝族史诗《阿细的先鸡》有许多相近之处，《阿细的先鸡》也有男神女神分别造人，并经历了蚂蚁蚊子、蚂蚱直眼、蟋蟀横眼、筷子横眼等数代人，但各代之间是直接的承继关系，这却是与《十二奴局》不同的。

《梅葛》中的万物，包括草木、鸟兽、庄稼等都是虎尸化物的，这与《十二奴局》有很大差别。《十二奴局》男神、女神，他们不仅生人种，而且撒兽种、鸟种、草种、树种、谷种，各种动物开辟了地界、大路、水沟、田地，又有一些人建寨子、盖房子、燃火种，等等。把万物的起源与人类起源相混在一起，虽然反映了人与自然物同源和人是自然的一部分的观念，但也说明《十二奴局》的原始思维比《梅葛》更为复杂，神与人交织在一起，难以区分。

在洪水神话问题上，《梅葛》中诱发洪水的原因是"第三代人"的"心不好"，因为他们"被看做一种并非人的人类，是一种不完善的人类"①。而《十二奴局》的洪水泛滥却直接与造天造地的不完善有关，因为天地形成后没有柱子撑着，天塌下来，地翻上来，引起了洪水。一个是人为，一个是"天灾"，但两者之间却有相通之处，即天地人类初始的缺陷，即"天意"。但洪水之后的人类再生两者却基本相似，避水工具都是葫芦，洪水遗民都是

---

① 伊藤清司：《中国古代文化与日本》，云南大学出版社1999年版，第289页。

　　两兄妹，都经过山上滚石头、问天神等占卜验婚，只不过《梅葛》中两兄妹生下的是葫芦，而《十二奴局》中两兄妹生下的是人。应该说，洪水神话的基本结构和程式是一致的，有着共同的特征和源流，只不过文化生态环境不同罢了。

　　《十二奴局》的农事与洪水神话有密切关联，洪水把草木五谷种子冲走了，人们祈求天神给种子。天神告诉人们种子被大鱼吃了，于是人们织渔网捕鱼，从鱼肚中取出各种种子。彝族、哈尼族都是山地民族，有悠久的刀耕火种的历史，彝族视荞为五谷之王，因而《梅葛》侧重讲述了荞子的种植，以唤起彝族开始旱作农耕的记忆。哈尼族虽也种植荞、麦等旱地作物，但因自然环境因素，自进入稻作农耕后，旱地作物已不占主导地位，而在其史诗中更注重对五谷来源的追溯，并与稻作农耕的象征物——鱼——联系在一起，这是彝、哈尼民族现实生活在史诗中的不同反映。

　　在《梅葛》的"造物"部分，内容十分广泛，几乎涉及到原始人类生产生活活动的各方面，如"盖房子"、"狩猎与畜牧"、"农事"、"造工具"、"盐"、"蚕丝"等，不仅详述了这些诗的缘由，如盖房子要先撒树种草种，树草长起来后用来盖房子，而且还不厌其烦地讲述了这些活动的艰辛过程，追忆祖先的业绩，如"狩猎"描绘出一幅古代狩猎场面："从山头到山脚，从河头到河尾，追过一山又一山，追过一村又一村，追到大河边。"《十二奴局》也详细地叙述了历法的起源、火的起源、三种能人（头人、贝玛和工匠）、建寨定居、造车赶街、四季生产等，内容各有侧重，但与《梅葛》一样，只要现实生活中存在的，从史诗中就有反映，熔幻想与现实为一炉，集哲理与想象为一体，是历史的产物、劳动的产物、生活的产物。《梅葛》有"婚事和恋歌"，《十二奴局》有"生儿育儿"，内容基本相同，只是名称各异而已。《十二奴局》的"祖先迁徙"、"孝敬父母"等内容，是《梅葛》所没有的，"祖先迁徙"与哈尼族历史的多次民族迁徙有关，是对祖先历史、民族历史的追忆，《梅葛》流传地彝族没有大规模民族迁徙，所以不可能有这样的内容。至于涉及"孝敬父母"的内容，《梅葛》分散在"婚事与恋歌"、"丧葬"等部分，都没有像《十二奴局》单独列章。由此看来，虽然彝、哈尼民族同源同宗，但由于历史演进，地理环境及文化生态等诸多因素的影响，史诗内容根据本族群的历史和生活创造，有同有异，同大于异，还保留从共同母体脱胎的痕迹。这是符合人类文化发展规律的。

三、《梅葛》与拉祜族创世史诗《牡帕密帕》的比较

《牡帕密帕》[①] 是拉祜族创世史诗。主要流传于云南的澜沧、孟连、双江、勐海等地的拉祜族民间。有的地方也叫《勐呆密呆》，意为造天造地。与《梅葛》相似，它是拉祜族"摩八"（巫师）和歌手必须合唱的歌，也是祭祀和逢年过节必唱的歌。同时，《牡帕密帕》和《梅葛》都因流传广泛，文本较多，现在文学读物是根据多种资料本和异文整理而成的。

《牡帕密帕》由三部分组成，即"造天造地"、"造物造人"、"寻找肥沃的土地"，体例上前两部分相当于《梅葛》的"创世"和"造物"，后一部分则主要叙述拉祜族祖先的迁徙史。

《梅葛》和《牡帕密帕》都突出一个造天造地造万物的天神，但相比之下，《梅葛》是间接的，而《牡帕密帕》的天神厄莎却是直接的，属于早期的原始性很强的形象。

"厄莎"在拉祜语中的意思是开朗、顺利、会想办法的人。史诗把厄莎夸张成无所不能的神，同时又是有血有肉的有感情的普通人，即人性化的神。在天地混沌未开之时，厄莎沉思苦想，坐卧不宁。他睡着想，"睡破了九床垫子"。他站着想，"踩坏了九双鞋子"。他呕心沥血，又身体力行。他搓下脚汗、手汗，做了四根柱子和四条大鱼，把柱子支在鱼背上，天地分开了。为了使天稳扎，大地硬扎，厄莎忍痛抽自己的骨头"做天骨地骨，用自己的左眼做太阳，右眼做月亮，拔下自己的头发做太阳、月亮的金针、银针，使太阳的光芒'刺眼又发烫'，使月亮的光华'发光又冰凉'"，等等。而这一切，《梅葛》中的格滋天神是让自己的儿子、姑娘去造天造地，让人杀虎以化万物。厄莎的神性比起部落酋长的格滋来说，相对的神性要多一些。

造人，是创世纪的重要部分。史诗先以浓墨重彩描绘了一幅美丽的大地："花儿遍地开，果子满山结，树木杂草遍地生，百兽满山跑，百鸟齐飞跃"，"山中老鼠叫，坝子小雀闹，河里鱼儿在跳跃"；可惜"就是人声听不到"。这很巧妙地表现了人的诞生是自然发展的趋势。史诗描写厄莎历尽千辛万苦找来装有人种的葫芦，他不仅亲自翻山越岭，而且能评定客观事物的美与丑、勤奋与懒惰，给予奖惩与褒贬，显示了人物的性格和生活的真实。而格滋天神却是撒雪变人，而且对这些人他没有认真筛选，以及前两代人都不能适应自然而灭绝，第三代人也"心不好"而被格滋派发洪水灭掉了，

---

① 扎莫演唱，刘晖豪整理：《牡帕密帕》，云南人民出版社 1979 年版。

厄莎在人类始祖扎笛、娜笛出生之后，像一个老祖母一样抚养他们。教他们怎样取水，教他们语言（也有文字），教他们设陷阱、支扣子打猎、织渔网，教他们盖房子，造农具，种谷子、棉花，还给他们规定了节日等，总之，人类所有的一切都是天神教给的。格滋天神不会烦琐地去做这些事情，他的造天造地及造成物，都是间接地让神或人去做的，他虽然也撒雪造人，但他毕竟是高高在上的天神。

人类的繁衍问题是厄莎最操心的。他让从葫芦里出来的扎笛、娜笛兄妹二人结婚。兄妹说："我们由同一处来，只能成为兄妹，不能成为夫妻。"可天神厄莎却热心极了。扎笛跑到月亮里去躲，娜笛跑到阿多山上藏，两山隔很远，却被厄莎用神法并在一起；扎笛又跑到月亮里去躲，娜笛也跑到太阳里去藏，可厄莎又用迷药使他们回到大地上，并将相思药放到响篾和芦笙上，"扎笛吹芦笙就想起妹妹，娜笛弹响篾就想起哥哥"。于是兄妹俩成婚了。在这一点上，《牡帕密帕》同彝族史诗《梅葛》的内容不一样，有自己的民族特色，《梅葛》是在格滋天神撮合下，通过占卜来决定兄妹结婚的问题，比如用滚簸箕、雄鸟雌鸟飞、公树母树摇、公鸭母鸭游，等等，而《牡帕密帕》是通过相思药来解决，也即是说通过感情的建立来促成他们的结合，这比《梅葛》取决于天神，万般不情愿只好以"哥哥河头洗身子"、"妹妹河尾捧水吃"要文明得多。人类诞生后，一天，大家打到一只豹子，由厄莎天神来给人们分肉，"九百人站成九行，九行分成九个民族"，大伙在烤肉时说出了不同的语言，便分别成为拉祜、佤、哈尼、汉、傣等民族的祖先。《梅葛》中的兄妹生下怪葫芦，天神用金锥锥打开葫芦，从中出来了汉、傣、彝、傈僳、苗、藏、白、回等九个民族。

《牡帕密帕》所涉及的内容十分广泛，如"造农具"、"盖房子"、"农耕生产"、"过年过节"、"种棉花"、"结亲缘"、"药"等，涵盖了《梅葛》的"造物"、"婚事和恋歌"、"丧葬"部分，但《牡帕密帕》所有的造物行为都与厄莎有关联，不仅是厄莎所造，而且由厄莎教给人类，神性与人神交融，厄莎天神形象是一个勇于牺牲、无私忘我的原始时代的艰苦创业的领袖人物，是人类的导师和朋友，在他身上表现出来的更多的是原始的人性而不是神性。人们对厄莎天神的态度是敬而不畏，亲而不疏。《梅葛》中的格滋天神在造物及婚丧活动中，看到的仅仅是神的影子，所有的实践活动都是人类进行，但无形中又受天神的支配，给人一种若即若离、随时操纵人类命运的感觉，人们对格滋只有敬畏而无亲近。

至于《牡帕密帕》的"寻找肥沃的土地"这是由拉祜族自身历史发展中的特殊经历形成的，有自己独特的地域和民族特色，拉祜族祖先由于猎物分配不公而起纷争，导致大迁徙。他们从大理的洗麻塘出发，一路狩猎、放牧，来到缅宁（今临沧）。由于民族战争，他们又向耿马、双江一带迁徙，但追兵不舍，他们通过芭蕉林时，砍倒许多芭蕉做掩护，才得以脱险，这是"梅葛"流传带彝族历史上没有经历过的，《梅葛》中也就不可能吸纳这样的内容，这反映创世史诗是由各民族的历史决定的，而不是任意创造的。

四、《梅葛》与纳西族创世史诗《崇搬图》的比较

纳西族创世史诗《崇搬图》①，题译为"人类迁徙记"，汉译本题为《创世纪》，又译《人类迁徙记》、《人类的来历》和《古事记》等。汉译本全诗长2 000余行。《梅葛》仅在彝族"罗罗颇"、"俚颇"两个支系中流传，没有经籍只有口传，而《崇搬图》在几乎所有的纳西族地区均有流传，包括西部方言区的丽江、香格里拉、维西和东部方言区的宁蒗永宁、盐源、木里等地，既有东巴经又有口诵经，且两种文本内容基本相同，仅在细节上稍有差异。"梅葛"可在彝族重大节庆、婚娶、丧葬及祭祀等场合由毕摩、歌手演唱，但《崇搬图》一般只在纳西族传统"祭天"、祭祖、丧葬仪式中由祭司吟诵。由于彝族原始宗教中祖先崇拜色彩突出，与此相适应，《梅葛》中凡与祖先崇拜关系密切的部分，仍能够以活形态形式留存，而凡与祖先崇拜及遗留的自然崇拜渐进分离了的部分则已不再具有神圣性、权威性的特征而成了只是"讲一讲的故事"或"唱一唱的调子"，成了口头形态的创世史诗。纳西族的《崇搬图》从总体上看还没有衰退至口头形态，因为其赖以存活的文化生态系统和"东巴"还继续大量存在，只有局部地区正从活形态向"死"的口头形态过渡。这就是说，"梅葛"同时在"圣"与"俗"两个领域发挥其社会功能，而《崇搬图》仍保持了传统的"圣"的功能，即表现在祭天、祭祖、丧葬仪式中。

从史诗文本上看，《梅葛》和《崇搬图》由于彝、纳西两个民族历史上的同源、同语源及地理分布上的毗邻而居、交错杂居，从而形成了其大致相同的一般性结构：以天神或始祖创世、创业为中心线索，按顺序分别讲述天地形成、人类起源、早期生活（如狩猎、采集、定居、种植庄稼等）各部分内容。但也由于彝、纳西两族各自的地域环境、经济生活、社会历史、文化的传统等不同，《梅葛》和《崇搬图》的具体内容情节又各有特色，表现出大同中的差异性。

---

① 和发源翻译：《崇搬崇笙》，云南民族出版社 1986 年版；和志武翻译：《人类迁徙记》，载《民间文学》1956 年第 7 期。

　　和南方民族的创世史诗一样,《梅葛》和《崇搬图》在其开头都是关于天地混沌和创世的描写。《梅葛》说:"远古的时候没有天,远古的时候没有地。"《崇搬图》也说:"很古很古的时候,天地混沌未分,东神、色神在布置万物,人类还没有诞生。"天地万物是后来发生、演化的结果。但在宇宙万物的起源上,两史诗却存在着一些差异。从总体上看,《崇搬图》作为纳西人民对世界、对人生的总的看法,其宇宙万物起源观可称之为"物质变化说"。《崇搬图》对天地万物的产生和形成过程作了具体详尽的描述:"天地还未分开,先有了天和地的影子;日月星辰还未出现,先有了日月星辰的影子;山谷水渠还未形成,先有了山谷水渠的影子。三生九,九生万物,万物有'真'有'假',万物有'实'有'虚'。"此后,天地万物就沿着两条线路分化演进:真+实→太阳→绿松石→白气→美妙的声音→善神依格窝格→白蛋→白鸡"恩余恩曼"→九对白蛋→开辟神;假+益→月亮→黑宝石→黑气→噪耳的声音→恶神依古丁那→黑蛋→黑鸡"负金安南"→九种妖魔和九种鬼怪。天神九兄弟开了天,地神七姐妹辟了地。白鸡的煞尾蛋生出牛状怪兽,使天地震晃,阴阳神杀它,以祭天地日月山川石木,所有的人来建造居那若倮神山,撑牢天穹,万物生长了。《崇搬图》的物质变化说实际上融合和涵盖了"神人创生说"、"卵生说"和"阴阳相配繁衍说"。《梅葛》关于天地万物的起源,从总体上看也是一种近似纳西族"物质变化说"的发生、演化观念。"格滋天神要造天;他放下九个金果,变成九个儿子,九个儿子中,五个来造天⋯⋯格滋天神要造地,他放下七个银果,变成七个姑娘。七个姑娘中,四个来造地。"《俚颇古歌》也讲道,神人盘颇安排其儿子造天,安排其女儿造地。这与《崇搬图》的"创生说"是基本一致的。造天造地之后,天地还在摇摆,于是,格滋天神把公鱼捉来撑地角,母鱼捉来撑地边,并引来老虎,杀死老虎化生万物。《梅葛》的"化生说"与《崇搬图》也有相似、相通之处,两者表现出相当强的文化融合功能。

　　但在人类的起源上,《梅葛》与《崇搬图》差异性较大。《梅葛》表现的是天地万物都有,就是没有人。"格滋天神来造人。天上撒下三把雪,落地变成三代人。"这种造人神话,可称之为"神造"说。而《崇搬图》表现的却是"卵生"说。《崇搬图》说:"居那若倮山上,产生了美妙的声音。居那若倮山上,产生了美妙的白气。好声好气相融合,产生了三滴白露水;三滴露水又变化,变成了一个大海。人类之蛋由天下,人类之蛋由地抱,天蛋抱在地海里,大海孵出恨矢恨忍来。恨矢恨忍传后代,一代一代往后传,传到第九代,便是崇忍利恩若,利恩兄弟有五个,利恩姊妹有六人。"《崇搬图》不仅认为天神、地神、开辟神、各种妖魔鬼怪甚至人类都是蛋生的，而且牛也是神鸡恩余恩曼的一对煞尾鸡孵化而来的。《梅葛》和《崇搬图》对人类诞生的不同解释，反映了两民族不同的生命起源观和不同的社会历史发展特点。

在洪水神话问题上，《梅葛》和《崇搬图》也差异较大。关于洪水的起因，《梅葛》认为是直眼睛"这代人的心不好"，这代人种要"换一换"。而《崇搬图》则认为是兄妹乱伦的血缘导致了洪水泛滥。"利恩五兄弟求配偶，可惜无对象可匹配"。利恩五兄弟只好与自己的吉命六姐妹结婚，这种兄妹婚"秽亵了天地日月星辰，天昏地暗，日月失明，男神和女神极其厌恶了"。于是，这些天神决定发洪水荡灭人类。但洪水中避难的内容，《梅葛》和《崇搬图》又基本相似，都说两兄妹或几兄弟中的一个因通过医治天神的某种神物或救治天神派来视察人间的某位神灵等方式向天神显示了善心，所以得到天神的特别指点，得以躲在葫芦、皮囊等物具里，避过了洪水大劫。关于洪水之后繁衍人类的婚姻形式，《梅葛》和《崇搬图》也存在着差异，《梅葛》属于典型的"兄妹配偶型"。洪水过后，人间只剩下兄妹两人，为了使人类免于灭绝，兄妹二人通过滚石磨、滚筛子、雄鸟雌鸟飞等方式最终只好顺天意而成婚以繁衍人类。《崇搬图》则属于"天女婚配型"。洪水过后，人间只剩下崇忍利恩一人寂寞度日，天神子劳阿普之女衬红褒白下凡与崇忍利恩相遇、相爱。他随褒白来到天上，向天神提亲并求取万物种子。天神不同意这门婚事，为阻止他们的结合，天神设置了一道道难关：过刀梯、一天砍完九十九座山的树林、一天烧完九十九山的树、一天播种完九十九山的地、一天拣回九十九片山地的种子、找回被斑鸠和蚂蚁吃去的种子、上山打岩羊、下河捕鱼、用弓箭射斑鸠、用虎皮做衣裳、到虎洞去挤虎奶……在衬红褒白的帮助下，利恩通过了天神所有的考验，终于化险为夷，逼使天神把女儿嫁给了他，并得到植物种子。

关于彝、纳西先民早期生活和各种创造发明，《梅葛》和《崇搬图》作为在神话、传说等基础上形成的一种长篇叙事作品，其内容既有神话的象征层次，同时也有传说的写实成分。一般认为，这些内容可能是留在后人记忆中的远古时代的老人们所讲述过的某些经历，所传授过的某种经验被创世史诗整理者吸收进其中的结果①。《梅葛》作为彝族先民的"根谱"，全面反映了彝族先民的狩猎、畜牧、渔猎、冶炼、刀耕火种、纺织、天文、医学、民俗事象等各方面的生活内容，叙述较为丰富、生动和完整。相比之下，

---

① 刘亚虎：《南方史诗论》，内蒙古大学出版社 1999 年版，第 122 页。

《崇搬图》对纳西族先民早期的社会生活和各种文化发明的反映则没有《梅葛》全面、细致。这些差异可能与《梅葛》和《崇搬图》产生的时代先后有关。李子贤先生认为，创世史诗产生于母权制向父权制过渡的时期①。我认为《梅葛》产生的时代与李先生的观点基本一致，即彝族罗罗颇、俚颇两大支系形成时期，而《崇搬图》定型于公元7至9世纪之间②。因而《梅葛》中人们对口耳相传下来的关于民族先民早期生活和各类文化发明的记忆还较为清晰，而《崇搬图》形成之时，毕竟年代已相当久远，人们对于民族先民的早期生活和各类文化发明的一些具体细致的内容的记忆已变得相对模糊，于是将当时的一些基本的社会观念、一些对万物的基本理解和认识未融入史诗之中，甚至出现天地未开辟之前就有黄金斧、宝石斧这样不合乎逻辑的内容。从而，造成了《梅葛》和《崇搬图》在这一内容上的详略差异。

五、《梅葛》与阿昌族创世史诗《遮帕麻与遮米麻》的比较

《遮帕麻与遮米麻》③是阿昌族目前最完整、篇幅最长的创世史诗，在阿昌族民间影响十分深远。与《梅葛》不同的是，《梅葛》在祭祀、丧葬、婚娶、节庆等场合都可以由毕摩、歌手演唱，而《遮帕麻与遮米麻》既是一部创世史诗，又是一部原始宗教巫师的诵辞，仅限于祭祀祖先和丧葬仪式时延请巫师"活袍"来吟诵。《梅葛》是由多人收集的数个文字资料本整理而成，《遮帕麻与遮米麻》仅是由德宏州梁河县著名"活袍"赵安贤吟唱整理而成，没有其他异文本。史诗全长1 400行，由创世、天公地母传人种、补天治水、妖魔乱世和降妖除魔五部分组成。从史诗的结构来看，《梅葛》较为松散，缺乏连贯性，但涵盖面广，包括了天地形成、人类起源、万物来历、早期生活、文化发明等基本内容，既有神性的内核，又有世俗化的生活。而《遮帕麻与遮米麻》却不同，它有贯穿全诗始终的人物形象和情节主线，情节内容前后紧密相连，且反映基本上都是神性的内容，很少加入世俗化的生活，显得更原始、更具神圣性，但两部史诗在文本结构、艺术特色等方面也表现出相当强的趋同性和相似性。

在创世问题上，两部史诗都认为太古时代，世界混沌不分。但如何造天造地，两部史诗却各有不同。《梅葛》是格滋天神用金果、银果分别变九个

① 李子贤：《探寻一个尚未崩溃的神话王国》，云南人民出版社1991年版，第275页。
② 《中国少数民族民间文学作品选讲》，云南人民出版社1984年版，第18页。
③ 赵安贤演唱，兰克、杨智辉整理：《遮帕麻与遮米麻》，云南人民出版社1983年版。

儿子七个姑娘，让其中的五个儿子造天，四个姑娘造地。由于造天的儿子贪玩把天造小了，造地的姑娘勤劳把地造大了，天神只好请来蛇缩地，野猪来拱地，用松毛、云彩等补地，用鱼撑地，"大地稳实了"，但"天还在摇摆"，于是天神派造天的五兄弟引虎杀死，用虎骨做撑天柱，使"天也稳实了"，并用虎尸化生万物，天地万物终于形成。也就是说，格滋天神借用人造天造地、补天补地，用虎尸化生了世界万物，即宇宙及万物都源于具体的物质，但这一切都又是天神间接地进行的，即次生型的。《遮帕麻与遮米麻》则是由天公遮帕麻和地母遮米麻两个大神自己动手并用自己的躯体直接造天造地，即以自身化生天地。太古时天公遮帕麻和地母遮米麻开始了造天造地的壮举。

　　遮帕麻赤身裸体，只在腰上系着一根神奇的赶山鞭。他先造日月，用泥巴合着银沙造月亮，又用泥巴合着金沙造太阳。为了开天辟地，他用右手扯下左乳房，使之变为太阴山；又用左手扯下右乳房，使之变成太阳山。他迈步踩出一条银河，他跳跃留下一道彩虹，他吐气变做大风、白雾，他流汗化作暴雨、山洪，他挥舞赶山鞭甩出火花一串串；火花飞到云天里，变成星宿亮闪闪。他还在太阳山和太阴山之间种上一棵梭罗树作为天地中央，让太阳和月亮绕着梭罗树旋转，后来又定四极，在东南西北设下四方天神。在遮帕麻造天的时候，遮米麻也开始织地，她摘下喉头当梭子，拔下脸毛织大地，她流下的鲜血变成大海，她织地用的是自己的血肉躯体。天地造好了，"天像一个大锅盖，地像一个大托盘"。由于天小地大，天边罩不住地沿。原来是天公遮帕麻在造天时睡了一觉，把天造小了。地母遮米麻又把地缩小，抽去三根地筋，于是大地起皱折，这样以后地才被天罩住。"化生型"神话在各民族的创世史诗中相当普遍，与汉族盘古神话有相似性，可能是受汉文化影响所致，但对彝、阿昌来说，既有受汉文化影响的因素，也是两个民族间"历史类型学上的相似性"所致，只不过阿昌族还保留着原始型"化生"形态。统而观之，《梅葛》和《遮帕麻与遮米麻》关于天地形成的情节和内容都非常丰富生动，且都包含了彝、阿昌先民的原始朴素的唯物思想，但相比之下，《梅葛》关于宇宙万物起源之情节和内容因融入一些世俗性内容而表现出相对的丰富性和多样性，而《遮帕麻与遮米麻》则原始性较强而表现出相对的单一、简化。

　　创世—人类起源，是创世史诗的一般性结构。《梅葛》和《遮帕麻与遮米麻》的文本结构莫不如此，但两史诗在对人类起源的解释上各有不同。《梅葛》说，天地造成了，万物都有了就是没有人，"格滋天神来造人。天上撒下三把雪，落地变成三代人。"《遮帕麻与遮米麻》说，天上日月同辉，地上鸟语花香，就是没有人烟。遮帕麻提出要和遮米麻合在一起。经过滚磨盘、烟火相交等天意的验证，最终结为夫妻。九年怀胎，九年临产，生下一颗葫芦子，将其种在门旁。九年发芽，九年开花，九年结果，结成一颗磨盘大的葫芦。遮帕麻剖开葫芦，跳出几个小娃娃，便是汉、傣、白、纳西、哈尼、彝、景颇、德昂、阿昌九民族，从此人类繁衍。由此看来两史诗都是神造人，即《梅葛》是天神造人、《遮帕麻与遮米麻》是创造天地万物的神直接来到人间，成为人类的始祖，两史诗对人类起源的不同解释，反映了两个民族不同的生命起源观。但格滋天神的神性不减，而遮帕麻与遮米麻已由造天造地的主宰者演变为受"天意"支配的世俗人，神性逐渐消退，人性逐步增加，而开始露出"人"的成分。

关于洪水神话，《遮帕麻与遮米麻》更为离奇，与《梅葛》差别较大。《梅葛》说诱发洪水的原因是人"心不好"，只有两兄妹得到天神指点躲进葫芦得以获救，洪水后兄妹成婚繁衍人类。《遮帕麻与遮米麻》则说洪水原因是造天造地形成的缺陷，天虽罩住了地，但却没有合拢，于是洪水从天而降。地母遮米麻用原先抽出的三根地筋来补天，缝好东、西、北三边之后，地筋用完了，南边的天无线补，雨还是不停。天公遮帕麻只好带天兵天将到南极补天，他们用木板做框架，用石头垒成墙，筑起南天门。南极有一个美丽贤惠的姑娘叫桑姑尼，她在为天兵天将做菜时放了盐，给将士们增加了力量。后来补天成功，遮帕麻在拉捏旦娶了盐婆桑姑尼为妻。《梅葛》的洪水神话结构比较完整，《遮帕麻与遮米麻》则简单得多，洪水因天公地母造天造地而起，又是他们自己去补天堵洪水，仿佛洪水是针对神而非人类，也没有《梅葛》中人类藏葫芦、成婚生育的情节，最后补天的天公还与盐婆结了婚，虽然有人性闪现，但整个治水过程却是神的活动，创世与洪水紧密联系，神性大于人性，《梅葛》与《遮帕麻与遮米麻》各有其鲜明的民族特色，差异较大。

在"创世"、"人类起源"之后，《梅葛》反映的是彝族先民早期生活和各种发明创造，虽然有一些神话的象征内容，但大多是世俗化生活的描绘。这也与《遮帕麻与遮米麻》差异较大。《遮帕麻与遮米麻》中的"妖魔乱世"及"降妖除魔"实质上还是"创世"、"补天治水"的延续。史诗叙述，遮帕麻走后，乱世魔王腊訇想霸占大地的中央，他射出了一个假太阳牢牢地钉在天上，不会升也不会降，天空好像燃烈火，地面比烧红的锅还烫；腊訇颠倒了阴阳，整个世界一片混乱，山族动物被赶下水，水族动物被赶上山，树木倒着生……遮米麻无法惩治妖魔腊訇，便让水獭猫带信给遮帕麻。遮帕麻得到消息后，辞别桑姑尼，急忙赶了回来。遮帕麻回到故乡，他挥舞赶山鞭向腊訇宣战，又怕伤及无辜和糟蹋田园、庄稼，只好放弃；他又想在河里或山上放毒药毒死腊訇，又怕牵连无辜的生灵，只好佯装和腊訇交友，看准时机再下手。他俩斗争经历了这样几个回合：①斗法。腊訇使桃枝叶蔫花枯，遮帕麻使花枝重吐新芽，枝头再开白花。②斗梦。看谁能做好梦，谁做了好梦谁就是强者。接连赛了两次梦，遮帕麻做的是好梦，腊訇做的是坏梦，他又失败了。最后，遮帕麻在菌子中放了毒药，腊訇吃了菌子被毒死。腊訇死后，遮帕麻挥舞赶山鞭，把被颠倒的世间重新整顿，万物又获得新生，百姓也重新过上了好日子。

怎样理解遮帕麻、遮米麻与腊訇之间的争斗呢？腊訇，实质是给人类带来灾难的形象化自然力，他射出的假太阳实际上是干旱的自然力。进入农耕经济以后，干旱是农业生产的天敌。对于这个威胁人类生存的自然力，有的民族用"天有十日"、"天有九日"来表示，从而产生射日神话。《遮帕麻与遮米麻》中的假太阳情节与其他民族射日神话大相径庭，不是平地里多出了太阳，而是魔鬼想强霸大地中央而制造了假太阳危害人类，他们把干旱想象成魔鬼的有意识地造成，使这场人与自然的斗争也同时包含着社会矛盾的内容，即在表现人与威胁人类的自然力斗争的同时，也表现人与危害人类的人的争斗。这里，遮帕麻和遮米麻，在创天造地时是自然力的象征，或者说是神话了的自然力，而在这场斗争中，已经完全变成人类利益的代表者，他们的活动，与创造天地、补天治水相比较，神的特性已大大减少，有时像神，有时又像人，突出表现的是他们的英雄行为，说明《遮帕麻与遮米麻》已从创世史诗向英雄史诗过渡，与仍然停留在创世史诗阶段的《梅葛》有联系，但区别较大。

总的来说，《梅葛》文本结构较为松散，没有一条贯穿史诗始终的主线，各部分内容是平行的、并列的、缺乏连贯性；《遮帕麻与遮米麻》则有贯穿史诗始终的人物形象（遮帕麻和遮米麻）和情节主线。全诗以始祖英雄遮帕麻和遮米麻的活动为中心，自然形成了"创世"、"天公地母传人种"、"补天治水"、"妖魔乱世"及"降妖除魔"五个部分，各部分之间情节内容紧密相连，情节的展开沿着起源、发生、发展、高潮、结束的顺序进行，一波未平，一波又起，扣人心弦，是一部创世与英雄史诗兼容的作品。这是彝、阿昌两民族创世史诗"同源异流"发展的地域特色和民族特色。

第十章　"梅葛"的绝唱

第一节　走进"后梅葛"时代

从前面的介绍我们知道，"梅葛"流传的地带并非是与世隔绝的。如"梅葛之乡"马游距离坝区不远，与外界的交通较便利。马游受汉文化的影响很深，早在清代就有义学（现为马游小学），村民多受过小学汉文化的教育。20世纪下半叶以来马游发生了巨大的变化，如1958年"大跃进"移风易俗；60年代初朵觋消亡；1966年"文化大革命"破除封建迷信；1979年包产到户；80年代开始加入"民工潮"；90年代改革开放，电视、卡拉OK普及，女性进入民工行列，受过中等以上教育的知识分子外流。在历经这一系列社会变革后，在现代文明如此深入，经济结构急剧变化，传媒日趋多样化的今天，"梅葛"这一古老的史诗仍存活在当地彝族人民的心灵乃至生活之中，这不能不说是一个奇迹。诚然，现今已进入了"后梅葛"时代。

钟敬文先生指出："……民众的文艺创作，跟他们所生产并生活其中的别的许多人文现象（如物质生产、原始科学技术、宗教活动、生活习惯、社会礼仪及各种艺术活动）是直接或间接联系着的。它们具有一定的整体性。"[①] 史诗是从传统社会的民族文化中酝酿、萌生和发展的，史诗的母胎是文化生态系统。文化生态系统是一个复合系统，一为外显部分，包括自然生态系统、经济活动系统、社会组织系统、行为方式系统等，它使史诗具有民族与地域的特点，对史诗的发展有着重要作用；二是内因，包括知识系统、信仰系统、认知系统、传承系统等，核心部分主要是价值观念系统，即人的文化心理结构。在史诗的发展过程中，内因起着决定作用。随着时间的推移，外显部分经常处在变化之中，但内因部分的变化是渐进的，其核心即使有一定的变化，也未产生颠覆性的变化，否则史诗将不复存在。

文化生态系统不仅是一个多重系统，而且具有整体性，各系统之间相互影响，相互关联。从自然生态系统来看，自然生态对人类的体质和心理状态

[①]　钟敬文：《钟敬文民间文学论集》（上），上海文艺出版社1982年版，第9页。

的形成、人口和种族的分布、经济文化的发展进程等有着十分重大的影响。长期以来生活于不同的自然环境中的民族形成不同的思维方式及认识事物、表现事物的方法。西南少数民族多居住于山区，历史上长期从事农业耕作，环境相对封闭，生产相对落后，对大自然的依赖突出，神话色彩浓厚，巫风炽盛。自然环境对其信仰系统的构成有重要影响。一些具有超常能力的动植物成为崇拜的对象进入信仰之中。据史料记载，古代金沙江两岸栖息着猛虎、黑熊、巨蛇、猴子等动物，这些动物与彝族古代原始狩猎生活联系紧密，对动物的崇拜、畏惧等自然就反映到史诗中，成为"梅葛"中虎化生万物、熊传递天灾信息、猴变人等的渊数。马缨花在山区移目可及，它不择土壤，开放时盛艳繁荣，无怪乎成为"梅葛"中自然崇拜和祖先崇拜的对象。赋、比、兴是史诗吟诵的重要程式，约定俗成的东西、共同接触的自然物、自然现象被纳入人的认识中，通过直陈其事、指物托事、以物引事，生动地表达了人类解释和应对自然的经验，反映了原始先民关于自然生态的丰富的知识，和置身其中的和谐与自由，并使史诗显示出绚丽灵动的表现力和独特的地域色彩。如造天的材料，寻找人种时动植物的作用等，同是"梅葛"，却各具特点。而生态环境一旦发生变化，原来指陈的对象渐渐消失或稀少，可能导致史诗内容和表达方式的变化。随着时代的发展，外来文化、现代事物不断进入史诗，如马游人盖房时举行的上梁仪式中，由王母娘娘的点金鸡，唱到录音机、电视机、影碟机、收音机，到山旮旯机（即指汽车），史诗变得直白、平庸，失去幻想与自然天成的和谐性。史诗展演的环境的变化也是影响史诗发展的一个原因。在原始的自然环境中，厚韧的树叶被吹出清远之音，风吹竹笛亦会有天籁流泻。而现在，田间地头绿树掩映中的浅唱低吟、黄绿杂糅的树丛之中的轻声倾诉、隔山渡水的高亢辽远的过山调、林木苍苍围合的草坡上熊熊篝火边"作相伙"时的通宵歌咏，都难以为继。

自然生态系统的变化还将影响到经济形态的变化。彝族多居住于高寒山区或半山区，以旱作和畜牧为主，荞神、羊神成为生活中祭祀的重要对象。在婚礼上，教亲调——历数各月的农事，正是旱地作物的播种收获过程的写照，而一年一度的出羊、羊神节曾经是彝族生活中重要的节日。经济人类学认为，信神时代认为神可以为生命提供保障，为生活提供一个保护区，神的作用是至高无上的；而当人们不再信神时，经济则成为考量的重要因素。随着经济形态的多样化，传统文化中所信仰和依赖的神祇的功能逐渐淡化。如在马游，现已不再"出羊"（野外放羊的一种放牧方式），因而与之相连的祭祀仪礼和信仰也渐渐消亡。再如葬礼，以前彝族认为没有祭司主持仪式指路和安魂，人死了肯定不能送走。因而即便是倾家荡产也要做得十分完善。

而现在则可因经济或其他原因简化。马游人指出，"大跃进"及"文化大革命"时，移风易俗的宣传，对唱"梅葛"、打跳、吹芦笙的禁止，都没有使"梅葛"绝迹，反而是市场经济对"梅葛"的冲击最大。可见经济活动系统在文化生态系统中的重要地位。

"后梅葛"时代的知识系统也发生了较大的变化。知识系统即民众的知识总汇。原始氏族社会基本上处于封闭状态，信仰、生活、文化等全部知识系统仰仗史诗；社会的重要理念和理想都表现在神话、传说及对巫术的崇拜之中。作为没有文字的传统社会，作为在这一社会形态下过着群体生活的人，口传史诗所表达和所隐喻的最基本最主要的内涵，是他们整个生命及全部生活中不可缺少的。正如英国学者麦克格雷所说："群体传统被记载在诗歌或韵文之中，神话与传奇被当做群体的百科全书。"[1] 马游人指出，"世间书有十二本，'梅葛'有十三本"，认为"梅葛"包容万事万物，成为知识的源头，一些民俗的由来与"梅葛"有密切关系，"梅葛"成为活生生的历史教科书。在口语交流时期形成的传统，常常成为其他万事万物的准则，不具备文字社会多元化的张力。到了现代文明长驱直入的今天，以电子设备作为媒介的传播环节与日俱增。当文化由口传转到电子传播时，主体与世界的关系也就被重新构型，新的信息源、新的信息内容，新的语言经验，带来了新的知识体系。同时，人们的认知系统也会发生强烈的变化。史诗中认知事物的神话思维模式与现代思维模式大相径庭，特定原始宗教、原始思维心理孕育所出的崇拜形式、神话结构、符号体系在今天受到现代文化洗礼的人们心中难以得到认同和理解。

史诗的传承系统同样遭遇危机。传承需要若干条件，传承场同时是文化积淀场，是经典、祭司、听众在共同知识系统和信仰系统中的互动，其功能不仅是教和背，而是使听众学会如何与神打交道，怎样用祭辞化解所面临的问题。随着社会的进步，尤其是中华人民共和国成立后，彝族社会经济发展很快，文化科学进步大，神灵观念的社会基础和认识根源逐渐消失，史诗所依托的信仰系统产生了动摇，传承主体毕摩的职能逐步走向衰落。在口传文化时代，社会阶层的划分取决于那些面对面交流中占有一定权势、地位的人，他们可以利用丰富的语言、强有力的表达与约束力来控制特定的群体，而现代环境中，毕摩的作用更多的是惯性与定势使然。

因此，文化生态系统的变化将导致文化的变迁，传统的变异。"阿细的先鸡"就是一个典型的案例。曾参加"阿细的先鸡"搜集工作的傅光宇指

---

① [英] 麦克格雷：《信息环境的演变》，书目文献出版社 1988 年版。

出，其整理本中被神造出的男人和女人的名字为阿米达和野娃，正是受了
《圣经》的影响。法国天主教传教士邓铭德于光绪年间曾在西山一区一带传
教，建教堂和办教会小学，因而西山一区传唱的"阿细的先鸡"中有与
《圣经》类似的人类始祖名字，及用男人肋骨造女人的情节。邓铭德也曾在
路南一带彝区传教，这就是为什么在光未然的本子里有取男人肋骨造女人的
情节。而西山二区没有受到天主教的影响，因而罗多寨歌手潘兴正的演唱
中，造人一节只提到男神阿惹和女神阿灭在红土山红土桌子上造男人，在黄
土山顶黄土桌子上造姑娘。① 再如，巴厘岛这个人类学家曾经的天堂，在现
代文化冲击下，丰富的传统文化已被污染和部分瓦解。从1920年首批旅游
者到达以来，巴厘人试图将传统舞蹈表演转换成娱乐，一些舞蹈是将传统的
戏剧性的舞蹈转换成独舞，一些是专为旅游者设计的舞蹈，一些则是庭舞的
简化或缩节，这些舞蹈，现在已经严格地标准化，被视为"传统的""le-
gong"舞。采取断裂、移植、重组、变形等方式对传统展演进行处理以满足
旅游的需要而成的新舞蹈，反过来替代了传统舞蹈本身。20世纪60年代，
在巴厘海岸旅馆决定公开表演它的"legong"舞并伴以一个虔诚的寺庙舞蹈
"pente"，以使旅游者得到和神同样的款待。这一行为引起了骚动，最后，
人们编出新的舞蹈以平息了这场争辩。这个舞蹈称为"Panyembrama"（献
给客人）或者"Selamat Datang"（欢迎舞），用以取代旅游节目表演一开始
时序幕部分的"pendet"。后来，这一旅游版本的寺庙舞蹈由舞蹈者从学校
中学习后返回到寺庙进行演出，取代了传统的在寺庙节庆中所用的"pend-
et"。对于表演者来说，"Panyembrama"也已经是巴厘人的传统。② 可见，
随着外来文化的冲击，新的观念逐步取代传统观念，传统将被变形、置换。

米德在《文化与承诺》中指出，文化的发展有三个时期：前喻文化、
并喻文化、后喻文化，在现代社会，新思想新观念带来新的机遇和经济发
展。年轻人对先进文化先进观念的吸收快，逐步成为社会主流，价值的多元
化、个性化特点已日渐突出。现在已进入并喻文化乃至后喻文化的过渡期的
"后梅葛"时代。但文化生态系统是否就成为与传统决裂的全新的系统呢？

前面我们谈到，文化生态系统的核心是价值系统，如果核心变化，可能
导致传统文化的消亡。以"梅葛"的流传地马游为例，民俗事象的留存、

---

① 傅光宇：《〈圣经〉与〈阿细的先鸡〉》，见李子贤主编《多元文化与民族文学——中国西
南少数民族文学的比较研究》，云南教育出版社2001年版，第322～323页。

② A Global Village? 见 Grant Evans, Asia's cultural mosaic: an anthropological introduction, Pren-
tice Hall, 1993, p. 371～372。

对人生礼仪的重视、祭祀与节庆的存在、对古老记忆的认同等，这些"梅葛"存活的先决条件仍然得以保存。在马游，中、老年人对"梅葛"十分尊重，即使是对"梅葛"中明显不符合现代思维的内容也并没有摒弃，普遍的态度是："老辈子就这么说的，对不对我们也说不好。"诚然，他们对"梅葛"未来有很深的忧虑。一些老人常自发地聚集在火塘边回忆、演唱"梅葛"，希望能唱得更完全。而年青一代，虽然不完全认同"梅葛"，至少心存敬畏，在自觉不自觉中，仍受其规范。

再如流传于路南、弥勒西山区等地的《阿细的先鸡》，一般由男女对唱，一问一答，互相迎合，不仅要掌握史诗和情歌的基本内容，而且要熟悉阿细人自己的日常生活和风俗习惯。熟练的歌手称为"先基编人"或"先基编边人"，以前，公房、跳月、年节、摔跤、赶场、婚礼等场合都是对唱的时机。20世纪40年代，光未然徒步从路南到西山的凤凰、土木基、可邑一带，搜集并整理出版了《阿细的先鸡》，其后记中提到，年轻人多已不会唱先基。但是，直到六十年后的今天，在弥勒西山区，仍有四五个人会唱"阿细的先鸡"，毕摩、密苏还在，阿细跳月还有，公房遗址还在，传统的节庆如摔跤、三月三祭龙潭、四月十二密枝节、六月二十四火把节、七月杀牛吃等仍是彝族人民生活的重要内容。此地早在19世纪末期就有天主教进入，该教至今仍有影响。20世纪初就办有义学，辛亥革命后，设有国立小学。20世纪80年代开始香港商人还设有基金会，并组织有台港澳青年服务团的资助、扶贫、教育。在外来文化渗透如此强烈的地区，尽管史诗的内容可能会如上文所说的产生一定的变异，民俗文化可能会产生一定的丢失或变形，但其传统文化仍在较大程度上得以保留，正是因为其传统文化的核心部分仍然存活。

民族文化传统以集体表象的形式显现一个民族的世世代代积累起来的经验、知识系统，是许多习俗规范的渊薮和依据，在长期的发展过程中，积累起了自身的惰性和惯性势能，形成了较为恒定的民族心理积淀。史诗以一整套自足的存在方式渗透在生活中，成为民族文化传统一个组成部分。长年生活其中的人不能不受到它潜移默化的影响。

或许随着时间的推移，社会的变化，史诗由语言构筑的世界及其潜藏的观念、态度、意识形态等，与人们实际生活的时空的差距越来越大，可能变成一个与现实不同步的独立语域。但史诗的根还在，魅力依旧，在广大民众中挥之不去的情结仍在。在马游及大姚等县的一些地方，尽管"梅葛"从神圣性不断向世俗化、生活化转变，但核心"梅葛"未完全转化，"梅葛"得以较多的保存，正是因为其价值系统的核心部分仍然存在。随着社会的变革，观念的变化，"梅葛"的文化生态系统发生了巨大的变化，人们对待"梅葛"的态度也经历了从最初一致完全认同到部分不信，到全然不信，到把它视为宝贝不能丢的心路历程，没有改变的是对"梅葛"的极为强烈的自豪感。这种仍存乎于心的民族自觉，是现代化进程中激活传统文化，保存"梅葛"的前提。在民族认同的坐标体系上，还有很多传统潜藏于心，这些传统一旦被激发，就能促进对传统文化进行建设性的保护。

第二节 "后梅葛时代文化"传统文化的自我保护机制

从系统论的观点看，一个系统如果不断地同外界进行物质、能量和信息的交换，就是一个开放系统。在开放系统中，如果它所获得的能量能抵消其熵增，则系统具有自组织能力。同样，要使文化具有自组织性，不是使其封闭起来——冻封式的保存得到的只是一个逐步僵化的标本——而应使之在不断发展中调适，以适应新的环境，达到传统文化的可持续发展。在现代化和全球化的进程中，对于土著文化而言，健全文化自我保护机制是一个十分重要的问题。而这种自我保护不是封闭，而是调适，在传统文化同与外来文化进行协调的过程中，丰富自我，发展自我，而不失自我。这也许是可以解释在原本保存"梅葛"较原始较完整的直苴和县华地区反而在近半个世纪消失更快的一个重要原因。"梅葛"在马游的世俗化过程，就是适时调适其内在内涵和外在功能的过程。而前者，因与环境变化调适能力差，传承链就更脆弱，对传承者有决定性的依赖。

目前，我国的少数民族都面临都市化、工业化和大众传播的影响，在这种背景下，以民族自豪感、民族认同感作为内趋力，以文化建设带动经济发展的文化回归现象十分普遍，有的少数民族文化表现出明显的复兴能力。这些现象有力地说明，保护传统文化并非停滞或倒退，人类文化总是处在变化之中的，有时是由外力，而更主要的是由内在动力推动其发展。靠封闭来保护民族文化是不现实的，没有人能拒绝现代文明的进入。只有当人们意识到传统文化带来的巨大价值，进而理解、珍惜并自觉地保护其传统文化，从而推动文化和经济相辅相成的发展，珍贵的民族文化遗产才能真正得到保护和发扬。

在现代文明中，经济发展成为推动文化建设的一个重要因素，一些传统习俗作为独特的人文旅游资源得到恢复、开发和发扬光大，大型的民俗活动被有组织地举办，一些民俗展演还根据需要发生了时空位移。这些活动的举办一方面是利益的驱动，但更多的是对传统文化的回归，在不违背发展甚至可以促进发展的前提下，民族认同和自豪感得以加强，民族文化的本土性、原生性得到了更多的强调。因此，只要传统的文化心理仍然存在，只要是各民族自己真实的选择，对传统文化进行调运同样也是一种有效的文化自我保护。

以巴厘岛的舞蹈为例，与现代艺术相反，巴厘的舞蹈是与社会活动融为一体的，进而是和传统的对待舞蹈的态度和心理相连的。Picard 的研究表明，巴厘人相信在表演中，会有神圣的听众出现，而如果对旅游者表演，则会有亵渎神灵的危险，因此，他们把为本地人和对旅游者的表演分开，以解决这个问题。巴厘政府早在 20 世纪 70 年代，就试图依据传统因素，区分神圣的和渎神的舞蹈。如"wali"（圣舞）是专门用于寺庙的，而"bebali"（庆祝舞）就不必限制只在寺庙，等。问题是演出者很难区分这些舞蹈，因而被进一步明确，凡是跳"wali"要求舞蹈者及其相应的设备和服饰要通过献祭，如果没有献祭，则跳"wali"也不是神圣的。但是，一些演出者为了保证他们的演出生动而获得成功，在旅游表演时同样也献祭。由于这样做会导致有魔力的效果，因而有一定的危险性，故而需要有"救赎性的献祭"的仪式来提防这种后果。因此，在巴厘人那里，并不担心会混淆神圣和渎神，或者区分仪式和娱乐。简言之，当地方当局致力于世界的非魔力部分时，舞蹈者仍然沉浸在完全的富有魔力的世界里。因此，作为文化旅游的后果，巴厘的传统文化面临巨大的变化，但旅游者所闻所见的，是作为确定什么是他们自己生活中最重要的东西而被巴厘人自己接受的。①

同样的例子可以从日本社会中对传统文化的尊重和顺时而变并存的态度中看到。关键在存于心，而不在于形式的变化，即使是时空位移的民俗表演，也有其真实性的选择，而这选择中同样体现其内心的认同，一种主动的保护。东巴文化打破其传统的传承形式以办传习班的形式进行普及式教育，这也是自我保护的有效形式，但是，正如一位老东巴所指出的，如果把东巴经当做发财经来念，东巴文化也就死亡了。

然而，传统文化的保护不仅仅是心理、情感、价值取向，还有与文化生态系统相协调的问题，传统文化只能在其相应的文化生态系统中发展，而不能作为标本截取后独立培养。1997 年，中央乐团作曲家田丰在昆明郊区一个废弃的农场创办了"云南民族传习馆"，将在云南寻访到的民间艺人和有

---

① *A Global Village?* 见 *Grant Evans, Asia's cultural mosaic: an anthropological introduction*, Prentice Hall, 1993, p. 372～374。

歌舞天分的孩子数十人集中在封闭的环境中进行"原汁原味"的艺术传习。但是，这种脱离了环境的传习最终难以为继。可见传统文化的回归是一个系统工程，而不是单一的民俗或民族文化事象的表演、复原或抢救。云南省1998年开始启动"民族文化生态村"工程，选择有典型代表性的自然村或是生态环境片区，进行整体的保护和建设，采取文化保护与利用并重的理念和方式，是一种"在水里看活鱼"的民族民间文化保护形态。它实行原生地保护，激发村民自觉自愿地起来保护和传承本民族的优秀文化，强调优秀传统与现代文明的结合，重视发展经济、消除贫困，实现社会、经济、文化的和谐与可持续发展，从而增强村民对本民族文化的认同感和归宿感，增加民族自信心和自豪感，取得了较好的效果。如弥勒西山区的可邑村，在进行生态村建设后，逐步恢复传统习俗，如驱火妖仪式，尽管是失传多年后，从邻村学习来的仪式，但在仪式过程中，参与者与观看者都并没有表演、嬉戏的成分，而是全神贯注地真实地体验仪式本身。该仪式已融入其年中行事中的重要组成部分，成为新的传统。

"梅葛"的价值在社会转型的今天得到重新重视，关键在于人的价值取向。在历史的发展过程中，人们的心态、信仰在变化，但至今不变的是当地对"梅葛"的挚爱。目前，在"梅葛"流传地，村干部、乡干部对"梅葛"十分重视，并期望通过春节联欢晚会、"梅葛节"等恢复"梅葛"的生机，并带来一定的经济、社会效益。各家办喜事由村公所组织人去打跳，以期恢复传统。在马游的大村，一些老人自发地在火塘边学唱"梅葛"，聆听以前由左门的朵觋演唱的祭祀经的录音（1998年录制），乡文化站的工作人员连夜抄录课题组带来的"梅葛"整理本，认为唤起了很多过去听过的东西。"梅葛文化节"的举办、"梅葛文化站"的建立，不仅仅是为了为旅游经济搭建舞台的需要，更重要的是："梅葛"至今仍是活在人们心中，与人们血肉相连，割舍不下，丢弃不掉的传统之象征。

第三节 我们还要"梅葛"吗？

我们还要"梅葛"吗？我们要怎样的"梅葛"？这一系列的问题事实上是对待传统文化的基本态度和措施的问题。

首先，我们要回答在现代文明中，我们为什么要民族民间传统文化？

在传统的农业社会向现代的工业化社会的转型期，由于工业化和城市化的加速，人们原始的生产生活方式正在迅速瓦解与消亡，民族民间文化赖以生存的文化生态环境不同程度地遭到破坏。科技的发展和生产力的提高，文化传媒的日新月异，文化产业的规模化运作，使民族民间文化面临着前所未有的破坏和流失，一些传统习俗发生变化，许多文化记忆渐趋淡化，少数民族及其文化、宗教、语言、艺术等在全球化浪潮中面临灭顶之灾。日本学者曾指出，全球经济一体化、共同的语言、互联网把全球紧紧地捆绑在一起，在全球一体化的进程中，很多弱小民族、弱势的文化，在强势文化冲击之下，会出现一种"残雪"的现象。就像雪融化的过程一样，在现代化的进程里面，可能会出现几个层次，比如4 000人的独龙族、7 000人的赫哲族，这样的民族文化特点首先消逝，然后是几万人的，几十万人的。据日本的一项人类学的最新统计数字：到本世纪末，不足四千万的民族，都不再有可能构成独立的文化共同体了。联合国教科文组织国际专家小组的报告《多种文化的星球》中曾经中肯地指出："一种文化被另一种文化所摧毁，正如一个现存物种的消失一样，是令人不快的。"

面对这样一个民族文化逐渐淡化的过程，重新审视民族文化在保护文化多样性中的作用是十分必要的。民族民间传统文化是民族世代相传的文化财富，也是发展先进文化的精神资源与民族根基，是民族生存和发展的内在动力。以史诗为例，史诗以百科全书式的角度力求全面反映该民族特定的历史背景中民族文化的形成与发展历程，涉及民族的社会经济生活、宗教体系、婚姻道德乃至文化心理结构等方方面面。史诗无论是在想象层面、文字表征层面，还是在文化表征层面，都留下了丰富的内涵，体现了该民族独特的世界观以及对自然、人类、社会的独到的领悟能力和审美经验，体现出作为该民族的唯一性、特殊性、地方性、本原性的个性特征，是民族认同的重要依据，成为一个民族的根谱。弗莱指出："植根于某一特定社会的神话体系及时地留下了该社会成员所共有的幻想和语言经验的遗产，因而，神话系统有助于创造一种文化史。"[①] 史诗及其所包含的神话思维，有利于人们复归失落已久的诗性智慧的美妙世界，恢复人与自然万物之间和谐的关系，从而滋养灵魂，获得心灵的力量。荣格指出："原始人的智慧并不制造神话，而是体验神话。神话是前意识心理的原始启示，是关于无意识心理事件的不自主的陈述以及除了物质过程的寓言之外的其他一切……它们不仅代表而且确实是原始氏族的心理生活。这种原始氏族失去了它的神话遗产就会像一个失去了灵魂的人那样立即粉碎灭亡。一个氏族的神话即是这个氏族活的宗教。失掉了神

① ［加拿大］弗莱：《伟大的编码》见叶舒宪主编《神话—原型批评》，陕西师范大学出版社1987年版，第391页。

话，不论在哪里，即使在文明社会中，也总是一场道德灾难。"① 保护民族民间传统文化，其实是在保护民族发展的最初根源与面向未来的可持续性。

民族民间文化不仅是各民族赖以绵延发展、增加凝聚力的纽带，是一个社会协调发展和可持续发展的重要因素，也是世界文化多样性的保障。联合国教科文组织第31届大会通过的《联合国教科文组织世界文化多样性宣言》指出："文化在不同的时代和不同的地方具有各种不同的表现形式。文化多样性对人类来讲就像生物多样性对维持生物平衡那样必不可少，从这个意义上说，文化多样性是人类的共同遗产，应当从当代人和子孙后代的利益考虑予以承认和肯定。""文化多样性是发展的动力之一，它不仅是促进经济增长的因素，而且还是个人和群体享有更加令人满意的智力、情感和道德精神生活的手段。捍卫文化的多样性与尊重人的尊严是密不可分的。每个人都有权利用自己选择的语言，特别是用自己的母语来表达思想，进行创作和传播自己的作品。"由此可见，我们需要"梅葛"是多样和谐与持续发展的必然选择。

我们要怎样的"梅葛"？这涉及我们怎样保护民族民间文化的问题。是将存在几千年上万年的文化作为一种固态形式记录下来，存入光盘、放入图书馆、博物馆里，成为死的文本；还是把它提升出来，激活其发展机制，让它继续存活在现代社会中，并与现代文明和谐发展？

为了应对民族民间文化遗产濒危的紧急现状，世界知识产权组织和联合国教科文组织等国际组织为保护民族民间文化作出了许多不懈的努力。以与史诗相关的口头文化的保护为例，继1989年的《保护民间口头传承建议书》、1997年《人类口头及无形文化遗产代表作宣言》、2000年6月在巴黎举办的重点探讨经济全球化对文化领域影响的首届国际文化节上通过的《文化性和文化多样性权利宪章》、2001年的《世界文化多样性宣言》和2002年的《伊斯坦布尔宣言》之后，联合国教科文组织为切实保护无形文化遗产与人类文化的多样性提供法律性条款，2003年10月17日，联合国教科文组织在第32届大会闭幕前通过了《保护非物质文化遗产国际公约》。② 对口头传统、表演艺术、社会风俗、仪式仪礼、节日活动、民间知识、手工技艺等非物质文化遗产的保护作出了必要规定。

根据联合国教科文组织在《公约》中发布的最新定义，非物质文化遗产又称口头或无形遗产，是指"被各群体、团体、有时为个人视为其文化

① ［瑞士］荣格：《集体无意识和原型》，载庄锡昌等主编《多维视野中的文化理论》，浙江人民出版社1987年版，第322页。
② 联合国教科文组织官方网站正式公布的中文版《公约》。

遗产的各种实践、表演、表现形式、知识和技能及其有关的工具、实物、工艺品和文化场所。各个群体和团体随着其所处环境、与自然界的相互关系和历史条件的变化不断使这种代代相传的非物质文化遗产得到创新，同时使他们自己具有一种认同感和历史感，从而促进了文化多样性和人类的创造力"。《公约》从概念框架上对此定义作了具体的说明，指出"非物质文化遗产"包括以下五个方面：①口头传说和表述，包括作为非物质文化遗产媒介的语言；②表演艺术；③社会风俗、礼仪、节庆；④有关自然界和宇宙的知识和实践；⑤传统的手工艺技能。进而指出"保护"非物质文化遗产是指"采取措施，确保非物质文化遗产的生命力，包括这种遗产各个方面的确认、立档、研究、保存、保护、宣传、弘扬、传承（主要通过正规和非正规教育）和振兴"。公约的提出为全世界范围内保护传统文化提供了整体框架和协作的平台。

保护不同民族、地域的传统文化，维护世界文化的多样性，已成为国际关注的问题。丹麦、罗马尼亚、俄罗斯等国家采取各种措施，搜集、记录和整理民间文学艺术，并建立专门机构开展研究；日本、韩国等国家专门制定了文化遗产保护法，通过开展民俗文化遗财产调查、认定重要无形文化遗产的保持者或保持团体、资助民俗文化遗产的传承等方式，促进民族民间文化的弘扬；法国于20世纪60年代开展了民间文化遗产的国家性抢救工程，对文化遗产进行"总普查"。

我国也十分重视民族民间文化的保护，以口头文化遗产的保护为例，中华人民共和国成立以来，国家设立了许多研究机构，并组织力量对民族民间的音乐、戏曲、文学等进行收集、整理和研究。从20世纪50年代末开始，由党和政府倡导，对于少数民族民间文学进行了大规模的采集，保存了大批的民间文学精品，《梅葛》、《阿细的先鸡》、《勒俄特依》、《查姆》等史诗的资料成为不可多得的、珍贵的少数民族文化遗产。尽管整理的方法和观点从今天的角度来看不够科学，但其抢救的及时性和资料的丰富性是至今难以企及的。改革开放以来，我国政府在全国范围内开展了浩大的民族民间文艺十大集成编撰、出版工作，在全国范围内对民间文学进行了有组织、有层次、有计划的搜集、整理、传播。然而，半个多世纪以来，由数以万计的民间文艺工作者用文字或者用磁带记录下来并加以汉译、整理而成的文本，却已很难再返回到民间，更难以阻挡其逐步式微乃至悄然消失的步伐。

进入新的世纪，民间文化的保护更加具有规范性和系统性。党的十六大报告提出了"扶持对重要文化遗产和优秀民间艺术的保护工作"，民族民间文化保护工作已经成为党和政府的自觉意识。文化部于2002年8月向全国人大教科文卫委员会提交了《中华人民共和国民族民间传统文化保护法（建议稿）》。全国人大教科文卫委员会在这一基础上正在加紧开展立法起草工作。这项立法主要将非物质文化遗产纳入法律的保护范围，为优秀的民族民间传统文化遗产的保护提供法律机制和保证，对于继承和弘扬中华民族优秀文化传统，促进社会主义物质文明和精神文明建设具有重要意义。2003年年初文化部联合有关部门启动了"中国民族民间传统文化保护工程"。这项工程计划通过 17 年的建设，初步建立起比较完备的中国民族民间文化保护制度和保护体系，在全社会形成自觉保护民族民间文化的意识，使我国优秀的民族民间文化得到有效保护，实现民族民间文化保护工作的科学化、规范化、法制化、网络化。云南省是这一工程中列入首批十个民族民间文化保护工程试点之一。

有着多姿多彩、特色鲜明的民族民间文化的云南省十分重视民族民间文化的保护工作，1997 年云南在国内率先开展了民族民间美术及艺人调查命名工作。2000 年 5 月，云南省颁布了我国第一部专门保护民族民间文化的地方性法规《云南省民族民间传统文化保护条例》。条例指出：民族民间传统文化保护工作，实行"保护为主、抢救第一、政府主导、社会参与"的方针。提出各级人民政府应当加强对本行政区域内民族民间传统文化保护工作的领导，并且将其纳入本地区国民经济和社会发展的中长期规划和年度计划；鼓励和支持各民族公民开展健康有益的民族民间传统文化活动；鼓励民族和文化艺术研究机构，其他学术团体、单位和个人从事民族民间传统文化的考察、收集、整理与研究。保护研究成果，提倡资源共享；鼓励开展民族民间传统文化的交流与合作。条例提出，从事民族民间传统文化考察与研究，应当注重对原生形态民族民间传统文化项目的保护与抢救，并且做到准确、科学。并对民族民间传统文化研究人才的培养，征集、收藏、研究、展示、整理、保存本地区的民族民间传统文化资料，命名云南省民族民间传统文化传承人、云南省民族民间传统文化之乡、设立云南省民族传统文化保护区等保护方法和措施提出了具体要求。2003 年 8 月，云南省在国内率先依法对全省民族民间传统文化进行科学、规范的普查，普查范围主要是民族传统文化保护区、民族民间艺术之乡、民族民间传统文化传承人、民族民间传统文化濒危项目。此外，不少地方还建立了专门的民族文化研究所（室）及民族博物馆或民俗博物馆、民族文化生态博物馆等。

目前，传统民间文化资源以前所未有的速度在消亡。独特的语言、文字和习俗；具有历史、科学和文化价值的村落、村寨、民居建筑群；依靠口头和行为传承的各种技艺、习俗、礼仪等，都具有唯一性和生存的脆弱性，正在由于传承场的不断失去、传承范围的缩小、传承人的逝去而难以为继，甚至因为文化生态系统的变化而被漠视、曲解和抛弃。因此，民族民间文化的保护迫在眉睫。这一工作是一个系统工程，需要政府主导、社会参与、民众自觉相结合，研究者、被研究者进行互动，个案与其后的文化生态系统相协调的整体规划、协同运作。从保护传统文化到振兴文化资源，从保存传统文化到进行文化提升，还有一段漫长的路要走，但重要的是，不能忽视其主体——民众的文化心理，只有尊重其文化传承的自发性、自主性和文化个性，才能使传统文化在现代文明中真正地存活。

对于"梅葛"，我们要做的还很多：

●建立包括激励机制、教育机制、管理机制在内的"梅葛"自我传习机制。

●形成"梅葛"发展的软环境。包括民俗、民心、民情、民俗事象的保护，发掘潜藏的古老记忆，激活世代相传的内在情感，增进民众自豪感、认同感。

●彰显"梅葛"的艺术魅力。

●注意"梅葛"的原生态保护，做好自然环境、文化环境、经济环境的协调发展，忌拜金、忌媚俗、忌短见。

●做好"梅葛"文化带周边地区"梅葛"的联动与辐射。

在马游调查的时候，笔者站在高头山上俯瞰，在莽莽群山之中的马游，屋舍俨然，绿树丛丛，炊烟淡绕，仿佛是一方被小心呵护的盆景。山脚下的马游水库一分为三，各显其绝。最小的一部分是马游乡的水源，深沉蕴藉，碧如翠玉。马游独特的文化景观和人文传统仿佛它一样，有着养在深闺人未识的恬静安然，和天生丽质难自弃的潜质。另外两个部分，一者清丽明净，波光潋滟。而另一部分则浑如土色，雄奇深厚。二者仅得一堤之隔，清者自清，浊者自浊，而血脉相通。我们期待着少数民族文化中，同样存在这样的二元性，民族语与汉语、汉文化和民族文化、传统文化与现代文明、回溯取向与时尚取向，均并行不悖，相生相发。因为，只有在多姿多彩、和谐发展的文化生态系统中，才能有自然天成的"梅葛"延绵不绝的天籁。

附录一："梅葛"（2001 年新收集）

郭有宗、罗正贵、罗文富、自有成、
自文珍、郭有珍等演唱　郭有宗、自万清翻译
杨甫旺记录

第一篇　创世纪

（一）造天造地

远古的时候，　　　　　　抬头不见天，

提脚不踩地。　　　　　　人站在地里①，

锄把蠹烂了；　　　　　　雀鸟做窝出了巢，

老牛晒死了。　　　　　　日不分日，

夜不分夜。　　　　　　　远古没有天！

远古没有地！　　　　　　要造天，

要造地。　　　　　　　　哪个来造天？

哪个来造地？　　　　　　盘古②来造天，

盘古来造地。　　　　　　天造了，

地定了。　　　　　　　　要造天，

要造地。　　　　　　　　哪个来造天？

哪个来造地？　　　　　　蜘蛛来编天，

巴根草③来织地。　　　　方咕④为天，

---

① 此句前后矛盾，但原意如此。

② 1959 年版《梅葛》中是"格滋天神"，但 2001 年收集到的却是"盘古"。

③ "巴根草"是当地的一种草类，为彝语音译。

④ "方咕"为彝语音译，可能是造天的神名。

鲁阳①为地。　　　　　　　　鲁阳的儿子放牛，
一棍打破了蜘蛛网，　　　　　巴根草被牛吃了，
天被扯坏了。　　　　　　　　怎么办好呢？
只好告诉天神。　　　　　　　请天神帮忙。
盘古有九个儿子，　　　　　　派下来造天；
盘古有七个姑娘，　　　　　　派下来造地。
造天儿九个，　　　　　　　　造地女七个，
方咕为造天儿，　　　　　　　鲁阳为造地女。
造天咋个造？　　　　　　　　造地咋个造？
先用斋饭敬，　　　　　　　　再用黄酒敬，
造天即可成，　　　　　　　　造地即可成。
过了好多年，　　　　　　　　天造好了；
过了好多年，　　　　　　　　地造好了。
造天要用擎天柱，　　　　　　造地要用擎地柱。
哪样做天柱？　　　　　　　　哪样做地柱？
盘古说：　　　　　　　　　　杀只老虎来撑天。
虎股骨做擎天柱，　　　　　　抓三对鱼做擎地柱。
老虎来做天，　　　　　　　　虎皮来做地；
虎肉变为土，　　　　　　　　虎肚变大河；
虎肝变彩云，　　　　　　　　虎肠变江河；
虎血变海水，　　　　　　　　虎牙变星星；
左眼变太阳，　　　　　　　　右眼变月亮；
虎毛变树草，　　　　　　　　虎须变阳光。
造天儿九个，　　　　　　　　贪玩又懒惰，
把天造小了；　　　　　　　　造地女七个，
朴实又勤劳，　　　　　　　　把地造大了。
天盖不住地，　　　　　　　　那可咋个办？
盘古知道了，　　　　　　　　请三对麻蛇来缩地。
麻蛇把地边箍拢来，　　　　　地面有了高低，
地缩小了，　　　　　　　　　天地相合了。
地造好了，　　　　　　　　　地还是不稳。
要找撑地柱，　　　　　　　　盘古说：

---

① "鲁阳"为彝语音译，可能是造地的神名。

用三对大鱼来撑地。　　　　三对大鱼撑住地，
地还是会动。　　　　　　　鱼说不张嘴，
可它还是张了嘴；　　　　　鱼说不摇身，
可它还是摇了身；　　　　　鱼说不眨眼，
可它还是眨了眼。　　　　　盘古找来三对金鸡①，
飞到鱼身上，　　　　　　　啄了鱼三嘴，
大鱼不动了，　　　　　　　大地稳固了。
天造好了，　　　　　　　　地造好了。

（二）洪水滔天

天有了，　　　　　　　　　地有了，
天地分开了，　　　　　　　昼夜也有了，
就是没有人，　　　　　　　天地间没有生气。
观音老母②撒雪造人种，　　地上有了五曹③人。
一曹是直眼（蚂蚱）人，　　一曹是鼓眼（螃蟹）人。
一曹是团眼（石蚌）人，　　一曹是独脚人，
一曹是横眼人。　　　　　　直眼人心不好，
鼓眼人心不好，　　　　　　团眼人心不好，
独脚人心不好，　　　　　　谷子打埂子，
麦面抹泥墙，　　　　　　　荞面拌牛尿④，
沙子当斋饭⑤，　　　　　　马尿当敬酒，
天神发怒了。　　　　　　　天要变了。
地要变了。　　　　　　　　天要收人了，
地要收人了。　　　　　　　这四曹人呵，
要换一换了。　　　　　　　白天去犁地，
晚上还原了。　　　　　　　犁了三天地，
都被还原了。　　　　　　　四曹人心疑，
就去下扣子。　　　　　　　下着一只鸟，
是一只黑鸟，　　　　　　　它是天神派下凡的神鸟，

---

① 传说中的神鸡，原意如此。
② 1959 年版《梅葛》说格滋天神撒雪造人，2001 年调查时说是观音造人。
③ 指五代人。
④ "谷子"、"麦面"、"荞面"是出现于农耕时代，开天辟地之初是否出现，存疑。
⑤ "斋饭"应是受道教影响的产物，但原意如此。

来试探人心。

请他把扣解。

"我要攮麂子,

神鸟告诉他:

天地要变了,

洪水泛滥了,

鼓眼人过来,

鼓眼人回答:

没空把你放。"

"不要放羊了,

赶快造铜房。"②

请他把扣解。

"我要做生意③,

神鸟告诉他:

洪水要来了,

独脚人过来,

独脚人回答:

没空把你放。"

"莫要去会友,

赶快造土房。"

请他把扣解,

他的良心好。

"天地要变了,

人家做铁房、铜房,

你去种葫芦。"

正月初一种,

叶子簸箕大,

葫芦大得像海簸⑤。

直眼人过来,

直眼人回答:

没空把你放。"

"不要去追了,

赶快打铁房①,

你才有房子。"

请他把扣解。

"我要放山羊,

神鸟告诉他:

洪水要来了,

团眼人过来,

团眼人回答:

没空把你放。"

"莫去做生意,

赶快造石房。"

请他把扣解。

"我要去会友④,

神鸟告诉他:

洪水要来了,

横眼人过来,

他就来解开,

神鸟告诉他:

洪水要来了,

人家做石房、土房,

给了三颗葫芦子,

正月十五出,

藤子牛担粗,

葫芦结饱了,

①　"铁房"的出现是铁器时代的事,但已出现在人类起源初期,存疑。
②　"铜房"的出现应是青铜时代的事,已出现在人类起源初期,存疑。
③　"生意",原意如此。
④　原意如此。
⑤　"海簸",一种用竹编的打谷工具。

葫芦摘得了。　　　　　　葫芦口用蜡糊①，

葫芦底用胶粘。　　　　　万事安排好，

天地果然变。　　　　　　大雨日夜下，

大水哗哗淌，　　　　　　水淹过金山，

普天之下都淹完。

（三）找人种

世间不见人?　　　　　　走马皇帝②找人种。

神仙骑匹黑马找人种。　　遇到大松树，

"格有见人种?"　　　　　松树回答说：

"没有见人种，　　　　　如果我见着，

用松毛刺死他。"　　　　松树没良心，

神仙一鞭打去，　　　　　松叶成细线，

砍你一次不再发。　　　　遇到葫芦蜂，

"格有见人种?"　　　　　葫芦蜂回答：

"人种我没见。　　　　　我要是见着，

我就叮死他。"　　　　　神仙气愤了。

一鞭打过去，　　　　　　蜂腰打断了。

葫芦蜂求饶，　　　　　　神仙扯了根马尾，

给它接好腰，　　　　　　葫芦蜂飞走。

神仙封赠说：　　　　　　"葫芦蜂啊葫芦蜂，

七月葫芦八月饱，　　　　九月十月放火烧（蜂窝）。

你见你来烧，　　　　　　我见我来烧。"

遇到螃蟹虫，　　　　　　"格有见人种?"

螃蟹回答说：　　　　　　"我没有见着，

若是我见着，　　　　　　就把他夹死。"

神仙封赠说：　　　　　　"螃蟹虫没良心，

让你下子多，　　　　　　把身心全吃空。"

遇见罗汉松，　　　　　　"格有见人种?"

罗汉松回答：　　　　　　"我没见人种，

若我见着了，　　　　　　让他来我的树叶下乘凉。"

---

① 原意如此。

② "走马皇帝"，马游彝族传说中的神仙。

神仙很高兴，

"等我找到人种，

把你采回家，

与人一样来过年，

遇到小蜜蜂，

蜜蜂回答说：

我若见着了，

神仙很高兴，封赠说：

等我找到人种，

让人收留你，

我见我来收，

遇到大麻蛇，

麻蛇回答说：

就把他咬死。"

"麻蛇不长耳，

就拿竹竿打，

用腹部走路。"

遇到老乌龟，

乌龟回答说：

但听大海里，

神仙很高兴，

封赠乌龟说：

你拿去做房子，

保护着身体。"

遇见大黑鸟①

大黑鸟忽儿飞过去，

好像看见了，

神仙很生气，

拿弓箭射鸟，

鸟没有射着，

里面有人叫，

没人敲打我的墙，

封赠罗汉松：

人烟兴旺后，

供在家堂上，

采一棵发百棵。"

"格有见人种?"

"我没见人种，

给他甜蜜吃。"

"小蜜蜂心肠好，

人烟兴旺后，

你见你来收，

挨着人居住。"

"格有见人种?"

"如果我见人，

神仙很气愤，封赠说：

人们见着它，

身死尾不死，

神仙走到大河边，

"格有见人种?"

"人是没见着，

好像有人声。"

敲下马蹄壳。

"乌龟良心好，

走到哪带到哪。"

神仙往大海边走，

"格有见人种?"

忽儿又飞过来，

好像又没看见。

"这个鸟儿不诚实。"

一箭射过去，

射着海中的葫芦。

"十天半月了，

今天谁敲打我的墙?"

---

① 指乌鸦，但原意如此。

神仙很高兴，　　　　　　人种找着了。
葫芦漂水中，　　　　　　还在往下淌。
又漂了三天，　　　　　　漂到海湾沙滩上。
神仙跑到沙滩，　　　　　取出金刀三把，
银刀三把，　　　　　　　金刀银刀开葫芦，
葫芦打开了，　　　　　　人种出来了。
出来的人种，　　　　　　是兄妹两个。

（四）兄妹成婚

人种找着了，　　　　　　神仙好喜欢。
吩咐兄妹俩：　　　　　　"世人人种只有你们俩，
你们成亲传人烟。"　　　兄妹俩回答：
"我们是兄妹，　　　　　同胞父母生，
不能结成亲。"　　　　　神仙想办法，
叫兄妹两个，　　　　　　到山顶滚石磨。
哥在这山滚，　　　　　　妹在那山滚，
磨滚到箐底，　　　　　　要是磨滚合拢，
你俩就成亲。　　　　　　兄妹俩回答：
"人是人，　　　　　　　磨是磨，
兄妹不能成一家。"　　　神仙又叫兄妹俩滚筛簸。
哥在阳山滚筛子，　　　　妹在阴山滚簸箕，
滚到箐底，　　　　　　　筛子簸箕合一起。
神仙又劝说：　　　　　　"你们成亲吧，
像筛子簸箕一样，　　　　做成一家人。"
兄妹回答说：　　　　　　"筛子是筛子，
簸箕是簸箕，　　　　　　我们是兄妹，
怎么能成亲？"　　　　　神仙指着说：
"箐底有两只鸟，　　　　一只是雄鸟，
一只是雌鸟，　　　　　　雄鸟飞过来，
雌鸟飞过去，　　　　　　雄鸟雌鸟飞在一起，
你们就成亲。"　　　　　"人归人，
鸟归鸟，　　　　　　　　我们是兄妹，
怎么能成亲？"　　　　　神仙又说：
"这里有两棵树，　　　　一棵是公树，

一棵是母树，　　　　　　　东风吹来公树摇，
西风吹来母树摇，　　　　　摇着摇着挨拢来，
学着树儿做一家。"　　　　　人归人，
树归树，　　　　　　　　　我们不能成亲，
还是不答应。　　　　　　　神仙又安排，
让兄妹放鸭鹅，　　　　　　哥哥放公鸭，
妹妹放母鸭，　　　　　　　哥哥这边放，
妹妹那边放，　　　　　　　哥哥吆公鸭，
妹妹吆母鸭，　　　　　　　两鸭跑拢来，
你们就成亲。　　　　　　　"人归人，
鸭归鸭，　　　　　　　　　我们是兄妹，
怎么能成亲?"　　　　　　　兄妹不成亲，
世上无人烟。　　　　　　　神仙又安排：
你们不成亲，　　　　　　　就去盖鸭棚，
哥哥河迤盖，　　　　　　　妹妹河外盖；
哥哥放公鸭，　　　　　　　妹妹放母鸭；
哥哥河迤放，　　　　　　　妹妹河尾放。
三月天到了，　　　　　　　气候炎热了，
属狗的那天，　　　　　　　哥在河头洗澡，
属猪的那天，　　　　　　　妹在河尾喝水，
一月喝一次，　　　　　　　喝了九个月，
妹妹怀孕了。　　　　　　　怀孕九个月，
生下一个怪葫芦，　　　　　共有十二截。
兄妹两个人，　　　　　　　越看越害怕。
一脚踢过去，　　　　　　　葫芦滚下河，
葫芦顺河淌，　　　　　　　淌到柳树湾①。
神仙着急了，　　　　　　　顺着河边找，
找到东洋大海②里，　　　　　葫芦漂海上，
神仙请三对野猪，　　　　　请三对獭猫，
拱开了海埂，　　　　　　　海水落下去。
又请来三对黄鳝，　　　　　钻通了海底，

---

① "柳树湾"是明代进入云南的汉族的祖籍，这里可能是附会。
② "东洋大海"，原意如此。

海水漏干了。　　　　　　　葫芦陷在泥浆里，
还是拿不出来。　　　　　　又请来三对秃鹰①，
请来三对大虾，　　　　　　秃鹰抓葫芦，
大虾顶葫芦，　　　　　　　葫芦顶到沙滩上。
找来金索银索拴葫芦，　　　金棍银棍抬葫芦，
金刀银刀开葫芦。　　　　　打开第一截，
做官写文章；　　　　　　　打开第二截，
犁田盘庄稼；　　　　　　　打开第三截，
上山去种菜；　　　　　　　打开第四截，
挖地种棉花；　　　　　　　打开第五截，
织毛擀毡子；　　　　　　　打开第六截，
白井背盐巴；　　　　　　　打开第七截②，
住在高山上，　　　　　　　天天放绵羊；
打开第八截，　　　　　　　箐边去养牛；
打开第九截，　　　　　　　遍山去狩猎；
打开第十截，　　　　　　　开荒去种麻；
打开十一截，　　　　　　　种桑又养蚕；
打开十二截，　　　　　　　牧场去养马。
葫芦十二截，　　　　　　　节节都开完，
十二种人出来了，　　　　　世上人烟兴旺了。

第二篇　造物·农事

有了天，　　　　　　　　　有了地，
没有房屋，　　　　　　　　没有田和地。
格滋天神说：　　　　　　　"你们先盖房，
再来开田地。"　　　　　　　哪个来盖房？
阿颥来盖房。　　　　　　　盖房没有树，
天神撒下十二种树。　　　　椿树为树王，
鸡嗦子树做鞍帽，　　　　　黄豆香树做鞍架；
水冬瓜树做鞍板，　　　　　红白梨树做犁耙，

---

① 原意如此。
② 原意如此。

香叶子树做香面，　　　　香樟木树祭祀，
罗汉松树做水桶，　　　　枫木树做楸珠，
树皮做架绳，　　　　　　枫木树做楸弯，
白梨树做马槽，　　　　　柏枝树做灵牌，
楸木树做家具，　　　　　青松树盖房子。
阿颇有了树，　　　　　　天神派来黄蚱虫，
一爬一拃为一寸，　　　　做出了五尺杆，
造出了大弯子，　　　　　阿颇盖起了房子。
没有田地怎么办？　　　　哪里来开地？
哪里来开田？　　　　　　格滋天神说：
"南山雪地山，　　　　　南山雪脉山，
开田开地那里好。"　　　格滋天神啊，
摘下九个仙果放下来。　　天神又派下九个儿子，
九子开田地，　　　　　　九人开九丘，
九人开九片。　　　　　　田已开满井，
地已开满坡。　　　　　　田地开好了，
子种哪里来？　　　　　　东方转阳坡，
住着神仙姑，　　　　　　观音给粮种，
粮种就有了。　　　　　　撒在南山雪地山，
撒在南山雪脉山，　　　　种子撒下了，
苗长得很好。　　　　　　走马皇帝过雪脉山，
天上下大雨，　　　　　　马蹄把苗踏翻，
掉进大河里。　　　　　　田苗被冲走，
冲到汪洋大海里，　　　　冲到海边沙滩上。
仙狗①游过江，　　　　　仙狗游过海，
到了沙滩上，　　　　　　打了三个滚，
子种粘在身上带回来。　　观音②来撒种，
苗棵长得壮，　　　　　　果实黄灿灿。
种地要耕牛，　　　　　　耕牛哪里来？
去问葫芦蜂，　　　　　　它去采露水。

---

① 彝族传说谷种是狗尾巴带来的，因而称为仙狗。
② 原意如此。

昆仑山①下露水滴，　　　　　浸入高山大石岩。
红白黑露水，　　　　　　　　红露变红牛，
白露变白牛，　　　　　　　　黑露变黑牛。
观音左手拿盐，　　　　　　　右手拿青草，
扯根树藤拴住牛，　　　　　　把牛牵回来。
哪个来架牛？　　　　　　　　观音懂牛性，
观音来架牛。　　　　　　　　观音教人把牛架。
白藤做耕绳，　　　　　　　　黑藤做套绳，
钢花做犁耳，　　　　　　　　铁花做犁头，
白秧条树做牛档，　　　　　　椎栗树做犁阴，
红栗树做犁底。　　　　　　　哪里来架牛？
南山雪脉山，　　　　　　　　南山雪脉地。
山山十二山，　　　　　　　　场场十二场。
那里是架牛地。　　　　　　　观音来教牛，
观音来犁地。　　　　　　　　教会人间来使牛。
春节②一过后，　　　　　　　农活就开忙。
背粪进田地，　　　　　　　　二月布谷叫，
开始撒秧了。　　　　　　　　秧苗长到一拃长，
要薅秧苗了，　　　　　　　　李氏娘娘③来薅苗，
楸木做骑架，　　　　　　　　骑在小小秧苗上。
手指做梳子，　　　　　　　　给小秧苗来梳发。
三月四月种哪样？　　　　　　三月四月种杂粮。
粮王荞子高山种，　　　　　　玉米、豆子坡上种。
男人来犁地。　　　　　　　　观音教女人撒种。
四月立夏和小满，　　　　　　栽秧又栽苗。
哪里去做田④？　　　　　　　花花山箐箐，
大田有三块，　　　　　　　　小田有三把。
哪个先架牛？　　　　　　　　观音⑤先架牛。
哪个先使牛？　　　　　　　　观音先使牛。

---

① 原意如此。
② 彝族的春节指的农历正月初一过大年。原文如此。
③ 待考。
④ 当地土语，指造田。
⑤ 原意如此。

哪个先做田？　　　　　　观音先做田。
咋个开秧门？　　　　　　首次开秧门①，
左手端福盘，　　　　　　右手拿香纸，
米饭和鸡蛋，　　　　　　清酒和肥肉，
敬天又敬地，　　　　　　栽秧手不疼，
秧苗长得旺。　　　　　　哪个来栽秧？
李氏娘娘来栽秧，　　　　左手栽三簇，
右手栽三簇。　　　　　　九人栽九丘，
九人栽九方，　　　　　　大田栽下来，
小田栽下来。　　　　　　娘娘叫来做饭，
青蛙问有几人？　　　　　娘娘说九人，
青蛙忘记了，　　　　　　就一直叫着：
"哥咯、哥咯"（彝语），　"九人、九人"（汉语）。
小秋栽完了，　　　　　　杂粮种下去。
三七二十一天后，　　　　薅锄时间到。
哪个来薅草？　　　　　　七个妹妹来薅草。
哪个来锄地？　　　　　　九个哥哥来锄地。
五月六月薅锄，　　　　　苗棵长到六月二十四，
要给田公地母做生日。　　生日咋个做？
罗列②找斋米，　　　　　勒黑煮斋饭，
杜康拿酒来，　　　　　　老人抬福盘，
装上斋饭和酒肉，　　　　还有香和纸。
小孩抬火把，　　　　　　东方拜三拜，
西方拜三拜，　　　　　　南方拜三拜，
北方拜三拜。　　　　　　中间土为大，
要祭土地神。　　　　　　七八月粮熟了，
荞子满山坡，　　　　　　谷田黄灿灿。
荞子收得了，　　　　　　谷子收得了。
哪个来割荞？　　　　　　妹妹来割荞，
哥哥来打荞。　　　　　　荞是五谷王，
先把它收了。　　　　　　黄豆相树做打荞棒，

---

① 据地方志书记载，马游在宋代已开始稻作农耕。
② 人名，待考。

枞笼把①做扫帚，　　　　　打得荞子挑回家，
打得荞糠背回家。　　　　　荞是五谷王，
要祭谷王神。　　　　　　　阿颇俄苏颇②，
接回家堂供起来，　　　　　种时护田地，
收后护粮仓。　　　　　　　八月活儿多，
杂粮食也成熟。　　　　　　坡上豆麦黄，
田间谷子黄。　　　　　　　八月十五月亮圆，
做好月饼祭月亮。　　　　　月亮上有棵梭罗树，
它是一棵不死树。　　　　　田中粮食饱又亮，
人们乐哈哈。　　　　　　　到了收割日，
用啥来割谷？　　　　　　　用啥来挑谷？
用啥来打谷？　　　　　　　太上老君③会打铁，
打把镰刀送人间。　　　　　镰刀用来割谷子。
观音老母撒树种，　　　　　黄豆相树做尖杆，
用来挑谷子。　　　　　　　挑到东山腰，
打谷场子有三块，　　　　　那是打谷的地方。
观音撒竹种，　　　　　　　争高④篾匠砍竹子。
竹子做成连杆母，　　　　　多侬树做连杆子，
竹枝拿来做扫帚，　　　　　细手细指好扫谷。
谷子咋个打，　　　　　　　连杆做好了，
哥哥抬一杆，　　　　　　　妹妹抬一杆，
哥哥站这边，　　　　　　　妹妹站那边。
哥哥打下去，　　　　　　　妹妹抬起来，
妹妹抬起来，　　　　　　　哥哥打下去。
谷子打好了，　　　　　　　把它扬出来，
把它扫起来。　　　　　　　争高篾匠砍了竹，
地上编筛簸，　　　　　　　李氏娘娘来筛谷。
李氏娘娘来簸谷，　　　　　县华麻布做口袋，
一袋一袋背回家。　　　　　篾皮编囤箩，

---

① 枞笼把，又叫野栀子。
② 五谷五神名。
③ 即道教的"太上老君"，说明马游彝族受道教影响较早。
④ 人名，待考。

编成囤箩装谷粮。　　　　五谷放哪里？

正房大楼上。　　　　　　母嘎①有三个，

子嘎②有三个。　　　　　母嘎装吃粮，

子嘎装种子。　　　　　　用啥脱谷壳？

木碓脱谷壳。　　　　　　用啥脱荞壳？

石磨脱荞壳。　　　　　　谁来做木碓？

龙王来砍树，　　　　　　龙王来做碓。

黄豆相树做碓身，　　　　红栗树做碓脚，

罗汉松树做碓嘴，　　　　在窝石做碓窝。

哪个来舂碓？　　　　　　龙妹③来舂碓。

谁来做石磨？　　　　　　龙觉④来做磨。

哪个来推磨？　　　　　　龙妹来推磨。

白米舂出来，　　　　　　白面磨出来。

哥喜欢妹喜欢，　　　　　喜喜欢欢过日子。

第三篇　婚　恋

粮食收回家，　　　　　　日子好过了。

养儿又育女，　　　　　　立家又立业。

儿子长有父亲高，　　　　女儿养到十七八。

儿要找女来婚配，　　　　女要嫁人去立家。

婚事咋操办？　　　　　　三年养大猪，

三月来烤酒。　　　　　　猪种哪里来？

神仙放下三片云，　　　　变成三滴露，

白露变白猪，　　　　　　黑露变黑猪，

红露变红猪。　　　　　　谁见着猪种？

四川张郎儿⑤，　　　　　仙山海子尾，

看见有猪种。　　　　　　哪个会养猪？

花手老奶婆，　　　　　　她懂猪性子，

---

① 母嘎，汉译"大格仓"。
② 子嘎，汉译"小格仓"。
③ 人名，待考。
④ 人名，待考。
⑤ 原意如此，待考。

她是养猪手。　　　　　　哪样来喂猪？
房前屋后黄玉米，　　　　它是喂猪的料。
哪样做喂猪盆？　　　　　山口大箐冬瓜树。
哪样做吆猪棍？　　　　　石岩脚下黄竹子。
哪个来烤酒？　　　　　　杜康来烤酒，
白腊先尝酒。　　　　　　哪里是酒坊？
红酉六羊桥。　　　　　　猪养好了，
酒烤好了，　　　　　　　儿要娶亲请媒人，
哪个先做媒？　　　　　　李树、梅树先做媒。
哪个先成亲？　　　　　　张仁和白花①。

（一）找　媒

抬头看天上，　　　　　　看见三片云，
请它来做媒；　　　　　　天上三片云，
是倒是媒人，　　　　　　只是天上的媒，
只是下雨的媒，　　　　　不是人间说亲的媒。
低头地上看，　　　　　　山峰有三座，
请它来做媒。　　　　　　看看三座峰，
只是劳作②的媒，　　　　不是人间说亲的媒。
龙山有三座，　　　　　　请它来做媒；
不敢说不是，　　　　　　不敢说没有，
平民百姓都喝水，　　　　它只是给水的媒，
不是说亲的媒。　　　　　玉冠③有三顶，
请它来做媒。　　　　　　不敢说不是，
不敢说没有，　　　　　　百姓头上的帝王④，
它在头上戴，　　　　　　不是说亲的媒。
柏枝树眼包有三个，　　　刻成三颗印⑤，
请它来做媒。　　　　　　不敢说不要，
百姓头上有官员，　　　　它只是官家的印，

---

① 人名，待考。
② 指生产劳动。
③ 原意如此。
④ 原意如此。
⑤ 原意如此，待研究。

不是说亲的媒。　　　　　　　房前李子树，

房后梅子树，　　　　　　　请李树梅树来做媒。

不敢说不要，　　　　　　　李树可做媒，

梅树可做媒。

（二）做　媒

甲：哪个请你来？

乙：他家儿子长大了，他爹他妈请我来。

甲：做媒格有伴？

乙：媒伴我们有。藤篾箩里有烟盒，
手提紫竹长烟锅。

甲：我家有女你们咋晓得？

乙：三年一闰月，闰年十三月，
平年十二月；月大三十天，
月小二十九；立春是大节，
春风吹过后，山坡树枝摇，
风止树不止，跟风听来的。

甲：不敢说不是，春风不会说话，
风又没开口，是你听错了。

乙：我走过大山，听听斗鸪叫，
听了它的话。

甲：那是斗鸪叫节气，斗鸪没说话，
是你听错了。

乙：我走过山箐，见小蜜蜂采蜜，
听了它的话。

甲：蜜蜂只会采蜜，蜜蜂不会说话，
是你听错了。

乙：你家养畜多，牛儿关满厩，
马儿赶一群。她放牛出来，
她放马出来，我已看见了。

甲：是你看错了，我家没有女，
我家没有花。

乙：你家养猪一大群，她出来放猪，
我看见她了。

甲：是你看错了，我家没有女，
　　我家没有花。

乙：你家楼上堆猪糠，猫在糠里睡，
　　她上楼撮猪糠，老猫看见了，
　　我听了猫的话。

甲：老猫不会说话，是你听错了。

乙：江西货郎儿，村头村尾卖，
　　卖到你家大门前，她出来买线，
　　我听货郎话，翻山越岭来。
　　得或是不得，也要来说亲。
　　树上结果叶来遮，你家有女莫遮盖。
　　果子成熟了，叶子就要落，
　　叶子遮不住果子。

甲：我家没有女，我家没有花，
　　青山处处有，花儿处处开，
　　天上飞鸟多，地上姑娘多，
　　你再到别处去看看。

乙：没法别处瞧。村前去瞧瞧，
　　都是父辈人；村中瞧瞧呢，
　　尽是嫂嫂妇女们；村尾瞧瞧呢，
　　尽是大姐小妹妹，别处不合适。
　　板瓦配筒瓦，只有你家女儿才合适。

甲：说也说多了，你也瞧实了，
　　那就答应你。

乙：有缘有分结亲缘，那就多谢了。

（三）订　亲

甲：今天来做媒，走到你家门上来。

乙：你来做媒人，哪个是你伴？

甲：羊皮挂包肩上挂，装了草烟和茶叶；
　　左肩挑来右肩挑，篾箩箩里装酒糖，
　　楸木箱子装膀肉，还有好多银饰物。
　　我要挑到哪点歇？

乙：请你挑到堂屋歇。

甲：说好的彩礼都来齐，你家老爹妈妈格在家，

外公外婆格有来，舅舅舅妈请到没，

大爹叔叔格有到，姨妈小姑给有来，

哥哥嫂嫂家族格有到？

乙：该喊的都喊到，该来的都来了。

甲：今天吃过膀子肉①，这门亲就定下了。

择个日子定大喜，日子定在哪一天？

甲：腊月腊八日子好，那天我家就来讨。

（四）请　客

大喜日子定，	准备办酒席。
哪个知办席？	开福②知办席。
家族老少都请来，	弟兄朋友来帮忙。
样样事情商量妥。	哪个来搭棚，
邵房③儿子有九个。	他们是搭棚人。
喜场在哪点？	搭棚哪点搭？
房后萝卜地，	房前玉米地，
都是搭棚地。	砍来松树做棚柱，
香叶树枝做棚叶，	黄豆相树做棚枝，
喜场青棚搭起来。	喜事对联贴起来，
葫芦笙吹起来，	唢呐吹起来，
四方客人都来了，	吹吹打打讨媳妇。
哪个来杀猪羊？	四川张屠户，④
哪个来做饭？	黄氏娘娘来做饭。
哪个来煮肉？	灶元方是煮肉郎。

（五）讨　亲

腊月腊八日，	我家来讨亲，
媒人带着去，	阿姨请着去。

---

① 指猪膀肉。

② 人名，待考。

③ 人名，待考。

④ 原意如此。

伴郎请着去，　　　　　　　　伙伴约几个。

带上烟酒茶，　　　　　　　　牵上一对羊。①

到了女方家，　　　　　　　　敬上烟和酒。

喝了三道茶，　　　　　　　　新郎新娘祖宗面前磕个头。

亲朋待过后，　　　　　　　　媒人催上路。

我是做媒来领花②，　　　　　　你要交花嘛？

哪个来交花？　　　　　　　　阿优③来交花。

哪个来接花？　　　　　　　　阿姑④来接花。

依知依嘟拉，⑤　　　　　　　　叟知叟仰拉⑥，

你老父老母莫寒心，　　　　　五谷之魂我不带，

财魂谷魂你留下，　　　　　　姑娘我领走。

亲戚朋友送她走。　　　　　　姑娘出嫁七天后，

她会回来叫爹娘。　　　　　　小伙们拦门脚，

姑娘们来帮忙，　　　　　　　要带新娘出大门，

必须喝下三杯酒，　　　　　　个个都要喝，

不喝是不行，　　　　　　　　出是出不去。

只好来喝酒，　　　　　　　　喝了三杯酒，

才得出大门。　　　　　　　　芦笙笛子来带路。

新郎新娘一同行，　　　　　　走到大河边，

新娘不过河。　　　　　　　　咋个不过河？

河中有两只大眼珠，　　　　　我不敢过河。

新郎背着新娘过了河。⑦

讨亲回到大门外，　　　　　　男家要来接。

院里青棚内，　　　　　　　　正房屋檐下，

四方桌子安起来，　　　　　　四角升斗摆桌上。

点上香烧上纸，　　　　　　　敬天又敬地，

---

① 指两只羊。

② 领花，指新娘。

③ 阿优，指哥哥。

④ 阿姑，指姑姑。

⑤ 依知依嘟拉，指走的时间要走了。

⑥ 叟知叟仰拉，指该去的时候要去啦。

⑦ 新娘不过河的故事：以前有个放羊小伙叫哈其的与放猪的姑娘石头相好，小伙在河这边放羊，姑娘在河那边放猪，中间河隔着，女的过不去，小伙说用笛子和放羊鞭杆给她搭桥，姑娘过桥半中央，接头扯脱了，姑娘掉进了河。从此就传下故事，新娘过河就要人背过河。

祈求天神保佑。　　　　　　　　点上三炷香。

烧上三份纸，　　　　　　　　　贞公世人，

桃花仙女①先送走，　　　　　　喜神送出去。

新娘接进来。　　　　　　　　　我左手端酒杯，

右手端茶杯，　　　　　　　　　点燃松明子，

铺上青松毛，　　　　　　　　　松明子来照路。

接新娘进屋。　　　　　　　　　花儿②哪里歇？

正房屋檐下，　　　　　　　　　四方桌子升斗前，

那是教亲地，　　　　　　　　　那是教桑场③。

四方桌子上，　　　　　　　　　福盘里面装饭肉。

酒盐也祭上，　　　　　　　　　喜烛燃起来。

升斗里面有五谷，　　　　　　　筷子有一双。

提秤有一杆，　　　　　　　　　桌子四角上，

压上有喜钱。　　　　　　　　　好像对面有人要骂我？

不是骂你那是教亲人，　　　　　梭罗④哦，梭罗！

你两个成一对（拜天拜地拜高堂）。梭罗哦，梭罗！

你两个做一家。　　　　　　　　好像福盘⑤里有金银？

那不是金子银子，　　　　　　　那是敬天地的斋饭酒和肉。

好像地上铺着虎豹皮？　　　　　那不是虎皮与豹皮，

那是华席和包头布。　　　　　　桌上好像有百虫？

那不是百虫，　　　　　　　　　是百姓吃的白盐。

升斗里面好像有黑虫？　　　　　那不是黑虫，

那是五谷之王。　　　　　　　　桌上好像有棵梁？

上面屙满了雀屎？　　　　　　　那是秤和秤杆上的秤花。

升斗上面好像有两棵柱？　　　　那不是柱，

是挑花之木，　　　　　　　　　不要怕。

挑花到哪点？　　　　　　　　　把花挑到家堂前。

阿姨阿婶们，　　　　　　　　　大伯大叔们，

大家难走了，　　　　　　　　　大家走累了。

---

① 原意如此。
② 指新娘。
③ 指教新娘纺线织布。
④ 梭罗哦梭罗的意思是好啦，好啦，你俩成一对，向天地、向大家宣告之意。
⑤ 指端酒肉的大盘。

进来请坐歇。
我家亲友亲友多，
哪点是歇场？
房后青棚有三座，
青棚有三座，
场场十二场。
房后护财神。
房外是土主庙。
我不敢歇下来。
我抬头看青棚。
一匹海流马，
张嘴不吃草。
那是纸糊的祭仙马，
是邵房神仙骑的马，
是奶奶神仙骑的马。
天上有天神，
亲朋亲友请进来，
伯叔阿姨中间坐，
香烟传过来，
甜水传一道，
花儿放下了，
我亲我戚们，
肚子瘪着呢，
哪点是待客场？
房前玉米地，
青棚松毛场，
场场十二场，
那是安席场。
三年盘的庄稼，
三年养的大肥猪，
还有三年酿的酒。
大家来跳脚，

我家亲朋亲朋多，
哪点是坐场？
房前房后盖青棚①。
房前青棚有三座。
平平十二平，
房前玉米地，
房后萝卜地，
我不敢落下来，
青棚是亲友歇息处，
站着两匹马，
一匹花脚马，
那是什么马？
一匹海流马，
一匹花脚马，
头上有青天，
那是祭天神。
爷爷奶奶请上坐。
哥嫂兄妹接着坐。
苦茶传过来。
喜酒传一道。
花儿挂好了，
肚子空着呢。
把客人来待饭。
哪点摆酒席？
房后萝卜地。
棚棚十二棚，
那是待客地，
哪样来待客？
去壳去糠是净米。
三年养的大羯羊，
晚饭吃好了，
大舅子、小舅子，

---

① 青棚指为婚庆礼仪而搭建的棚子。

先来跳三转，　　　　　　　左边转三转，
再往右边转，　　　　　　　跳财仙、跳财运，
大家都欢乐，　　　　　　　一跳跳到天大亮。
天亮大清早，　　　　　　　新娘认公婆。
昨天媒人领花来，　　　　　哪个接的花？
爷爷抱毯子，　　　　　　　奶奶抱席子，
爷爷、奶奶，　　　　　　　公公、婆婆，
哥哥、嫂嫂，　　　　　　　家堂前面坐，
先叫爷爷和奶奶，　　　　　公公婆婆叫三声，
哥哥嫂嫂接着叫，　　　　　兄嫂本是领活计的人，
兄嫂是做活计①的伴。　　　天亮起来要洗脸，
哪样盆来洗脸？　　　　　　盆有十二盆。
紫红大铜盆，　　　　　　　我头上有帝王，
我头上有官臣，　　　　　　铜盆官臣用，
银盆帝王用，　　　　　　　不是百姓用的盆。
坡上砍的冬瓜树盆，　　　　箐后砍的青栎树盆，
冬瓜树盆是喂猪盆，　　　　栎树盆是净碗盆，
不是洗脸盆。　　　　　　　箐底砍来椿树盆，
坡上砍来罗汉树盆。　　　　椿树盆是抬水的盆，
罗汉松盆是喂羊盐盆。　　　坡上砍来马缨花树盆，
街上买来的瓷盆。　　　　　马缨花树盆是喂狗盆，
瓷盆是待客的饭盆。　　　　赵镇烧出的大瓦盆，
给你做洗脸盆。　　　　　　洗脸水从哪里来？
水有十二龙泉水，　　　　　龙有十二龙。
龙种哪里来？　　　　　　　华南②大海里。
哪个撒的龙种？　　　　　　天师大王撒龙种，
撒下龙种十二龙。　　　　　哪里去见龙？
三月祭龙月，　　　　　　　圣咪达苍山③脚下，
秧草田有三块，　　　　　　秧草田边有大树，
大树旁边是龙塘，　　　　　可以看到龙。

---

① 活计，指一切农活。
② 地名待考。
③ 圣咪达苍，指大理苍山。

泉水哪里来？　　　　　　圣咪达苍山脚下，
龙泉水多多。　　　　　　泉水那里来，
龙头挑三挑，　　　　　　龙头在圣咪达苍，
挑给帝王老爷用；
龙腰挑三挑，　　　　　　龙腰在嘎拉，①
百姓煮饭用。
龙尾挑三挑，　　　　　　龙尾在库若，②
挑来洗脸用。　　　　　　一年十二月，
月月有活计，　　　　　　你要给小女教活计。
春节一过后，　　　　　　春风轻轻吹。
手拿老弯刀，　　　　　　上山砍荞把。
二月进惊蛰，　　　　　　肩上扛锄头，
修沟又放水，　　　　　　背粪进田地。
开始撒小秧，　　　　　　小秧长到一拃长，
楸木板当骑架，　　　　　骑在小秧上。
手指当梳子，　　　　　　给秧苗来梳发。
三月大麦黄，　　　　　　割麦收蚕豆。
四月是立夏，　　　　　　撒荞、栽秧、种杂粮。
五月六月锄忙，　　　　　铲、锄少不得。
七月苦荞熟，　　　　　　割荞打荞不能误。
八月谷子黄，　　　　　　正要忙收割。
九月秋分寒露进，　　　　点蚕豆来种麦子。
十月冬月，　　　　　　　加工纺织忙。
腊月挨年杀年猪，　　　　女人忙着回娘家。
忙碌辛苦一年完，　　　　欢欢喜喜过大年。

（六）生　育

彝家传说两个人，　　　　一个名叫阿省莫若③，
一个叫做阿底莫若④。　　阿省莫若种葫芦，

---

① 嘎拉，指楚雄。
② 库若，指昆明。
③ 人名，待考。
④ 人名，待考。

阿底莫若种竹子。　　　　　　　阿底莫若在大石岩下种竹子。

竹子长高后，　　　　　　　　　砍了一截竹来，

烙上些洞洞，　　　　　　　　　做成了笛子。

竹根削了做响篾。　　　　　　　笛子响篾做成后，

小伙插笛子，　　　　　　　　　姑娘挂响篾。

男在高山吹笛子，　　　　　　　女在箐底来回音，

女在箐底唱，　　　　　　　　　男在高山来回音。

刀在石山磨，　　　　　　　　　伙伴挨拢来。

石头不会动，　　　　　　　　　调子能吹合，

唱得合心意，　　　　　　　　　绕拢来相会。

男在村外吹笛子，　　　　　　　女在小房①来回音。

男在姑娘房前转三晚②，　　　　合心合意有了情。

七天一过后，　　　　　　　　　女的说是不好过。③

以为得了伤风病，　　　　　　　其实不是伤风病。

身子已怀孕，　　　　　　　　　身子怀了九个月，

娃娃就要生下来。　　　　　　　在哪间房里生？

在堂屋里生？　　　　　　　　　堂屋里面有老人，

堂屋里面不能生。　　　　　　　在灶房里生？

灶房里面有兄妹，　　　　　　　灶房里面不能生。

楼房上面生？　　　　　　　　　楼房上装谷粮，

楼上不能生娃娃。　　　　　　　西厢房里生？

西厢房里叔伯会看见，　　　　　西厢房里不能生。

搬到里格内屋生？　　　　　　　内屋里把娃娃生下来。

奶奶听说生娃娃，　　　　　　　赶紧来张罗。④

老爹忙把松明子破，　　　　　　奶奶来把娃娃拣。⑤

奶奶剪下娃的脐带，　　　　　　脐带剪下后，

娃娃包在围腰里，　　　　　　　奶奶扯过爷爷的腰带布，

把娃娃捆绑好。　　　　　　　　赵镇烧泥瓦，

买个瓦盆洗娃娃，　　　　　　　新街买锅来烧水，

---

① 小房，指大门外置给姑娘住的小房，叫姑娘房。

② 三晚，指三夜。

③ 不好过，指有病。

④ 张罗，指帮忙。

⑤ 拣，指接生。

采上三朵马缨花，　　　　　伴随洗娃娃。
中和麻布做衣裳。　　　　　白盐棉布做裤子。
娃娃生下三天后，　　　　　要把他取名字。
松树枝下找名字，　　　　　荞子花中找名字，
泉水边上找名字，　　　　　升斗当中找名字。
土主庙里来磕头，　　　　　杀了一只红公鸡，
煮上一块大肥肉，　　　　　端上米饭和清酒，
祭天祭地祭山水，　　　　　还要祭拜土主神。
外公外婆都来了，　　　　　爷爷奶奶都来了，
请了老人给了名，　　　　　娃娃睡得乖，
娃娃长得胖，　　　　　　　娃娃长得快。

附录二：课题调查说明

2001 年底，根据云南大学知名学者李子贤教授编撰的《"梅葛"的文化学解读》编写提纲，楚雄师范学院成立了由民研所、中文系、学报的科研教学人员组成的"'梅葛'课题组"，由当时的师专党委书记李云峰和校长曾德昌牵头，由李子贤教授负责指导，课题组成员有杨甫旺、刘祖鑫、陈永香、王翼祥、花瑞卿，加上云南大学教授胡立耘、硕士研究生刘婷共七人。

2002 年 1 月 25 日，课题组到达姚安，在县民族宗教局的支持下，邀请当地的文化人，如 20 世纪 50 年代最早收集"梅葛"的郭开云等召开了小规模的座谈会，对马游"梅葛"进行初步了解。26 日，课题组成员到达姚安县官屯乡马游村，开始"梅葛"的田野调查。与村委会干部进行初步接触后，课题组成员深入各村寨观察了解当地的自然和文化生态，接触当地老人遴选调查采访对象。最后与村委会干部商量后，把确定的采访对象接到村委会座谈、采访。这些调查采访对象是：

自开旺，男，属狗，生于 1946 年，56 岁，马游大村人，曾任马游大队党支部书记、官屯乡党委书记、姚安县民族宗教局局长，课题组翻译。

郭有宗，男，属羊，生于 1931 年 2 月，72 岁，马游大村人，小学文化。

罗正贵，男，属鸡，生于 1933 年 11 月，70 岁，马游大村自家社人，小学文化，2004 年 9 月去世。

罗文富，男，属羊，生于 1931 年 4 月，72 岁，马游大村罗家社人，不识字。

自文珍，男，属猪，生于 1923 年 1 月，80 岁，马游村委会吊索箐人，不识字。

自有成，男，属鸡，生于 1933 年 9 月，70 岁，马游村委会吊索箐人，小学文化。

郭有珍，女，属羊，生于 1943 年 5 月，60 岁，马游大村自家社人，小学文化。

郭自林，男，属蛇，生于 1965 年 1 月，马游大村郭家社人，爱唱"梅葛"，会制作葫芦笙、竹笛等乐器。

骆庭才，男，属鸡，生于 1933 年 7 月，70 岁，官屯乡黄泥塘村委会磨盘井社人，彝族毕摩。年轻时跟其叔骆有平学做毕摩。其叔去世后，照录制的 12 盘磁带继续学，八年前开始做法事，是马游周围唯一的毕摩。

自万清，男，属狗，生于 1946 年，56 岁，1959 年版《梅葛》主要唱述人郭天元的女婿，初中文化，曾任姚安县第一中学总务主任，52 岁退休，懂彝语，能吟唱部分"梅葛"。

调查采取集体座谈的形式，由郭有宗主答，其他人做补充，遇到疑难，由他们讨论后再继续。在全面了解"梅葛"的文化生态、民俗等基础上，2 月 6 日~9 日，由郭有宗主唱，对马游彝族现存"梅葛"进行了摄像、录音，共用了 12 盘录像带、20 盘磁带。11 日，调查基本结束，调查人员分别返回楚雄、昆明。

4 月 2 日，杨甫旺、刘祖鑫两人再次到达马游，经协商请郭有宗、自万清到楚雄翻译"梅葛"。从 4 月 4 日~5 月 2 日，由郭有宗、自万清口译，杨甫旺记录，对 20 盘录音磁带进行逐句逐字的翻译，郭、自口译一句，杨记录一句，然后又将译文念给两人听。翻译中，始终坚持保持原彝语意译，不改变原意，不改变句子，也不采用五字句，做到了彝语原意是什么就记录什么。因此，此次收集记录的"梅葛"，没有翻译、记录者的加工、整理。初稿译出后，对有些汉语难以表达的句子，又反复询问翻译人员，经核对后加了一些注释，对一些难以考证的人名、地名，只加注"原意如此"。对现在作为"附录"的"梅葛"，我们也只能说是"记录"，而不是"整理"，且是"2001 年新收集"。

后　记

　　《“梅葛”的文化学解读》一书终于付梓面世，我们课题组成员都甚感欣慰。

　　记得是 2000 年 8 月，杨甫旺教授在昆明参加一次国际学术研讨会时，李子贤教授对原楚雄师专地方民族文化研究所的科研工作十分关心，主动表示要指导民研所进行一些重大课题研究。杨甫旺教授向李教授介绍了楚雄彝族文化研究的基本情况，李教授一锤定音，认为“梅葛”在国内外民族学界、民俗学界和民间文学界都有重大影响，是楚雄彝族文化的品牌和名片，可以以此作为课题，整合相关科研力量进行研究，以提高该校的学术地位，培养该校的人才。

　　随后，李子贤教授带领杨甫旺、刘祖鑫、陈永香等人到姚安马游进行实地考察。2000 年 10～11 月，李子贤教授在百忙之中，查阅了大量的资料，对“梅葛”进行系统梳理和研究，确定了课题的框架，编写了详细的《“梅葛”的文化学解读》的调查、编撰提纲。之后，李教授又两次到达楚雄，组织课题组成员进行与课题相关的理论培训和调查研究的具体业务指导。

　　2001 年 12 月～2002 年 5 月，李子贤教授指导课题组成员对姚安马游、大姚昙华、永仁直苴等地进行田野调查和“梅葛”录音资料翻译，并确定了各章节的撰写人员。

　　2002 年底，建校仅一年多的楚雄师范学院将《“梅葛”的文化学解读》作为重大横向社会科学研究课题向楚雄州人民政府请求立项，州长夜礼斌等领导高度重视，批示有关部门进行论证，最后批准立项并拨给专项经费进行课题研究。

　　由于课题组成员多是兼职且对与“梅葛”相关的研究不深，故在课题撰写中进度不一，拖了较长时间。初稿完成后，先交杨甫旺教授、李云峰副教授做初步修改，再交李子贤教授初审，然后形成修改意见返回编写者修改。在这个过程中，又耽误了不少时间。直至 2006 年 8 月，经编写者本人四次大的反复修改，李子贤教授全面审阅后，杨甫旺教授、李云峰副教授又做修改，最后定稿。各章的编写人员分别是：

引　言　李子贤教授

第一章　杨甫旺教授、刘祖鑫副教授

第二章　陈永香副教授

第三章　胡立耘教授

第四章　胡立耘教授

第五章　杨甫旺教授

第六章　刘祖鑫副教授

第七章　王翼祥助理研究员

第八章　李云峰副教授、陈永香副教授

第九章　杨甫旺教授、刘祖鑫副教授

第十章　胡立耘教授

附录一　杨甫旺教授

全书由李子贤教授、杨甫旺教授、李云峰副教授审定。

由于本书是众人编纂，学术水平、写作风格不一，错误在所难免，敬请指正。

《"梅葛"的文化学解读》课题组

2007 年 1 月 8 日